U0553908

关于
女人和男人

关于
女人和男人

冰心 著

商务印书馆
The Commercial Press
创于1897

2017·北京

图书在版编目(CIP)数据

关于女人和男人/冰心著. —北京:商务印书馆,2017

ISBN 978 - 7 - 100 - 12970 - 1

Ⅰ.①关⋯ Ⅱ.①冰⋯ Ⅲ.①散文集—中国—现代 Ⅳ.①I266

中国版本图书馆 CIP 数据核字(2017)第 035829 号

关于女人和男人

冰心 著

商 务 印 书 馆 出 版
(北京王府井大街 36 号 邮政编码 100710)
商 务 印 书 馆 发 行
北京新华印刷有限公司印刷
ISBN 978 - 7 - 100 - 12970 - 1

2017 年 8 月第 1 版　　　　开本 787×1092　1/32
2017 年 8 月北京第 1 次印刷　　印张 19¾　插页 2
定价:58.00 元

出版说明

　　《关于女人》是冰心 20 世纪 40 年代在重庆时写作出版的，她以"男士"的笔名写了十多位"有感情有理性"的女人，销路极畅，再版多次。在八十高龄时，她又自觉应以"有限的光阴"写一本《关于男人》，于是 1984 年开始动笔，写了十多位"可敬可爱"的男人。人民文学出版社等曾将二者加上增补文章合编为《关于女人和男人》一书出版。今商务印书馆经过编辑校订，重新整理出版，除《关于女人》和《关于男人》按初版时的内容和主题完整呈现，其他增补部分基本按写作时间重新排序。谨以此书，纪念冰心老人与她笔下所有的女人和男人。

商务印书馆

目 录

上 卷

下 卷

附 录

上　卷

《关于女人》三版自序

《关于女人》的初版后记和再版自序，说的都是实话，不过那都是用"男士"的口吻和身份写的，如今这"三版自序"，我就只好"打开天窗说亮话"了！

宁夏人民出版社托人来向我索稿，我无以应命，只好以久已绝版的《关于女人》送给他们——1966年9月初，我写的几本书都让红卫兵拿去"审查"，至今没有下落！我手里的这本《关于女人》还是巴金同志替我在上海的旧书摊上寻来的——我对这本书有点偏爱，没事就翻来看看，不但是要和书中的我所喜爱的人物晤面，而且因为我写这本书的来由，很有意思：一来我那时——1940—1943年——经济上的确有些困难，有卖稿的必要（我们就是拿《关于女人》的第一篇稿酬，在重庆市上"三六九"点心店吃的1940年的年夜饭的）；

二来，这几篇东西不是用"冰心"的笔名来写，我可以"不负责任"，开点玩笑时也可以自由一些。

《关于女人》的再版，是巴金同志拿去交给开明书店的。如今这本书的三版，又是交给巴金的弟弟采臣同志的。这就好像一个孩子，背着大人做了一件利己而不损人的淘气事儿，自己虽然很高兴，很痛快，但也只能对最知心的好朋友，悄悄地说说！

1980 年 8 月 31 日

关于女人和男人

再版自序

我把这本《关于女人》交给开明书店再版，我觉得有写篇自序的必要。

《关于女人》在天地出版社初版，是在 1943 年 9 月。出版以后，就有许多朋友，向我索赠。我的朋友不少，真是有点"穷于应命"！我便向朋辈宣称，我这本书是不送给男性朋友的，因为我估计男人对于这本书，一定会感很大的兴趣，我不送，他们也会自己去买了看的。而对于女性朋友们，我却是无法推脱！一来因为我素来尊重她们的友情；二来因为这本书本是借着她们的"灵感"，才写得出来。无论从哪一方面说，我都得恭恭敬敬地奉赠，以表示我的谢意。

但第一版《关于女人》，我实在无法送人，错字太多了，而且错得使人啼笑皆非！例如"喜欢过许多女人"，变成"孝敬过许多女人","男人在共营生活上……是更偷懒",变成"……是更愉快",至于"我"变成"你","你"变成"他",更是指不胜屈。天地社原说是这本书销路很好,出版后不到三个月,便准备再版,我就赶紧将改正本交给他们,此后却杳无消息!虽然在重庆、桂林、昆明甚至于曲江、西安……的坊间,都有《关于女人》出售,而却仍是"初版"。我答应送给那些女朋友的"再版",至今不曾出现,连我那几个弟妇,都把我骂得不亦乐乎!

我等不得了,写信到天地社去问,回信说那"初版"五千册,除了雨渍鼠咬之外,还有一二百本没有售出,最后他们引咎自己的"推销不力",向我道歉。我觉得很惭愧没有话说。虽然国内各报的"文坛消息"上,都在鼓吹着"《关于女人》,销路极畅",而在美国的女朋友,向我索书的时候,还摘录美国的文艺杂志,称誉《关于女人》为"The Best-Seller in Chongking"。

因此,我便把这本小书,改正了交给开明书店,准备把这再版书来偿还我对于女朋友的凤欠。同时我也希望这"再版"再版的时候,我还能再添上几个女人——女人永远是我的最高超圣洁的"灵感"!

1945 年 2 月之夜　大荒山灵音山馆

　　　　　　　　　　　　　　　关于女人和男人

抄书代序

"……风尘碌碌，一事无成。忽念及当日所有之女子，一一细考较去，觉其行止识见，皆出我之上。我堂堂须眉，诚不若彼裙钗，我愧则有余，悔又无益，大无可如何之日也！当此日欲将以往所赖天恩祖德，锦衣绣袴之时，饫甘餍肥之日，背父兄教育之恩，负师友规训之德，以致今日一技无成，半生潦倒之罪，编述一集，以告天下。知我之负罪固多，然闺阁中历历有人，万不可因我之不肖，自护己短，一并使其泯灭也。故当此蓬牖茅椽，绳床瓦灶，未足妨我襟怀；况对着晨风夕月，阶柳庭花，更觉润人笔墨；我虽不学无文，又何妨用假语村言，敷衍出来，亦可使闺阁昭传，复可破一时之闷，醒同人之目，不亦宜乎？……"

——曹雪芹《红楼梦》

我最尊敬体贴她们

以一个男士而写关于女人的题目，似乎总觉有些不大"那个"，人们会想："内容莫不是讥讽吧？""莫不是单恋吧？"仿佛女人的问题，只应该由女人来谈似的。其实，我以为女人的问题，应该是由男人来谈，因为男人在立场上，可以比较客观，男人的态度，可以比较客气。

在二万万零一个男人之中，我相信我是一个最尊敬体贴女性的男子。认得我的人，且多称誉我是很女性的，因为我有女性种种的优点，如温柔、忍耐、细心等等，这些我都觉得很荣幸。同时我是二万万零一个人之中，最不配谈女人的，因为除了母亲以外，我既无姊妹，又未娶妻。我所认得的只是一些女同学，几个女同事，以及朋友们的妻女姊妹，没有什么深切的了解与认识。但是因为既无姊妹又未娶妻的缘故，谈到女人的时候就特别多。比如说有许多朋友的太太，总是半带好意半开玩笑地说："×先生，你是将近四十岁的人，做着很好的事，又颇有点名气，为什么还不娶个太太？"这时我总觉得很惶恐，只得讷讷地说："还没有碰到合适的人……"于是那些太太们说："您的条件怎么样？请略说一二，我们好替您物色物色。"这时我最窘了，这条件真不容易说出，要归纳你平日的许多标准，许多理想，除非上帝特意为你创造这么一个十全十美的女人。我有一个朋友，年纪比我还轻，十年以前，就有二十六个择偶的条件。到了十年之末，他只剩了一个条件——"只要是一个女人就行"。结果是一个女人也没有得到。他死了，朋友替他写传记，中有很惨的四个字："尚未娶妻"。上帝祝福他的灵魂！

　　我以为男子要谈条件，第一件事就得问问自己是否也具有那些条件。比如我们要求对方"容貌美丽"，就得先去照照镜子，看看自己是不是一个漂亮的男子。我们要求对方"性情温柔"，就得反躬自省，自己是不是一个绝不暴躁而又讲理的人。我们从办公室里回来，总希望家里美观清洁，饭菜甘香可口，孩子们安静听话，太太笑脸相迎，嘘寒问暖。万一上面的条件没有具备，我们就会气腾腾地把帽子一摔，棍子一扔，皱起眉头，一语不发。倘若孩子再围上来要糖要饼，太太再来和你谈米又涨价，菜不好买，用人闹脾气等等，你简直就会头痛，就会发狂，就会破口大骂。骂完，自己跑到一旁，越想越伤心起来——想到今天在办公室里所受的种种的气，想到昨夜因为孩子哭闹，没有睡好，这一家穿的是谁，吃的是谁，你的太太竟不体恤你一点——可是你总根本没有想到孩子没有一个不淘气，用人没有一个没有问题，米也没有一天不涨价的！你的温柔的太太，整天整夜地在这炼狱中间，怕你不得好睡，办事没有精神，脾气也会变坏，而她自己昨夜则于你蒙眬之中，起来了七八次之多，既怕孩子挨骂，又怕你受委屈。孩子哭是因为肚子痛，肚子痛是因为刘妈给他生水喝。而刘妈则是没有受过近代训练的用人，跟她怎样说都不会记得。这年头，连个帮工都不容易请，奉承她还来不及，哪还敢说一个"换"字……她也许思前想后，一夜无眠，今早起来，她还得依旧支撑。家长里短的事，女人不管，谁来管呀？她一忙就累，一累就也有气，满心只想望你中午或晚上回来，凡事有你商量，有你安慰。倘若你回来了，看见她的愁眉，看见她的黑眼圈，你说一两句安

　　　　　　　　　　　　　关于女人和男人

慰的话，她也许就把旧恨新愁，全付汪洋大海，否则她只有在你的面前或背后，掉下一两滴可怜无告的眼泪。你也许还觉得，"女人，除了哭，还会什么……"

男子的条件中，有时还要对方具有经济生产的能力，这个问题就更大了。我知道有许多职业妇女，在结婚之前，总要百转千回地考虑。倘若她或不幸而被恋爱征服，同时又对事业不忍放弃，那这两股绳索就会把她绞死！我有一对朋友，是夫妇同在一个机关里面办事的（妻的地位似乎比丈夫还高）。每次我到他们家里去拜访，或是他们请我吃饭，假如一切顺利，做丈夫和做妻子的就都兴高采烈。假如饭生菜不熟，或小孩子喧哗吵闹，做丈夫的就会以责备的眼光看太太，太太却以抱歉的眼光来看我们两个，我只好以悲悯的眼光看天。我心里真想同那做丈夫的说："天哪，她不是和你一样，一天坐八小时的办公室吗？"——我不是说一天坐了八小时的办公室，请客时就应当饭生菜不熟，不过至少他们应当以抱歉的眼光对看，或且同以抱歉的眼光看我。至于把这责任完全推给太太的办法，则连我这一个女性化的男子，也看不过了。

谈到职业妇女，在西洋的机器文明世界，兼做主妇还不感到十分困难。在中国则一切须靠用人。人比机器难弄得多，尤其是在散离流亡的抗战时代。我看见过多少从前在沿海口岸，摩登城市，养尊处优的妇女们，现在内地，都是荆钗布裙栉风沐雨地工作，不论家里或办公室里，都能弄得井井有条。对于这种女人，我只有五体投地。假如抗战提高了中国的地位，提高了军人、司机，乃至一般工人的地位，则我以为提得最高的，还是我们那些忍得住痛耐得住苦的妇女。

话又说得远了，我所要说的关于女人的话，还未说到十分之一。有一个朋友看到了这一段，以为像我这样尊敬体贴女人的人，可以做个模范丈夫，必不难找个合适的太太。连我自己也纳闷，这是怎么说的呢？天晓得！

我的择偶条件

新近搬了一次"家"，居然能从五个人合住的一间屋子，搬到一间卧室、一间书房连客厅的房子里来，虽然仍有一个"屋伴"，在重庆算是不容易的了。这两间屋子，略加布置，尚属雅洁。窗明几净，常有不少的朋友来陪我闲谈，大家总觉得既有这么雅洁的屋子，更应当有个太太了，于是谈锋又转到了择偶的条件。随谈随写，居然也有二十几条，如下：

一 因为我自己是在北方长大的南方人，所以我希望对方不是"北人南相"——此条可以商量。

二 因为我是学文学的，所以希望对方至少能够欣赏文艺。

三 因为我是将近四十岁的人，所以希望对方不在二十五岁以下。

四　因为我自己是个瘦子，所以希望对方不是一个胖子。

五　因为我自己不搽润面油、司丹康，所以希望对方也不浓施脂粉，厚抹口红。

六　因为我自己从未穿过西装，所以希望对方也不穿着洋服——东方女子穿西服，十个有九个半难看！

七　因为我有几个外国朋友，所以希望对方懂得几句外国语言。

八　因为我自己好客，所以希望对方不是一个见了生人说不出话的女子。

九　因为我很择客，所以希望对方也不招致许多无聊的男女朋友，哼哼洋歌，嚼嚼瓜子，把橘子皮扔得满地。

十　因为我颇有洁癖，所以希望对方也相当的整齐清洁——至少不会翻乱我的书籍，弄脏我的衣冠。

十一　因为我怕香花，所以希望对方不戴白玉兰，不在屋子里插些丁香、真珠梅之类。

十二　因为我喜欢雅淡，所以希望对方不穿浓艳及颜色不调和的衣服，我总忘不了黄莘田先生的两句诗："颜色上伊身便好，带些黯淡大家风。"

十三　我自己曾经享受过很舒服的衣食住行，而在抗战期内，绝口不提从前的幸福！我觉得流离痛苦是该受的。因此，我希望对方不是整天地叹着气说，"从前在北平的时候呀"，"这仗打到什么时候才完呀"一类的废话。

十四　因为我喜欢旅行，所以希望对方也不以旅行为苦。

十五　因为我喜欢海，所以我希望对方也爱泅水，不怕海风。

十六　因为我喜欢山居，所以希望对方不怕山居的寂寞。

十七　因为我喜听京戏——虽然并不常去，所以希望对方不把国剧看得一钱不值。

十八　我喜欢看美人，无论是真人或图画，希望对方能够谅解。我只是赞叹而已。倘若她也和我一样，也只爱"看"美男子，我决予以鼓励。

十九　因为我自觉是个"每逢大事有静气"的汉子（看见或摸着个把臭虫时除外，但此不是大事），所以希望对方遇有小惊小怕时，不作电影明星式的捧心高叫。

二十　我对于屋内的挂幅，选择颇严，希望对方不在案侧或床头，挂些低级趣味的裸体画，或明星照片。

二十一　我很喜欢炉中的微火和烛火，以为在柔软的光影中清谈，是最惬心的事，希望对方也能欣赏，至少不至喜欢强烈直射的灯光。

二十二　我喜欢微醺的情境，在微醉后谈话作文，都更觉有兴致，因此，我希望对方不反对人喝"一点"酒。但若甜酒——如杂果酒，喝到两杯以上，白酒五杯以上，黄酒十杯以上，亲爱的，请你阻止我！

二十三　因为我在北方长大，能吃大葱大蒜，所以希望对方虽不与我同嗜，至少也不厌恶这种气味。

二十四　因为我喜欢音乐，所以希望对方不在音乐会场内，高声谈笑和睡觉。

二十五　因为我喜欢生物，所以希望对方不反对我养狗或养鸽。

二十六　……

一个朋友把我叫住了，说："你曾笑你那位死去的朋友，提出了二十六个择偶的条件，如今你竟快要打破他的纪录了。"我说我的条件实和他的不同，都是就我已有的本钱来讨代价，并不曾作过分的要求，纵不能抛玉引玉，也还是抛砖引砖，条件再多些谅也无妨。而且我注意的只是嗜好与习惯上的小节，至于她的容貌性情以及经济生产能力等等，我都是可以随遇而安，不加苛求的。另一个朋友说，"嗜好习惯太相同了，反无互相吸引之力，生活在一起没有兴趣。而且像你这样斤斤于小节，只有让你自己再变成为一个女人，来配你自己吧"。天哪，假如我真是个女人，恐怕早已结婚，而且是已有了两三个孩子了！

我的母亲

谈到女人，第一个涌上我的心头的，就是我的母亲，因在我的生命中，她是第一个对我失望的女人。

在我以前，我有两个哥哥，都是生下几天就夭折了，算命的对她说："太太，你的命里是要先开花后结果的，最好能先生下一个姑娘，庇护以后的少爷。"因此，在她怀我的时候，她总希望是一个女儿。她喜欢头生的是一个姑娘，会帮妈妈看顾弟妹，温柔、体贴，分担忧愁。不料生下我来，又是一个儿子。在合家欢腾之中，母亲只是默然地躺在床上。祖父同我的姑母说："三嫂真怪，生个儿子还不高兴！"

母亲究竟是母亲，她仍然是不折不扣地爱我，只是常常念道："你是儿子兼女儿的，你应当有女儿的好处才行。"我生后三天，祖父拿着我的八字去算命。算命的还一口咬定这是女孩的命，叹息着说："可惜是个女孩子，否则准做翰林。"母亲也常常拿我取笑说："如今你是一个男子，就应当真做个翰林了。"幸而我是生在科举久废的新时代，否则，以我的才具而论，哪有三元及第荣宗耀祖的把握呢？

在我底下，一连串的又来了三个弟弟，这使母亲更加失望。然而这三个弟弟倒是个个留住了。当她抱怨那个算命的不灵的时候，我们总笑着说，我们是"无花果"，不必开花而即累累结实的。

母亲对于我的第二个失望，就是我总不想娶亲。直至去世时为止，她总认为我的一切，都能使她满意，所差的就是我竟没有替她娶回一位有德有才而又有貌的媳妇。其实，关于这点，我更比她着急，只是时运不济，没有法子。在此情形之下，我只有竭力鼓励我的弟弟们先我而娶，替他们介绍"朋友"，造就机会。结果，我的二弟，在二十一岁大学刚毕业时就结了婚。母亲跟前，居然有了一个温柔贤淑的媳妇，不久又看见了一个孙女的诞生，于是她才相当满足地离开了人世。

如今我的三个弟弟都已结过婚了，他们的小家庭生活，似乎都很快乐。我的三个弟妇，对于我这老兄，也都极其关切与恭敬。只有我的二弟妇常常笑着同我说："大哥，我们做了你的替死鬼，你看在这兵荒马乱米珠薪桂的年头，我们这五个女孩子怎么办？你要代替我们养一两个才行。"她怜惜地抚摩着那些黑如鸦羽的小头。她哪里舍得给我养呢！那五个女孩子围在我的膝头，一齐抬首的时候，明艳得如同一束朝露下的红玫瑰花。

母亲死去整整十年了。去年父亲又已逝世。我在各地飘泊，依然是个孤身汉子。弟弟们的家，就是我的家，那里有欢笑，有温情，有人照应我的起居饮食，有人给我缝衣服补袜子。我出去的时候，回来总在店里买些糖果，因为我知道在那栏杆上，有几个小头伸着望我。去年我刚到重庆，就犯了那不可避免的伤风，头痛得七八天睁不开眼，把一切都忘了。一天早晨，航空公司给我送来一个包裹，是几个小孩子寄来的，其中的小包裹是从各地方送到，在香港集中的，上面有一个卡片，写着："大伯伯，好些日子不见信了，圣诞节你也许忘了我们，但是我们没有忘了你！"我的头痛立刻好了，漆黑的床前，似乎竖起了一棵烛光辉煌的圣诞树！

回来再说我的母亲吧。自然，天下的儿子，至少有百分之七十，认为他的母亲乃是世界上最好的母亲。我则以为我的母亲，乃是世界上最好的母亲中最好的一个。不但我如此想，我的许多朋友也如此说。她不但是我的母亲，而且是我的知友。我有许多话不敢同父亲说的，敢同她说，不能对朋友提的，能对她提。她有现代的头脑，稳静公平地接受现代的一切。她热烈地爱着"家"，以为一个美好的家庭，乃是一切幸福和力量的根源。她希望我早点娶亲，目的就在愿意看见我把自己的身心，早点安置在一个温暖快乐的家庭里面。然而，我的至爱的母亲，我现在除了"尚未娶妻"之外，并没有失却了"家"之一切！

我们的家，确是一个安静温暖而又快乐的家。父亲喜欢栽花养狗，母亲则整天除了治家之外，不是看书，就是做活，静悄悄的没有一点声息。学伴们到了我们家里，自然而然的就会低下声来说话。然而她最鼓励我们运动游戏，外院里总有秋千、杠子等等设备。我们学武术，学音乐（除了我以外，弟弟们都有很好的成就）。母亲总是高高兴兴的，接待父亲和我们的朋友。朋友们来了，玩得好，吃得好，总是欢喜满足地回去。却也有人带着眼泪回家，因为他想起了自己死去的母亲，或是他的母亲，同他不曾发生什么情感的关系。

我的父亲是大家庭中的第三个儿子。他的兄弟姊妹很多，多半是不成材的，于是他们的子女的教养，就都堆在父亲的肩上。对于这些，母亲充分地帮了父亲的忙，父亲付出了一份的财力，母亲贴上了全副的精神。我们家里总有七八个孩子同住，放假的时候孩子就更多。母亲以孱弱的身体，来应付支持这一切，无论多忙多乱，微笑没有离开过她的嘴角。我永远忘不了母亲逝世的那晚，她的床侧，昏倒了我的一个身为军人的堂哥哥！

　　母亲又有知人之明，看到了一个人，就能知道这人的性格。故对于父亲和我们的朋友的选择，她都有极大的帮助。她又有极高的鉴赏力，无论屋内的陈设，园亭的布置，或是衣饰的颜色和式样等，经她一调动，就显得新异不俗。我记得有一位表妹，在赴茶会之前，打扮得花枝招展的，到了我们的家里，母亲把她浑身上下看了一遍，笑说："元元，你打扮得太和别人一样了。人家抹红嘴唇，你也抹红嘴唇，人家涂红指甲，你也涂红指甲，这岂非反不引起他人的注意？你要懂得'万朵红莲礼白莲'的道理。"我们都笑了，赞同母亲的意见。表妹立刻在母亲妆台前洗净铅华，换了衣饰出去，后来听说她是那晚茶会中，被人称为最漂亮的一个。

母亲对于政治也极关心。三十年前，我的几个舅舅，都是同盟会的会员，平常传递消息，收发信件，都由母亲出名经手。我还记得在我八岁的时候，一个大雪夜里，帮着母亲把几十本《天讨》，一卷一卷地装在肉松筒里，又用红纸条将筒口封了起来，寄了出去。不久收到各地的来信说："肉松收到了，到底是家制的，美味无穷。"我说："那些不是书吗？"母亲轻轻地捏了我一把，附在我的耳朵上说："你不要说出去。"

　　辛亥革命时，我们正在上海，住在租界旅馆里。我的职务，就是天天清早在门口等报，母亲看完了报就给我们讲。她还将她所仅有的一点首饰，换成洋钱，捐款劳军。我那时才十岁，也将我所仅有的十块压岁钱捐了出去，是我自己走到申报馆去交付的。那两纸收条，我曾珍重地藏着，抗战起来以后不知丢在哪里了。

　　"五四"以后，她对新文化运动又感了兴趣。她看书看报，不让时代把她丢下。她不反对自由恋爱，但也注重爱情的专一。我的一个女同学，同人"私奔"了，当她的母亲走到我们家里"垂涕而道"的时候，父亲还很气愤，母亲却不做声。客人去后，她说："私奔也不要紧，本来仪式算不了什么，只要他们始终如一就行。"

诸如此类，她的一言一行，成了她的儿子们的南针。她对我的弟弟们的择偶，从不直接说什么话，总说："只要你们喜爱的，妈妈也就喜爱。"但是我们的性格品位已经造成了，妈妈不喜爱的，我们也决不会喜爱。

　　她已死去十年了。抗战期间，母亲若还健在，我不知道她将做些什么事情，但我至少还能看见她那永远微笑的面容，她那沉静温柔的态度，她将以卷《天讨》的手，卷起她的每一个儿子的畏惧懦弱的心！

　　她是一个典型的贤妻良母，至少母亲对于我们解释贤妻良母的时候，她以为贤妻良母，应该是丈夫和子女的匡护者。

　　关于妇女运动的各种标语，我都同意，只有看到或听到"打倒贤妻良母"的口号时，我总觉得有点逆耳刺眼。当然，人们心目中"妻"与"母"是不同的，观念亦因之而异。我希望她们所要打倒的，是一些怯弱依赖的软体动物，而不是像我的母亲那样的女人。

我的教师

第二个女人，我永远忘不掉的，是T女士，我的教师。

我从小住在偏僻的乡村里，没有机会进小学，所以只在家塾里读书，国文读得很多，历史地理也还将就得过，吟诗作文都学会了，且还能写一两千字的文章。只是算术很落后，翻来覆去，只做到加减乘除，因为塾师自己的算学程度，也只到此为止。

十二岁到了北平，我居然考上了一个中学，因为考试的时候，校长只出一个"学然后知不足"的论说题目。这题目是我在家塾里做过的，当时下笔千言，一挥而就，校长先生大为惊奇赞赏，一下子便让我和中学一年生同班上课。上课两星期以后，别的功课我都能应付裕如，作文还升了一班，只是算术把我难坏了。中学的算术是从代数做起的，我的算学底子太坏，脚跟站不牢，昏头眩脑，踏着云雾似的上课，T女士便在这云雾之中，飘进了我的生命中。

她是我们的代数和历史教员，那时也不过二十多岁吧。"蝤首蛾眉，齿如编贝"这八个字，就恰恰的可以形容她。她是北方人，皮肤很白嫩，身材很窈窕，又很容易红脸，难为情或是生气，就立刻连耳带颈都红了起来，我最怕的是她红脸的时候。

同学中敬爱她的，当然不止我一人，因为她是我们的女教师中间最美丽、最和平、最善诱的一位。她的态度，严肃而又和蔼，讲述时简单而又清晰。她善用譬喻，我们每每因着譬喻的有趣，而连带地牢记了原理。

第一个月考，我的历史得九十九分，而代数却只得了五十二分，不及格！当我下堂自己躲在屋角流泪的时候，觉得有只温暖的手，抚着我的肩膀，抬头却见T女士挟着课本，站在我的身旁。我赶紧擦了眼泪，站了起来。她温和地问我道："你为什么哭？难道是我的分数打错了？"我说："不是的，我是气我自己的数学底子太差。你出的十道题目，我只明白一半。"她就软款温柔地坐下，仔细问我的过去。知道了我的家塾教育以后，她就恳切地对我说："这不能怪你。你中间跳过了一大段！

我看你还聪明，补习一定不难，以后你每天晚一点回家，我替你补习算术吧。"

这当然是她对我格外的爱护，因为算术不曾学过的，很有退班的可能，而且她很忙，每天匀出一个钟头给我，是额外的恩惠。我当时连忙答允，又再三地道谢。回家去同母亲一说，母亲尤其感激，又仔细地询问T女士的一切，她觉得T女士是一位很好的教师。

从此我每天下课后，就到她的办公室，补习一个钟头的算术，把高小三年的课本，在半年以内赶完了。T女士逢人便称道我的神速聪明。但她不知道我每天回家以后，用功直到半夜，因着习题的烦难，我曾流过许多焦急的眼泪，在泪眼模糊之中，灯影下往往涌现着T女士美丽慈和的脸，我就仿佛得了灵感似的，擦去眼泪，又赶紧往下做。那时我住在母亲的套间里，冬天的夜里，烧热了砖炕，点起一盏煤油灯，盘着两腿坐在炕桌边上，读书习算。到了夜深，母亲往往叫人送冰糖葫芦，或是赛梨的萝卜，来给我消夜。直到现在，每逢看见孩子们做算术，我就会看见T女士的笑脸，脚下觉得热烘烘的，嘴里也充满了萝卜的清甜气味！

算术补习完毕，一切难题，迎刃而解，代数同几何，我全是不费功夫地做着，我成了同学们崇拜的中心，有什么难题，他们都来请教我。因着 T 女士的关系，我对于算学真是心神贯注，竟有几个困难的习题，是在夜中苦想，梦里做出来的。我补完算术以后，母亲觉得对于 T 女士应有一点表示，她自己跑到福隆公司，买了一段很贵重的衣料，叫我送去。T 女士却把礼物退了回来，她对我母亲说："我不是常替学生补习的，我不能要报酬。我因为觉得令郎别样功课都很好，只有算学差些，退一班未免太委屈他。他这样地赶，没有赶出毛病来，我已经是很高兴的了。"母亲不敢勉强她，只得作罢。有一天我在东安市场，碰见 T 女士也在那里买东西。看见摊上挂着的挖空的红萝卜里面种着新麦秧，她不住在夸赞那东西的巧雅，颜色的鲜明，可是因为手里东西太多，不能再拿，割爱了。等她走后，我不曾还价，赶紧买了一只萝卜，挑在手里回家。第二天一早又挑着那只红萝卜，按着狂跳的心，到她办公室去叩门。她正预备上课，开门看见了我和我的礼物，不觉嫣然地笑了，立刻接了过去，挂在灯上，一面说："谢谢你，你真是细心。"我红着脸出来，三步两跳跑到课堂里，嘴里不自觉地唱着歌，那一整天我颇有些飘飘然之感。

因着补习算术，我和她对面坐的时候很多，我做着算题，她也低头改卷子。在我抬头凝思的时候，往往注意到她的如云的头发，雪白的脖子，很长的低垂的睫毛，穿在她身上稳称大方的灰布衫，青裙子，心里渐渐生了说不出的敬慕和爱恋。在我偷看她的时候，有时她的眼光正和我的相值，出神地露着润白的牙齿向我一笑，我就要红起脸，低下头，心里乱半天，又喜欢，又难过，自己莫名其妙。

从校长到同学，没有一个愿意听到有人向 T 女士求婚的消息。校长固不愿意失去一位好同事，我们也不愿意失去一位好教师，同时我们还有一种私意，以为世界上根本就没有一个男子，配做 T 女士的丈夫，然而向 T 女士求婚的男子，那时总在十个以上，有的是我们的男教师，有的是校外的人士。我们对于 T 女士的追求者，一律地取一种讥笑鄙夷的态度。对于男教师们，我们不敢怎么样，只在背地里替他们起上种种的绰号，如"癞虾蟆"、"双料癞虾蟆"之类。对于校外的人士，我们的胆子就大一些，看见他们坐在会议室里或是在校门口徘徊，我们总是大声咳嗽，或是从他们背后投些很小的石子，他们回头看时，我们就三五成群地哄哄笑着，昂然走过。

T女士自己对于追求者的态度，总是很庄重很大方。对于讨厌一点的人，就在他们的情书上，打红叉子退了回去。对于不大讨厌的，她也不取积极的态度，仿佛对婚姻问题不感兴趣。她很孝，因为没有弟兄，她便和她的父亲守在一起，下课后常常看见她扶着老人，出来散步，白发红颜，相映如画。

在这里，我要招供一件很可笑的事实，虽然在当时并不可笑。那时我们在圣经班里，正读着"所罗门雅歌"，我便模仿雅歌的格调，写了些赞美T女士的句子，在英文练习簿的后面，一页一页地写下叠起。积了有十几篇，既不敢给人看，又不忍毁去。那时我们都用很厚的牛皮纸包书面，我便把这十几篇尊贵的作品，折存在两层书皮之间。有一天被一位同学翻了出来，当众诵读，大家都以为我是对隔壁女校的女生，发生了恋爱，大家哄笑。我又不便说出实话，只好涨红着脸，赶过去抢来撕掉。从此连雅歌也不敢写了，那年我是十五岁。

我从中学毕业的那一年，T女士也离开了那学校，到别地方做事去了，但我们仍常有见面的机会。每次看见我，她总有勉励安慰的话，也常有些事要我帮忙，如翻译些短篇文字之类，我总是谨慎将事，宁可将大学里功课挪后，不肯耽误她的事情。

　　她做着很好的事业，很大的事业，至死未结婚。六年以前，以牙疾死于上海，追悼哀殓她的，有几万人。我是在从波士顿到纽约的火车上，得到了这个消息，车窗外飞掠过去的一大片的枫林秋叶，尽消失了艳红的颜色，我忽然流下泪来，这是母亲死后第一次的流泪。

叫我老头子的弟妇

第三个女人，我要写的，本是我的奶娘。刚要下笔，编辑先生忽然来了一封信，特烦我写"我的弟妇"。这当然可以，只是我有三个弟妇，个个都好，叫我写哪一个呢？把每个人都写一点吧，省得她们说我偏心！

我常对我的父亲说："别人家走的都是儿子的运，我们家走的却是儿媳妇的运，您看您这三位少奶奶，看着叫人心里多么痛快！"父亲一面笑眯眯地看着她们，一面说："你为什么不也替我找一位痛快的少奶奶来呢？"于是我的弟弟和弟妇们都笑着看我。我说："我也看不出我是哪点儿不如他们，然而我混了这些年，竟混不着一位太太。"弟弟们就都得意地笑着说："没有梧桐树，招不了凤凰来。只因你不是一棵梧桐树，所以你得不着一只凤凰！"这也许是事实，我只好忍气吞声地接受了他们的讥诮。那是 1937 年 6 月，正值三弟新婚后到北平省亲，人口齐全，他提议照一张合家欢的相片，却被我严词拒绝了。我不能看他们得意忘形的样子，更不甘看相片上我自己旁边没有一个女人，这提议就此作罢。时至今日，我颇悔恨，因为不到一个月，卢沟桥事变起，我们都星散了。父亲死去，弟弟们天南地北，"海内风尘诸弟隔，天涯涕泪一身遥"是我常诵的句子，而他们的集合相片，我竟没有一张！

我的二弟妇，原是我的表妹，我的舅舅的女儿，大排行第六，只比我的二弟小一个月。我看着他们长大，真是青梅竹马，两小无猜。在他们的回忆里，有许多甜蜜天真的故事，倘若他们肯把一切事情都告诉我，一定可以写一本很好的小说。我曾向他们提议，他们笑说："偏不告诉你，什么话到你嘴里，都改了样，我们不能让你编派！"

他们在七八岁上，便由父母之命订了婚，订婚以后，舅母以为未婚男女应当避嫌，他们的踪迹便疏远了。然而我们同舅家隔院而居，早晚出入，总看得见，岁时节序，家宴席上，也不能避免。他们那种忍笑相视的神情，我都看在眼里，我只背地里同二弟取笑，从来不在大人

叫我老头子的弟妇

面前提过一句，恐怕舅母又来干涉，太煞风景。

有一年，正是二弟在唐山读书，六妹在天津上学，一个春天的早晨，我忽然接到"男士先生亲启"的一封信，是二弟发的，赶紧拆来一看，里面说："大哥，我想和六妹通信，……已经去了三封信，但她未曾复我，请你帮忙疏通一下，感谢不尽。"我笑了，这两个十五岁的孩子，春天来到他们的心里了！我拿着这封信，先去给母亲看，母亲只笑了一笑，没说什么。我知道最重要的关键还是舅母，于是我又去看舅母。寒暄以后，轻闲地提起，说二弟在校有时感到寂寞，难为他小小的年纪，孤身在外，我们都常给他写信，希望舅母和六妹也常和他通信，给他一点安慰和鼓励。舅母迟疑了一下，正要说话，我连忙说，"母亲已经同意了。这个年头，不比从前，您若是愿意他们小夫妻将来和好，现在应当让他们多多交换意见，联络感情。他俩都是很懂事有分寸的孩子，一切有我来写包票。"舅母思索了一会，笑着叹口气说："这是哪儿来的事！也罢！横竖一切有你做哥哥的负责。"我也不知道我负的是什么责任，但这交涉总算办得成功，我便一面报告了母亲，一面分函他们两个，说："通信吧，一切障碍都扫除了，没事别再来麻烦我！"

　　　　　　　　　　　关于女人和男人

他们二十一岁的那年，我从国外回来，二弟已从大学里毕业，做着很好的事，拉得一手的好提琴，身材比我还高，翩翩年少，相形之下，我觉得自己真是老气横秋了。六妹也长大了许多，俨然是一个大姑娘了。在接风的家宴席上，她也和二弟同席，谈笑自如。夜阑人散，父母和我亲热地谈着，说到二弟和六妹的感情，日有进步，虽不像西洋情人之形影相随，在相当的矜持之下，他们是互相体贴，互相勉励。母亲有病的时候，六妹是常在我们家里，和弟弟们一同侍奉汤药，也能替母亲料理一点家事。谈到这里，母亲就说："真的，你自己的终身大事怎样了？今年腊月是你父亲的六十大寿，我总希望你能带一个媳妇回来，替我做做主人。如今你一点动静都没有，二弟明夏又要出国，三弟四弟还小，我几时才做得上婆婆？"我默然一会，笑着说："这种事情着急不来。您要做个婆婆却容易，二弟尽可于结婚之后再出国。刚才我看见六妹在这里的情形，俨然是个很能干的小主妇，照说二十一岁也不算小了，这事还得我同舅母去说。"母亲仿佛没有想到似的，回头笑对父亲说："这倒也是一个办法。"

第二天同二弟提起，他笑着没有异议。过几天同舅母提起，舅母说："我倒是无所谓，不过六妹还有一年才能毕业大学，你问她自己愿意不愿意。"我笑着去找六妹。她正在廊下织活，看见我走来，便拉一张凳子，让我坐下。我说："六妹，有一件事和你商量，请你务必帮一下忙。"她睁着大眼看着我。我说："今年父亲大寿的日子，母亲要一个人帮她做主人，她要我结婚，你说我应当不应当听话？"她高兴得站了起来，"你？结婚？这事当然应当听话。几时结婚？对方是谁？要我帮什么忙？"我笑说："大前提已经定了，你自己说的，这事当然应当听话。我不知道我在什么时候才可以结婚，因为我还没有对象。我已把这责任推在二弟身上了，我请你帮他的忙。"她猛然明白了过来，红着脸回头就走，嘴里说："你总是爱开玩笑！"我拦住了她，正色说："我不是同你开玩笑，这事母亲舅母和二弟都同意了，只等候你的意见。"她站住了，也严肃了起来，说："二哥明年不是要出国吗？"我说："这事我们也讨论过，正因为他要出国，我又不能常在家，而母亲身边又必须有一个得力的人，所以只好委屈你一下。"她低头思索了一会，脸上渐有笑容。我知道这个交涉又办成功了，便说："好了，一切由我去备办，你只预备做新娘子吧！"她啐了

关于女人和男人

一口，跑进屋去。舅母却走了出来，笑说："你这大伯子老没正经——不过只有三四个月的工夫了，我们这些人老了，没有用，一切都拜托你了。"

父亲生日的那天，早晨下了一场大雪，我从西郊赶进城来。当天，他们在欧美同学会举行婚礼，新娘明艳得如同中秋的月！吃完喜酒，闹哄哄地回到家里来，摆上寿筵。拜完寿，前辈客人散了大半，只有二弟一帮朋友，一定要闹新房，父母亲不好拦阻，三弟四弟乐得看热闹，大家一哄而进。我有点乏了，自己回东屋去吸烟休息。我那三间屋子是周末养静之所，收拾得相当整齐，一色的藤床竹椅，花架上供养着两盆腊梅，书案上还有水仙，掀起帘来，暖香扑面。我坐了一会，翻起书本来看，正神往于万里外旧游之地，猛抬头看钟，已到12时半，南屋新房里还是人声鼎沸。我走进去一看，原来新房正闹到最热烈的阶段，他们请新娘做的事情，新娘都一一遵从了，而他们还不满意，最后还要求新娘向大家一笑，表示逐客的意思，大家才肯散去。新娘大概是乏了，也许是生气了，只是绷着脸不肯笑，两下里僵着，二弟也不好说什么，只是没主意地笑着四顾。我赶紧找支铅笔，写了个纸条，叫伴娘偷偷地送了过去，上面是：

"六妹，请你笑一笑，让这群小土匪下了台，我把他们赶到我屋里去！"忙乱中新娘看了纸条，在人丛中向我点头一笑，大家哄笑了起来，认为满意。我就趁势把他们都让到我的书室里。那夜，我的书室是空前的凌乱，这群"小土匪"在那里喝酒、唱歌、吃东西、打纸牌，直到天明。

不到几天，新娘子就喧宾夺主，事无巨细，都接收了过去，母亲高高在上，无为而治，脸上常充满着"做婆婆"的笑容。我每周末从西郊回来，做客似的，受尽了小主妇的招待。她生活在我们中间，仿佛是从开天辟地就在我们家里似的，那种自然，那种合适。第二年夏天，二弟出国，我和三四弟教书的教书，读书的读书，都不能常在左右，只有她是父母亲朝夕的慰安。

十几年过去了，她如今已是五个孩子的母亲，不过对于"大哥"，她还喜欢开点玩笑，例如，她近来不叫我"大哥"，而叫我"老头子"了！

关于女人和男人

请我自己想法子的弟妇

　　三弟和我很有点相像，长的相像，性情也相像，我们最谈得来。我在北平西郊某大学教书的时候，他正在那里读书，课余，我们常常同到野外去散步谈心。他对于女人的兴趣，也像我似的，适可而止，很少作进一步的打算。所以直到他大学毕业，出了国，又回来在工厂里做事，还没有一个恋人。

　　六年以前，我第二次出国，道经南京，小驻一星期，三弟天天从隔江工厂里过来陪我游玩。有一个星期日，一位外国朋友自驾汽车，带我们去看大石碑，并在那里野餐。原定是下午 4 点回来，汽车中途抛了锚，直到 6 点才进得城门。三弟在车上就非常烦躁不安，到了我的住处，他匆匆地洗了澡，换了一身很漂亮的西装，匆匆地又出去。我那时正忙，也不曾追问。直到第二年的春天，我在巴黎，忽然得他一封信，说："大哥，告诉你一件事，我已经订了婚。不久要结婚了。……记得我们去年逛大石碑的一天吧，就在那夜，我和她初次会面。……我们准备6月中旬结婚，婚后就北上。你若是在6月底从西伯利亚回来，我们可在北平车站接你。……巴黎如何？有好消息否？好了，北平见！"我仔细地看了他信中附来的两人合照的相片，匆匆地写了一张卡片，说："我妒羡你，居然也有了心灵的归宿！巴黎寂寞得很，和北平一样，还是你替我想想法子吧。"我又匆匆地披上大衣，直走到一家大百货商店，买了一套银器，将卡片放在匣里，寄回南京去。

在北平车站上，家人丛中，看见了我的三弟妇，极其亲热地和我握手，仿佛是很熟的朋友，她和我并肩走着。回头看见大家的笑容，三弟尤其高兴，我紧紧地捏着他的手，低声说："有你的！"

他们先在城里请过了客，便到西郊来休息。我们那座楼上，住的都是单身的男教授，"女宾止步"，我便介绍他们到我的朋友×家里去住。×夫妇到牯岭避暑去了，那房子空着，和我们相隔只一箭之遥。他们天天走过来吃饭，饭后我便送他们到西山去玩。三弟妇常说：

关于女人和男人

"大哥，你和我们一起去吧。"我摇头说："这些都是我玩腻了的地方，怪热的，我不想去。而且我也不是一个傻子！"三弟就笑说："别理他，他越老越怪。我们自己走吧！"

逛够了西山，三弟就常常说他肚子不好，拒绝一切的应酬，天晓得他是真病假病——我只好以病人待他，每日三餐，叫厨子烤点面包，煮点稀饭，送了过去。他总是躺在客厅沙发上，听三弟妇弹琴。我没事时也过去坐坐，冷眼看他们两个，倒是合适得很，都很稳静，很纯洁，喜欢谈理想，谈宗教，以为世界上确有绝对的真、善、美。虽然也有新婚时代之爱娇与偎倚，而言谈举止之间，总是庄肃的时候居多，我觉得很喜欢他们。

有一次，三弟妇谈起他们的新家庭，一切的设备，都尽量地用国货，因而谈到北平仁立公司的国货地毯，她认为材料很好，花样也颇精致，那时我有的是钱，便说要去买一两张送给他们。我们定好了日子，一同去挑选。他们先进城去陪父亲，我过一两天再去。我还记得，那是卢沟桥事变之前一天，我一早进城去，到了家里，看见一切乱哄哄的，二弟和二弟妇正帮忙这一对新夫妇收拾行李，小孩子们拉着新娘子的衣服，父亲捧着水烟袋，愁眉不展的。原来正阳门车站站长——是我们的亲戚——早上打电话来，说外面风声不稳，平浦路随时有切断的可能，劝他们两个赶紧走，并且已代订了房间。我愣了一会，便说："有机会走还是先走好，你的事情在南京，不便长在北方逗留，明年再来玩吧。"我立刻叫了一部汽车，送他们到车站，我把预备买地毯的一卷钞票，塞在三弟妇的皮包里，看着他们挤上了火车，火车又蠕蠕的离开了车站，心里如同做了一场乱梦。

　　他们到了南京，在工厂的防空洞里，过了新婚后的几个月。此后又随军撤退，溯江而上，两个人只带一只小皮箱。我送给他们的一套银器，也随首都沦陷了，地毯幸亏未买！而每封他们给我的信，总是很稳定，很满足，很乐观，种种的辛苦和流离，都以诙谐的笔意出之。友人来信，提到三弟和他的太太在内地的生活，都说看不出三弟妇那么一个娇女儿，竟会那样的劳作。他们在工厂旁边租到一间草房，这一间草房包括了一切的居室。炎暑的天气中，三弟妇在斗室里煮饭洗衣服，汗流如雨，嘴里还能唱歌。大家劝她省点力气，不必唱了，她笑说："多出一点气，可以少出一点汗。"这才是伟大的中华儿女的精神，我向她脱帽！

他们新近得了一个儿子，我写信去道贺，并且说："你们这个孩子应当过继给我，我是长兄！"他们回信说："别妄想了，你要儿子，自己去想法子吧！"他们以为我自己就没有法子了。"好，走着瞧吧！"

使我心疼头痛的弟妇

提到四弟和四弟妇,真使我又心疼,又头痛。这一对孩子给我不少的麻烦,也给我最大的快乐。四弟是我们四个兄弟中最神经质的一个,善怀、多感、急躁、好动。因为他最小,便养得很任性,很娇惯。虽然如此,他对于父母和哥哥的话总是听从的,对我更是无话不说。我教书的时候,他还是在中学。他喜欢养生物,如金鱼、鸽子、蟋蟀之类,每种必要养满一百零八只,给它们取上梁山泊好汉的绰号。例如他的两只最好勇斗狠的蟋蟀,养在最讲究的瓦罐里的,便是"豹子头林冲"和"行者武松"。他料到父亲不肯多给他钱买生物的时候,便来跟我要钱,定要磨到我答允了为止。

他的恋爱的对象是 H,我们远亲家里的一个小姑娘。他们是同日生的,她只小四弟一岁。那几年我们住在上海，我和三弟四弟，每逢年暑假必回家省亲。H 的家也在上海，她的父亲认为北平的中学比上海的好，就托我送她入北平的女子中学，年暑假必结伴同行。我们都喜欢海行，又都不晕船，在船上早晚都在舱面散步、游戏。四弟就在那时同她熟识了起来。我只觉得她很和气，决不想到别的。

过了半年，四弟忽然沉默起来，说话总带一点忧悒，功课上也不用心。他的教师多半是我的同学，有的便来告诉我说："你们老四近来糊涂得很，莫不是有病吧？"我得到这消息，便特地跑进城去，到他校里，发现他没有去上课，躺在宿舍床上，哼哼唧唧地念《花间集》。问他怎么了，他说是头痛。看他的确是瘦了，又说不出病源。我以为是营养不足，便给他买一点鱼肝油和罐头牛奶之类，叫他按时服用，自己又很忧虑地回来。

不久就是春假了，我约三四弟和 H 同游玉泉山。我发现四弟和 H 中间仿佛有点"什么"，笑得那么羞涩，谈话也不自然。例如上台阶的时候，若是我或三弟搀 H，她就很客气地道谢，四弟搀她的时候，她必定脸红，有时竟摔开手。坐在泉边吃茶闲谈的时候，我和三弟问起四弟的身体，四弟叹息着说些悲观的话，而且常常偷眼

使我心疼头痛的弟妇

看 H。H 却红着脸，望着别处，仿佛没有听见似的。这与她平常活泼客气的态度大不相同，我心里就明白了一大半。从玉泉山回来，送 H 走后，我便细细地盘问四弟，他始而吞吐支吾，继而坦白地承认他在热爱着 H，求我帮忙。我正色地对他说："恋爱不是一件游戏，你年纪太小，还不懂得什么叫做恋爱。再说，H 是个极高尚极要强的姑娘，你因着爱她，而致荒废学业，不图上进，这真是缘木求鱼，毫无用处！"四弟默然，晚风中我送他回校，路上我们都不大说话。

四弟功课略有进步，而身体却更坏了。我忽然想起叫他停学一年，一来叫他离 H 远点，可有时间思索；二来他在母亲身旁，可以休息得好。因此便写一封长信报告父母，只说老四身体不大好，送他回去休息一年，一面匆匆地把他送走。

暑假回家去，看他果然壮健了一些。有一天，母亲背地和我说："老四和 H 仿佛很好，这些日子常常通信。"这却有点出我意外，我总以为他是在单恋着！于是我便把过去一切都对母亲说了，母亲很高兴，说："H 是我们亲戚中最好的姑娘，她能看上老四，是老四的福气。"我说："老四也得自己争气才行，否则岂不辱没了人家的姑娘！"母亲怫然说："我们老四也没有什么太不好处！"我也只好笑了一笑。

那时英国利物浦一个海上学校，正招航海学生，父亲可以保送一名，回家来在饭桌上偶然谈起，四弟非常兴奋，便想要去。父亲说："航海课程难得很，工作也极辛苦，去年送去三个学生，有两个跑了回来，我不是舍不得你去，是怕你吃不了苦，中途辍学，丢我的脸。"母亲也没有言语。饭后四弟拉着三弟到我屋里来，要我替他向父亲请求，准他到英国去。我说："父亲说的很明白，不是舍不得你。我担保替你去说，你也得担保不中途辍学。"四弟很难过地说："只要你们大家都信任我，同时 H 也不当我作一个颓废的人，我就有这一股勇气。我和你们本是同父一母生的，我相信我若努力，也决不会太落后！"我看他说得坚决可怜，便和三弟商量，一面在父亲面前替他说项，一面找个机会和 H 谈话，说："四弟要出国去了，他年纪小，工作烦难，据说他憋下这一股横劲，为的是你。假如你能爱他，就请予以鼓励，假如你没有爱他的可能，请你明白告诉他，好让他死心离去。"H 红着脸没有回答，我也不便追问，只好算了。然而四弟是很高兴，很有勇气地走的，我相信他已得了鼓励了。

爱情真是一件奇怪的东西，四弟到了船上，竟变了一个人，刻苦、耐劳、活泼、勇敢。他的学伴，除了英国人之外，还有北欧的挪威、丹麦等国的孩子，个个都是魁梧慓悍，粗鲁爽直，他在这群玩童中间混了五年，走遍了世界上的海口，历尽了海上的风波。五年之末，他带着满面的风尘，满身的筋骨，满心的喜乐和一张荣誉毕业证书回来。

这几年中，H也入了大学，做了我的学生，见面的机会很多。我常常暗地夸奖四弟的眼光不错，他挑恋爱的对象，也和他平时挑衣食住行的对象一样，那么高贵精致。H是我眼中所看到的最好的小姑娘，稳静大方，温柔活泼，在校里家中，都做了她周围人们爱慕的对象，这一点是母亲认为万分满意的。五年分别之中，她和四弟也有过几次吵架，几次误会，每次出了事故，四弟必立刻飞函给我，托我解围。我也不便十分劝说，常常只取中立严正的态度。情人的吵架是不会长久的，撒过了娇，流过了眼泪，旁人还在着急的时候，他们自己却早已是没事人了。经过了几次风波，我也学了乖，无论情势如何紧张，我总不放在心上。只有一次，H有大半年不回四弟的信，我问

　　　　　　　　　关于女人和男人

她也问不出理由，同时每星期得到四弟的万言书，贴着种种不同的邮票，走遍天涯给我写些人生无味的话，似乎有投海的趋势，那时我倒有点恐慌！

四弟回国来，到北平家里不到一个钟头，就到西郊来找我，在我那里又不到一个钟头，就到女生宿舍去找H，从此这一对小情人，常常在我客厅里谈话。在四弟到上海去就事的前一天，我们三个人从城里坐小汽车回来，刚到城外，汽车抛了锚，在司机下车修理机件之顷，他们忽然一个人拉着我的一只手，告诉我，他们已经订婚了。这似乎是必然的事，然而我当时也有无限的欢悦。

第二年暑假，H毕业于研究院，四弟北上道贺，就在北平结婚。三弟刚从美国回来，正赶上做了伴郎。他们在父亲那里住了几天，就又回到上海去。我同三弟到车站送行，看火车开出多远，他们还在车窗里挥手。出了车站，我们信步行来，进入中原公司小吃部，脱帽坐下，茶房过来，笑问："两位先生要冰淇淋吧？"我似乎觉得很凉快，就说："来两碗热汤面吧。"吃完了面，我们又到欧美同学会，赴表妹元元订婚的跳舞茶会。在三弟同许多漂亮女郎跳舞的时候，我却走到图书馆，拿起一张信纸来，给这一对新夫妇写了一封信，我说："阿H

同四弟，你们走后，老三和我感到无限的寂寞，心里一凉，天气也不热了。我们是道地中国人，在中原小吃部没吃冰淇淋，却吃了两碗热汤面！"

五六年来，他们小巧精致的家，做了我的行宫，南下北上，或是夏天避暑，总在他们那里小驻。白天各人做各人的事，晚上常是点起蜡烛来听无线电音乐。有时他们也在烛影中撒娇打架，向大哥诉苦，更有时在餐馆屋顶花园，介绍些年轻女友，来同大哥认识。这些事也很有趣，在我冷静严肃的生活之中，是个很温柔的变换。

上星期又得他们一封信说："我们的船全被英国政府征用了，从此不能开着小炮，追击日本的走私船只，如何可惜！但是，老头子，我们也许要调到重庆来，你头痛不头痛？"

我真的头痛了，但这头痛不是急出来的！

　　　　　　　　　　　　关于女人和男人

我的奶娘

　　我的奶娘也是我常常怀念的一个女人，一想到她，我童年时代最亲切的琐事，都活跃到眼前来了。

　　奶娘是我们故乡的乡下人，大脚，圆脸，一对笑眼（一笑眼睛便眯成两道缝），皮肤微黑，鼻子很扁。记得我小的时候很胖，人家说我长得像奶娘，我已觉得那不是句恭维的话。母亲生我之后，病了一场，没有乳水，祖父很着急地四处寻找奶妈，试了几个，都不合适，最后她来了，据说是和她的婆婆怄气出来的，她新死了一个三个月的女儿，乳汁很好。祖父说我一到她的怀里就笑，吃了奶便安稳睡着。祖父很欢喜说："胡嫂，你住下吧，荣官和你有缘。"她也就很高兴的住下了。

　　世上叫我"荣官"的只有两个人，一个是我的祖父，一个便是我的奶娘。我总记得她说："荣官呀，你要好好读书，大了中举人，中进士，做大官，挣大钱，娶个好媳妇，儿孙满堂，那时你别忘了你是吃了谁的奶长大的！"她说这话的时候，我总是在玩着，觉得她粗糙的手，摸在我脖子上，怪解痒的，她一双笑眼看着我，我便满口答允了。如今回想，除了我还没有忘记"是吃了谁的奶长大的"之外，既未做大官，又未挣大钱，至于"娶个好媳妇"这一段，更恐怕是下辈子的事了！

我们一家人，除了用人之外，都欢喜她，祖父因为宠我，更是宠她。奶娘一定要吃好的，为的是使乳水充足；要穿新的，为的是要干净。父亲不常回来，回来时看见我肥胖有趣，也觉得这奶妈不错。母亲对谁都好，对她更是格外的宽厚。奶娘常和我说："你妈妈是个菩萨，做好人没有错处，修了个好丈夫，好儿子。就是一样，这班下人都让她惯坏了，个个作恶营私，这些没良心的人，老天爷总有一天睁开眼！"

那时我母亲主持一个大家庭，上下有三十多口，奶娘既以半主自居，又非常地爱护我母亲，便成了一般婢仆所憎畏的人。她常常拿着秤，到厨房里去称厨师买的菜和肉，夜里拍我睡了以后，就出去巡视灯火，察看门户。母亲常常婉告她说："你只看管荣官好了，这些事用不着你操心，何苦来叫人家讨厌你。"她起先也只笑笑，说多了就发急。记得有一次，她哭了，说："这些还不是都为你！你是一位菩萨，连高声说话都没说过，眼看这一场家私都让人搬空了，我看不过，才来帮你一点忙，你还怪我。"她一边数落，一边擦眼泪。母亲反而笑了，不说什么。父亲忍着笑，正色说："我们知道你是好心，不过你和太太说话，不必这样发急，'你'呀'我'的，没了规矩！"我只以为她是同我母亲拌嘴，便在后面使劲地捶她的腿，她回头看看，一把拉起我来，背着就走。

说也奇怪，我的抗日思想，还是我的奶娘给培养起来的。大约是在八九岁的时候，有一位堂哥哥带我出去逛街，看见一家日本的御料理，他说要请我吃"鸡素烧"，我欣然答应。脱鞋进门，地板光滑，我们两人拉着手溜走，我已是很高兴。等到吃饭的时候，我和堂哥对跪在矮儿的两边，上下首跪着两个日本侍女，擦着满脸满脖子的怪粉，梳着高高的髻，油香逼人。她们手忙脚乱，烧鸡调味，殷勤劝进，还不住地和我们说笑。吃完饭回来，我觉得印象很深，一进门便一五一十地告诉了我的奶娘。她素来是爱听我的游玩报告的，这次却睁大了眼睛，沉着脸，说："你哥哥就不是好人，单拉你往那些地方跑！下次再去，我就告诉你的父亲打你！"我吓得不敢再说。过了许多日子，偶然同母亲提起，母亲倒不觉得这是一件坏事，还向奶娘解释，说："侄少爷不是一个荒唐人，他带荣官去的地方是日本饭馆子，日本的规矩，是侍女和客人坐在一起的。"奶娘扭过头去说："这班不要脸的东西！太太，您大门不出，二门不迈的，哪里知道这些事呀！告诉您听吧，东洋人就没有一个好的：开馆子的、开洋行的、卖仁丹的，没有一个安着好心，连他们的领事都是他们一伙，而且就是贼头。他们的饭馆侍女，就是窑姐，客人去吃一次，下次还要去。洋行里卖胃药，一吃就上瘾。卖仁丹的，就是眼线，往常到我们村里，一次、两次、三次，头一次画下了图，第二次再来察看，第三次就树起了仁丹的大板牌子。他们画图的时候，有人在后面偷偷看过，哪地方有树，哪地方有井……都记得清清楚楚。您记着我的话，将来我们这里，要没有东洋人造反，您怎样罚我都行！"父亲在旁边听着，连连点头，说："她这话有道理，我们将来一定还要吃日本人的亏。"奶娘因为父亲赞成她，更加高兴了，说："是不是？老爷也知道，我们那几亩地，那一间杂货铺，还不是让日本人强占去的？到东洋领事那

　　　　　　　　　　　　　关于女人和男人

里打了一场官司，我们孩子的爸爸回来就气死了，临死还叫了一夜：'打死日本人，打死东洋鬼。'您看，若不是……我还不至于……"她兴奋得脸也红了，嘴唇哆嗦着，眼里也充满了泪光。母亲眼眶也红了。父亲站了起来，说："荣官，你带奶娘回屋歇一歇吧。"我那时只觉得又愤激又抱愧，听见父亲的话，连忙拉她回到屋里。这一段话，从来没听见她说过，等她安静下来，我又问她一番。她叹口气抚摩着我说："你看我的命多苦，只生了一个女儿，还长不大。只因我没有儿子，我的婆婆整天哭她的儿子，还诅咒我，说她儿子的仇，一辈子没人报了。我一赌气，便出来当奶娘。我想奶一个大人家的少爷，将来像薛仁贵似的跨海征东，堵了我婆婆的嘴，出了我那死鬼男人的气。你大了……"我赶紧搂着她的脖子说："你放心，我大了一定去跨海征东，打死日本人，打死东洋鬼！"眼泪滚下了她的笑脸，她也紧紧搂着我，轻轻地摇晃着，说："这才是我的好宝贝！"

从此我恨了日本人，每次奶娘带我到街上去，遇见日本人，或经过日本人的铺子，我们互搀着的手，都不由地捏紧了起来。我从来不肯买日本玩具，也不肯接受日货的礼物。朋友们送给我的日俄战争图画，我把上面的日本旗帜，都用小刀刺穿。稍大以后，我很用心地读日本地理，看东洋地图，因为我知道奶娘所厚望于我的，除了"做大官，挣大钱，娶个好媳妇"以外，还有"跨海征东"这一件事。

我的奶娘，有气喘的病，不服北方的水土，所以我们搬到北平的时候，她没有跟去。不过从祖父的信里，常常听到她的消息，她常来看祖父，也有时在祖父那里做些短工。她自己也常常请人写信来，每信都问荣官功课如何，订了婚没有，也问北方的用人勤谨否。又劝我母亲驭下要恩威并济，不要太容纵了他们。母亲常常对我笑说："你奶娘到如今还管着我，比你祖父还仔细。"

母亲按月寄钱给她零用，到了我经济独立以后，便由我来供给她。我们在家里，常常要想到她，提到她，尤其是在国难期间，她的恨声和眼泪，总悬在我的眼前。在日本提出"二十一条"和"五四"那年，学生游行示威的时候，同学们在高呼"打倒日本帝国主义"，我却心里在喊"打死东洋鬼"。仿佛我的奶娘在牵着我的手，和我一同走，和我一同喊似的。

抗战的前两年，我有一个学生到故乡去做调查工作，我托他带一笔款子送给我的奶娘，并托他去访问，替她照一张相片。学生回来时，带来一封书信，一张相片，和一只九成金的戒指。相片上的奶娘是老得多了，那一双老眼却还是笑成两道缝。信上是些不满意于我的话，她觉得弟弟们都结婚了，而我将近四十岁还是单身，不是一个孝顺的长子。因此她寄来一只戒指，是预备送给我将来的太太的。这只戒指和一只母亲送给我的手表，是我仅有的贵重物品，我有时也带上它，希望可以作为一个"娶媳妇"的灵感！

抗战后，死生流转，奶娘的消息便隔绝了。也许是已死去了吧，我辗转都得不到一点信息。我的故乡在两月以前沦陷了，听说焚杀得很惨，不知那许多牺牲者之中，有没有我那良善的奶娘？我倒希望她在故乡沦陷以前死去。否则她没有看得见她的荣官"跨海征东"，却赶上了"东洋人造反"，我不能想象我的亲爱的奶娘那种深悲狂怒的神情……

安息吧，这良善的灵魂。抗战已进入了胜利阶段，能执干戈的中华民族的青年，都是你的儿子，跨海征东之期，不再远了！

我的同班

L女士是我们全班男女同学所最敬爱的一个人。大家都称呼她"L大姐"。我们男同学不大好意思打听女同学的岁数，唯据推测，她不会比我们大到多少。但她从不打扮，梳着高高的头，穿着黯淡不入时的衣服，称呼我们的时候，总是连名带姓，以不客气的、亲热的、大姐姐的态度处之。我们也就不约而同，心悦诚服地叫她大姐了。

L女士是闽南人，皮肤很黑，眼睛很大，说话做事，敏捷了当。在同学中间，疏通调停，排难解纷，无论是什么集会，什么娱乐，只要是L大姐登高一呼，大家都是拥护响应的。她的好处是态度坦白，判断公允，没有一般女同学的羞怯和隐藏。你可和她辩论，甚至吵架，只要你的理长，她是没有不认输的。同时她对女同学也

关于女人和男人

并不偏袒，她认为偏袒女生，就是重男轻女；女子也是人，为什么要人家特别容让呢？我们的校长有一次说她"有和男人一样的思路"，我们都以为这是对她最高的奖辞。她一连做了三年的班长，在我们中间，没有男女之分，党派之别，大家都在"拥护领袖"的旗帜之下，过了三年医预科的忙碌而快乐的生活。

在医预科的末一年，有一天，我们的班导师忽然叫我去见他。在办公室里，他很客气地叫我坐下，婉转地对我说，校医发现我的肺部有些毛病，学医于我不宜，劝我转系。这真是一个晴天霹雳！我要学医，是十岁以前就决定的。因我的母亲多病，服中医的药不大见效，西医诊病的时候，总要听听心部肺部，母亲又不愿意，因此，我就立下志愿要学医，学成了好替我的母亲医病。在医预科三年，成绩还不算坏，眼看将要升入本科了，如今竟然功亏一篑！从班导师的办公室里走出来的时候，我几乎是连路都走不动了。

午后这一堂是生理学实验。我只呆坐在桌边，看着对面的 L 大姐卷着袖子，低着头，按着一只死猫，在解剖神经，那刀子下得又利又快！其余的同学也都忙着，没有人注意到我。我轻轻地叫了一声，L 大姐便抬起头来，我说："L大姐，我不能同你们在一起了，导师不让我继续学医，因为校医说我肺有毛病……"L大姐愕然，刀也放下了，说："不是肺痨吧？"我摇头说："不是，据说是肺气支涨大……无论如何，我要转系了，你看！"L大姐沉默了一会，便走过来安慰我说："可惜得很，像你这么一个温和细心的人，将来一定可以做个很好的医生，不过假如你自己身体不好，学医不但要耽误自己，也要耽误别人。同时我相信你若改学别科，也会有成就的。人生的道路，曲折得很，塞翁失马，安知非福？"

下了课，这消息便传遍了，同班们都来向我表示惋惜，也加以劝慰，L大姐却很实际的替我决定要转哪一个系。她说："你转大学本科，只剩一年了，学分都不大够，恐怕还是文学系容易些。"她赶紧又加上一句，"你素来对文学就极感兴趣，我常常觉得你学医是太可惜了。"

我听了大姐的话，转入了文学系。从前拿来消遣的东西，现在却当功课读了。正是"歪打正着"，我对于文学，起了更大的兴趣，不但读，而且写。读写之余，在傍晚的时候，我仍常常跑到他们的实验室里去闲谈，听L大姐发号施令，商量他们毕业的事情。

大姐常常殷勤地查问我的功课，又索读我的作品。

她对我的作品，总是十分叹赏，鼓励我要多读多写。在她的指导鼓励之下，我渐渐地消灭了被逼改行的伤心，而增加了写作的勇气。至今回想，当时若没有大姐的勉励和劝导，恐怕在那转变的关键之中，我要做了一个颓废而不振作的人吧！

在我教书的时候，L大姐已是一个很有名的产科医生了。在医院里，和在学校里一样，她仍是保持着领袖的地位，做一班大夫和护士们敬爱的中心。在那个大医院里，我的同学很多，我每次进城去，必到那里走走，看他们个个穿着白衣，挂着听诊器，在那整洁的甬道里，忙忙地走来走去。闻着一股清爽的药香，我心中常有一种说不出来的感觉，如同一个受伤退伍的兵士，裹着绷带，坐在山头，看他的伙伴们在广场上操练一样，也许是羡慕，也许是伤心，虽然我对于我的职业，仍是抱着与时俱增的兴趣。

同学们常常留我在医院里吃饭，在他们的休息室里吸烟闲谈，也告诉我许多疑难的病症。一个研究精神病的同学，还告诉我许多关于精神病的故事。L大姐常常笑说："×××，这都是你写作的材料，快好好地记下吧！"

抗战前一个多月，我从欧洲回来，正赶上校友返校日。那天晚上，我们的同级有个联欢大会，真是济济多士！十余年中，我们一百多个同级，差不多个个名成业就，儿女成行（当然我是一个例外！），大家携眷莅临，很大的一个厅堂都坐满了。觥筹交错，童稚欢呼，大姐坐在主席的右边，很高兴地左顾右盼，说这几十个孩子之中，有百分之九十五是她接引降生的。酒酣耳热，大家谈起做学生时代的笑话，情况愈加热烈了。主席忽然起立，敲着桌子提议："现在请求大家轮流述说，假如下一辈子再托生，还能做一个人的时候，你愿意做一个什么样的人？"大家哄然大笑。于是有人说他愿意做一个大元帅，有人说愿做个百万富翁……轮到我的时候，大姐忽然大笑起来，说："×××教授，我知道你下一辈子一定愿意做一个女人。"大家听了都笑得前仰后合，当着许多太太们，我觉得有点不好意思，我也笑着反攻说："L大夫，我知道你下一辈子，一定愿意做一个男人。"L大姐说："不，我仍愿意做一个女人，不过要做一个漂亮的女人，我做交际明星，做一切男人们恋慕的对象……"她一边说一边笑，那些太太们听了纷纷起立，哄笑着说："L大姐，您这话就不对，您看您这一班同学，哪一个不恋慕您？来，来，我们要罚您一杯酒。"我们大家立刻鼓

关于女人和男人

掌助兴。L大姐倚老卖老的话，害了她自己了！于是小孩们捧杯，太太们斟酒，L大姐固辞不获，大家笑成一团。结果是滴酒不入的L大医生，那晚上也有些醉意了。

盛会不常，佳时难再，那次欢乐的集会，同班们三三两两的天涯重聚，提起来都有些怅惘。事变后，我还在北平，心里烦闷得很，到医院里去的时候，L大姐常常深思的皱着眉对我们说："我待不下去了。在这里不是'生'着，只是'活'着！我们都走吧，走到自由中国去，大家各尽所能，你用你的一支笔，我们用我们的一双手，我相信大后方还用得着我们这样的人！"大家都点点头。我说："你们医生是当今第一等人材，我这拿笔杆的人，做得了什么事？假若当初……"大姐正色拦住我说："×××，我不许你再说这些无益的话。你自己知道你能做些什么事，学文学的人还要我们来替你打气，真是！"

一年内，我们都悄然地离开了沦陷的故都，我从那时起，便没有看见过我们的L大姐，不过这个可敬的名字，常常在人们口里传说着，说L大姐在西南的一个城市里，换上军装，灰白的头发也已经剪短了。她正在和她的环境，快乐地，不断地奋斗，在蛮烟瘴雨里，她的敏捷矫健的双手，又接下了成千累百的中华民族的孩童。她不但接引他们出世，还指导他们的父母，在有限的食物里，找出无限的滋养料。她正在造就无数的将来的民族斗士！

我希望在不久的将来，我们回到故都重开级会的时候，我能对她说："L大姐，下一辈子我情愿做一个女人，不过我一定要做像你这样的女人！"

我的同学

不知女人在一起的时间，是常谈到男人不是？我们一班朋友在一起的时候，的确常谈着女人，而且常常评论到女人的美丑。

我们所引以自恕的，是我们不是提起某个女人，来品头论足，我们是抽象地谈到女人美丑的标准。比如说，我们认为女人的美可分为三种：第一种是乍看是美，越看越不美；第二种是乍看不美，越看越觉出美来；第三种是一看就美，越来越美！

第一种多半是身段窈窕，皮肤洁白的女人，瞥见时似乎很动人，但寒暄过后，坐下一谈，就觉得她眉画得太细，唇涂得太红，声音太粗糙，态度太轻浮，见过几次之后，你简直觉得她言语无味，面目可憎。

第二种往往是装束素朴，面目平凡的女人，乍见时不给人以特别的印象。但在谈过几次话，同办过几次事以后，你会渐渐地觉得她态度大方，办事稳健，雅淡的衣饰，显出她高洁的品味，不施铅华的脸上，常常含着柔静的微笑。这种女人，认识了之后，很不易使人忘掉。

第三种女人，是鸡群中的仙鹤，万绿丛里的一点红光！在万人如海之中，你会毫不迟疑地把她拣拔了出来。事实上，是在不容你迟疑之顷，她自己从人丛中浮跃了出来，打击在你的眼帘上。这种女人，往往是在"修短合度，秾纤适中……芳泽无加，铅华弗御"的躯壳里，投进了一个玲珑高洁的灵魂。她的一言一笑，一举一动，都流露着一种神情，一种风韵，既流丽，又端庄，好像白莲出水，玉立亭亭。

假如有机会多认识她，你也许会发现她态度从容，辩才无碍，言谈之际，意暖神寒。这种女人，你一生至多遇见一两次，也许一次都遇不见！

我也就遇见过一次！

C女士是我在大学时的同学，她比我高两班。我入大学的第一天，在举行开学典礼之前一小时，在大礼堂前的长廊上，瞥见了她。

那时的女同学，都还穿着制服，一色的月白布衫，黑绸裙儿，长蛇般的队伍，总有一二百个。在人群中，那竹布衫子，黑绸裙子，似乎特别的衬托出C女士那夭矫的游龙般的身段。她并没有大声说话，也不曾笑，偶然看见她和近旁的女伴耳语，一低头，一侧面，只觉得她眼睛很大，极黑，横波入鬓，转盼流光。

及至进入礼堂坐下——我们是按着班次坐的，每人有一定的座位——她正坐在我右方前三排的位子上，从从容容略向右倚。我正看一个极其美丽潇洒的侧影：浓黑的鬓发，一个润厚的耳廓，洁白的颈子，美丽的眼角和眉梢。台上讲话的人，偶然有引人发笑之处，总看见她微微地低下头，轻轻地举起左手，那润白的手指，托在腮边，似乎在微笑，又似乎在忍着笑。这印象我极其清楚，也很深。以后的两年中，直到她毕业时为止，在集会的时候，我总在同一座位上，看到这美丽的侧影。

我们虽不同班，而见面的时候很多，如歌咏队、校刊编辑部，以及什么学会等等。她是大班的学生，人望又好，在每一团体，总是负着重要的责任。任何集会，只要有C女士在内，人数到的总是齐全，空气也十分融和静穆，男同学们对她固然敬慕，女同学们对她也是极其爱戴，我没有听见一个同学，对她有过不满的批评。

C女士是广东人，却在北方生长，一口清脆的北平官话。在集会中，我总是下级干部，在末座静静地领略她稳静的风度，听取她简洁的谈话。她对女同学固然亲密和气，对男同学也很谦逊大方，她的温和的笑，解除了我们莫名其妙的局促和羞涩，我觉得我并不是常常红脸的人，对别的女同学，我从不觉得踧踖。但我看不只我一个人如此，许多口能舌辩的男同学，在C女士面前，也往往说不出话来，她是一轮明丽的太阳，没有人敢向她正视。

我知道有许多大班的男同学，给她写过情书，她不曾答复，也不存芥蒂，我们也不曾听说她在校外有什么爱人。我呢？年少班低，连写情书的思念也不敢有过，但那几年里，心目中总是供养着她。直至现在，梦中若重过学生生活，梦境中还常常有着C女士，她或在打球，或在讲演，一朵火花似的，在我迷离的梦雾中燃烧跳跃。这也许就是老舍先生小说中所谓之"诗意"吧！我算对得起自己的理想，我一辈子只有这么一次"诗意"！

在C女士将要毕业的一年，我同她演过一次戏，在某一幕中，我们两人是主角，这一幕剧我永远忘不了！那是梅德林克的《青鸟》中之一幕。那年是华北旱灾，学校里筹款赈济，其中有一项是演剧募捐，我被选为戏剧股主任。剧本是我选的，我译的，演员也是我请的。我自己担任了小主角，请了C女士担任"光明之神"。上演之夕，到了进入"光明殿"之一幕，我从黑暗里走到她的脚前，抬头一望，在强烈的灯光照射之下，C女士散披着洒满银花的轻纱之衣，扶着银杖。经过一番化妆，她那对秀眼，更显得光耀深大，双颊绯红，樱唇欲滴。及至我们开始对话，她那银铃似的声音，虽然起始有点颤动，以后却愈来愈清爽，愈嘹亮，我也如同得了灵感似的，精神焕发，直到终剧。我想，那夜如果我是一个音乐家，一定会写出一部交响曲，我如果是一个诗人，一定会作出一首长诗。可怜我什么都不是，我只做了半夜光明的乱梦！

等到我自己毕业以后，在美国还遇见她几次，等到我回国在母校教书，听说她已和一位姓L的医生结婚，住在天津。同学们聚在一起，常常互相报告消息，说她的丈夫是个很好的医生，她的儿女也像她那样聪明美丽。

我最后听到她的消息，是在抗战前十天，我刚从欧洲归来，在一位美国老教授家里吃晚饭。他提起一星期以前，他到天津演讲，演讲后的茶会中，有位极漂亮的太太，过来和他握手，他搔着头说："你猜是谁？就是我们美丽的C！我们有八九年没有见面了，真是使人难以相信，她还是和从前一样的好看，一样的年轻……你记得C吧？"我说："我哪能不记得？我游遍了东京、纽约、伦敦、巴黎、罗马、柏林、莫斯科……我还没有遇见过比她还美丽的女人！"

又六年没有消息了，我相信以她的人格和容貌的美丽，她的周围随处都可以变成光明的天国。愿她享受她自己光明中之一切，愿她的丈夫永远是个好丈夫，她的儿女永远是些好的儿女。因为她的丈夫是有福的，她的儿女也是有福的！

　　　　　　　　　　关于女人和男人

我的朋友的太太

　　在单身教授的楼上，住着三个人，L，T，和我。他们二位都是理学院教授，在实验室的时候多，又都是订过婚的人，下课回来，吃过晚饭，就在灯下写起情书，只要是他们掩着屋门，我总不去打搅。沉浸在爱的幸福中的人们，是不会意识到旁人的寂寞的，我只好自己在客厅里，开起沙发旁的电灯，从18世纪的十四行诗中，来寻找我自己"神光离合"的爱人。

　　L和我又比较熟识一些，常常邀我到他屋里去坐。在他的书桌上，看到了他的未婚夫人的照片，长圆的脸，戴着眼镜，一副温柔的笑容。L告诉我，他们是在国外认识而订婚的，这浪漫史的背景，是美国东部一个大学生物学的实验室，他们因着同学，同行而同志，同情，最后认为终身同工，是友情的最美满的归宿，于是就……L说到这里，脸上一红，他是一个木讷腼腆的人，以下就不知说什么好。我赶紧接着说："将来，你们又是一对居里夫妇，恭喜恭喜，何时请我们吃喜酒呢？"

于是在一年的夏天，L回到上海去，回来的时候，就带着他的新妇，住在一所新盖好的教授住宅里。

我们被邀去吃晚饭的那一晚，不过是他们搬入的一星期之后，那小小的四间屋子，已经布置得十分美观妥帖了。卧室是浅红色的，浅红色的窗帘、台布、床单、地毯，配起简单的白色家具，显得柔静温暖。书房是两张大书桌子相对，中间一盏明亮的桌灯，墙上一排的书架，放着许多的书，以及更多的瓶子，里面是青蛙苍蝇，还有各色各种不知名的昆虫。这屋子里，家具是浅灰色的，窗帘等等是绿色的，外面是客厅和饭厅打通的一大间，一切都是蓝色的，色调虽然有深浅，而调和起来，觉得十分悦目。

客人参观完毕，在客厅坐下之后，新娘子才从厨房后面走出来，穿着一件浅红色的衣服，装束雅淡，也未戴任何首饰，面庞和相片上差不多，只是没有戴眼镜，说不上美丽，但自有一种凝重和蔼的风度。她和我们一一握手寒暄，态度自然，口齿流利，把我们一班单身汉，预先排练好的一套闹新房的话，都吓到爪哇国里去了。

席上新娘子和每一个人谈话，大家都不觉得空闲。L本来话少，只看着我们笑。我们都说："L太太，您应当给L一点家庭教育，教他多说一点话。"她笑说："恐怕是我说的话太多，他就没有机会出头了。"——席散大家有的下围棋，有的玩纸牌，L太太很快的就把客人组织起来，我是不大会玩的，就和这一对新夫妇，在廊上看月闲谈。我说："L太太，不怕你恼，我看你的家庭布置，简直像个学文学的人，有过审美训练的。"她谦逊了几句，又笑说："我有几个学美术、文学的女友，在本行上造诣都很好，但一进入她们的家门屋门，×先生，真是如你所说的，像个学科学的人的家庭……"我觉得不好意思，才要说话，她赶紧笑说："我知道你的意思，我是说，审美观念，有时近乎天生，这当然也不是说我真有审美的观念，我只是说所学的与所用的，有时也不一致。"从此又谈到文学，这是我的本行，但L太太所知道的真是不少，欣赏力也很高，我们直谈到牌局棋局散后，又吃了点冰淇淋才走。

L太太每天下午同L先生到实验室，下课后，他们二位常常路过我们的宿舍，就邀我去吃晚饭。大厨房里的菜，自然不及家庭里的烹调，我也就不推却，只有时送去点肉松、醉蟹、糖果饼干之类，他们还说我客气。

冬夜，他们常常生起壁炉，饭后就在炉边闲谈。我教给他们喝一点好酒，抽一点好烟，他们虽不拒绝，却都不发生兴趣。L太太甚至于说我的吃酒抽烟，都是因为没有娶亲的缘故，因而就追问我为什么不娶亲，我说："L太太，你真是太清教徒了，你真没有见过抽烟喝酒的人，像我这样饭前一杯酒，饭后一支烟，在男人里面，就算是不充分享受我们的权利的了。至于娶亲，我还是那一句老话，文章既比人坏，老婆就得比人家好，而我的朋友的老婆，一个赛似一个的好，叫我哪里去找更好的？一来二去，就耽误了下来，这不能怪我……"L太太笑得喘不过气来，L就说："别理他，他是个怪人！只要他态度稍微严肃一些，还怕娶不到老婆？恐怕真正的理由，还是因为他文章太好的缘故。"

L太太真是个清教徒，不但对于烟酒，对于其他一切，也都有着太高而有时不近人情的理想，虽然她是我所见到的，最人性最女性的女人。比如说，她常常赞美那些太太死后绝不再娶的男人，认为那是爱情最贞坚的表现，我听她举例不止一次。有一次是除夕，大家都回去过年——我的家那时还在上海，也不想进城去玩——L夫妇知道我独在，就打电话来请我吃火锅。饭后酒酣耳热，灯光柔软，在炉边她又感慨似的，提起某位老先生，在除夕不知多么寂寞，他鳏居了三十年，朝夕只和太太的照片相伴，是多么可爱可敬的一个老头子啊！

我站了起来，把烟尾扔在壁炉里，说："对不起，L太太，这点我不和你同意！假如我是个女人，而且结婚生活美满，我死后，一定欢喜我的丈夫再娶。我在我的遗嘱上，一定加上几句，说：亲爱的，为着家庭的完整，为着儿女的教养，为着其他一切，我恳切地请你在最短期内，再娶一位既贤且能的夫人……"这时不但L太太睁着两只大眼看我，连L也把手里的书放下了。

我重新点起一支烟，一面坐下，说："女人总觉得丈夫的再娶，是对自己不忠诚，不真挚的反映，我说一句不怕女人生气的话，这就是虚荣心充分的暴露，而且就事实上说，凡是对于结婚生活，觉得幸福美满的人，他的再婚，总比其他的人，来得早些。习惯于美满家庭的人，太太一死，就如同丧家之犬，出入伤心，天地异色，看着儿女啼哭，婢仆怠惰，家务荒弛，他就完全失了依据。夜深人静，看着儿女泪痕狼藉，苍白瘦弱的脸，他心里就针扎似的，恨不得一时能够追回那失去的乐园……"
这时 L 太太不言语了，拿手绢擤了擤鼻子。

　　我说："反过来，结婚生活不美满的人，太太死了，
他就如同漏网之鱼，一溜千里，他就暂时不要再受结婚
生活的束缚，先悠游自在地过几年自由光阴再说。所以，
鳏夫的早日再婚，是对于结婚生活之信任，是对于温暖
家庭的热恋，换句话说，也就是对于第一位夫人最高的
颂赞。再一说，假如你真爱你的丈夫，在自己已成槁木
死灰之时，还有什么虚荣，什么忌妒，你难道忍心使他
受尽孤单悲苦，无人安慰的生活？而且，假如你的丈夫
真爱你，也不会因为眼前有了一个新人，就把你完全忘
掉。《红楼梦》里的藕官，就非常地透彻这道理，人家
问她，为什么得了新的，就把旧的忘了。她说：'不是忘
了，比如人家男人，死了女人，也有再娶的，不过不把
死的丢过不提，就是有情分了。'所以她虽然一和蕊官
碰在一起，就谈得'热剌剌的丢不下'，而一面还肯冒
大观园之不韪，'满面泪痕'的在杏子阴中，给死了的药
官烧纸，这一段故事，实在表现了最正常的人情物理！
听不听由你，我只能说，假如我是个女人，我对于一个
男人的品评，决不因为他妻死再娶，就压低了他的人格。

假如我是个女人，我决不在我生前，强调再婚男人之不足取……"

大概是有了点酒意，我滔滔不绝地说下去，这是我和L太太不客气的辩论之第一次。她虽然不再提起，但我知道她并不和我完全同意。

一年以后，有件事实，却把她说服了。

从前和我们同住的T，也是和L同年结婚的，他们两家住得极近。T太太也是一位极其温柔和蔼的女人，和L太太很合得来。T夫妇的情好自不必说。一年以后，T太太因着难产，死在医院里，T是哭得死去活来。L太太一边哭，一边帮他收拾，帮他装殓，帮他料理丧事，还帮他管家。那时L太太的儿子宝弟诞生不久，她也很忙，再兼管T的家事，弄得劳瘁不堪。最后她到底把T太太的妹妹介绍给T先生，促他订婚，促他成礼，我在旁边看着，觉得十分有趣，因此在T二次结婚的婚筵后，我同L夫妇缓步归来，我笑着同L太太说："假如你觉得男人人格的最高标准，是妻死不娶，你就不应当陷T于不义。"她却眼圈红了，说："×先生，请你不要再说了吧！"她的下泪，很出我意外，我从此就不再提。

但对于我之不娶，她仍是坚决地反对，这也许是她的报复，因为我不能反驳她。他们的儿子宝弟刚会说话，她就教他叫我"老丈人"。直至抗战那年，我离开北平，九岁的宝弟，和我握别的时候，还说："老丈人，你回来的时候，千万要把你的女儿，我的太太带了回来！"

他问我要女儿，别说一个，要两个也容易，但我的太太还没有影子呢。

关于女人和男人

我的学生

S 是在澳洲长大的 —— 她的父亲是驻澳的外交官 —— 十七岁那年才回到祖国来。她的祖父和我的父亲同学，在她考上大学的第二天，她祖父就带她来看我，托我照应。她考得很好，只国文一科是援海外学生之例，要入学以后另行补习的。

那时正是一个初秋的下午，我留她的祖父和她，在我们家里吃茶点。我陪着她的祖父谈天，她也一点不拘束的，和我们随便谈笑。我觉得她除了黑发黑睛之外，她的衣着，表情，完全像一个欧洲的少女。她用极其流利的英语，和我谈到国文，她说："我曾经读过国文，但是一位广东教师教的，口音不正确……"说到这里，她极其淘气地挤着眼睛笑了，"比如说，他说：'系的，系的，萨天常常萨雨。'你猜是什么意思？他是说：'是的，是的，夏天常常下雨。'你看！"她说着大笑起来，她的祖父也笑了。

我说："大学里的国文又不比国语，学国语容易，只要你不怕说话就行。至于国文，要能直接听讲，最好你的国文教授，能用英语替你解说国文，你在班里再一用心，就行了。"她的祖父就说："在国文系里，恐怕只有你能用英语解说国文，就把她分在你的组里吧，一切拜托了！"我只得答应了。

上了一星期的课，她来看我，说别的功课都非常容易，同学们也都和她好，只是国文仍是听不懂。我说："当然我不能为你的缘故，特别地慢说慢讲，但你下课以后，不妨到我的办公室里，我再替你细讲一遍。"她也答应了。从此她每星期来四次，要我替她讲解。真没看见过这样聪明的孩子，进步像风一样的快。一个月以后，她每星期只消来两次，而且每次都是用纯粹的流利的官话，和我交谈。等到第二学期，她竟能以中文写文章，她在我班里写的"自传"长至九千字，不但字句通顺，而且描写得非常生动。这时她已成了全校师生嘴里所常提到的人物了。

她学的是理科，第二年就没有我的功课，但因为世交的关系，她还常常来看我。现在她已完全换上了中服，一句英语不说，但还是同欧美的小女孩儿一样的活泼淘气。她常常对我学她们化学教授的湖南腔，物理教授的山东话，常常使全客厅的人们，笑得喘不过气来。她有时忽然说："×叔叔，我祖父说你在美国一定有位女朋友，否则为什么在北平总不看见你同女友出去？"或说："众位教授听着！我的×叔叔昨天黄昏在校园里，同某女教授散步，你们猜那位女教授是谁？"她的笑话，起初还有人肯信，后来大家都知道她的淘气，也就不理她。同时，她的朋友越来越多，课余忙于开会、赛球、骑车、散步、溜冰、演讲、排戏，也没有工夫来吃茶点了。

以后的三年里，她如同狮子滚绣球一般，无一时不活动，无一时不是使出浑身解数地在活动。在她，工作就是游戏，游戏就是工作。早晨看见她穿着蓝布衫，平底皮鞋，夹着书去上课；忽然又在球场上，看见她用红丝巾包起头，穿着白衬衣，黑短裤，同三个男同学打网球；一转眼，又看见她骑着车，飞也似的掠过去，身上已换了短袖的浅蓝绒衣和蓝布长裤；下午她又穿着实验白衣服，在化学楼前出现；到了晚上，更摸不定了，只要大礼堂灯火辉煌，进去一看，台上总有她，不是唱歌，就是演戏；在周末的晚上，会遇见她在城里北京饭店或六国饭店，穿起曳地的长衣，踏着高跟鞋，戴着长耳坠，画眉，涂指甲，和外交界或使馆界的人们，吃饭，跳舞。

她的一切活动，似乎没有影响到她的功课，她以很高的荣誉毕了业。她的祖父非常高兴，并邀了我的父亲来赴毕业会，会后就在我们楼里午餐。她们祖孙走后，我的父亲笑着说："你看 S 像不像一只小猫，没有一刻消停安静！她也像猫一样的机警聪明，虽然跳荡，却一点不讨厌。我想她将来一定会嫁给外交人员，你知道她在校里有爱人吧？"我说："她的男朋友很多，却没听说过有哪一个特别好的，您说得对，她不会在同学中选对象，她一定会嫁给外交人员。但无论如何，不会嫁给一个书虫子！"

出乎意外的，在暑期中，她和一位 P 先生宣布订婚，P 就是她的同班，学地质土壤的。我根本没听说过这个人！问起 P 的业师们，他们都称他是个绝好的学生，很用功，性情也沉静，除读书外很少活动。但如何会同 S 恋爱订婚，大家都没看出，也绝对想不到。

一年以后，他们结了婚，住在 S 祖父的隔壁，我的父亲有时带我们几个弟兄，去拜访他们。他们家里简直是"全盘西化"，家人仆妇都会听英语，饮食服用，更不必说。S是地道的欧美主妇，忙里偷闲，花枝招展。我的父亲常常笑对S说："到了你家，就如同到澳洲中国公使馆一般！"

但是住在"澳洲中国公使馆"的P先生，却如同古寺里的老僧似的，外面狂舞酣歌，他却是不闻不问，下了班就躲在他自己的书室里，到了吃饭时候才出来，同客人略一招呼，就低头举箸。倒是S常来招他说话，欢笑承迎。饭后我常常同他进入书室，在那里，他的话就比较的多。虽然我是外行，他也不惮烦地告诉许多关于地质土壤的最近发现，给我看了许多图画、照片和标本。父亲也有时捧了烟袋，踱了进来，参加我们的谈话。他对P的印象非常之好，常常对我说："P就是地质本身，他是一块最坚固的磐石。S和一般爱玩漂亮的人玩腻了，她知道终身之托，只有这块磐石最好，她究竟是一个聪明人！"

我离开北平的时候，到她祖父那里辞行，顺便也到P家走走。那时S已是三个孩子的母亲，院子里又添上了沙土池子，秋千架之类。家里人口添了不少，有保姆、浆洗缝做的女仆、厨子、园丁、司机，以及打杂的工人等等。所以当S笑着说"后方见"的时候，我也只笑着说："我这单身汉是拿起脚来就走，你这一个'公使馆'如何搬法？"P也只笑了笑，说："×先生，你到那边若见有地质方面新奇的材料，在可能的范围内，寄一点来我看看。"

从此又是三年——

忽然有一天，我在云南一个偏僻的县治旅行，骑马迷路。那时已近黄昏，左右皆山，顺着一道溪水行来，逢人便问，一个牧童指给我说："水边山后有一个人家，也是你们下江人，你到那边问问看，也许可以找个住处。"我牵着马走了过去，斜阳里一个女人低着头，在溪边洗着衣裳，我叫了一声，她猛然抬起头来，我几乎不能相信我的眼睛，那用圆润的手腕，遮着太阳，一对黑大的眼睛，向我注视的，不是S是谁？

我赶了过去，她欢喜地跳了起来，把洗的衣服也扔在水里，嘴里说："你不嫌我手湿，就同我拉手！你一直走上去，山边茅屋，就是我们的家。P在家里，他会给你一杯水喝，我把衣裳洗好就来。"

三个孩子在门口草地上玩，P在一边挤着羊奶，看见我，呆了一会，才欢呼了起来。四个人把我围拥到屋里，推我坐下，递烟献茶，问长问短。那最大的九岁的孩子，却溜了出去，替我喂马。

S提着一桶湿衣服回来，有一个小脚的女工，从厨房里出来，接过，晾在绳子上。S一边擦着手笑着走了进来，我们就开始了兴奋而杂乱的谈话，彼此互说着近况，从谈话里知道他们是两年前来的，我问起她的祖父，她也问起我的父亲。S是一刻不停地做这个那个，她走到哪里，我们就跟到哪里谈着。直到吃过晚饭，孩子们都睡下了，大家才安静的，在一盏菜油灯周围坐了下来。S补着袜子，P同我抽着柳州烟，喝着胜利红茶谈话。

S笑着说："这是'公使馆'的'山站'，我们做什么就是得像什么！×叔叔！这座茅屋，就是P指点着工人盖的，门都向外开，窗户一扇都关不上！拆了又安，安了又拆，折腾了几十回。这书桌、书架、'沙发'椅子都是P同我自己钉的，我们用了七十八个装煤油桶的木箱。还有我们的床，那是杰作，床下还有放鞋的矮柜子。好玩得很，就同我们小时玩'过家家'似的，盖房子、造家具、抱娃娃、做饭、洗衣服、养鸡、种菜，一天忙个不停，但是，真好玩，孩子们都长了能耐，连P也会做些家务事。我们一家子过着露营的生活，笑话甚多，但是，我们也时常赞谈自己的聪明，凡事都能应付得开。明天再带你去看我们的鸡棚、羊圈、蜂房，还有厕所，……总而言之，真好玩！"

我凝视着她，"真好玩"三字就是她的人生观，她的处世态度，别的女人觉得痛苦冤抑的工作，她以"真好玩"的精神，"举重若轻"地应付了过去。她忙忙地自己工作，自己试验，自己赞叹，真好玩！她不觉得她是在做着大后方抗战的工作，她就是萧伯纳所说的"在抗战时代，除了抗战工作之外，什么都可以做"的大艺术家！

当夜他们支了一张行军床——也是他们自己用牛皮钉的——把我安放在P的书室里，这是三间屋子里最大的一间，兼做了客室，储藏室等等。墙上仍是满钉着照片图画，书架上摆着满满的书，墙角还立着许多锄头、铁铲、锯子、扁担之类。灭灯后月色满窗，我许久睡不着，我想起北平的"澳洲公使馆"，想起我的父亲，不知父亲若看了这个山站，要如何想法！

阳光射在我的脸上，一阵煎茶香味，侵入鼻管。我一睁眼，窗外是典型的云南的海蓝的天，门外悄无声息。我轻轻地穿起衣服，走了出来，看见S蹑手蹑脚地在摆着早饭，抬头看见我，便笑说："睡得好吧？你骑了一天马，一定累了。我们没有叫你。P上班去了，孩子们也都上学了，我等着你一块儿吃粥。"说着忙忙的又到厨房里去了。

我在外间屋里，一面漱洗，一面在充满阳光的屋子里，四周审视。"公使馆"的物质方面，都已降低，而"公使馆"的整洁美观的精神，尽还存在，还添上一些野趣。饭桌上蒙着一块白地红花土布，一只大肚的陶罐里，乱插着红白的野花。桌上是一盘黄果——四川人叫做广柑——对面摆着两只白盘子，旁边是两把红柄的刀子，两双红筷子，两个红的电木的洗手碗，两块白地红花的饭巾……正看着，S端了一盘鸡蛋炸馒头片进来，让我坐下，她自己坐在对面。我们一面剥黄果，一面谈话。

白天看S，觉得她比三年前瘦了许多，但精神仍旧是很好，身上穿着蓝地印白花的土布衫子、短袜子、布鞋，脸上薄施脂粉，指甲也染得很红。我笑说："你的化装品都带来了吧？"她也笑说："都带来了，可是我现在用的是鹅蛋粉和胭脂棉。凤仙花瓣和白矾捣了也可以染指甲。"

我们吃着S自制的咸鸭蛋和泡菜，吃过稀饭，又喝了煎茶，坐了一会，S就邀我去参观她的环境。出到门外，菜园里红的是辣椒、西红柿，绿的是豆子，黄的是黄瓜，紫的是茄子，周围是一片一片的花畦，阳光下光艳夺目，蜂喧蝶闹。菜园的后面，简直像个动物园！十几只意大利的大白鸡，在沙地上吃食，三只黑羊，两只狼犬——我的那匹马也拴在旁边——还有小孩子养的松鼠和白兔。一只极胖的蓝睛暹罗猫，在篱隙出入跳跃。

转到山后，便看见许多人家，S说这便是市中心，有菜场，有邮政代办所，有中心小学校。P的"地质调查所"是全市最漂亮高大的房子，砖墙瓦顶，警察岗亭就设在门边。我们穿过这条"大街"的时候，男女老幼，村的俏的，都向S招呼，说长道短。有个妇人还把一个病孩子，从门洞里抱出来给S看。当我们离开这人家的时候，我笑说："S，如今你不是公使夫人，而是牧师太太了！"她笑了一笑。

大街尽头，便是五六幢和S的相似的房子，那是地质调查所同人的住宅。S也带我进去访问。那些太太们大都是外省人，看见我去都很亲热，让座让茶。她们的房间和S的一样，而陈设就很乱很俗，自己是乱头粗服，孩子们也啼哭喧闹。这些太太们不住地向我道歉，说是房间又小，用人又笨，什么都不称手，哪能像北平、上

关于女人和男人

海那样的可以待客呢？我无聊地坐了一会，也就告辞了出来。

回来的路上，S请我先走，说她还要到小学里去教一堂课。我也便不回来，却走到"地质调查所"去找P，参观了他们的工作。等到P下班，我们一同走出来，三个孩子十分高兴地在门口等着，说："妈妈炖了鸡，烤了肉，蒸了蛋羹，请客人回去吃大馒头去！"

午后我睡了一大觉，醒来便要走路，S和P一定不肯，说今晚要约几个朋友来和我谈谈，S笑说还有几位漂亮的太太。我说："假如你们可怜我，就免了这一套吧，我实在怕见生人；还有，你也扮演不出'公使馆'那一出！"P说："也好，你再住一天，我们不请客人好了。"S想了一会，笑了，说："晚饭以前，我还有事，你们带这几个孩子到对山去玩去，6时左右，带些红杜鹃花回来。"我们答应了，孩子们欢呼着都跑到前面去了。

我和P对躺在山头草地上，晒着太阳。我说："你们这一对儿真好，你从前是那样稳静，现在也是那样稳静。S从前是那样活泼，现在也是那样活泼，不过比从前更老练能干了，真是难得。"P沉默了一会，说："×先生，你只知道S活泼的一方面，还没有看见她严肃的一方面。

她处处求全，事事好胜，这一二年来，身体也大不如从前了！她一个人做着六七个人的事，却从不肯承认自己的软弱。你知道她欢喜引用中文成语——英文究竟是她的方言，她睡梦中常说英语——有时文不对题的使人发笑。有一天，我下班回来，发现她躺在床上，看见我就要起来。我按住她，问她怎么了，她说没有什么，只觉得有一点头晕。我在床边坐了一会，她忽然说：'P，我这个人真是"心比天高，命比纸薄"。'我心里忽然一阵难过，勉强笑说：'别胡说了，你知道"薄命"这两个字，是什么意思。'她却流下泪来，转身向里躺着去了。×先生，你觉得……"

P说不下去了，我也不觉愣住，便说："我自然看出S严肃的一方面，她如果不严肃，她不会认得你，她如果不严肃，她不会到内地来。她的身体是不如从前了，你要时时防护着她！至于她所说的那两句话你倒不必存在心里，她对于汉文是半懂不懂的。"P不言语，眼圈却红了。

这时候孩子们已抱着满怀的红杜鹃花，跑了上来，说："我们该回去了，晚饭以前，我们还要换衣服呢！"

一进家门，那"帮工"的李嫂，穿着一身黑绸的衣

　　　　　　　　　关于女人和男人

裤，系着雪白的围裙，迎了出来，嘴里笑着说："客人们请客厅坐。"我们进到中间屋里，看见餐桌上铺着雪白的桌布，点着辉煌的四支红烛，中间一大盘的红杜鹃花，桌上一色的银盘银箸，雪白的饭巾。我们正在诧愕，李嫂笑着打起卧房的布帘子，说："太太！客人来了。"S从屋里笑盈盈地走了出来，身上穿着红丝绒的长衣，大红宝石的耳坠子，脚上是丝袜，金色高跟鞋，画着长长的眉，涂上红红的嘴唇，眼圈边也抹上淡淡的黄粉，更显得那一双水汪汪的俊眼——这一双俊眼里充满着得意的淘气的笑——她伸出手来，和我把握，笑说："×先生晚安！到敝地多久了？对于敝处一切还看得惯吧？"我们都大笑了起来。孩子们却跑过去抱着S的腿，欢呼着说："妈妈，真好看！"回头又拍手笑说："看！李嫂也打扮起来了！"李嫂忍着笑，走到厨房里去了。

我们连忙洗手就坐。因为没有别的客人，孩子们便也上席，大家都兴高采烈。饭后，孩子们吃过果点，陆续的都去睡了。S又煮起咖啡，我们就在廊上看月闲谈。看着S的高跟鞋在月下闪闪发光，我就说："你现在没有机会跳舞玩牌了吧？"S笑说："才怪！P的跳舞和玩牌都是到了这里以后才学会的。晚饭后没事，我就教给P

打'蜜月'纸牌，也拉他跳舞。他一天工作怪累的，应当换一换脑筋。"P笑说："我倒不在乎这些个，我在北平的时候，就不换脑筋。我宁可你在一天忙累之后，早点休息睡觉，我自己再看一点轻松的书。"我说："S，你会开汽车吧？"S说："会的，但到这里以后，没有机会开了。"我笑说："你既会开车，就知道无论多好多结实的车子，也不能一天开到二十四小时，尤其在这个崎岖的山路上。物力还应当爱惜，何况人力？你如今不是过着'电气冰箱，抽水马桶'的生活了，一切以保存元气为主，不能一天到晚的把自己当做一架机器，不停的开着……"S连忙说："正是这话！人家以为我只过'电气冰箱，抽水马桶'的生活……"我拦住她，"你又来，总是好胜要强的脾气！你如果把我当做叔叔，就应当听我的话。"S笑了一笑，抬头向月，再不言语。

第二天一早，我就骑着马离开这小小的镇市。P和S，和三个小孩子都送我到大路上，我回望这一群可爱的影子，心中忽然感激，难过。

回到我住处的第三天，忽然决定到重庆来。在上飞机之前，匆匆地给他们写一封短信，谢谢他们的招待，报告了我的行踪。并说等我到了重庆以后，安定下来，再给他们写信——谁知我一到陪都，就患了一个月的重伤风，此后东迁西移，没有一定的住址。直到两月以后，才给他们写了一封很长的信，许久没有得到回音，又在两月以后，我在一个大学里，单身教授的宿舍窗前，拆开了 P 的一封信！

　　× 先生：

　　　我何等的不幸，S 已于昨天早晨弃我而逝！原因是一位同事出差去了，他的太太忽然得了急性盲肠炎。S 发现了，立刻借了一部车子，自己开着，送她到省城。等到我下班，看见了她的字条，立刻也骑马赶了去……那位太太已入了医院，患处已经溃烂，幸而开刀经过良好，只是失血太多，需要输血。那时买血很贵，那位太太因经济关系，坚持不肯。S 又发现她们的血是同一类型，她就输给那太太 200CC 的血。……我要她同我回来，她说那太太需要人照料，而又请不起特别护士，她必须留在那里，等到她的先生来了再走。我拗她不过，所中公务又忙，只得自己先走……三星期之后，S

回来了，瘦得不成样子！原来在三星期之内，她输给那太太 400CC 的血。从此便躺了下去，有时还挣扎着起来，以后就走不动了。医生发现她是得了黍形结核症，那是周身血管，都有了结核细菌，是结核症中最猛烈最无可救药的一种！病原是失血太多，操劳过度，营养不足。……这三个月中，急坏了 S，苦坏了孩子，累坏了我，然而这一切苦痛，都不曾挽回我们悲惨的命运！……她生在上海，长在澳洲，嫁在北平，死在云南，享年三十二岁……

如同雷轰电掣一般，我呆住了，眼前涌现了 S 的冷静而含着悲哀的，抬望月的脸！想到她那美丽整洁的家，她的安详静默的丈夫，她的聪明活泼的孩子……

忽然广场上一声降旗的号角，我不由自主地，扔了手里的信，笔直的站了起来。我垂着两臂，凝望着那一幅光彩飘扬的国旗，从高杆上慢慢地降落了下来。在号角的余音里，我无力地坐了下去，我的眼泪，不知从哪里来的，流满了我的脸上了！

我的房东

1937年2月8日近午，我从日内瓦到了巴黎。我的朋友中国驻法大使馆的L先生，到车站来接我。他笑嘻嘻地接过了我的一只小皮箱，我们一同向站外走着。他说："你从罗马来的信，早收到了。你吩咐我的事，我为你奔走了两星期，前天才有了眉目，真是意外之缘！吃饭时再细细地告诉你吧。"

L也是一个单身汉，我们走出站来，无"家"可归，叫了一辆汽车，直奔拉丁区的北京饭店。我们挑了个座位，对面坐下，叫好了菜。L一面擦着筷子，一面说："你的条件太苛，挑房子哪有这么挑法？地点要好，房东要好，房客要少，又要房东会英语！我知道你难伺候，谁叫我答应了你呢，只好努力吧。谁知我偶然和我们的大使谈起，他给我介绍了一位女士，她是贵族遗裔，住在最清静高贵的贵族区——第七区。我前天去见了她，也看了房子……"他搔着头，笑说："真是'有缘千里来相会'，这位小姐，绝等漂亮，绝等聪明，温柔雅澹，堪配你的为人，一会儿你自己一见就知道了。"我不觉笑了起来，说："我又没有托你做媒，何必说那些'有缘''相配'的话！倒是把房子情形说一说吧。"这时菜已来了，L还叫了酒，他举起杯来，说："请！我告诉你，这房子是在第七层楼上，正临着拿破仑殡宫那条大街，美丽幽静，自不必说。只有一个房东，也只有你一个房客！这位小姐因为近来家道中落，才招个房客来帮贴用度，房租伙食是略贵一点，我知道你这个大爷，也不在乎这些。我们吃过饭就去看吧。"

我们又谈了些闲话，酒足饭饱，L会过了账，我提起箱子就要走。L拦住我，笑说："先别忙提箱子，现在不是你要不要住那房子的问题，是人家要不要你做房客的问题。如今七手八脚都搬了去，回头一语不合，叫人家撵了出来，多没意思！还是先寄存在这里，等下说定了再来拿吧。"我也笑着依从了他。

一辆汽车，驰过宽阔光滑的街道，转弯抹角，停在一座大楼的前面。进了甬道，上了电梯，我们便站在最

　　　　　　　　　　关于女人和男人

高层的门边。L脱了帽，按了铃，一个很年轻的女佣出来开门，L笑着问："R小姐在家吗？请你转报一声，中国大使馆的L先生，带一位客人来拜访她。"那女佣微笑着，接过片子，说："请先生们客厅里坐。"便把我们带了进去。

我正在欣赏这一间客厅连饭厅的陈设和色调，忽然看见L站了起来，我也连忙站起。从门外走进了一位白发盈颠的老妇人。L笑着替我介绍说："这位就是我同您提过的×先生。"转身又向我说："这位是R小姐。"

R小姐微笑着同我握手，我们都靠近壁炉坐下。R小姐一面同L谈着话，一面不住地打量我，我也打量她。她真是一个美人！一头柔亮的白发；身上穿着银灰色的衣裙，领边袖边绣着几朵深红色的小花；肩上披着白绒的围巾；长眉妙目，脸上薄施脂粉，也淡淡的抹着一点口红。岁数简直看不出来，她的举止顾盼，有许多地方十分的像我的母亲！

R小姐又和我攀谈，用的是极流利的英语。谈起伦敦，谈起罗马，谈起瑞士……当我们谈到罗马博物馆的雕刻和佛劳伦斯博物馆的绘画时，她忽然停住了，笑说："×先生刚刚来到，一定乏了，横竖将来我们谈话的机会多得很，还是先带你看看你的屋子吧。"她说着便站起引路，L在后面笑着在我耳边低声说："成了。"

我的那间屋子，就在客厅的后面，紧连着浴室，窗户也是临街开的。陈设很简单，却很幽雅，临窗一张大书桌子，桌上一瓶茶色玫瑰花，还疏疏落落地摆着几件文具。对面一个书架子，下面空着，上层放着精装的英法德各大文豪的名著。床边一张小几，放着个小桌灯，也是茶红色的灯罩。此外就是一架大衣柜，一张摇椅，屋子显得很亮，很宽。

我们四围看了一看，我笑说："这屋子真好，正合我的用处……"R小姐也笑说："我们就是这里太静一些，马利亚的手艺不坏，饭食也还可口。哪一天，你要出去用饭，请告诉她一声。或若你要请一两个客人，到家里来吃，也早和她说。衣服是每星期有人来洗……"一面说着，我们又已回到客厅里。L拿起帽子，笑说："这样我们就说定了，我相信你们宾主一定会很相得的。现在我们先走了。晚饭后 × 先生再回来——他还没去拜望我们的大使呢！"

我们很高兴地在大树下，人行道上并肩的走着。L把着我的臂儿笑说："我的话不假吧，除了她的岁数稍微大一点之外！大使说，推算起来，恐怕她已在六旬以外了。她是个颇有名的小说家，也常写诗。她挑房客也很苛，所以她那客房，常常空着，她喜欢租给'外路人'，我看她是在招致可描写的小说中人物，说不定哪一天，你就会在她的小说中出现！"我笑说："这个本钱，我倒是捞得回来。只怕我这个人，既非儿女，又不英雄，没有福气到得她的笔下。"

午夜，我才回到我的新屋子里，洗漱后上床，衾枕雪白温软，我望着茶红色的窗帘，茶红色的灯罩，在一圈微晕的灯影下，忽然忘记了旅途的乏倦。我赤足起来，从书架上拿了一本哥德诗集来看，不知何时，蒙眬睡去——直等第二天微雨的早晨，马利亚敲门，送进刮胡子的热水来，才又醒来。

从此我便在 R 家住下了，早饭很简单，只是面包牛油咖啡，多半是自己在屋里吃。早饭后就到客厅坐坐，让马利亚收拾我的屋子。初到巴黎，逛街访友，在家吃饭的时候不多，我总是早晨出去，午夜回来。好在我领了一把门钥，独往独来，什么人也不惊动。有时我在寒夜中轻轻推门，只觉得温香扑面，踏着厚软的地毯，悄悄地走回自己屋里，桌上总有信件鲜花，有时还有热咖啡或茶，和一盘小点心。我一面看着信，一面吃点心喝茶——这些事总使我想起我的母亲。

第二天午饭时，见着 R 女士，我正要谢谢她给我预备的"消夜"，她却先笑着说："× 先生，这半月的饭钱，我应该退还你，你成天的不在家！"我笑着坐下，说："从今天起，我要少出去了，该看的人和该看的地方，都看过了。现在倒要写点信，看点书，养养静了。"R 小姐笑说："别忘了还有你的法文，L 先生告诉我，你是要练习法语的。"

真的，我的法文太糟了，书还可以猜着看，话却是无人能懂！R 小姐提议，我们在吃饭的时候说法语。结果是我们谈话的范围太广，一用法文说，我就词不达意，笑着想着，停了半天。次数多了，我们都觉得不方便，不约而同的笑了出来，说："算了吧，别扭死人！"从此我只顾谈话，把法语丢在脑后了！

巴黎的春天，相当阴冷，我们又都喜欢炉火，晚饭后常在 R 小姐的书房里，向火抽烟，闲谈。这书房是全房子里最大的一间，满墙都是书架，书架上满是文学书。壁炉架上，摆着几件东方古董。从她的谈话里，知道她的父亲做过驻英大使——她在英国住过十五年——也做

　　　　　　　　　　关于女人和男人

过法国远东殖民地长官——她在远东住过八年。她有三个哥哥，都不在了。两个侄子，也都在上次欧战时阵亡。一个侄女，嫁了，有两个孩子，住在乡下。她的母亲，是她所常提到的，是一位身材单薄，多才有德的夫人，从相片上看去，眉目间尤其像我的母亲。

我虽没有学到法语，却把法国的文学艺术，懂了一半。我们常常一块儿参观博物院，逛古迹，听歌剧，看跳舞，买书画……她是巴黎一代的名闺，我和她朝夕相从，没看过 R 小姐的，便传布着一种谣言，说是 ××× 在巴黎，整天陪着一位极漂亮的法国小姐，听戏，跳舞。这风声甚至传到国内我父亲的耳朵里，他还从北平写信来问。我回信说："是的，一点不假，可惜我无福，晚生了三十年，她已是一位六旬以上的老姑娘了！父亲，假如您看见她，您也会动心呢，她长得真像母亲！"

我早可以到柏林去，但是我还不想去，我在巴黎过着极明媚的春天——

在一个春寒的早晨，我得到国内三弟报告订婚的信。下午吃茶的时候，我便将他们的相片和信，带到 R 小姐的书房里。我告诉了她这好消息，因此我又把皮夹里我父亲、母亲，以及二弟、四弟两对夫妇的相片，都给她看了。她一面看着，很客气的称赞了几句，忽然笑说："×先生，让我问你一句话，你们东方人不是主张'男大当婚，女大当嫁'的吗？为何你竟然没有结婚，而且你还是个长子？"我笑了起来，一面把相片收起，挪过一个锦墩，坐在炉前，拿起铜条来，拨着炉火，一面说："问我这话的人多得很，你不是第一个。原因是，我的父母很摩登，从小，他们没有强迫我订婚或结婚。到自己大了，挑来挑去的，高不成，低不就，也就算了……"R女士凝视着我，说："你不觉得生命里缺少什么？"我说："这个，倒也难说，根本我就没有去找。我认为婚姻若没有恋爱，不但无意义，而且不道德。但一提起恋爱来，问题就大了，你不能提着灯笼去找！我们东方人信'凤缘'，有缘千里来相会，若无缘呢，就是遇见了，也到不了一处……"这时我忽然忆起L君的话，不觉抬头看她，她正很自然的靠坐在一张大软椅里，身上穿着一件浅紫色的衣服，胸前戴几朵紫罗兰。闪闪的炉火光中，窗外阴暗，更显得这炉边一角，温静、甜柔……

她举着咖啡杯儿，仍在望着我。我接下去说："说实话，我还没有感觉到空虚，有的时候，单身人更安逸、更宁静、更自由……我看你就不缺少什么，是不是？"

她轻轻地放下杯子，微微的笑说："我嘛，我是一个女人，就另是一种说法了……"说着，她用雪白的手指，挑着鬓发，轻轻的向耳后一掠，从椅旁小几上，拿起绒线活来，一面织着，一面看着我。

我说："我又不懂了，我总觉得女人天生的是家庭建造者。男人倒不怎样，而女人却是爱小孩子，喜欢家庭生活的，为何女人倒不一定要结婚呢？"R小姐看着我，极温柔软款地说："我是'人性'中最'人性'，'女性'中最'女性'的一个女人。我愿意有一个能爱护我的温柔体贴的丈夫，我喜爱小孩子，我喜欢有个完美的家庭。我知道我若有了这一切，我就会很快乐地消失在里面去——但正因为，我知道自己太清楚了，我就不愿结婚，而至今没有结婚！"

我抱膝看着她。她笑说："你觉得奇怪吧，待我慢慢地告诉你——我还有一个毛病，我喜欢写作！"我连忙说："我知道，我的法文太浅了，但我们的大使常常提起你的作品，我已试着看过，因为你从来没提起，我也就不敢……"R小姐拦住我，说："你又离了题了，我的意思是一个女作家，家庭生活于她不利。"我说："假如她能够——"她立刻笑说："假如她身体不好……告诉你，一个男人结了婚，他并不牺牲什么。一个不健康的女人结了婚，事业——假如她有事业、健康、家务，必须牺牲其一！我若是结了婚，第一牺牲的是事业，第二是健康，第三是家务……"

——写到这里，我忽然忆起去年我一个女学生，写的一篇小说，叫做"三败俱伤"——她低头织着活计，说："我是一个要强，顾面子，好静，有洁癖的人，在情感上我又非常的细腻，体贴，这些都是我的致命伤！为了这性格，别人用了十分心思，我就得用上百分心思，别人用了十分精力，我就得用上百分精力。一个家庭，在现代，真是谈何容易，当初我的母亲，她做一个外交官夫人，安南总督太太，真是仆婢成群，然而她……她的绘画，她的健康，她一点没有想到顾到。她一天所想的是丈夫的事业，丈夫的健康，儿女的教养，儿女的……她忙忙碌碌的活了五十年！至今我拿起她的画稿来，我就难过。嗳，我的母亲……"她停住了，似乎很激动，轻轻地咳嗽了两声，勉强的微笑说："我母亲的事情，真够写一本小说的。你看见过英国女作家，V. Sackville-West 写的 *All Passion Spent*（七情俱净）吧？"

我仿佛记得看过这本书，就点头说："看过了，写得

　　　　　　　　　　关于女人和男人

真不错……不过，R 小姐，一个结婚的女人，她至少有了爱情。"她忽然大声的笑了起来，说："爱情？这就是一件我所最拿不稳的东西，男人和女人心里所了解的爱情，根本就不一样。告诉你，男人活着是为事业——天晓得他说的是事业还是职业！女人活着才为着爱情。女人为爱情而牺牲了自己的一切，而男人却说：'亲爱的，为了不敢辜负你的爱，我才更要努力我的事业！'这真是名利双收！"她说着又笑了起来，笑声中含着无限的凉意。

我不敢言语，我从来没有看见 R 小姐这样激动过，我虽然想替男人辩护，而且我想我也许不是那样的男人。

她似乎看出了我的心绪，她笑着说："每一个男人在结婚以前，都说自己是个例外，我相信他们也不说假话。但是夫妻关系，是种最娇嫩最伤脑筋的关系，而时光又是一件最无情最实际的东西。等到你一做了他的同衾共枕之人，天长地久……呵！天长地久！任是最坚硬晶莹的钻石也磨成了光彩模糊的沙砾，何况是血淋淋的人心？你不要以为我是生活在浪漫的幻想里的人，我一切都透彻，都清楚。男人的'事业'当然要紧，讲爱情当然是不应该抛弃了事业，爱情的浓度当然不能终身一致。

但是更实际的是，女人终究是女人，她也不能一辈子以结婚的理想、人生的大义，来支持她困乏的心身。在她最悲哀，最柔弱，最需要同情与温存的一刹那顷，假如她所得到的只是漠然的言语，心不在焉的眼光，甚至于尖刻的讥讽和责备，你想，一个女人要如何想法？我看的太多了，听的也太多了。这都是婚姻生活里解不开的死结！只为我太知道，太明白了，在决定牺牲的时候，我就要估量轻重了！"

她俯下身去，拣起一根柴，放在炉火时，又说："我母亲常常用忧愁的眼光看着我说：'德利莎！你看你的身体！你不结婚，将来有谁来看护你？'我没有说话，我只注视着她，我的心里向她叫着说：'你看你的身体吧，你一个人的病，抵不住我们五个人的病。父亲的肠炎，回归热……以及我们兄妹的种种希奇古怪的病……三十年来，还不够你受的？'但我终竟没有言语。"

她微微地笑了，注视着炉火，"总之我年轻时还不算难看，地位也好，也有点才名，因此我所受的试探，我相信也比别的女孩子多一点。我也曾有过几次的心软……但我都终于逃过了。我是太自私了，我扔不下这支笔，因着这支笔，我也要保持我的健康，因此——

关于女人和男人

"你说我缺少恋爱吗？也许，但，现在还有两三个男人爱慕着我，他们都说我是他们唯一终身的恋爱。这话我也不否认，但这还不是因为我们没有到得一处的缘故？他们当然都已结过了婚，我也认得他们温柔能干的夫人。我有时到他们家里去吃饭喝茶，但是我并不羡慕他们的家庭生活！他们的太太也成了我的好朋友，有时还向我抱怨她们的丈夫。我一面轻描淡写的劝慰着她们，我一面心里也在想，假如是我自己受到这些委屈，我也许还不会有向人诉说的勇气！有时在茶余酒后，我也看见这些先生们，向着太太皱起眉头，我就会感觉到一阵颤栗，假如我做了他的太太，他也对我皱眉，对我厌倦，那我就太……"

我笑了，极恳挚地轻轻拍着她的膝头，说："假如你做了他的太太，他就不会皱眉了。我不相信世界上有任何男子，有福气做了你的丈夫，还会对你皱眉，对你厌倦。"她笑着摇了摇头，微微的叹一口气，说："好孩子，谢谢你，你说得好！但是你太年轻了，不懂得——这二三十年来，我自己住着，略为寂寞一点，却也舒服。这些年里，我写了十几本小说，七八本诗，旅行了许多地方，认识了许多朋友。我的侄女，承袭了我的名字，也叫德利莎，上帝祝福她！小德利莎是个活泼健康的孩子，廿几岁便结了婚。她以恋爱为事业，以结婚为职业，整天高高兴兴的，心灵里，永远没有矛盾，没有冲突。她的两个孩子，也很像她。在夏天，我常常到她家里去住。她进城时，也常带着孩子来看我。我身后，这些书籍古董，就都归她们了。我的遗体，送到国家医院去解剖，以后再行火化，余灰撒在赛纳河里，我的一生大事也就完了……"

我站了起来，正要说话，马利亚已经轻轻地进来，站在门边，垂手说："小姐，晚饭开齐了。"R小姐吃惊似的，笑着站了起来，说："真是，说话便忘了时候，×先生，请吧。"

饭时，她取出上好的香槟酒来，我也去拿了大使馆朋友送的名贵的英国纸烟，我们很高兴的谈天说地，把刚才的话一句不提。那晚R小姐的谈锋特别隽妙，双颊飞红，我觉得这是一种兴奋、疲乏的表示。饭后不多一会，我便催她去休息。我在客厅门口望着她迟缓秀削的背影，呆立了一会。她真是美丽，真是聪明！可惜她是太美丽，太聪明了！

十天后我离开了巴黎，L送我到了车站。在车上，我临窗站到近午，才进来打开了R小姐替我预备的筐子，里面是一顿很精美的午餐，此外还有一瓶好酒，一本平装的英文小说，是 *All Passion Spent*。

我回国不到一月，北平便沦陷了。我还得到北平法国使馆转来的 R 小姐的一封信，短短的几行字：

　　× 先生：

　　　　听说北平受了轰炸，我无时不在关心着你和你一家人的安全！振奋起来吧，一个高贵的民族，终久是要抬头的。有机会请让我知道你平安的消息。

　　　　　　　　你的朋友　德利莎。

我写了回信，仍托法国使馆转去，但从此便不相通问了。

三年以后，轮到了我为她关心的时节，德军进占了巴黎，当我听到巴黎冬天缺乏燃料，要家里住有德国军官才能领到煤炭的时候，我希望她已经逃出了这美丽的城市。我不能想象这静妙的老姑娘，带着一脸愁容，同着德国军官，沉默向火！

"振奋起来吧，一个高贵的民族，终久是要抬头的！"

我的邻居

M太太是我的同事的女儿，也做过我的学生，现在又是我的邻居。

我头一次看见她，是在她父亲的家里——那年我初到某大学任教，照例拜访了几位本系里的前辈同事——她父亲很骄傲地将她介绍给我，说："×先生，这是我的大女儿，今年十五岁了，资质还好，也肯看书，她最喜欢外国文学，请你指教指教她。"

那时M太太还是个小姑娘，身材瘦小，面色苍白，两条很粗的短发辫，垂在脑后。说起话来很腼腆，笑的时候却很"甜"，不时地用手指去托她的眼镜。

我同她略谈了几句，提起她所已看过的英国文学，使我大大的吃惊！例如哈代的全部小说集，她已看了大半，她还会背诵好几首英国19世纪的长诗……她父亲又很高兴地去取了一个小纸本来，递给我看，上面题着"露珠"，是她写的仿冰心繁星体的短篇诗集，大约有二百多首。我略翻了翻，念了一两首，觉得词句很清新，很莹洁，很像一颗颗春晨的露珠。

我称赞了几句，她父亲笑说："她还写小说呢——你去把那本小说拿来给 × 先生看！"她脸红了说："爸爸总是这样！我还没写完呢。"一面掀开帘子，跑了出去，再不进来。她父亲笑对我说："你看她惯的一点规矩都没有了！我的这几个孩子，也就是她还聪明一点，可惜的是她身体不大好。"

一年以后，她又做了我的学生。大学一年级的班很大，我同她接触的机会不多，但从她做的文课里，看出她对于文学创作，极有前途。她思想缜密，描写细腻，比其他的同学，高出许多。

此后因为我做了学生会出版组的顾问，她是出版组的重要负责人员，倒是常有机会谈话。几年来她的一切进步都很快，她的文章也常常在校外的文学刊物上出现，技术和思想又都比较成熟，在文学界上渐渐地露了头角。

大学毕业后，她便同一位 M 先生结了婚。M 先生也是一位作家——他们婚后就到南京去，有七八年我没有得到直接的消息。

　　抗战后一年，我到了昆明。朋友们替我找房子，说是有一位 M 教授的楼上，有一间房子可以分租，地点也好，离学校很近。我们同去一看，那位 M 太太原来就是那位我的同事的女儿！相见之下，十分欢喜。那房子很小，光线也不大好，只是从高高的窗口，可以望见青翠的西山。M 家还有一位老太太，四个孩子，一个挨一个的，最小的不过有两岁左右。M 太太比从前更苍白了，一瘦就显得老，她仿佛是三十以外的人了。

　　说定了以后，我拿了简单的行李，一小箱书，便住到 M 家的楼上。那天晚上，便见着 M 先生，他也比从前瘦了，性情更显得急躁，仿佛对于一切都觉得不顺眼。他带着三个大点的孩子，在一盏阴暗的煤油灯下，吃着晚饭。老太太在厨房里不知忙些什么。M 太太抱着最小的孩子，出出进进，替他们端菜盛饭，大家都不大说话。我在饭桌旁边，勉强坐了一会，就上楼去了。

　　住了不到半个月，我便想搬家，这家庭实在太不安静了，而且阴沉得可怕！这几个孩子，不知道是因为营养不足，还是其他的缘故，常常哭闹。老太太总是叨叨唠唠的，常对我抱怨 M 太太什么都不会。M 先生晚上回来，才把那些哭声怨声压低了下去，但顿时楼下又震荡着他的骂孩子，怪太太，以及愤时忧世的怨怒的声音。他们的卧室，正在我的底下，地板坏了，斗不上榫来。我一个人，总是静悄悄的，而楼下的声音，却是隐约上腾，半夜总听见喳喳喊喊的，"如哭如诉"，有时忽然听见 M 先生使劲的摔了一件东西，生气地嚷着，小孩子忽然都哭了起来，我就半天睡不着觉！

正在我想搬家的那一天早晨，走到楼下，发现屋里静悄悄的，没有一个人。我叫了一声，看见 M 太太扎煞着手，从厨房里出来。她一面用手背掠开了垂拂在脸上的乱发，一面问："× 先生有事吗？他们都出去了。"我知道这"他们"就是老太太同 M 先生了，我就问："孩子们呢？"她说："也出去了，早饭没弄得好，小菜又没有了，他们说是出去吃点东西。"她嘴唇颤动着惨笑了一下，说："我这个人真不中用，从小就没学过这些事情。母亲总是说：'几毛钱一件的衣工，一两块钱一双皮鞋，这年头女孩子真不必学做活了，还是念书要紧，念出书来好挣钱，我那时候想念书，还没有学校呢。'父亲更是由着我，我在家里简直没有进过厨房……您看我生火总是生不着，反弄了一厨房的烟！"说着又用乌黑的手背去擦眼睛。我来了这么几天,她也没有跟我说过这么多的话。我看她的眼睛又红又肿,声音也哑着,我知道她一定又哭过,便说:"他们既然出去吃了,你就别生火吧。你赶紧洗了手,我楼上有些点心,还有罐头牛奶,用暖壶里的水冲了就可吃,等我去取了来。"我不等她回答便向楼上走,她含着泪站在楼梯边呆望着我。

M太太一声不言语的,呆呆地低头调着牛奶,吃着点心。过了半天,我就说:"昆明就是这样好,天空总是海一样的青!你记得勃朗宁夫人的诗吧……"正说着,忽然一声悠长的汽笛,惨厉的叫了起来,接着四方八面似乎都有汽笛在叫,门外便听见人跑。M太太倏的站了起来,颤声说:"这是警报!孩子们不知都在哪里?"我也连忙站起来,说:"你不要怕,他们一定就在附近,等我去找。"我们正往门外走,老太太已经带着四个孩子,连爬带跌地到了门前,原来M先生说是学校办公室里还有文稿,他去抢救稿子去了,却把老的小的打发回家来!

我帮着M太太把小的两个抱起,M太太看着我,惊慌地说:"×先生,我们要躲一躲吧?"我说:"也好,省得小孩子们害怕。"我们胡乱收拾点东西,拉起孩子,向外就走。忽然老太太从屋里抱着一个大蓝布包袱，气急败坏的一步一跌地出来，嘴里说："别走，等等我！"这时头上已来了一阵极沉重的隆隆飞机声音。我抬头一看，蔚蓝的天空里，白光闪烁，九架银灰色的飞机，排列着极整齐的队伍，稳稳的飞过。一阵机关枪响之后，紧接着就是天塌地陷似的几阵大声，门窗震动。小孩子哇的一声，哭了起来，老太太已瘫倒在门边。这时我们都挤在门洞里，M太太面色惨白，紧紧地抱着几个孩子，低声说："莫怕莫怕。×先生在这里！"我一面扶起老太太，说："不要紧了，飞机已经过去。"正说着街上已有了人声，家家门口有人涌了出来，纷纷的惊惶地说话。M太太站起拍拍衣服，拉着孩子也出到门口。我们站着听了一会，天上已经没有一点声息。我说："我们进去歇歇吧，敌机已经去了。"M太太点了点头，我又帮她把孩子抱回屋去，自己上得楼来。刚刚坐定，便听见M先生回来，他一进门就大声嚷着："好，没有一片干净土了，还会追到昆明来！我刚抱出书包来，那边就炸了，这帮鬼东西！"

从那天起，差不多就天天有警报。M先生却总是警报前出去，解除后才回来，还抱怨家里没有早预备饭。

M太太一声儿不言语，肿着眼泡，低头出入。有时早晨她在厨房里，看见我下楼打脸水，就怯怯的苦笑问："×先生今天不出去吧？"我总说："不到上课的时候，我是不会走的，你有事叫我好了。"

老太太不肯到野外去，怕露天不安全，她总躲在城墙边一个防空洞里。我同M太太就带着孩子跑到城外去。我们选定了一片大树下，壕沟式的一块地方，三面还有破土墙挡着。孩子们逃警报也逃惯了，他们就在那壕沟里盖起小泥瓦房子，插起树枝，天天继续着工作。最小的一个，往往就睡在母亲的手臂上。我有时也带着书去看。午时警报若未解除，我们就在野地里吃些干点充饥。

坐在壕沟里无聊，就闲谈。从M太太零碎的谈话里，我猜出她的许多委屈。她从来不曾抱怨过任何人，连对那几个不甚讨人喜欢的孩子，她也不曾表示过不满。她很少提起家里的事，可是从她们的衣服饮食上，我知道她们是很穷困的。眼看着她一天一天地憔悴下去，我就想帮她一点忙。有一次我就问她愿不愿去教书，或是写几篇文章，拿点稿费。家务事有老太太照管，再雇个用人，也就可以做得开了，她本来不喜欢做那些杂务，

　　　　　　　　　　关于女人和男人

何必不就"用其所长"?

M太太盘着腿坐在地上,抱着孩子,轻轻的摇动,静静的听着,过了半天才抬起头来,说:"×先生,谢谢你的关怀。这些事我都早已想过了,我刚来的时候,也教过书,学校里对于我,比对我的先生还满意。"说到这里,她微笑了,这是我近来第一次见到的笑容!她停了一会说:"后来不知如何,他就反对我出去教书……老太太也说那几个孩子,她弄不了,我就又回到家里来。以后就有几个朋友同事,来叫我写稿子。×先生,你知道我从小喜欢写文章,尤其是现在,我一拿起笔,一肚子的……一肚子的事,就奔涌了出来。眼前一切就都模糊恍惚,在写作里真可以逃避了许多现实……"她低头玩弄着孩子襟上的纽扣,微微的叹了一口气,说,"但是现实还是现实,一声孩子哭,一个客人来,老太太说东说西,老妈子问长问短,把我的文思常常忽然惊断,许久许久不能再拿起笔来。而且——写文章实在要心境平静,虽然不一定要快乐,而我现在呢?不用说快乐,要平静也就很难很难的了!

"写了两篇文章,我的先生最先发现写文章卖钱,是得不偿失!稿费增加和工资增加的速度,几乎是一与百之比，衣工，鞋价，更不必说。靠稿费来添置孩子衣服，固然是梦想，写五千字的小说，来换一双小鞋子，也是不可能。没有了鼓励，没有了希望，而写文章只引起自己伤心，家人责难的时候，我便把女工辞退了。其实她早就要走——我们家钱少，孩子多，上人脾气又不大好，没有什么事使她留恋的，不像我……我是走不脱的！

"我生着火，拣着米，洗着菜，缝着鞋子，补着袜子，心里就像枯树一般的空洞、麻木。本来，抗战时代，有谁安逸？能安逸的就不是人；我不求安逸，我相信我虽没有学过家务，我也能将就地做，而且我也不怕做，劳作有劳作的快乐，只要心里能得到一点慰安，温暖……

"我没有对任何人说过任何言语，自己苦够了，这万方多难的年头，何必又增加别人的痛苦？对我的父母，我是更不说的，父亲从北方来信，总是说：'南国浓郁明艳的风光，不知又添了你多少诗料，为何不寄点短诗给爸爸看？'最近不知是谁，向他们报告了这里的实况，母亲很忧苦的写了信来，说：'我不知道你们那里竟是这个样子！老太太总该可以帮帮忙吧？早知如此，我当初不该由着你读书写字，把身体弄坏了，家事也一点不会.'她把自己抱怨了一顿,我看了信,真是心如刀割。我自己痛苦不要紧,还害得父亲为我失望,母亲为我伤心。×先生,这真是《琵琶记》里蔡中郎所说的'文章误我,我误爹娘'了!"她说着忍不住把孩子推在一边,用衣襟掩着脸大哭了起来。孩子们也许看惯了妈妈的啼哭,呆立了一会,便慢慢走开,仍去玩耍。我呢,不知道怎样劝她,也想她在家里整天的凄凉掩抑,在这朗阔的野外,让她恣情的一恸,倒也是一种发泄,我也便悄悄的走向一边……

我真不想再住下去了,那时学校里已放了暑假。城墙边的防空洞曾震塌了一次,压伤了许多人,M老太太幸而无恙。我便撺掇他们疏散到乡下去。我自己也远远的搬到另一乡村里的祠堂里住下——在那里,我又遇到了一个女人!

张嫂

可怜，在"张嫂"上面，我竟不能冠以"我的"两个字，因为她不是我的任何人！她既不是我的邻居，也不算我的用人，她更不承认她是我的朋友，她只是看祠堂的老张的媳妇儿。

我住在这祠堂的楼上，楼下住着李老先生夫妇，老张他们就住在大门边的一间小屋里。

祠堂的小主人，是我的学生，他很殷勤地带着我周视祠堂前后，说："这里很静，×先生正好多写文章。山上不大方便，好在有老张他们在，重活叫他做。"老张听见说到他，便从门槛上站了起来，露着一口黄牙向我笑。他大约四十上下年纪，个子很矮，很老实的样子。我的学生问："张嫂呢？"他说："挑水去了。"那学生又陪我上了楼，一边说："张嫂是个能干人，比她老板伶俐得

关于女人和男人

多，力气也大，有话宁可同她讲。"

为着方便，我就把伙食包在李老太太那里，风雨时节，省得下山，而且村店里苍蝇太多，夏天尤其难受。李老夫妇是山西人，为人极其慈祥和蔼。老太太自己烹调，饭菜十分可口。我早晨起来，自己下厨房打水洗脸，收拾房间，不到饭时，也少和他们见面。这一对老人，早起早睡，白天也没有一点声音，院子里总是静悄悄的，同城内 M 家比起来，真有天渊之别，我觉得十分舒适。

住到第三天，我便去找张嫂，请她替我洗衣服。张嫂从黑暗的小屋里，钻了出来，阳光下我看得清楚：稀疏焦黄的头发，高高的在脑后挽一个小髻，面色很黑，眉目间布满了风吹日晒的裂纹，嘴唇又大又薄，眼光很锐利，个子不高，身材也瘦，却有一种短小精悍之气。她迎着我，笑嘻嘻地问："你家有事吗？"我说："烦你洗几件衣服，这是白的，请你仔细一点。"她说："是了，你们的衣服是讲究的——给我一块洋碱！"

李老太太倚在门边看，招手叫我进去，悄悄地说："有衣服宁可到山下找人洗，这个女人厉害得很，每洗一次衣服，必要一块胰皂，使剩的她都收起来卖——我们衣服都是自己洗。"我想了一想，笑说："这次算了，下次再说吧。"

第二天清早，张嫂已把洗好的衣服被单，送了上来——洗得很洁白，叠得也很平整——一摞的都放在我的床上，说："×先生，衣服在这里，还有剩下的洋碱。"我谢了她，很觉得"喜出望外"，因此我对她的印象很好。

熟了以后，她常常上楼来扫地、送信、取衣服、倒纸篓。我的东西本来简单，什么东西放在哪里她都知道。我出去从不锁门，却不曾丢失过任何物件，如银钱、衣服、书籍等等。至于火柴、点心、毛巾、胰皂，我素来不知数目，虽然李老太太说过几次，叫我小心，我想谁耐烦看守那些东西呢？拿去也不值什么，张嫂收拾屋子，干净得使我喜欢，别的也无所谓了。

张嫂对我很好，对李家两老，就不大客气。比方说挑水，过了三天两天就要涨价，她并不明说，只以怠工方式处之。有一两天忽然看不见张嫂，水缸里空了，老太太就着急，问老张："你家里的呢？"他笑说："田里帮工去了。"叫老张，"帮忙挑一下水吧。"他答应着总不动身。我从楼上下来，催促了几遍，他才慢腾腾的挑起桶儿出去。在楼栏边，我望见张嫂从田里上来，和老张

关于女人和男人

在山脚下站着说了一会话。老张挑了两桶水，便躺了下去，说是肚子痛。第二天他就不出来。老先生气了，说："他们真会拿捏人，他以为这里就没有人挑水了！我自己下山去找！"老先生在茶馆里坐了半天，同乡下人一说起来，听说是在山上，都摇头笑说："山上呢，好大的坡儿，你家多出几个钱吧！"等他们一说出价钱，老先生又气得摇着头，走上山来，原来比张嫂的价目还大。

我悄悄地走下山去，在田里找到了张嫂，我说："你回去挑桶水吧，喝的水都没有了。"她笑说："我没有空。"我也笑说："你别胡说！我懂得你的意思，以后挑水工钱跟我要好了，反正我也要喝要用的。"她笑着背起筐子，就跟我上山——从此，就是她真农忙，我们也没有缺过水，——除了她生产那几天，是老张挑的。

我从不觉得张嫂有什么异样，她穿的衣服本来宽大，更显不出什么。只有一天，李老太太说："张嫂的身子重了，关于挑水的事，您倒是早和老张说一声，省得他临时不干。"我也不知应当如何开口，刚才还看见张嫂背着一大筐的豆子上山，我想一时不见得会分娩，也就没提。

第二天早起，张嫂没有上来扫地。我们吃早饭的时候，看见老张提着一小篮鸡蛋逾门。我问张嫂如何不见。

他笑嘻嘻地说："昨晚上养了一个娃儿！"我们连忙给他道贺，又问他是男是女。李老太太就说："他们这些人真有本事，自己会拾孩子。这还是头一胎呢，不声不响的就生下来了，比下个蛋还容易！"我连忙上楼去，用红纸包了五十块钱的票子，交给老张，说："给张嫂买点红糖吃。"李老太太也从屋里拿了一个红纸包出去，老张笑嘻嘻地都接了，嘴里说："谢谢你家了——老太太去看看娃儿吗？"李老太太很高兴的就进到那间黑屋里去。

我同李老先生坐在堂屋里闲谈。老太太一边摇着头，一边笑着，进门就说："好大的一个男孩子，傻大黑粗的！你们猜张嫂在那里做什么？她坐在床板上织渔网呢，今早五更天生的，这么一会儿的工夫，她又做起活来了。她也不乏不累，你说这女人是铁打的不是！"因此就提到张嫂从十二岁就到张家来做童养媳，十五岁圆的房。她婆婆在的时候，常常把她打的躲在山洞里去哭。去年婆婆死了，才同她良懦的丈夫，过了一年安静的日子，算起来，她今年才二十五岁。

这又是一件出乎我意外的事，我以为她已是三四十岁的人，"劳作"竟把她的青春，洗刷得不留一丝痕迹！但她永远不发问，不怀疑，不怨望。日出而作，日入而

关于女人和男人

息——挑水、砍柴、洗衣、种地，一天里风车儿似的，山上山下的跑——只要有光明照在她的身上，总是看见她在光影里做点什么。有月亮的夜里，她还打了一夜的豆子！

从那天起，一连下了五六天的雨。第七天，天晴了，我们又看见张嫂背着筐子，拿着镰刀出去。从此我们常常看见老张抱着孩子，哼哼唧唧地坐在门洞里。有时张嫂回来晚了，孩子饿得不住地哭，老张就急得在门口转磨。我们都笑说："不如你下地去，叫她抱着孩子，多省事。她回来又得现做饭，奶孩子，不要累死人。"老张摇着头笑说："她做得好，人家要她，我不中用！"老张倒很坦然的，我却常常觉得惭愧。每逢我拿着一本闲书，悠然的坐在楼前，看见张嫂匆匆的进来，忙忙的出去，背上、肩上、手里、腰里，总不空着，她不知道她正在做着最实在、最艰巨的后方生产的工作。我呢，每逢给朋友写信，字里行间，总要流露出劳乏，流露出困穷，流露出萎靡，而实际的我，却悠然的坐在山光松影之间，无病而呻！看着张嫂高兴勤恳的，鞠躬尽瘁的样儿，我常常猛然地扔下书站了起来——

那一天，我的学生和他一班宣传队的同学，来到祠堂门口贴些标语，上面有"前方努力杀敌，后方努力生产"等字样。张嫂站在人群后面，也在呆呆望着。回头看见我，便笑嘻嘻地问："这上面说的是谁？"我说："上半段说的是你们在前线打仗的老乡，下半段说的是你。"她惊讶地问："×先生，你呢？"我不觉低下头去，惭愧地说："我吗？这上面没有我的地位！"

关于女人和男人

我的朋友的母亲

今年春天，正在我犯着流行性感冒的时候，K的母亲——K老太太来看我。

那是下午3时左右，我的高热度还未退清，蒙蒙眬眬地觉得有人站在我床前，我挣扎着睁开眼睛，K老太太含着满脸的微笑，摇手叫我别动，她自己拉过一张凳子，就坐在床边，一面打开一个手绢包儿，一面微笑说："我听见K说你病了好几天了，他代了你好几堂课。我今天新蒸了一块丝糕，味儿还可口，特地送来给你尝尝。"她说着就把一碟子切成片儿嫩黄喷香上面嵌着红枣的丝糕，送到我枕畔。我连忙欠身起来道谢，说："难得伯母费心。"一面又喊工友倒茶。K老太太站起来笑说："你别忙了，我刚才来的时候，甬道里静悄悄的没有一个人。这时候大家都上着课，你再一病倒睡着，他们可不就都偷懒出去了？我要茶自己会倒！"她走向桌边，拿起热水壶来，摇了摇，笑说："没有开水了，我在家里刚喝了茶来的，倒是你恐怕渴了，我出去找点水你喝。"我还没有来得及拦住她，她已经拿着热水壶出去了。

我赶紧坐起，把衾枕整理了一下，想披衣下床，一阵头昏，只得又躺下去。K老太太又已经进来，倒了一杯热茶，放在我床前凳子上，我笑着谢说："这真是太罪过了，叫老太太来服侍我——"K老太太一面坐下，也笑着说："哪里的话，这是我应该做的事。你们单身汉真太苦了，病了连一杯热水都喝不到！你还算好，看你这屋子弄得多么干净整齐，K就不行，他一辈子需要人照应，母亲、姐姐、太太——"我说："K从小是个有福气的人——他太太近来有信吗？"

老太太摇了摇头，忽然看着我说："F小姐从军去了，今早我去送她的……"

我不觉抬头看着K老太太。

K老太太微笑着叹了一口气，把那块手绢平铺在膝上，不住地摩抚着，又抬头看着我说："你和K这样要好，这件事你一定也知道。说起F小姐，真是一个温柔的女子，性格又好，模样儿也不错，琴棋书画，样样

　　　　　　　　　　　关于女人和男人

都来得，和 K 倒是天生一对！——不过我觉得假若由他们那样做了，我对不起我北平那个媳妇，和三个孙儿。"

我没有言语，只看着老太太。

老太太面容沉寂了下来，"我知道 K 什么事都不瞒你，我倒不妨同你细谈——假如你不太累。K 这两天也不大开心呢，你好了请你从旁安慰安慰他。"

我连忙点了点头，说："那是一定。K 真是一个实心的人，什么事都不大看得开！"

老太太说："可不是！他从前不是在法国同一个女孩子要好，没有成功，伤心得了不得，回国来口口声声说是不娶了，我就劝他，我说：'你父亲早撇下我走了，我辛苦半生，好容易把你和你姊姊抚养大了，你如今学成归国，我满心希望你成家立业，不但我看着高兴，就是你父亲在天之灵，也会安慰的。你为着一个异种外邦的女人，就连家庭也不顾了，亏得你平常还那样孝顺！本来结婚就不是一个人的事，你的妻子也就是你父母的儿媳，你孩子的母亲。你不要媳妇我还要孙子呢，而且你还是个独子！'他就说：'那么您就替我挑一个吧，只要您高兴就行。'这样他就结了婚，那天你不是还在座？"

我又点一点头，想起了许多 K 的事情——

我的朋友的母亲

"提起我的媳妇，虽不是什么大出色的人物，也还是个师范毕业生，稳稳静静的一个人，过日子，管孩子，也还过得去。我对她是满意的，何况她还替我生了三个白白胖胖的孙儿？"

老太太微笑了，满面的慈祥，凝望的眼光中似乎看见了 K 的那几个圆头圆脸，欢蹦乱跳的孩子。

"K 也是真疼他那几个孩子，有了孩子以后，他对太太也常是有说有笑的。你记得我们北平景山东街那所房子吧？真是'天篷鱼缸石榴树'，K 每天下课回来，浇浇花、看看鱼、画画、写字、看看书、抱抱孩子，真是很自得的，我在一旁看着，自然更高兴，这样过了十年——其实那时候，F 小姐就已经是他的助教了，他们并没有怎么样……

"后来呢，就打起仗来了，学校里同事们都纷纷南下，也有带着家眷走的。那时也怪我不好，我不想走，我抛不下北平那个家，我又不愿意他们走，我舍不得那几个孩子。我对 K 说：'我看这仗至多打到一两年，你是有职分的人，暂时走开也好，至于孩子们和他们的母亲，不妨留着陪我，反正是一门老幼，日本人不会把我们怎么样。'K 本来也不想带家眷，听了我的话，就匆匆的自己走了。谁知道一离开就是八年。

"我们就关起门来，和外面不闻不问，整天只盼着K的来信，这样的过了三四年。起先还能接到K的信和钱，后来不但信稀了，连拨款也十分困难。我那媳妇倒是把持得住，仍旧是稳稳静静地服侍着我，看着孩子过日子，我手里还有些积蓄，家用也应付得开。三年前我在北平得到K的姐夫从香港打来的电报，说是我的女儿病重，叫我就去，我就匆匆的离开了北平，谁想到香港不到十天，我的女儿就去世了……"

老太太眼圈红了，折起那块手绢来，在眼边轻轻地按了一按，我默默的将那杯茶推到她的面前。

老太太勉强笑了笑，端起茶杯来，呷了一口就又放下。

"谁又知道我女儿死后不过十天，日本人又占领了香港，我的女婿便赶忙着要退到重庆来，他问我要不要回北平。若是要回去呢，他就托人带我到上海。我那时方寸已乱，女儿死了，儿子许久没有确实消息，只听过往的人说他在重庆生活很苦，也常生病，如今既有了见面的可能，我就压制不住了。我对我女婿说：'我还是跟你走吧，后方虽苦，可是能同K在一起。北平那方面，你弟妇还能干，丢下他们一两年也不妨。'这样，我又从韶关、桂林、贵阳，一路跋涉到了这里——

"看见了 K，我几乎哭了出来，谁晓得这几年的工夫，把我的儿子折磨得形容也憔悴了，衣履也褴褛了！他看见我，意外地欢喜，听到他姐姐死去的消息，也哭了一场。过后才问起他的孩子，对于他的太太却淡淡的不提，倒是我先说了几句。问起他这边的生活，他说和大家一样，衣食住都比从前苦得多，不过心理上倒还痛快。说到这里，他指着旁边的 F 小姐，说：'您应当谢谢 F 小姐，这几年来，多亏得她照应我。'我这时才发觉她一直站在我们旁边。

"F 小姐也比从前瘦了，而似乎出落得更俊俏一些，她略带羞涩地和我招呼，问起她在北平的父母。我说我在北平的时候，常和他们来往，他们都老了一点，生活上还过得去……说了一会，F 小姐便对 K 说：'请老太太和我们一块儿用饭吧？'K 点头说好，我们就一同到 F 小姐住处去。

"在我找到房子以前，就住在 F 小姐那里，她住着两间屋子，用着一个女工，K 一向是在那里用饭的，衣服也在那边洗。我在那边的时候，K 自然是整天同我们在一起，到晚上才回到宿舍去。我在一旁看着，觉得他们很亲密，很投机，一块儿读书说画，F小姐对于K的照应体贴，更是无微不至。他们常常同我说起，当初他们一路出来，怎样的辛苦，危险；他们怎样的一块逃警报，有好几次几乎被炸死；K病了好几场，有一次患很重的猩红热，几乎送了命。这些都是K的家信中从来不提的，他们说起这些经历的时候，都显得很兴奋，很紧张，K也总以感激温存的眼光，望着F小姐。我自然也觉得紧张、感激，而同时又涌起了一种说不上来的不安情绪——

"等到我搬了出来，便有许多K的同事的太太，来访问我，吞吞吐吐地问我K的太太为何不跟我一同出来。我说本来是只到香港的，因此也没想到带着他们。这些太太们就说：'如今老太太来了就好了，否则K先生一个人在这里真怪可怜的——这年头一个单身人在外面真不容易，生活太苦，而且……而且人们也爱说闲话！'她们又问F小姐和我们有没有亲戚关系，她的身世如何，我就知道话中有因，也就含含糊糊的应答，说F家同我们是世交，F小姐从一毕业就做着K的助教，她对人真好，真热心。她对于K的照应帮忙，我是十分感激的——

"不过我不安的情绪，始终没有离开我，我总惦记着北平那些孩子，我总憋着想同 K 说开了，所以就趁着有一天，我们的女工走掉了，K 向我提议说：'妈妈不必自己辛苦了，我们还是和 F 小姐一块儿吃去吧，就是找到了女工，以后也不必为饭食麻烦，合起来吃饭，是最合理的事。'我就说：'我难道不怕麻烦，而且我岁数大了，又历来没有做过粗活，也觉得十分劳瘁，不过我宁可自己操劳些，省得在一起让人说你们的闲话！'K 睁着大眼看着我，我便委婉地将人们的批评告诉了他，又说：'我深知你们两个心里都没有什么，抗战把你们拉在一起，多同一次患难，多添一层情感。你是有家有孩子的人，散了就完了，人家 F 小姐一个多才多艺的女子，岂不就被你耽误了？'K 低着头没有说什么，从那时起，一直沉默了四五天。

"到了第六天的夜里，我已经睡下了，他摸着黑进来，坐在我的床沿上，拉着我的手，说：'妈妈，我考虑了四五天，我不能白白地耽误人家。我相信我们分开了，是永远不会快乐的，我想——我想同北平那个离了婚……'我没有言语，他也不往下说，过了半天，他俯下来摇我，急着说：'怎么，妈妈，您在哭？'我忍不住哭了出来，说：'我哭的是可怜你们这一班苦命的人，你命苦，F小姐也命苦，最苦命的还是北平你那个媳妇和三个孩子。他们没有对不起任何人，他们辛辛苦苦地在北平守着，等待着团圆的一天。我走了，算不了什么，就是苦命，也过了一辈子了，你若是……还是我回去守着他们吧！'这时K也哭了，紧紧握了我的手一下，就转身出去。"

老太太咽住了，又从袖口里掏手绢，我赶紧笑说："对不起，伯母，请您给我一杯水，这丝糕放在这里怪香的，我想吃一块。"老太太含着泪笑着站起，倒了两杯茶来，我们都拈起丝糕来吃着，暂时不言语。

老太太咳嗽了一声，用手绢擦一擦嘴，说："我想了一夜，第二天一早，我就去看F小姐。她正要上课去，看见了我，脸上显出十分惊讶，我想我的神色一定很不好，我说：'对不住，我想耽误你半天工夫，来同你谈一件事。'她的面色倏然苍白了，连忙回身邀我进到内屋去，把门扣上，自己就坐在我的旁边，静静的等着。我停了半天，忍不住又哭了，我说：'F小姐，我不会绕弯儿说话，听说K想同你结婚？'F小姐把脸飞红了，正要说话，我按住她的手，说：'你别着急，这自然是K一方面的痴心妄想，不是我做母亲的夸自己的儿子，K 和你倒是天生的一对，可惜的是他已经是有妻有子的人了……'F 小姐没有说话，只看着我。我说：'自然现在有妻有子的人离婚的还多得很，不过，K 你是晓得的，极其疼爱他的孩子，同时他太太也没有对不起他的地方。'F 小姐低下头去，我又说：'F 小姐，你从小我就疼你，佩服你，假如你是我的亲女儿，我决不愿你和一个离过婚的人结婚，在他是一个幸福，在你却太不值得了。'我抚摩着她的手，说：'你想想，从前在北平的时候，你还不是常常到我们家里来？你对他发生过感情没有？我准知道那时你的理想，也不是像他那样的人。只因打了仗，你们一同出来，患难相救护，疾病相扶持，这种同甘苦，相感激的情感的积聚，便发生了一种很坚固的友情——同时大家想家，大家寂寞，这孤寂的心，就容易拉到一起。战争延长到七八年，还家似乎是不可能的事，家里一切，一天一天的模糊，眼前一切，一天一天的实在。弄到后来，大家弄假成真的，在云雾中过着苟安昏乐的日子——等到有一天，雨过天晴，太阳冲散了云雾，日影下，大家才发现在糊里糊涂之中，丧失了清明正常的自己！

　　"'你看见过坐长途火车的没有？世界小，旅途长，素不相识的人也殷勤地互相自己介绍，亲热地叙谈，一同唱歌，一同玩牌，一同吃喝，似乎他们已经有过终身的友谊。等到目的地将到，大家纷纷站起，收拾箱笼，倚窗等望来接他们的亲友，车一开入站，他们就向月台上的人招手欢呼，还不等到车停，就赶忙跳了下去。能想起回头向你招呼的，就算是客气的人，差不多的都是头也不回的就走散了。战事虽长，也终有和平的一天，有一天，胜利来到，惊喜袭击了各个人的心，那时真是"飞鸟各投林"，所剩下的只是一片白茫茫的大地——

　　"'假如你们成功了呢，你们是回去不回去？假如是回去了呢？你是个独女，不能不见你的父母。K也许可以不看他的太太，而那几个孩子，他是舍不得丢开的。你们仍旧生活在从前环境中间，我不相信你们能够心安理得，能够快乐，能够自然。人们结婚后不是两个人生活在孤岛上，就是在孤岛上，过了几天、几月、几年以后，也会厌倦腻烦，而渴望孤岛外的一切。你对K的认识，没有我清楚，他就像他的父亲，善感，易变，而且总倾向于忧郁，他永没有完全满足快乐的时候，总是追求着什么。在他不满足，忧郁的情境之中，他实在是最快乐的，你也许不懂得我的话，因为你没有同这样的一个人，共同生活过。

　　"'所以我替你想，为你的幸福起见，我劝你同 K 分开，"眼不见为净"，你年纪轻轻的，人品又好，学问又好，前途实在光明得很——我离开北平之前，你母亲还来找我，说香港和重庆通讯容易，要我替她写信给你，说他们老了，这战事不知几时才完，他们不知道将来能不能见着你，他们别无所嘱，只希望你谨慎将事，把终身托付给一个能爱护你，有才德的人。我提到这些，就是提醒你，K 一辈子是个大孩子，他永远需要别人的爱护，而永远不懂得爱护别人，换句话说，就是他有他自己爱护的方法！我把话都说尽了，你自己考虑考虑看。'这时 F 小姐已哭得泪人儿一般……

　　"我正在劝慰她，忽然听见 K 在外面叫我，我赶紧把门反掩上，出来便往家走，K 一声不响的跟着我回来。

　　"此后我绝口不提这件事，K 的情绪反而稳定了下来。我不知道他同 F 小姐又说过没有，我只静候着他们的决定。终于在前天夜里，K 诉告我说 F 小姐决定从军去了，明天便走，她希望我能去送她。K 说着并没有显出特别的悲伤，我反而觉得难过。这女孩子真是聪明，有决断！不是我心硬，我相信军队的环境和训练，是对她好

　　　　　　　　　　　　　　关于女人和男人

的，至少她的积压的寂寞忧伤，有个健全高尚的发泄。今早我去送她，她没有掉下一滴泪，昂着头，挺着胸，就上了车……咳，都是这战争搅得人乱七八糟的……"

老太太停住了。这一篇话听得我凄然而又悚然，我便笑说："伯母也不必再难过了，这件事总算告一段落，我想他们将来都会感激您的。伯母！我真是佩服您，怪不得朋友们都夸您通今博古，您说起文哲名词来，都是一串一串的！"老太太笑了，说："别叫你们年轻人笑话，我小的时候，也进过几天的'洋学堂'，如今英文差不多都忘光了，不过 K 的中文杂志书籍，我还看得懂——我看我该走了，你也乏了，我也出来了半天。你想吃什么，只管打发人去告诉我，我就做了送来。"她说着一面站起要走。

我欠起身来，说："对不起，我不能送了。您来这么一说，我倒觉得清醒了许多。您若不嫌单身汉屋里少茶没水的，就请常过来坐坐。"老太太站住了，笑说："真的，听说从前有人同你提过 F 小姐，你为什么不答应？你答应了多好，省去许多麻烦。"我笑说："不是我不答应，我是不敢答应，她太多才多艺了，我不配！"老太太笑着摇头说："哪里的话，你是太眼高了，不是我说你，'越挑越眼花'——"

老太太的脚步声，渐渐地在甬道中消失了。我凝望着屋顶，反复咀嚼着"飞鸟各投林"这一句话！

这时窗外的暮色，已经压到屋里来了！

关于女人和男人

《关于女人》后记

　　写了十四个女人的故事，连带着也呈露了我的一生，我这一生只是一片淡薄的云，烘托着这一天的晶莹的月！

　　我对于女人的看法，自己相信是很平淡，很稳静，很健全的。她既不是诗人笔下的天仙，也不是失恋人心中的魔鬼，她只是和我们一样的，有感情有理性的动物。不过她感觉得更敏锐，反应得更迅速，表现得也更活跃。因此，她比男人多些颜色，也多些声音。在各种性格上，她也容易走向极端。她比我们更温柔，也更勇敢；更活泼，也更深沉；更细腻，也更尖刻……世界若没有女人，真不知这世界要变成什么样子！我所能想象得到的是：世界上若没有女人，这世界至少要失去十分之五的"真"、十分之六的"善"、十分之七的"美"。

　　我并不敢说怜悯女人，但女人的确很可怜。四十年来，我冷眼旁观，发现了一条真理，其实也就是古人所早已说过的话，就是："男人活着是为事业，女人活着是为爱情"——这虽然也有千分之一的例外——靠爱情来维持生活，真是一件可怜而且危险不过的事情！

女人似乎更重视亲子的爱，弟兄姊妹的爱，夫妻的爱，朋友的爱……她愿意为她所爱的对象牺牲了一切。实际上，还不是她愿意不愿意的问题，她是无条件的，"摩顶放踵"地牺牲了，爱了再说！在这"摩顶放踵"的过程之中，她受尽人间的痛苦，假如牺牲而又得不到代价，那她的痛苦，更不可想象了。

你说，叫女人不"爱"了吧，那是不可能的！上帝创造她，就是叫她来爱，来维持这个世界。她是上帝的化生工厂里，一架"爱"的机器。不必说人，就是任何生物，只要一带上个"女"字，她就这样"无我"地，无条件地爱着，鞠躬尽瘁，死而后已！

你看母鸡、母牛，甚至于母狮，在上帝所赋予的爱里，她们是一样的不自私，一样的忍耐，一样的温柔，也一样的奋不顾身的勇敢。

说到这里，还有一件很可爱很可笑的现象，我就遇到过好几次：平常三四岁的孩子，手里拿着糖果，无论

关于女人和男人

怎样的诓哄，怎样的恐吓，是拿不过来的，但如是个小女孩子，你可以一头滚到她怀里去，撒娇地说："妈妈！给一点你孩子吃吧！"这萌芽的母性，就会在她小小的心坎里作怪！她十分惊讶地注视着你，过了一会，她就会欣然地、撒娇地撅着小嘴，搂过你的头来，说："馋孩子，妈妈给一点你吃吧！"

真要命！感谢天，我不是一个女人！

这本书里只写了十四个女人，其实我所认识的女性，往少里说，也有一千个以上：我的姑姨妗婶，姊妹甥侄，我的女同学，我的女朋友，我的女同事，我的女学生，我的邻舍，我的旅伴，还有我的朋友的姑姨妗婶，姊妹甥侄……这其中还有不少的惊才绝艳，丰功伟烈，我真要写起来，一辈子也写不完。但是这些女人，一提起来，真是"大大的有名"，人人知晓，个个熟认，我一生宝贵的女人的友情——我怕她们骂我——以后再说吧——

许多朋友，希望我写来写去，会以"我的新妇"结束。感谢他们的祝福，这对于我，真是"他生未卜此生休"的事情了！这四十年里，我普遍地尊敬着一般女人，喜欢过许多女人，也爱过两三个女人，却没有恋过任何女人。这"爱而不恋"的心理——这是几个朋友，对于我用情的批评——就是我的致命伤！

我觉得我不配做任何女人的丈夫，唯其我是最尊敬体贴她们，我不能再由自己予她们以痛苦。我已经苦了一个我最敬爱的女人——我的母亲，但那是"身不由己"，我决不忍使另一个女人再为我痛苦。男子在共营生活上，天生是更自私，更偷懒，更不负责的——自然一半也因为他们不知从何下手——我恐怕也不能例外。我不能积极地防止男子以婚姻方式来摧残女人，至少我能消极地禁止我自己也这样做！

施耐庵云："人生三十而未娶，不应更娶；四十而未仕，不应更仕；五十不应在家；六十不应出游……"我以三十未娶，四十未仕之身，从今起只要经济条件允许，我倒要闲云野鹤似的，到处漫游。我的弟兄朋友就为我"六十以后"的日子发愁，但我还觉得很有把握。我们大家庭里女权很盛，我的亲侄女，截至今日止，已有七个之多，堂的、表的，更是不计其数。只要这些小妇人，二十年后，仍是像今天这样地爱她们的"大伯伯"，则我在每家住上十天，一年三百六十天，也还容易度过。再不然，我去弄一个儿子，两个女儿，来接代传宗，分忧解愠，也是一件极可能的事——只愁我活不到六十岁！

　　　　　　　　　　　　　关于女人和男人

以上把我"终身大事"安排完毕，作者心安理得，读者也不必"替古人担忧"——如今再说我写这本小书的经过：1940年冬，我初到重庆，《星期评论》向我索稿，我一时高兴，写了一篇《关于女人》来对付朋友，后来写滑了手，便连续写了下去，到了《星期评论》停刊，就没有再写。今年春天，天地出版社托我的一个女学生来说，要刊行《关于女人》，我便把在《星期评论》上已经印行的九段，交给他们。春夏之交，病了一场，本书的上半本，排好已经三月，不能出版，天地社催稿的函件，雪片般飞来，我只好以新愈之身，继续工作。山上客人不少，这三个星期之中，我在鸿儒谈笑、白丁往来之间，断断续续地又写了三万字，勉强结束。

　　这里，我还要感谢一个小女人，我的侄女，萱。若没有她替去了我这单身汉的许多"家务"，则后面的七段，我纵然"呕尽心血"，也是写不出来的！

1943年8月30日午夜　四川大荒山

南归

——贡献给母亲在天之灵

去年秋天，楫自海外归来，住了一个多月又走了。他从上海 10 月 30 日来信说："……今天下午到母亲墓上去了，下着大雨。可是一到墓上，阳光立刻出来。母亲有灵！我照了六张相片。照完相，雨又下起来了。姊姊！上次离国时，母亲在床上送我，嘱咐我，不想现在是这样的了！……"

我的最小偏怜的海上飘泊的弟弟！我这篇《南归》，早就在我心头，在我笔尖上。只因为要瞒着你，怕你在海外孤身独自，无人劝解时，得到这震惊的消息，读到这一切刺心刺骨的经过。我挽住了如澜的狂泪，直待到你归来，又从我怀中走去。在你重过飘泊的生涯之先，第一次参拜了慈亲的坟墓之后，我才来动笔！你心下一切都已雪亮了。大家颤栗相顾，都已做了无母之儿，海枯石烂，世界上慈怜温柔的恩福，是没有我们的份了！我纵然尽写出这深悲极恸的往事，我还能在你们心中，加上多少痛楚？！我还能在你们心中，加上多少痛楚？！

现在我不妨解开血肉模糊的结束，重理我心上的创痕。把心血呕尽，眼泪倾尽，和你们恣情开怀地一恸，然后大家饮泣收泪，奔向母亲要我们奔向的艰苦的前途！

我依据着回忆所及，并参阅藻的日记，和我们的通信，将最鲜明，最灵活，最酸楚的几页，一直写记了下来。我的握笔的手，我的笔儿，怎想到有这样运用的一天！怎想到有这样运用的一天！

前冬 12 月 14 日午，藻和我从城中归来，客厅桌上放着一封从上海来的电报，我的心立刻震颤了。急忙的将封套拆开，上面是"……母亲云，如决回，提前更好"，我念完了，抬起头来，知道眼前一片是沉黑的了！

藻安慰我说："这无非是母亲想你，要你早些回去，决不会怎样的。"我点点头。上楼来脱去大衣，只觉得全身战栗，如冒严寒。下楼用饭之先，我打电话到中国旅行社买船票。据说这几天船只非常拥挤，须等到 19 日顺天船上，才有舱位，而且还不好。我说无论如何，我是走定了。即使是猪圈，是狗窦，只要能把我渡过海去，我也要蜷伏几宵——就这样的定下了船票。

夜里如同睡在冰穴中，我时时惊跃。我知道假如不是母亲病得危险，父亲决不会在火车断绝、年假未到的时候，催我南归。他拟这电稿的时候，虽然有万千的斟酌使语气缓和，而背后隐隐的着急与悲哀是掩不住的——藻用了无尽的言语来温慰我，说身体要紧，无论怎样，在路上，在家里，过度的悲哀与着急，都于自己母亲是无益有害的。这一切我也知道，便饮泪收心地睡了一夜。

以后的几天，便消磨在收拾行装，清理剩余手续之中。那几天又特别的冷。朔风怒号，楼中没有一丝暖气。晚上藻和我总是强笑相对，而心中的怔忡、孤悬、恐怖、依恋，在不语无言之中，只有钟和灯知道了！

杰还在学校里，正预备大考。南归的消息，纵不能瞒他，而提到母亲病的推测，我们在他面前，总是很乐观的，因此他也还坦然。天晓得，弟弟们都是出乎常情地信赖我。他以为姊姊一去，母亲的病是不会成问题的。可怜的孩子，可祝福的无知的信赖！

18 日的下午 4 时 25 分的快车，藻送我到天津。这是我们蜜月后的第一次同车，虽然仍是默默地相挨坐着，而心中的甜酸苦乐，大不相同了！窗外是凝结的薄

　　　　　　　关于女人和男人

雪，窗隙吹进砭骨的冷风，斜日黯然，我已经觉得腹痛。怕藻着急，不肯说出，又知道说了也没用，只不住地喝热茶。7点多钟到天津，下了月台，我已痛得走不动了。好容易挣出站来，坐上汽车，径到国民饭店，开了房间，我一直便躺在床上。藻站在床前，眼光中露出无限的惊惶："你又病了？"我呻吟着点一点头。——我以后才发现这病是慢性的盲肠炎。这病根有十年了，一年要发作一两次。每次都痛彻心腑，痛得有时延长至十二小时。行前为预防途中复发起见，曾在协和医院仔细验过，还看不出来，直到以后从上海归来，又患了一次，医生才绝对地肯定，在协和开了刀，这已是第二年3月中的事了。

这夜的痛苦，是逐秒逐分地加紧，直到夜中3点。我神志模糊之中，只觉得自己在床上起伏坐卧、呕吐、呻吟，连藻的存在都不知道了。中夜以后，才渐渐地缓和，转过身来对坐在床边拍抚着我的藻，作颓乏的惨笑。他也强笑着对我摇头不叫我言语。慢慢地替我卸下大衣，严严地盖上被。我觉得刚一闭上眼，精魂便飞走了！

醒来眼里便满了泪。病后的疲乏、临别的依恋、眼前旅行的辛苦、到家后可能的恐怖的事实，都到心上来了。对床的藻，正做着可怜的倦梦。一夜的劳瘁，我不忍唤醒他，望着窗外天津的黎明，依旧是冷酷的阴天！我思前想后，除了将一切交给上天之外，没有别的方法了！

这一早晨，我们又相倚地坐着。船是夜里10时开，藻不能也不敢说出不让我走的话，流着泪告诉我："你病得这样！我是个穷孩子，忍心的丈夫。我不能陪你去，又不能替你预备下好舱位，我让你自己在这时单身走……"他说着哽咽了。我心中更是甜酸苦辣，不知怎么好，又没有安慰他的精神与力量，只有无言的对泣。

还是藻先振起精神来，提议到梁任公家里，去访他的女儿周夫人，我无力地赞成了。到那里蒙他们夫妇邀去午饭。席上我喝了一杯白兰地酒，觉得精神较好。周夫人对我提到她去年的回国，任公先生的病以及他的死。悲痛沉挚之言，句句使我闻之心惊胆跃，最后实在坐不住，挣扎着起来谢了主人。发了一封报告动身的电报到上海，两点半钟便同藻上了顺天船。

房间是特别官舱，出乎意外的小！又有大烟囱从屋角穿过。上铺已有一位广东太太占住，箱儿篓子，堆满了一屋。幸而我行李简单，只一副卧具，一个手提箱。藻替我铺好了床，我便蜷曲着躺下。他也蜷伏着坐在床边。门外是笑骂声、叫卖声、喧呶声、争竞声，杂着油味、垢腻味、烟味、咸味、阴天味，一片的拥挤、窒塞、纷扰、喧嚣！我忍住呼吸，闭着眼。藻的眼泪落在我的脸上："爱，我恨不能跟了你去！这种地方岂是你受得了的！"我睁开眼，握住他的手："不妨事，我原也是人类中之一！"

直挨到夜中9时，烟囱旁边的横床上，又来了一位女客，还带着一个小女儿。屋里更加紧张拥挤了，我坐了起来，拢一拢头发，告诉藻："你走罢，我也要睡一歇，这屋里实在没有转身之地了！"因着早晨他说要坐三等车回北平去，又再三地嘱咐他："天气冷，三等车上没有汽炉，还是不坐好。和我同甘苦，并不在于这情感用事上面！"他答应了我，便从万声杂沓之中挤出去了。

——到沪后，得他的来信说："对不起你，我毕竟是坐了三等车。试想我看着你那样走的，我还有什么心肠求舒适？即此，我还觉得未曾分你的辛苦于万一！更有一件可喜的事，我将剩下的车费在市场的旧书摊上，买了几本书了……"

这几天的海行，窗外只看见唐沽的碎裂的冰块和大海的洪涛。人气蒸得模糊的窗眼之内，只听得人们的呕吐。饭厅上，茶房连叠声叫"吃饭咧！"以及海客的谈时事声、涕唾声。这一百多钟头之中，我已置心身于度外，不饮不食，只求能睡，并不敢想到母亲的病状。睡不着的时候，只瞑目遐思夏日蜜月旅行中之西湖莫干山的微蓝的水，深翠的竹，以求超脱眼前地狱景况于万一！

22日下午，船缓缓地开进吴淞口，我赶忙起来梳头着衣，早早地把行装收拾好。上海仍是阴天！我推测着数小时到家后可能的景况，心灵上只有战栗，只有祈祷！江上的风吹得萧萧的，寒星般的万船楼头的灯火，照映在黄昏的深黑的水上，画出弯颤的长纹。晚6时，船才缓缓地停在浦东。我又失望，又害怕，孤身旅行，这还是第一次。这些脚夫和接水，我连和他们说话的胆量都没有，只把门紧紧地关住，等候家里的人来接。直等到7时半，客人们都已散尽，连茶房都要下船去了。无可奈何，才开门叫住了一个中国旅行社的接客，请他照应我过江。

我坐在颠簸的摆渡上，在水影灯光中，只觉得不时摇过了黑而高大的船舷下，又越过了几只横渡的白篷带号码的小船。在料峭的寒风之中，淋漓精湿的石阶上，踏上了外滩。大街楼顶广告上的电灯联成的字，仍旧追逐闪烁着，电车仍旧是隆隆不绝地往来地走着。我又已到了上海！万分昏乱地登上旅行社运箱子的汽车，连人带箱子从几个又似迅速又似疲缓的转弯中，便到了家门口。

按了铃，元来开门。我头一句话是，"太太好了么？"他说："好一点了。"我顾不得说别的，便一直往楼上走。父亲站在楼梯的旁边接我。走进母亲屋里，华坐在母亲床边，看见我站了起来。小菊倚在华的膝旁，含羞的水汪汪的眼睛直望着我。我也顾不得抱她，我俯下身去，叫了一声："妈！"看母亲时，真病得不成样子了！所谓"骨瘦如柴"者，我今天才理会得！比较两月之前，她仿佛又老了二十岁。额上似乎也黑了。气息微弱到连话也不能说一句，只用悲喜的无主的眼光看着我……

父亲告诉我电报早接到了。涵带着苑从下午 5 时便到码头去了，不知为何没有接着。这时小菊在华的推挽里，扑到我怀中来，叫了一声"姑姑"。小脸比从前丰满多了，我抱起她来，一同伏到母亲的被上。这时我的眼泪再也止不住了，赶紧回头走到饭厅去。

涵不久也回来了，脸冻得通红——我这时方觉得自己的腿脚，也是冰块一般的僵冷。——据说他是在外滩等到 7 时。急得不耐烦，进到船公司去问，公司中人待答不理地说："不知船停在哪里，也许是没有到罢！"他只得转了回来。

饭桌上大家都默然。我略述这次旅行的经过，父亲凝神看着我，似乎有无限的过意不去。华对我说发电叫我以后，才告诉母亲的，只说是我自己要来。母亲不言语，过一会子说："可怜的，她在船上也许时刻提心吊胆地想到自己已是没娘的孩子了！"

饭后涵华夫妇回到自己的屋里去。我同父亲坐在母亲的床前。母亲半闭着眼，我轻轻地替她拍抚着。父亲悄声的问："你看母亲怎样？"我不言语，父亲也默然，片晌，叹口气说："我也看着不好，所以打电报叫你，我真觉得四无依傍——我的心都碎了……"

此后的半个月，都是侍疾的光阴了。不但日子不记得，连昼夜都分不清楚了！一片相连的是母亲仰卧的瘦极的睡容，清醒时低弱的语声和憔悴的微笑，窗外的阴郁的天，壁炉中发爆的煤火，凄绝静绝的半夜炉台上滴答的钟声，黎明时四壁黯然的灰色，早晨开窗小立时濛濛的朝雾！在这些和泪的事实之中，我如同一个无告的孤儿，独自赤足拖踏过这万重的火焰！

在这一片昏乱迷糊之中，我只记得侍疾的头几天，我是每天晚上8点就睡，12点起来，直至天明。起来的时候，总是很冷。涵和华摩挲着忧愁的倦眼，和我交替。我站在壁炉边穿衣裳，母亲慢慢地侧过头来说："你的衣服太单薄了，不如穿上我的黑骆驼绒袍子，省得冻着！"我答应了，她又说："我去年头一次见藻，还是穿的那件袍子呢。"

她每夜4时左右，总要出一次冷汗，出了汗就额上冰冷。在那时候，总要喝南枣北麦汤，据说是止汗滋补的。我恐她受凉，又替她缝了一块长方的白绒布，轻轻的围在额上。母亲闭着眼微微的笑说："我像观世音了。"我也笑说："也像圣母呢！"

因着骨痛的关系，她躺在床上，总是不能转侧。她瘦得只剩一把骨了，褥子嫌太薄，被又嫌太重。所以褥子底下，垫着许多棉花枕头，鸭绒被等，上面只盖着一层薄薄的丝棉被头。她只仰着脸在半靠半卧的姿势之下，过了我和她相亲的半个月，可怜的病弱的母亲！

夜深人静，我偎卧在她的枕旁。若是她精神较好，就和我款款地谈话，语音轻得似从半空中飘来，在半蒙眊半追忆的神态之中，我看她的石像似的脸，我的心绪和眼泪都如潮涌上。她谈着她婚后的暌离和甜蜜的生活，谈到幼年失母的苦况，最后便提到她的病。她说："我自小千灾百病的，你父亲常说：'你自幼至今吃的药，总集起来，够开一间药房的了。'真是我万想不到，我会活到六十岁！男婚女嫁，大事都完了。人家说，'久病床前无孝子'，我这次病了五个月，你们真是心力交瘁！我对于我的女儿，儿子，媳妇，没有一毫的不满意。我只求我快快的好了，再享两年你们的福……"我们心力交瘁，能报母亲的恩慈于万一么？母亲这种过分爱怜的话语，使听者伤心得骨髓都碎了！

　　如天之福，母亲临终的病，并不是两月前的骨疯。可是她的老病"胃痛"和"咳嗽"又回来了。在每半小时一吃东西之外，还不住地要服药，如"胃活"、"止咳丸"之类，而且服量要每次加多。我们知道这些药品都含有多量的麻醉性，起先总是竭力阻止她多用。几天以后，为着她的不能支持的痛苦，又渐渐地知道她的病是没有痊愈的希望，只得咬着牙，忍着心肠，顺着她的意思，狂下这种猛剂，节节地暂时解除她突然袭击的苦恼。

　　此后她的精神愈加昏弱了，日夜在半醒不醒之间。

　　　　　　　　　　　　　　关于女人和男人

却因着咳嗽和胃痛，不能睡得沉稳，总得由涵用手用力的替她揉着，并且用半催眠的方法，使她入睡。12月24夜，是基督降生之夜。我伏在母亲的床前，终夜在祈祷的状态之中！在人力穷尽的时候，宗教的倚天祈命的高潮，淹没了我的全意识。我觉得我的心香一缕勃勃上腾，似乎是哀求圣母，体恤到婴儿爱母的深情，而赐予我以相当的安慰。那夜街上的欢呼声，爆竹声不停。隔窗看见我们外国邻人的灯彩辉煌的圣诞树，孩子们快乐的歌唱跳跃，在我眼泪模糊之中，这些都是针针的痛刺！

半夜里父亲低声和我说："我看你母亲的身后一切该预备了。旧式的种种规矩，我都不懂。而且我看也没有盲从的必要。关于安葬呢——你想还回到故乡去么？山遥水隔的，你们轻易回不去，年深月久，倒荒凉了，是不是？不过这须探问你母亲的意思。"我说："父亲说出这话来，是最好不过的了。本来这些迷信禁忌的办法，我们所以有时曲从，都是不忍过拂老人家的意思。如今父亲既不在乎这些，母亲又是个最新不过的人。纵使一切犯忌都有后验，只要母亲身后的事能舒舒服服地办过去，千灾五毒，都临到我们四个姊弟身上，我们也是甘心情愿的！"

——第二天我们便托了一位亲戚到万国殡仪馆接洽

一切。钢棺也是父亲和我亲自选定的。这些以后在我寄藻和杰的信中，都说得很详细。

这样又过了几天。母亲有时稍好，微笑地躺着。小菊爬到枕边，捧着母亲的脸叫"奶奶"。华和我坐在床前，谈到秋天母亲骨痛的时候，有时躺在床上休息，有时坐在廊前大椅上晒太阳，旁边几上总是供着一大瓶菊花。母亲说："是的，花朵儿是越看越鲜，永远不使人厌倦的。病中阳光从窗外进来，照在花上，我心里便非常的欢畅！"母亲这种爱好天然的性情，在最深的病苦中，仍是不改。她的骨痛，是由指而臂，而肩背，而膝骨，渐渐下降，全身僵痛，日夜如在桎梏之中，偶一转侧，都痛彻心腑。假如我是她，我要痛哭，我要狂呼，我要咒诅一切，弃掷一切。而我的最可敬爱的母亲，对于病中的种种，仍是一样的接受，一样的温存。对于儿女，没有一句性急的话语，对于奴仆，却更加一倍的体恤慈怜。对于这些无情的自然，如阳光，如花卉，在她的病的静息中，也加倍地温煦馨香。这是上天赐予，唯有她配接受享用的一段恩福！

我们知道母亲决不能过旧历的新年了，便想把阳历的新年，大大地点缀一下。一清早起来，先把小菊打扮了，穿上大红缎子棉袍，抱到床前，说给奶奶拜年。桌

关于女人和男人

上摆上两盘大福橘，炉台窗台上的水仙花管，都用红纸条束起。又买了十几盏小红纱灯，挂在床角上，炉台旁，电灯下。我们自己也略略的妆扮了——我那时已经有十天没有对镜梳掠了！我觉得平常过年，我们还没有这样的起劲！到了黄昏我将十几盏纱灯点起挂好之后，我的眼泪，便不知是从哪里来的，一直流个不断了！

有谁经过这种的痛苦？你的最爱的人，抱着最苦恼的病，要在最短的时间内从你的腕上臂中消逝，同时你要佯欢诡笑的在旁边伴着，守着，听着，看着，一分一秒的爱惜恐惧着这同在的光阴！这样的生活，能使青年人老，老年人死，在天堂上的人，下了地狱！世间有这样痛苦的人呵，你们都有了我的最深极厚的同情！

裁缝来了，要裁做母亲装裹的衣裳。我悄悄地把他带到三层楼上。母亲平时对于穿着，是一点不肯含糊的。好的时候遇有出门，总是要把穿的衣服，比了又比，看了又看，熨了又熨。所以这次我对于母亲寿衣的材料、颜色、式样、尺寸，都不厌其详的叮咛嘱咐了。告诉他都要和好人的衣裳一样的做法，若含糊了要重做的。至于外面的袍料、帽子、袜子、手套等，都是我偷出睡觉的时间来，自己去买的。那天上海冷极，全市如冰。而我的心灵，更是万倍的僵冻！

回来脱了外衣，走到母亲跟前。她今天又略好了些，问我："睡足了么？"我笑说："睡足了。"因又谈起父亲的生日——阳历1月3日，阴历十二月四日——快到了。父亲是在自己生日那天结婚的。因着母亲病了，父亲曾说过不做生日，而父母亲结婚四十年的纪念，我们却不能不庆祝。这时父亲、涵、华等都在床前，大家凑趣谈笑，我们便故作娇痴地佯问母亲做新娘时的光景。母亲也笑着，眼里似乎闪烁着青春的光辉。她告诉我们结婚的仪式、赠嫁的妆奁，以及佳礼那天怎样的被花冠压得头痛。我们都笑了。爬在枕边的小菊看见大家笑，也莫名其妙的大声娇笑。这时，眼前一切的悲怀，似乎都忘却了。

第二天晚上为父亲暖寿。这天母亲又不好，她自己对我说："我这病恐怕不能好了。我从前看弹词，每到人临危的时候总是说'一日轻来一日重，一日添症八九分'，便是我此时的景象了。"我们都忙笑着解释，说是天气的关系，今天又冷了些。母亲不言语。但她的咳嗽，愈见艰难了，吐一口痰，都得有人使劲的替她按住胸口。胃痛也更剧烈了，每次痛起，面色惨变。晚上，给父亲

关于女人和男人

拜寿的子侄辈都来了。涵和华忙着在楼下张罗。我仍旧守在母亲旁边。母亲不住地催我，快拢拢头，换换衣服，下楼去给父亲拜寿。我含着泪答应了。草草的收拾毕，下得楼来，只看见寿堂上红烛辉煌，父亲坐在上面，右边并排放着一张空椅子。我一跪下，眼泪突然地止不住了，一翻身赶紧就上楼去，大家都默然相视无语。

夜里母亲忽然对我提起她自己儿时侍疾的事了："你比我有福多了，我十四岁便没了母亲！你外祖母是痨病，那年从九月九卧床，就没有起来。到了腊八就去世了。病中都是你舅舅和我轮流伺候着。我那时还小，只记得你外祖母半夜咽了气，你外祖父便叫老妈子把我背到前院你叔祖母那边去了。从那时起，我便是没娘的孩子了。"她叹了一口气，"腊八又快到了。"我那时真不知说什么好。母亲又说："杰还不回来——算命的说我只有两孩子送终，有你和涵在这里，我也满意了。"

父亲也坐在一边，慢慢地引她谈到生死，谈到故乡的茔地。父亲说："平常我们所说的'狐死首丘'，其实也不是……"母亲便接着说："其实人死了，只剩一个躯壳，丢在哪里都是一样。何必一定要千山万水地运回去，将来糊口四方的子孙们也照应不着。"

现在回想，那时母亲对于自己的病势，似乎还模糊，而我们则已经默晓了，在轮替休息的时间内，背着母亲，总是以眼泪洗面。我知道我的枕头永远是湿的。到了时候，走到母亲面前，却又强笑着，谈些不要紧的宽慰的话。涵从小是个浑化的人，往常母亲病着，他并不会怎样的小心伏侍，这次他却使我有无限的惊奇！他静默得像医生，体贴得像保姆。我在旁静守着，看他喂橘汁，按摩，那样子不像儿子伏侍母亲，竟像父亲调护女儿！他常对我说："病人最可怜，像小孩子，有话说不出来。"他说着眼眶便红了。

这使我如何想到其余的两个弟弟！杰是夏天便到唐沽工厂实习去了。母亲的病态，他算是一点没有看见。楫是11月中旬走的。海上漂流，明年此日，也不见得会回来。母亲对于楫，似乎知道是见不着了，并没有怎样地念道他，却常常的问起杰："年假快到了，他该回来了罢？"一天总问起三四次，到了末几天，她说："他知道我病，不该不早回！做母亲的一生一世的事……"我默然，母亲哪里知道可怜的杰，对于母亲的病还一切蒙在鼓里呢！

12月31夜，除夕。母亲自己知道不好，心里似乎很着急，一天对我说了好几次："到底请个医生来看一看，是好是坏，也叫大家定定心。"其实那时隔一两天，总有医生来诊。照样的打补针，开止咳的药，母亲似乎腻烦了。我们立刻商量去请V大夫，他是上海最有名的德国医生，秋天也替她看过的。到了黄昏，大夫来了。我接了进来，他还认得我们，点首微笑。替母亲听听肺部，又慢慢的扶她躺下，便走到桌前。我颤声的问："怎么样？"他回头看了看母亲，"病人懂得英文么？"我摇一摇头，那时心胆已裂！他低声说："没有希望了，现时只图她平静地度过最后的几天罢了！"

本来是我们意识中极明了的事，却经大夫一说破，便似乎全幕揭开了。一场悲惨的现象，都跳跃了出来！送出大夫，在甬道上，华和我都哭了，却又赶紧的彼此解劝说："别把眼睛哭红了，回头母亲看出，又惹她害怕伤心。"我们拭了眼泪，整顿起笑容，走进屋里，到母亲床前说："医生说不妨事的，只要能安心静息，多吃东西，精神健朗起来，就慢慢的会好了。"母亲点一点头。我们又说："今夜是除夕，明天过新历年了，大家守岁罢。"

领略人生，可是一件容易事？我曾说过种种无知、痴愚、狂妄的话语，我说："我愿遍尝人生中的各趣，人生中的各趣，我都愿遍尝。"又说："领略人生，要如滚针毡，用血肉之躯，去遍挨遍尝，要它针针见血。"又说："哀乐悲欢，不尽其致时，看不出生命之神秘与伟大。"其实所谓之"神秘"、"伟大"，都是未经者理想企望的言词，过来人自欺解嘲的话语！我宁可做一个麻木、白痴、浑噩的人，一生在安乐、卑怯、依赖的环境中过活。我不愿知神秘，也不必求伟大！

话虽如此，而人生之逼临，如狂风骤雨。除了低头闭目战栗承受之外，没有半分方法。待到雨过天青，已另是一个世界。地上只有衰草，只有落叶，只有曾经风雨的凋零的躯壳与心灵。霎时前的浓郁的春光，已成隔世！那时你反要自诧！你曾有何福德，能享受了从前种种怡然畅然，无识无忧的生活！

我再不要领略人生，也更不要领略如1930年1月1日之后的人生！那种心灵上惨痛，脸上含笑的生活，曾碾我成微尘，绞我为液汁。假如我能为力，当自此斩情绝爱，以求免重过这种的生活，重受这种的苦恼！但这又有谁知道！

1月3日，是父亲的正寿日。早上便由我自到市上，买了些零吃的东西，如果品、点心、熏鱼、烧鸭之类。因为我们知道今晚的筵席，只为的是母亲一人。吃起整桌的菜来，是要使她劳乏的。到了晚上，我们将红灯一齐点起，在她床前，摆下一个小圆桌，桌上满满的分布着小碟小盘，一家子团团的坐下。把父亲推坐在母亲的旁边，笑说："新郎来了。"父亲笑着，母亲也笑着！她只尝了一点菜，便摇头叫"撤去罢，你们到前屋去痛快的吃，让我歇一歇"。我们便把父亲留下，自己到前头匆匆的胡乱地用了饭。到我回来，看见父亲倚在枕边，母亲蒙蒙眬眬的似乎睡着了。父亲眼里满了泪！我知道他觉得四十年的春光，不堪回首了！

　　如此过了两夜。母亲的痛苦，又无限量地增加了。肺部狂热，无论多冷，被总是褪在胸下，炉火的火焰，也隔绝不使照在脸上（这总使我想到《小青传》中之"痰灼肺然，见粒而呕"两语）。每一转动，都喘息得接不过气来。大家的恐怖心理，也无限量地紧张起来了。我只记得我日夜口里只诵祝着一句祈祷的话，是："上帝接引这纯洁的灵魂！"这时我反不愿看母亲多延日月了，只求她能恬静平安的解脱了去！到了夜半，我仍半跪半坐的伏在她床前，她看着我喘息着说："辛苦你了……等我的事情过去了，你好好的睡几夜，便回到北平去，那时什么事都完了。"母亲把这件大事都说得如此平凡，如此稳静！我每次回想，只有这几句话最动我心！那时候我也不敢答应，喉头已哽咽住了！

张妈在旁边，抚慰着我。母亲似乎又入睡了。张妈坐在小凳上，悄声的和我谈话，她说："太太永远是这样疼人的！秋天养病的时候，夜里总是看通宵的书，叫我只管睡去。半夜起来，也不肯叫我。我说：'您可别这样自己挣扎，回头摔着不是玩的。'她也不听。她到天亮才能睡着。到了少奶奶抱着菊姑娘过来，才又醒起。"

谈到母亲看的书，真是比我们家里什么人看的都多。从小说、弹词，到杂志、报纸，新的、旧的、创作的、译述的，她都爱看。平常好的时候，天天夜里，不是做活计，就是看书。总到十一二点才睡。晨兴绝早，梳洗完毕，刀尺和书，又上手了。她的针线匣里，总是有书的。她看完又喜欢和我们谈论，新颖的见解，总使我们惊奇。有许多新名词，我们还是先从她口中听到的，如"普罗文学"之类。我常默然自惭，觉得我们在新思想上反像个遗少，做了落伍者！

1月5夜，父亲在母亲床前。我困倦已极，侧卧在父亲床上打盹，被母亲呻吟声惊醒，似乎母亲和父亲大声争执。我赶紧起来，只听见母亲说："你行行好罢，把安眠药递给我，我实在不愿意再俄延了！"那时母亲辗转呻吟，面红气喘。我知道她的痛苦，已达极点！她早就告诉过我，当她骨痛的时候，曾私自写下安眠药名，藏在袋里，想到了痛苦至极的时候，悄悄地叫人买了，全行服下，以求解脱——这时我急忙走到她面前，万般的劝说哀求。她摇头不理我，只看着父亲。父亲呆站了一会，回身取了药瓶来，倒了两丸，放在她嘴里。她连连使劲摇头，喘息着说："你也真是……又不是今后就见不着了！"这句话如同兴奋剂似的，父亲眉头一皱，那惨肃的神宇，使我起栗。他猛然转身，又放了几粒药丸在她嘴里。我神魂俱失，飞也似的过去攀住父亲的手臂，已来不及了！母亲已经吞下药，闭上口，垂目低头，仿佛要睡。父亲颓然坐下，头枕在她肩旁，泪下如雨。我跪在床边，欲呼无声，只紧紧的牵着父亲的手，凝望着母亲的睡脸。四周惨默，只有时钟滴答的声音。那时是夜中3点，我和父亲战栗着相倚至凌晨4时。母亲睡容惨淡，呼吸渐渐急促，不时地干咳，仍似日间那种咳不出来的光景，两臂向空抱捉。我急忙悄悄地去唤醒华和涵，他们一齐惊起，睡眼蒙眬地走到床前，看见这景象，都急得哭了。华便立刻要去请大夫，要解药，父亲含泪摇头。涵过去抱着母亲，替她抚着胸口。我和华各抱着她一只手，不住的在她耳边轻轻的唤着。母亲如同失了知觉似的，垂头不答。在这种状态之下，延至早晨9时。直到小菊醒了，我们抱她过来坐到母亲床上，教她抱着母亲的头，摇撼着频频的唤着"奶奶"。她唤了有几十声，在她将要急哭了的时候，母亲的眼皮，微微一动。我们都跃然惊喜，围拢了来，将母亲轻轻的扶起。母亲仍是蒙蒙眬眬的，只眼皮不时地动着。在这种状态之下，又延至下午4时。这一天的工夫，我们也没有梳洗，也不饮食，只围在床前，悬空挂着恐怖希望的心！这一天比十年还要长，一家里连雀鸟都住了声息！

4时以后母亲才半睁开眼，长呻了一声，说："我要死了！"她如同从浓睡中醒来一般，抬眼四下里望着。对于她服安眠药一事，似乎全不知道。我上前抱着母亲，说："母亲睡得好罢？"母亲点点头，说："饿了！"大家赶紧将久炖在炉上的鸡露端来，一匙一匙的送在她嘴里。她喝完了又闭上眼休息着。我们才欢喜地放下心来，那时才觉得饥饿，便轮流去吃饭。

那夜我倚在母亲枕边，同母亲谈了一夜的话。这便是三十年来末一次的谈话了！我说的话多，母亲大半是听着。那时母亲已经记起了服药的事，我款款地说："以后无论怎样，不能再起这个服药的念头了！母亲那种咳不出来，两手抓空的光景，别人看着，难过不忍得肝肠都断了。涵弟直哭着说：'可怜母亲不知是要谁？有多少话说不出来！'连小菊也都急哭了。母亲看……"母亲听着，半晌说："我自己一点不觉得痛苦，只如同睡了一场大觉。"

那夜，轻柔得像湖水，隐约得像烟雾。红灯放着温暖的光。父亲倦乏之余，睡得十分甜美。母亲精神似乎又好，又是微笑的圣母般的瘦白的脸。如同母亲死去复生一般，喜乐充满了我的四肢。我说了无数的憨痴的话，我说着我们欢乐的过去，完全的现在，繁衍的将来，在母亲迷糊的想象之中，我建起了七宝庄严之楼阁。母亲喜悦的听着，不时地参加两句……到此我要时光倒流，我要诅咒一切，一逝不返的天色已渐渐地大明了！

1月7晨，母亲的痛苦已到了终极了！她厉声地拒绝一切饮食。我们从来不曾看见过母亲这样的声色，觉得又害怕，又胆怯，只好慢慢轻轻地劝说。她总是闭目摇头不理，只说："放我去罢，叫我多捱这几天痛苦做什么？"父亲惊醒了，起来劝说也无效。大家只能围站在床前，看着她苦痛的颜色，听着她悲惨的呻吟！到了下午，她神志渐渐昏迷，呻吟的声音也渐渐微弱。医生来看过，打了一次安眠止痛的针。又拨开她的眼睑，用手电灯照了照，她的眼光已似乎散了！

　　这时我如同痴了似的，一下午只两手抱头，坐在炉前，不言不动，也不到母亲跟前去。只涵和华两个互相依傍的，战栗的，在床边坐着。涵不住地剥着橘子，放在母亲嘴里，母亲闭着眼都吸咽了下去。到了夜9时，母亲脸色更惨白了。头摇了几摇，呼吸渐渐急促。涵连忙唤着父亲。父亲跪在床前，抱着母亲在腕上。这时我才从炉旁慢慢的回过头来，泪眼模糊里，看见母亲鼻子两边的肌肉，重重地抽缩了几下，便不动了。我突然站起过去，抱住母亲的脸，觉得她鼻尖已经冰凉。涵俯身将他的银表，轻轻的放在母亲鼻上，战兢着拿起一看，表壳上已没有了水汽。母亲呼吸已经停止了。他突然回身，两臂抱着头大哭起来。那时正是1月7夜9时45分。我们从此是无母之人了，呜呼痛哉！

关于这以后的事，我在 1 月 11 晨寄给藻和杰的信中，说的很详细，照录如下：

亲爱的杰和藻：

我在再四思维之后，才来和你们报告这极不幸极悲痛的消息。就是我们亲爱的母亲，已于正月七夜与这苦恼的世界长辞了！她并没有多大的痛苦，只如同一架极玲珑的机器，走的日子多了，渐渐停止。她死去时是那样的柔和，那样的安静。那快乐的笑容，使我们竟不敢大声的哭泣，仿佛恐怕惊醒她一般。那时候是夜中 9 时 45 分。那日是阴历腊八，也正是我们的外祖母，她自己亲爱的母亲，四十六年前离世之日！

至于身后的事呢，是你们所想不到的那样庄严，清贵，简单。当母亲病重的时候，我们已和上海万国殡仪馆接洽清楚，在那里预备了一具美国的钢棺。外面是银色凸花的，内层有整块的玻璃盖子，白绫捏花的里子。至于衣衾鞋帽一切，都是我去备办的，件数不多，却和生人一般的齐整讲究。……

经过是这样，在母亲辞世的第二天早晨，万国殡仪馆便来了一辆汽车，如同接送病人的卧车一般，将遗体运到馆中。我们一家子也跟了去。当我们在休息室中等候的时候，他们在楼下用药水灌洗母亲的身体。下午2时已收拾清楚，安放在一间紫色的屋子里，用花圈绕上，旁边点上一对白烛。我们进去时，肃然得连眼泪都没有了！堂中庄严，如入寺殿。母亲安稳的仰卧在矮长榻之上，深棕色的锦被之下，脸上似乎由他们略用些美容术，觉得比寻常还好看。我们俯下去偎着母亲的脸，只觉冷彻心腑，如同石膏制成的慈像一般！我们开了门，亲友们上前行礼之后，便轻轻将母亲举起，又安稳装入棺内，放在白绫簇花的枕头上，齐肩罩上一床红缎绣花的被，盖上玻璃盖子。棺前仍旧点着一对高高的白烛。紫绒的桌罩下立着一个银十字架。母亲慈爱纯洁的灵魂，长久依傍在上帝的旁边了！

5点多钟诸事已毕。计自逝世至入殓，才用十七点钟。一切都静默，都庄严，正合母亲

关于女人和男人

的身份。客人散尽，我们回家来，家里已洒扫清楚。我们穿上灰衫，系上白带，为母亲守孝。家里也没有灵位。只等母亲放大的相片送来后，便供上鲜花和母亲爱吃的果子，有时也焚上香。此外每天早晨合家都到殡仪馆，围立在棺外，隔着玻璃盖子，瞻仰母亲如睡的慈颜！

　　这次办的事，大家亲友都赞成，都艳羡，以为是没有半分糜费。我们想母亲在天之灵一定会喜欢的。异地各戚友都已用电报通知。楫弟那里，因为他远在海外，环境不知怎样，万一他若悲伤过度，无人劝解，可以暂缓告诉。至于杰弟，因为你病，大考又在即，我们想来想去，终以为恐怕这消息是终久瞒不住的，倘然等你回家以后，再突然告诉，恐怕那时突然的悲痛和失望，更是难堪。杰弟又是极懂事极明白的人。你是母亲一块肉，爱惜自己，就是爱母亲。在考试的时候，要镇定，等凡事就序，把书考完再回来，你别忘了你仍旧是能看见母亲的！

　　我们因为等你，定2月2日开吊，3日出殡。那万国公墓是在虹桥路。草树葱茏，地方清旷，同公园一般。上海又是中途，无论我们下南上北，或是到国外去，都是必经之路，可以随时参拜，比回老家去好多了。

藻呢，父亲和我都十二分希望你还能来。母亲病时曾说："我的女婿，不知我还能见着他否？"你如能来，还可以见一见母亲。父亲又爱你，在悲痛中有你在，是个慰安。不过我顾念到你的经济问题，一切由你自己斟酌。

这事的始末是如此了。涵仍在家里，等出殡后再上南京。我们大概是都上北平去，为的是父亲离我们近些，可以照应。杰弟要办的事很多，千万要爱惜精神，遏抑感情，储蓄力量。这方是孝。你看我写这信时何等安静，稳定？杰弟是极有主见的人，也当如此，是不是？

此信请留下，将来寄楫！

永远爱你们的冰心　正月十一晨

我这封信虽然写的很镇定，而实际上感情的掀动，并不是如此！1月7夜9时45分以后，在茫然昏然之中，涵、华和我都很早就寝，似乎积劳成倦，睡得都很熟。

只有父亲和几个表兄弟在守着母亲的遗体。第二天早起，大家乱哄哄地从三层楼上，取下预备好了的白衫，穿罢相顾，不禁失声！下得楼来，又看见饭厅桌上，摆着厨师傅从早市带来的一筐蜜橘——是我们昨天黄昏，在厨师傅回家时，吩咐他买回给母亲吃的。才有多少时候？蜜橘买来，母亲已经去了！

小菊穿着白衣，系着白带，白鞋白袜，戴着小蓝呢白边帽子，有说不出的飘逸和可爱。在殡仪馆大家没有工夫顾到她，她自在母亲榻旁，摘着花圈上的花朵玩耍。等到黄昏事毕回来，上了楼，尽了梯级。正在大家彷徨无主，不知往哪里走，不知说什么好的时候，她忽然大哭说："找奶奶，找奶奶。奶奶哪里去了？怎么不回来了！"抱着她的张妈，忍不住先哭了，我们都不由自主的号啕大哭起来。

吃过晚饭，父亲很早就睡下了。涵、华和我在父亲床前炉边，默然地对坐。只见炉台上时钟的长针，在凄清的滴答声中，徐徐移动。在这针徐徐地将指到9点40分的时候，涵突然站起，将钟摆停了，说，"姊姊，我们睡罢！"他头也不回，便走了出去。华和我望着他的背影，又不禁滚下泪来。9时45分！又岂止是他一个人，不忍再看见这炉台上的钟，再走到9时45分！

天未明我就忽然醒了，听见父亲在床上转侧。从前窗下母亲的床位，今天从那里透进微明来，那个床没有了，这屋里是无边的空虚，空虚，千愁万绪，都从晓枕上提起。思前想后，似乎世界上一切都临到尽头了！

在那几天内，除了几封报丧的信之外，关于母亲，我并没有写下半个字。虽然有人劝我写哀启，我以为不但是"语无伦次"之中，不能写出什么来，而且"先慈体素弱"一类的文字，又岂能表现母亲的人格于万一？母亲的聪明正直，慈爱温柔，从她做孙女儿起，至做祖母止，在她四围的人对她的疼怜，眷恋，爱戴，这些情感，在我知识内外的，在人人心中都是篇篇不同的文字了。受过母亲调理、栽培的兄姊弟侄，个个都能写出一篇最真挚最沉痛的哀启。我又何必来敷衍一段，使他们看了觉得不完全不满意的东西？

虽然没有写哀启，我却在父亲下泪搁笔之后，替他凑成一副挽联。我觉得那却是字字真诚，能表现那时一家的情感！联语是：

教养全赖卿贤，五个月病榻呻吟，最可怜

娇儿爱婿，死别生离，儿辈伤心失慈母。

晚近方知我老，四十载春光顿歇，那忍看
稚孙弱媳，承欢强笑，举家和泪过新年。

在那几天内，除了每天清晨，一家子从寓所走到殡
仪馆参谒母亲的遗容之外，我们都不出门。从殡仪馆归
来，照例是阴天。进了屋子，刚擦过的地板，刚旺上来
的炉火——脱了外面的衣服，在炉边一坐，大家都觉得
此心茫茫然无处安放！我那几天的日课，是早晨看书，
做活计。下午多有戚友来看，谈些时事，一天也就过去
了。到了夜里，不是呆坐，就是写信。夜中的心情，现
在追忆已模糊了，为写这篇文章，检出旧信，觉得还可
以寻迹：

藻：

真想不到现在才能给你写这封长信。藻，我
从此是没有娘的孩子了！这十几天的辛苦，失
眠，落到这么一个结果。我的悲痛，我的伤心，
岂是千言万语所说得尽？前日打起精神，给你
和杰弟写那一封慰函，也算是肝肠寸断。……这

两天家中倒是很安静，可是更显出无边的空虚，孤寂。我在父亲屋中，和他做伴。白天也不敢睡，怕他因寂寞而伤心，其实我躺下也睡不着。中夜惊醒，尤为难过……

——摘录 1 月 13 信

母亲死后的光阴真非人过的！就拿今晚来说，父亲出门访友去了，涵和华在他们屋里，我自己孤零零的坐在母亲屋内。四围只有悲哀，只有寂寞，只有凄凉。连炉炭爆发的声音，都予我以辛酸的联忆。这种一人独在的时光，我已过了好几次了，我真怕，彻骨的怕，怎么好？

因着母亲之死，我始惊觉于人生之极短。生前如不把温柔尝尽，死后就无从追讨了。我对于生命的前途，并没有一点别的愿望，只愿我能在一切的爱中陶醉，沉没。这情爱之杯，我要满满地斟，满满地饮。人生何等的短促，何等的无定，何等的虚空呵！

千言万语仍回到一句话来，人生本质是痛苦，痛苦之源，乃是爱情过重。但是我们仍不能不饮鸩止渴，仍从生痛苦之爱情中求慰安。
何等的痴愚呵，何等的矛盾呵！

　　写信的地方，正是母亲生前安床之处。我愈写愈难过了，愈写愈糊涂了。若再写下去，我连气息也要窒住了！

——摘录1月18夜信

　　1月26夜，因为杰弟明天到家，我时时惊跃，终夜不寐，想到这可怜的孩子，在风雪中归来，这一路哀思痛哭的光景，使我在想象中，心胆俱碎！ 27日下午，报告船到。涵驱车往接，我们提心吊胆地坐候着，将近黄昏，听得门外车响，大家都突然失色。华一转身便走回她屋里。接着楼梯也响着。涵先上来，一低头连忙走入他屋里去了。后面是杰，笑容满面，脱下帽子在手里，奔了进来。一声叫"妈"，我迎着他，忍不住哭了起来。他突然站住呆住了！那时惊痛骇疾的惨状，我这时追思，一支秃笔，真不能描写于万一！雷掣电挚一般，他垂下头便倒在地上，双手抱住父亲的腿，猛咽得闭过气去。缓了一缓，他才哭喊了出来，说："你们为什么不早告诉我！你们为什么不早告诉我！"这时一片哭声之中涵和华也从他们屋里哭着过来。父亲拉着杰，泪流满面。婢仆们渐渐进来，慢慢地劝住，大家停了泪。杰立刻便要到殡仪馆去，看看母亲的遗容。父亲和涵便带了他去。回来问起母亲病中情状，又重新哭泣。在这几天内，杰从满怀的希望与快乐中，骤然下堕。他失魂落魄似的，一天哭好几次。我们只有勉强劝慰。幸而他有主见，在昏迷之中，还能支撑，我才放下了心。

2月2日开吊。礼毕，涵因有紧急的公事，当晚就回到南京去了。母亲曾说命里只有两个孩子送她，如今送葬又只剩我和杰了。在涵未走之前，我们大家聚议，说下葬之后，我们再看不见母亲了，应该有些东西殉葬，只当是我们自己永远随侍一般。我们各剪下一缕头发，连父亲和小菊的，都装在一个小白信封里。此外我自己还放入我头一次剃下来的胎发（是母亲珍重的用红线束起收存起来的）以及一把"斐托斐"（Phi Tau Phi）名誉学位的金钥匙。这钥匙是我在大学毕业时得到的，上面刻有年月和姓名。我平时不大带它，而在我得到之时，却曾与母亲以很大的喜悦。这是我觉得我的一切珍饰，都是母亲所赐与，只有这个，是我自己以母亲栽培我的学力得来的。我愿意从此寄托我的坚逾金石的爱感的心，

关于女人和男人

在我未死之前，先随侍母亲于九泉之下！

2月3日，下午2时，我们一家收拾了都到殡仪馆。送葬的亲朋，也陆续的来了。我将昨夜封好了的白信封儿，用别针别在棺盖里子的白绫花上。父亲俯在玻璃盖上，又痛痛地哭了一场。我们扶起父亲，拭去了盖上的眼泪，郑重地将棺盖掩上。自此我们再无从瞻仰母亲的柔静慈爱的睡容了！

父亲和杰及几个伯叔弟兄，轻轻地将钢棺抬起，出到门外，轻轻地推进一辆堆满花圈的汽车里。我们自己以及诸亲友，随后也都上了汽车，从殡仪馆徐徐开行。路上天阴欲雨，我紧握着父亲的手，心头一痛，吐出一口血来。父亲惨然地望着我。

2时半到了虹桥万国公墓，我们又都跟着下车，仍由父亲和杰等抬着钢棺。执事的人，穿着黑色大礼服，静默前导。到了坟地上，远远已望见地面铺着青草似的绿毡。中央坟穴里嵌放着一个大水泥框子。穴上地面放着一个光耀射目的银框架。架的左右两端，横牵着两条白带。钢棺便轻轻地安稳地放在白带之上。父亲低下头去，左右的看周正了，执事的人，便肃然地问我："可以了罢？"我点一点首，他便俯下去，拨开银框上白带机括。白带慢慢地松了，盛着母亲遗体的钢棺，便平稳无声地徐徐下降。这时大家惨默地凝望着，似乎都住了呼吸。在钢棺降下地面时，万千静默之中，小菊忽然大哭起来，挣开张妈的怀抱，向前走着说："奶奶掉下去了！我要下去看看，我要下去看看！"华一手拉住小菊，一手用手绢掩上脸。这时大家又都支持不住，忽然都背过脸去，起了无声的幽咽！

钢棺安稳平正的落在水泥框里，又慢慢地抽出白带来。几个人夫，抬过水泥盖子来，平正的盖上。在四周合缝里和盖上铁环的凹处，都抹上灰泥。水泥框从此封锁。从此我们连盛着母亲遗体的钢棺也看不见了！

堆掩上黄土，又密密地绕覆上花圈。大家向着这一抔香云似的土丘行过礼。这简单严静的葬礼，便算完毕了。我们谢过亲朋，陆续的向着园门走。这时林青天黑，松梢上已洒上丝丝的春雨。走近园门，我回头一望，蜿蜒的灰色道上，阴沉的天气之中，松阴苍苍，杰独自落后，低头一步一跛的拖着自己似的慢慢地走。身上是灰色的孝服，眉宇间充满了绝望，无告，与迷茫！我心头刺了一刀似的！我止了步，站着等着他。可怜的孩子呵！我们竟到了今日之一日！

回家以后，呵，回家以后！家里到处都是黑暗，都是空虚了。我在 2 月 5 日夜寄给藻的信上说：

> 我从前有一个心，是个充满幸福的心。现在此心是跟着我最宝爱的母亲葬在九泉之下了。前天两点半钟的时候，母亲的钢棺，在光彩四射的银架间，由白带上徐徐降下的时光，我的心，完全黑暗了。这心永远无处捉摸了。永远不能复活了！

> 不说了，爱，请你预备着迎接我，温慰我。我要飞回你那边来。只有你，现在还是我的幻梦！

以后的几个月中，涵调到广州去，杰和我回校，父亲也搬到北平来。只有海外的楫，在归舟上，还做着"偎倚慈怀的温甜之梦"。

9 月 7 日晨，阴。我正发着寒热，楫归来了，轻轻推开屋门，站在我的床前。我们握着手含泪的勉强地笑着。他身材也高了，手臂也粗了，胸脯也挺起了，面目也黧黑了。海上的辛苦与风波，将我的娇生惯养的小弟弟，磨炼成一个忍辱耐劳的青年水手了！我是又欢喜，又伤心。他只四面的看着，说了几句不相干的话，才款款地坐在我床沿，说："大哥并没有告诉我。船过香港，大哥上来看我，又带我上岸去吃饭，万分恳挚爱怜地慰勉我几句话。送我走时，他交给我一封信，叫我给二哥。我珍重地收起。船过上海，亲友来接，也没有人告诉我。船过芝罘，停了几个钟头，我倚阑远眺。那是母亲生我之地！我忽然觉得悲哀迷惘，万不自支，我心血狂涌，颠顿地走下舱去。我素来不拆阅弟兄们的信，那时如有所使，我打开箱子，开视了大哥的信函。里面赫然的是一条系臂的黑纱，此外是空无所有了……"他哽咽了，俯下来，埋头在我的衾上，"我明白了一大半，只觉得手足冰冷！到了天津，二哥来接我，我们昨夜在旅馆里，整整地相抱地哭了一夜！"他哭了，"你们为什么不早告诉我？我一道上做着万里来归，偎倚慈怀的温甜的梦，到得家来，一切都空了！忍心呵，你们！"我那时也只有哭的份儿。是呵，我们都是最弱的人，父亲不敢告诉我，藻不敢告诉杰，涵不敢告诉楫，我们只能战栗着等待这最后的一天！忍心的天，你为什么不早告诉我们，生生地突然将我们慈爱的母亲夺去了！

　　　　　　　　　　关于女人和男人

完了，过去这一生中这一段慈爱，一段恩情，从此告了结束。从此宇宙中有补不尽的缺憾，心灵上有填不满的空虚。只有自家料理着回肠，思想又思想，解慰又解慰。我受尽了爱怜，如今正是自己爱怜他人的时候。我当永远勉励着以母亲之心为心。我有父亲和三个弟弟，以及许多的亲眷。我将永远拥抱爱护着他们。我将永远记着楫二次去国给杰的几句话："母亲是死去了，幸而还有爱我们的姊姊，紧紧地将我们搂在一起。"

窗外是苦雨，窗内是孤灯。写至此觉得四顾彷徨，一片无告的心，没处安放！藻迎面坐着，也在写他的文字。温静沉着者，求你在我们悠悠的生命道上，扶助我，提醒我，使我能成为一个像母亲那样的人！

1931 年 6 月 30 日夜　燕南园，海淀，北平

二老财

民国廿三年八月九夜，我在绥远的一个宴会席上，听到了一个奇女子的事迹。她是河套民族英雄王同春氏的独女，"后套的穆桂英"。她的名字是二老财。

不，她没有名字，二老财是她的部下和后套的人民，封赠给她的。

那天夜里，听完故事，回去已是很晚。有了点酒，路上西北的高风，吹拂着烘热的面颊，心中觉得很兴奋，又很怅惘。在黑暗中，风吹树叶萧萧地响，凉星在青空闪烁着，我一夜没有睡，翻来覆去的，眼前总浮现着一个蓝衣皮帽，佩枪跃马，顾盼如神，指挥风生的女人。

因着幼年环境的关系，我的性质很"野"，对于同性的人，也总是偏爱"精爽英豪"一路。小时看《红楼梦》，觉得一切人物，都使我腻烦，其中差强人意的，

　　　　　　　　关于女人和男人

只有一个尤三姐，所谓之"冰雪净聪明，雷霆走精锐"者，兼而有之。又读野史，有云"郭汾阳爱女晨妆，执栉捧巾，尽是偏裨牙将"，使我觉得以她的家世，她的时代，可记者必不止"晨妆"而已。可惜以后翻了些史书，这郭公爱女，竟无可稽考，不禁惘然！

二十年来，野性消磨都尽，连幻想中同性的人物，也都变样了。"女人"，这抽象的名词，到我心上来时，总被一丛乱扑的火星围绕着，这一星星是：衣，饰，脂，粉，娇，弱；充其量是：美丽，聪明，有才藻，善言辞；再充其量是……无论我的幻拟引到多远，像二老财这样的人物，竟不曾在我的想象中出现过。

话说那"有百害"的黄河，夹着滚滚的泥沙，浩浩荡荡地向着东南奔注。中间，这浑水卷过了狼山以南一片蒙古的牧场，决成万顷膏腴的土地。那身高九尺，心雄万夫的王同春，在同治初年，带着数千直鲁豫的同胞，在这河套里开辟屯垦，经过多少次的占租械斗，他据有了干渠五个，牛犋七十，这方圆万顷的良田，都入了瞎进财——王氏外号——之手。河套一带，提起了瞎进财，哪个不起着一种杂糅的情感，又惊慑，又爱戴？

俗言说"虎父无犬子"，而瞎进财的四个儿子，都只传了他父亲的憨直质朴，这杀伐决断，精悍英锐之气，却都萃于他女儿之一身。所以在童年时候，她的兄弟们杂在工人队里辛苦挖渠，而二老财却骑马佩枪，在河渠上巡视指挥着。

王同春自己都不大认得字，他的独女当然也不曾读书。正因她不曾读书，又生长在这河山带绕，与外面文化隔绝之地，她天真，她坦白，她任性，她没有沾染上半点矫揉忸怩之气。她像"野地里的百合花"……不，她不是一朵花，就是本地风光，她像一根长在河套腴田里的麦穗。一阵河水涌来，淹没了这一片土地，河水又渐渐地退去，这细沙烂泥之中，西北万里无云的晴空之下，有一粒天然的种子，不借着人力，欣欣地在这处女地上，萌芽怒苗，她结着丰盛的谷实。

就这样的骑着无鞍马，打着快枪，追随着父亲，约束着工人，过了她的童年。到了二十多岁，二老财便出嫁了。丈夫早死，姓名不传，有人说是她的表兄，但也不知其详。丈夫死后，二老财又住娘家，当然她父亲也离不了她。

到了光绪三十三年，因着历年和人家争夺械斗的结果，五原县衙门里，控告王同春的状子堆积如山，王

　　　　　　　关于女人和男人

氏终于下狱了。这时，王家的一切：打手、工人、田庐、牲畜，都归二老财一人分配管理。她的身边，常有三四十个携枪带刀的侍从，部下有不受命的，立被处决。她号令严明，恩光威力，布满了河套一带，人民对她，和对她父亲一样，又惊慑，又爱戴。就在这时二老财得了她的尊号：她父亲王同春是大财主，大老财；她是二财主，二老财。

民国六年（？）王同春死了。他的次子王英，收集父亲的手下，以及各处的流亡，聚众至数千人，受抚成军，驻扎张北一带。民国二十年又与"国军"对抗，兵败势危，士卒哗变，王英仓皇出走，求救于二老财。二老财打了王英一顿嘴巴，骂他没用，自己立刻飞身上马，到了军中，只几句训话，便万众无声，结果是全军拥着王英，突围走到察哈尔，在那里被刘翼飞将军所获。

王英的残党，四散劫掠，变成流寇，著名匪首杨猴小，便是其中的一个。去年春天，一队杨猴小的部下，截住了一辆骡车，正在一哄而上，声势汹汹的时候，车帘开处，二老财从车上慢慢地跳了下来，说："你们不忙，先看清我是谁！"这几十条好汉定睛一看，吓得立刻举枪立正，鸦雀无声地，让这骡车过去。

这时五原附近的抢案更多了，有人说是二老财手下所作。五原县长就把二老财拘来，想将她枪毙，以除后患。二老财上堂慷慨陈辞，说，"王英是我的亲兄弟，他作恶坏了事，我并没有逃走，足见我心无他。至于说我家窝藏着坏人，这也不是事实，我家里原有些父亲手下的旧人，素来受过父亲的周济，如今我也照旧给他们些粮米，这是惜老怜贫，并不是作奸犯法。请问捉贼捉赃，我家里有盗赃么？有人供攀我是窝主么？"县长听了这一篇理直气壮的话，觉得很难发落，又因为她是河套功人王同春的女儿，众望所归，而且严刑之下，也不能使匪徒供出二老财窝藏的事实来，就把她释放了，只同她立下条件，不许再招集流亡。——一说是她并未被释，到如今仍然软禁在五原城里。

以上是我在绥远听到的，自此在西北旅途上，逢人便问，希望多知道些二老财的事迹。8月17日到包头，在生活改进社里，公宴席上，又谈到王同春，我就追问二老财，有七十师参谋吴君，看着我惊讶地笑着说："您倒爱听她的事？这个妇道人家，没有什么才情，但这人可就利害着了！"于是他就滔滔不绝的讲下去，"说起她，我还见过一面。那年吴子玉将军从兰州到北平去，

　　　　　　　　　　　　关于女人和男人

路过此地，我也上车去接。车上尽是男子，却有一个女人，五十上下年纪，穿着大蓝布袄，戴着皮帽，和大家高谈阔论的，我就心烦了，我说，'这是什么娘儿们，也坐在这里！'旁边有人拉了我衣裳一把，我就没言语。走到背静处一问，敢情就是名满河套的二老财，她也接吴将军来了，是请吴将军替她兄弟王英说情。我后来也同她谈过话，这人真能说，又豪爽，又明白。她又约我到她家里去，在五原城里，平平常常的土房子，家里仍是有许多人。她极其好客，你们如去了，她一定欢迎，若要打听王同春的事情，去问她是再好没有的了。"

包头一直下着大雨，到五原去的道路都冲没了。这次是见不着的了！归途中我拜托了绥远的朋友，多多替我打听二老财的事，写下寄给我。如能找到她的相片，也千万赏我一张。

火车风驰电掣地走向居庸关，默倚车窗，我想：在她父亲捐资筑立的五原城里，二老财郁郁地居住着，父亲死了，兄弟逃了，河套荒了，农民散了！春秋二节，率众到城中河神王同春的庙里，上祭祝告的时候，该是怎样的泪随声坠！王同春的声威，都集在她一人身上了，民十七赵二半吊子围攻五原城之役，不是她单骑退的贼兵么？西北的危难，还刚刚开始，二老财，你是民族英雄的女儿。你还没有老，你的快枪在哪里？你的死士在哪里？

万里长城远远地横飞而来，要压到我的头上，我从此入关去了。回望着西北的浮云，呵，别了，女英雄，青山不老，绿水长存，得机缘我总要见你一面——谁知道我能否见你一面？今日域中，如此关山！

1935 年 11 月 5 日夜追记

悼沈骊英女士

民国十四年夏季，我在美国康奈尔大学暑期学校里，得到北平燕大一女同学的信，说："本年本校有一位同学，沈骊英女士，转学威尔斯利大学，请你照应一下。"

我得着信很欢喜，因为那年威大没有中国学生，有了国内的同学来加入，我更可以不虞寂寞。

暑假满后，我回到威大，一放下行装，便打听了她住的宿舍，发现她住的地方，和我很近，我即刻去找她，敲了屋门，一声请进，灯影下我看见了一个清癯而略带羞涩的脸。说不到几句话，我们便一见如故了。我同她虽没有在燕大同时，但是我们谈起我们的教师，我们的同学，我们的校园，谈话就非常亲切。当天晚上，我就邀她到我的宿舍里，我从电话里要了鱼米菜蔬，我们两个在书桌上用小刀割鱼切菜，在电炉上煮了饭。我们用小花盒当碗，边吃边谈，直留连到夜深——我觉得我喜欢我这位新朋友。

那一年我们大家都很忙，她是本科一年生，后修功课相当繁重，我正在研究院写毕业论文，也常常不得闲暇，但我们见面的时候还相当的多。那时我已知道她是专攻科学的，但她对于文学的兴趣，十分浓厚。有时她来看我，看我在忙，就自己翻阅我书架上的中国诗词，低声吟诵，半天才走。

威大的风景，是全美有名的。我们常常忙中偷闲，在湖上泛舟野餐纵谈。年轻时代，总喜欢谈抱负，我们自己觉得谈得太夸大一点，好在没有第三人听见！她常常说到她一定要在科学界替女子争一席地位，用功业来表现女子的能力。她又说希望职业和婚姻能并行不悖，她愿意有个快乐的家庭，也有个称心的职业。如今回想，她所希望的她都做到了，只可惜她自己先逝去了！

民国十五年夏，我毕业回国，此后十九年中便不曾再见面，只从通讯里，从朋友的报告中，知道她结了婚，对方是她的同行沈宗瀚先生，两个人都在农业机关做事，我知道骊英正在步步踏上她理想的乐园，真是为她庆幸。

去年这时候，我刚从昆明到了重庆，得了重伤风。

在床上的时候，骊英忽然带了一个孩子来看我。十余年的分别，她的容颜态度都没有改变多少，谈起别后生活，谈起抗战后的流离，大家对于工作，还都有很大的热诚。那时妇指会的文化事业组的各种刊物，正需要稿子，我便向她要文章，她笑说，"我不会写文章，也不会谈妇女问题，我说出来的都是一套陈腐的东西。"我说，"我不要你谈妇女问题，我只要你报告你自己的工作，你自身的问题，就是妇女问题了。"她答应了我，暮色已深，才珍重的握别，此后她果然陆续地寄几篇文章来，分发在《妇女新运》季刊和周刊上，都谈的是小麦育种的工作，其中最重要，最能表现她的人格的，便是那篇《十年改良小麦之一得》。

今年春天是一个星期日下午，她又带了一个孩子来看我，据她说沈宗瀚先生就在我们住处附近开会，会后也会来谈谈。那天天气很好，大有春意，我们天东地西，谈到傍晚，沈先生还不见来，她就告辞去了，那是我们末次的相见！

本年10月里在报纸上，忽然看到了骊英逝世的消息，觉得心头冰冷，像她这样的人，怎么可以死去呢！

无论从哪一方面看，骊英都是一个极不平常的女子。我所谓之不平常，也许就是她自己所谓的"陈腐的一套"。女科学家中国还有，但像她那样肯以"助夫之事业成功为第一，教养子女成人为第二，自己事业之成功为第三"的，我还没有听见过。这正是骊英伟大之处，假如她不能助夫，不能教养子女，她就不能说这种话，假如她自己没有成功的事业，也就不必说这种话了。

在《十年改良小麦之一得》一文里，最能表现骊英工作的精神，她相信我们妇女的地位，不是能用空空的抗议去争来，而是要用工作成绩来获取的。骊英和我谈到种种妇女问题，她常常表示，"妇女问题，已过了宣传时期，而进入工作时期"。她主张"女界同志一本自强不息精神，抓住社会埋头苦干"，她主张"自问已劳尽力为国家服务，而不必斤斤于收获之多少"。这种"不问收获，但问耕耘"和"多做事，少说话"的态度，也是骊英最不平常之处。

骊英对于她工作的成就，处处归功于国家之爱护与友人之协助，我觉得这一点也不平常。抗战期间，通常是困苦的环境多于顺利的环境，而有的人很颓丧，有的人很乐观，这都在乎个人的心理态度。骊英是一个"已婚女子"，以"生育为天职"，同时又是一个"公务员"，

"亲理试验乃分内事"，在双重的重负之下，她并不躲避，并不怨望，她对于下属和工友，并不责望躁急，并不吹毛求疵，她处处表示"钦慰"，表示"这工友不可多得"，她处处感谢，处处高兴，这是她平日精神修养的独到处，使她能够以"自信心与奋斗力与环境合作，渡过种种的难关"。

最后她积劳成疾，"卧床两月，不能转动，心至烦躁不耐"，这是我对她最表同情的地方。我年来多病，动辄卧床休息，抑郁烦躁，不能自解。而骊英却能"看得淡，看得开"，以"卧病实与我为有益"。因为她以生病为读书修养之机会，这也是常人所不及之处。她的结论是"我等当保养体力争取长时间之胜利，不必斤斤于一日之劳逸而贻终身之痛苦"。这是句千古名言。我要常常记住的！

今天是重庆妇女界追悼骊英的日子，骊英是最值得妇女界追悼的一个人，我愿意今日的妇女青年都以骊英的言行为法。我自己又是因病不到会，但是在床上写完了这一篇追悼的文章，心里稍稍觉得温暖。我万分同情于沈宗瀚先生和他们的子女，我相信在实验室里，在家庭中，在她许许多多朋友的心上，她的地位是不能填满的！然而骊英并没有死，她的工作永存，她未竟的事业，还有沈宗瀚先生来继续，她对于妇女界的希望，我们要努力来奔赴，骊英有知，应当可以瞑目了。

1941 年 12 月 21 日　歌乐山

　　　　　　　　　　　关于女人和男人

再寄小读者

——通讯三

亲爱的小朋友：

昨夜还看见新月，今晨起来，却又是浓阴的天！空山万静，我生起一盆炭火，掩上斋门，在窗前桌上，供上腊梅一枝，名香一炷，清茶一碗，自己扶头默坐，细细地来忆念我的母亲。

今天是旧历腊八，从前是我的母亲忆念她的母亲的日子，如今竟轮到我了。

母亲逝世，今天整整十三年了，年年此日，我总是出外排遣，不敢任自己哀情奔放。今天却要凭着"冷"与"静"，来细细地忆念我至爱的母亲。

十三年以来，母亲的音容渐远渐淡，我是如同从最高峰上，缓步下山，但每一驻足回望，只觉得山势愈巍峨，山容愈静穆，我知道我离山愈远，而这座山峰，愈会无限度地增高的。

激荡的悲怀，渐归平静，十几年来涉世较深，阅人更众，我深深地觉得我敬爱她，不只因为她是我的母亲，实在因为她是我平生所遇到的，最卓越的人格。

她一生多病，而身体上的疾病，并不曾影响她心灵的健康。她一生好静，而她常是她周围一切欢笑与热闹的发动者。她不曾进过私塾或学校，而她能欣赏旧文学，接受新思想，她一生没有过多余的财产，而她能急人之急，周老济贫。她在家是个娇生惯养的独女，而嫁后在三四十口的大家庭中，能敬上怜下，得每一个人的敬爱。在家庭布置上，她喜欢整齐精美，而精美中并不显出骄奢。在家人衣着上，她喜欢素淡质朴，而质朴里并不显出寒酸。她对于女婢仆，从没有过疾言厉色，而一家人都翕然地敬重她的言辞。她一生在我们中间，真如父亲所说的，是"清风入座，明月当头"，这是何等有修养，能包容的伟大的人格呵！

十几年来，母亲永恒地生活在我们的忆念之中。我们一家团聚，或是三三两两地在一起，常常有大家忽然沉默的一刹那，虽然大家都不说出什么，但我们彼此晓得，在这一刹那的沉默中，我们都在痛忆着母亲。

　　　　　　　　　　　　关于女人和男人

我们在玩到好山水时想起她，读到一本好书时想起她，听到一番好谈话时想起她，看到一个美好的人时，也想起她——假如母亲尚在，和我们一同欣赏，不知她要发怎样美妙的议论，要下怎样精确的批评。我们不但在快乐的时候想起她，在忧患的时候更想起她，我们爱惜她的身体，抗战以来的逃难，逃警报，我们都想假如母亲仍在，她脆弱的身躯，决受不起这样的奔波与惊恐，反因着她的早逝，而感谢上天。但我们也想到，假如母亲尚在，不知她要怎样热烈，怎样兴奋，要给我们以多大的鼓励与慰安——但这一切，现在都谈不到了。

　　在我一生中，母亲是最用精神来慰励我的一个人，十几年"教师"、"主妇"、"母亲"的生活中，我也就常用我的精神去慰励别人。而在我自己疲倦、烦躁、颓丧的时候，心灵上就会感到无边的迷惘与空虚！我想：假如母亲尚在，纵使我不发一言，只要我能倚在她的身旁，伏在她的肩上，闭目宁神在她轻轻的摩抚中，我就能得到莫大的慰安与温暖，我就能再有勇气，再有精神去应付一切，但是，十三年来这种空虚，竟无法填满了，悲哀，失母的悲哀呵！

　　一朵梅花，无声地落在桌上。香尽，茶凉！炭火也烧成了灰。我只觉得心头起栗，站起来推窗外望，一片迷茫，原来雾更大了！雾点凝聚在松枝上。千百棵松树，千万条的松针尖上，挑着千万颗晶莹的泪珠……

恕我不往下写吧——有母亲的小朋友，愿你永远生活在母亲的恩慈中。没有母亲的小朋友，愿你母亲的美华永远生活在你的人格里！

你的朋友　冰心

1942 年 1 月 3 日　歌乐山

关于女人和男人

我的良友

——悼王世瑛女士

一个朋友，嵌在一个人的心天中，如同星座在青空中一样，某一颗星陨落了，就不能去移另一颗星来填满她的位置！

我的心天中，本来星辰就十分稀少，失落了一颗大星，怎能使我不觉得空虚，惆怅？

我把朋友分为三类。第一类是有趣的，这类朋友，多半是很渊博，很隽永，纵谈起来乐而忘倦。月夕花晨，山巅水畔，他们常常是最赏心的伴侣。第二类是有才的，这类朋友，多半是才气纵横，或有奇癖，或不修边幅，尽管有许多地方，你的意见不能和他一致，而对于他精警的见解，迅疾的才具，常常要不能自已地心折。第三类是有情的，这类朋友，多半是静默冲和，温柔敦厚，在一起的时候，使人温暖，不见的时候，使人想念，尤其是在疾病困苦的时光，你会渴望着他的"同在"——王世瑛女士在我的朋友中，是属于有情的一类！

这并不是说世瑛是个无趣无才的人，世瑛趣有余而才非浅，不过她的"趣"和"才"都被她的"情"盖过了，淹没了。

世瑛和我，算起来有三十余年的交谊了，民国元年的秋天，我在福州，入了女子师范预科，那时我只十一岁，世瑛在本科三年级，她比我也只大三四岁光景。她在一班中年纪最小，梳辫子，穿裙子，平底鞋上还系着鞋带，十分地憨嬉活泼。因为她年纪小，就常常喜欢同低班的同学玩。她很喜欢我，我那时从海边初到城市，对一切都陌生畏怯，而且因为她是大学生，就有一点不大敢招揽，虽然我心里也很喜欢她。我们真正友谊的开始，还是"五四"那年同在北平就学的时代。

那年她在北平女高师就学，我也在北平燕京大学上课，相隔八九年之中，因着学校环境之不同，我们相互竟不知消息。直到五四运动掀起以后，女学界联合会，在青年会演剧筹款，各个学校单位都在青年会演习。我忘了女高师演的是什么，我们演的是莎士比亚的《威尼斯商人》。预演之夕，在二三幕之间，我独自走到楼上去，坐在黑暗里，凭栏下视，忽然听见后面有轻轻的脚步，一只温暖的手，按着我的肩膀，我回头一看，一个温柔的笑脸，问："你是谢婉莹不是？你还记得王世瑛么？"

昏忙中我请她坐在我的旁边，黑暗的楼上，只有我们两个人，我们都注目台上，而谈话却不断地继续着。她告诉我当我在台上的时候，她就觉着面熟了，她向燕大的同学打听，证实了我是她童年的同学，一闭幕她就走到后台，从后台又跟到楼上……她笑了，说这相逢多么有趣！她问我燕大读书环境如何，又问："冰心是否就是你？"那时我对本校的同学，还没有公开地承认，对她却只好点了点头。三幕开始，我们就匆匆下去，从那时起，我们就成了最密的朋友。

那时我家住在北平东城中剪子巷，她住在西城砖塔胡同。北平城大，从东城到西城，坐洋车一走就是半天，大家都忙，见面的时候就很少。然而我们却常常通信，一星期可以有两三封。那时正是"五四"之役，大家都忙着讨论问题，一切事物，在重新估定价值的时候，问题和意见，就非常之多，我们在信里总感觉得说不完，因此在彼此放学回家之后，还常常通电话，一说就是一两个钟头。我们的意见，自然不尽相同，而我们却都能容纳对方的意见。等到后来，我们通信的内容渐渐轻松，电话里也常常是清闲的谈笑，有时她还叫我从电话中弹琴给她听，我的父亲母亲常常跟我开玩笑，说他们从来没有看见我同人家这样要好过，父亲还笑说："你们以后打电话的时间要缩短一些，我的电话常常被你们阻断了！"

我在学校里对谁都好，同学们也都对我好，因而也没有什么特别的"朋友"。世瑛就很热情，除了同谁都好之外，她在同班中还有特别要好的三位朋友，那就是黄英（庐隐）、陈定秀和程俊英，连她自己被同学称为四君子。文采风流，出入相共……庐隐在她的小说《海滨故人》里，把她们的交谊，说得很详细——世瑛在四君子之中，是最稳静温和的，而世瑛还常常说我"冷"，说我交朋友的作风，和别人不一样。我常常向她分辩，说我并不是冷，不过各人情感的训练不同，表示不同，我告诉她我军人的家庭，童年的环境，她感着很大的兴趣……

然而我们并不是永远不见面。中央公园和北海在我们两家的中途，春秋假日，或是暑假里，我们常带着弟妹们去游赏——我们各有三个弟弟，她比我还多两个妹妹——小孩子奔走跳跃的时候，我们就坐在水榭或漪澜堂的栏旁，看水谈心。她砖塔胡同的家，外院有个假山，我们中剪子巷的门口大院里，也圈有一处花畦，有石凳秋千架等，假山和花畦之间，都是我们同游携手之地。我们往来的过访，至多半日，她多半是午饭后才来，黄昏回去，夏天有时就延至夜中。我们最欢喜在星夜深谈，写到这里，还想起一件故事：她在学生会刊物上写稿子，用的笔名是"一息"，我说"一息"这两个字太衰飒，她就叫我替她取一个，我就拟了"一星"送她，我生平最爱星星，因集王次回的"明明可爱人如月"和黄仲则的"一星如月看多时"两句诗，颂赞她是一个可爱的朋友，她欣然接受了。直至民国十二年我出国时为止，我们就这样淡而永地往来着。我比较冷静，她比较温柔，因此从来没有激烈的辩论，或吵过架，我们两家的人，都称我们"两小无猜"。算起来在朋友中，我同她谈的话最多，最彻底，通信的数量也最多（四五年之间，已在数百封以上），那几年是我们过往最密的时代，有多少最甜柔的故事，想起来使我非常的动心，留恋！

我出国去，她原定在北平东车站送行，因为那天早晨要替我赶完一件绒衣，到了车站，火车已经开走了，她十分惆怅，过几天她又赶到上海来送我上船。我感谢之余，还同她说："假如我是你，送过一次也罢了，何必还赶这一场伤心的离别？"她泫然说："就因为我不是你，我有我的想法！"——庐隐有一首新诗，就记的是这件事，我只记得中间四句，是：

辛苦织成的绒衣，
竟赶不上做别离的赠品，
秋风阵阵价紧，
不嫌衣裳太薄吗？

在上海我们又盘桓了几天。动身之日，我早同她约定，她送我上船就走，不要看着船开，但她不能履行这珍重的诺言，船开出好远，她还呆立在码头上……

到美国以后，功课一忙，路途又远，我们通信的密度，就比从前差远了，我只知道从上海，她就回到福州去教书。在民国十三年的春天，我在美国青山养病，忽然得到她的一封信，信末提到张君劢先生向她求婚，问我这结合可不可以考虑，文句虽然是轻描淡写，而语意是相当的恳切。我和君劢先生素不相识，而他的哲学和政治的文章，是早已读过，世瑛既然问到我，这就表示她和她家庭方面，是没有问题的了，我即刻在床上回了一封信，竭力促成这件事，并请她告诉我以嘉礼的日期。那年的秋天，我就接到他们结婚的请柬，我记得我寄回去的礼物，是一只镶着橘红色宝石的手镯。

民国十五年秋天，我回国来，一到上海，就去访他们夫妇，那时他们的大孩子小虎诞生不久，世瑛还在床上，君劢先生赶忙下楼来接我，一见面就如同多年的熟朋友一样，极高兴恳切地握着我的手。上得楼来，做了母亲的世瑛，乍看见我似乎有点羞怯，但立刻就被喜悦和兴奋盖过了。我在她床沿杂乱地说了半小时的话，怕她累着，就告辞了出来。在我北上以前，还见了好几次，从他们的谈话中，态度上都看出他们是很理想的和谐的伴侣。在我同他们个别谈话的时候，我还珍重的向他们各个人道贺，为他们祝福。

1927年以后，我的父亲在上海做事，全家都搬到上海来。年假暑假我回家的时候，总是常到他们家里，世瑛又做了两个，三个孩子的母亲，她的敦厚温柔，更是有增无减，同时她对于君劢先生的文章事业，都感着极大的兴趣，尽力帮忙。我在一旁看着，觉得我对于世瑛的敬爱，也是有增无减！她在家是个好女儿、好姐姐，在校是个好学生、好教师、好朋友，出嫁是个好妻子、好母亲，这种人格，是需要相当的忍耐和不断的努力，她以永恒的天真和诚恳，温柔和坦白来与她的环境周旋，她永远是她周围的人的慰安和灵感！

1931 年母亲去世以后，父亲又搬回北平来，我和世瑛见面的机会便少了。1934 年他们从德国回来，君劢先生到燕大来教书，我们住得很近，又温起当年的友谊。君劢先生和文藻都是书虫子，他们谈起书来，就到半夜，我和世瑛因此更常在一起。北平西郊的风景又美，春秋佳日，正多赏心乐事，那一两年我们同住的光阴，似乎比以前更深刻纯化了。

他们先离开了北平到了上海，我们在抗战以后也到了昆明，中间分别了六七年，各居一地，因着生活的紧张忙乱，在表面上，我们是疏远了。直到了前年，我们又在重庆见面，欢喜得几乎落下泪来，她握着我的手，说她听人说我总是生病，但出乎意外的我并不显得憔悴。我微笑了，我知道她的用心，她是在安慰我！我谢了她，我说："抗战期间，大家都老了都瘦了，这是正常的表现，能不死就算好了。"她拦住我，说："你总是爱说死字……"我一笑也就收住——谁知道她一个无病的人，倒先死了呢！

她住在汪山，我住在歌乐山，要相见就得渡一条江，翻一座岭，战时的交通，比什么都困难，弄到每年我们才能见一两次面。她告诉我汪山有绿梅花。花时不可不来一赏，这约订了三年，也没有实现——我想我永不会到汪山去看梅花了，世瑛去了，就让我永远纪念这一个缺憾罢。

　　我们在重庆仅有的一次通讯，是她先给我写的，去年5月1日，她到歌乐山来参加第一保育院的落成典礼，没有碰到我，她"怅惘而归"，在重庆给我写了几行：

　　冰姐：

　　　　到重庆后，第一次去歌乐山……因为他们告诉我，你也许会来参加保育院的落成典礼……我可以告诉你，我在山上等你好久了……我念旧之情，与日俱深——也许是年龄的关系，使我常常忆旧——可是今天的事实，到了保育院，既未见你，而时间的限制，又无法去看你，惆怅而归，老八又告诉我，你身体不大好，使我更懊悔我错过了机会，不抽一刻时间来看你！我在山上几次动笔写信给你，终

我的良友

于未寄，今天无论如何，要写这几个字给你，或不是你所想得到的，我是怎样今情犹昔！再谈吧，祝你

痊安

瑛　五·一·

我在病榻上接到这封小简，十分高兴感动，那时正是杜鹃的季节，绿阴中一声声的杜宇，掺和了忆旧的心情，使我觉得惆怅。我复她一信，中有"杜鹃叫得人心烦"之语。今年3月，她已弃我而逝，我更怕听见鹃啼，每逢听见声凄而长的"苦——苦"，总使我矍然地心痛，尤其是在雨中或月下的夜半一连叠声的"苦——"，枕上每使我凄然下泪……

世瑛毕竟到歌乐山来看我一次，那是去年夏日，她从北温泉回来，带着两个女儿，和她的弟弟世圻夫妇，在我们廊上，坐了半天。她十分称赞我们廊前的远景，我便约她得暇来住些时——我们末次的相见，是在去年9月，我们都在重庆。君劢先生的弟弟禹九夫妇，约我们在一起吃晚饭，饭后谈到我从前在北平到天桥寻访赛金花的事，世瑛听得很高兴，那时已将夜半，她便要留

我住下。文藻笑问："那么君劢呢？"世瑛也笑说："君劢可以跟你回去住嘉庐。"我说："我住待帆庐太舒服了，君劢住嘉庐却未免太委屈了他。"大家开了半天玩笑，但因第二天早晨我们还要开会，便终于走了，现在回想起来，追悔当初未曾留下，因为在我们三十余年的友谊中，还没有过"抵足而眠"的经历！

今年3月初，我到重庆去，听到了世瑛分娩在即的消息。她前年曾夭折了她的第三个儿子——小豹，如今又可以补上一个小的，我很为她高兴。那时君劢先生同文藻正在美国参加太平洋学会，我便写信报告文藻，说君劢先生又快要做父亲了，信写去不到十天，梅月涵先生到山上来，也许他不知道我和世瑛的交情罢，在晚餐桌上，他偶然提起，说："君劢夫人在前天去世了，大约是难产。"我突然停了箸，似乎也停止了心跳，半天说不出话来。

我一夜无眠，第二天一早，就分函在重庆的张肖梅女士（张禹九夫人）和张霭真女士（王世圻夫人）询问究竟。我总觉得这消息过于突然，三十年来生动地活在我心上的人，哪能这样不言不语的就走掉了？我终日悬悬地等着回信，两封回信终于在几天内陆续来到，证实了这最不幸的消息！

我的良友

霭真女士的信中说：

    ……六姐下山待产已月余，临产时心脏衰疲，心理上十分恐惧，产后即感不支，医师用尽方法，终未能挽回，婴儿男性，出生后不能呼吸，多方施救，始有生气，不幸延至次日，又复夭折……现灵柩暂寄浙江会馆……君劢旅中得此消息，伤痛可知，天意如斯，夫复何言……

肖梅女士信中说：

    ……二家嫂临终以前，并无遗言，想其内心痛苦已极，唯有以不了了之……

    我不曾去浙江会馆，我要等着君劢先生回国来时，陪他同去。我不忍看见她的灵柩，唯有在安慰别人的时候，自己才鼓得起勇气！

    我给文藻写了一封信："……二十年来所看到的理想的快乐的夫妇，真是太希罕了，而这种生离死别的悲哀，就偏偏降临在他们的身上，我不忍想象君劢先生成了无

'家'可归的人！假如他已得到国内的消息，你务必去郑重安慰他……"

6月中肖梅女士来访，她给我看了君劢先生挽世瑛的联语，是：

廿年来艰难与共，辛苦备尝，何图一别永诀

六旬矣报国有心，救世无术，忍负海誓山盟

她又提到君劢先生赴美前夕，世瑛同他对斟对饮，情意缠绵，弟妹们都笑他们比少年夫妻还要恩爱，等到世瑛死后，他们都觉得这惜别的表现，有点近于预兆。

世瑛的身体素来很好，为人又沉静乐观，没有人会想到她会这样突然死去。二十年来她常常担心着我的健康，想不到素来不大健康的我，今夜会提笔来写追悼世瑛的文字！假如是她追悼我，她有更好的记忆力，更深的情感，她保存着更多的信件，她不定会写出多么缠绵悱恻的文章来！如今你的"冷静"的朋友，只能写这记账式的一段，我何等的对不起你。不过，你走了，把这种东西留给我写，你还是聪明有福的！

1945年8月9日夜　重庆歌乐山

给日本的女性

　　去年秋天，8 月 10 日夜，战争结束的电讯，像旋风似的，迅速的传布到中国的每一个角落。我自己是在四川的一座山头，望着满天的繁星和山下满地的繁灯，听到这盼望了八年的消息！在这震撼如狂潮之中，经过了一阵昏乱的沉默，就有几个小孩子放声大笑，有几个大孩子放声大哭，有几个男客人疯狂似的围着我要酒喝！没有笑，没有哭，也没有喝酒的，只有我一个人，我一直沉默着！

　　这沉默从去年 8 月 10 日夜一直绵延着。我一直苦闷，一直不安，那时正在复员流转期中，我不但没有时间同别人细谈，也没有时间同自己检讨。能够同自己闲静地会晤，是一件绝顶艰难的事！

　　在离开中国的前一星期，我抽出万忙的三天，到杭

　　　　　　　　　　　　　　关于女人和男人

州去休息。秋阳下的西湖景物，唤起了我一种轻松怡悦的心情，但我心中潜在的烦闷，却没有一刻离开我。终于在一夜失眠之后，我忽然在第二天早晨悄然走出我的住处，绕过了西泠桥，面迎着淡雾下一片涟漪的湖光，踏着芳草上零零的露珠，走上"一株杨柳一株桃"的苏堤，无目的地向着无尽的长堤走……

如同妆束梳洗拜访贵宾一般，我用湖光山色来浸洗我重重的尘秽，低头迎接我内在的自己。

堤上几乎是断绝行人。在柳枝低拂的水边，有几个小女孩子，在高声背诵她们的书本。远山近塔，在一切光明迷濛之中，都显得十分庄严，十分流丽。

无目的地顺着长堤向前走着，走着；我渐渐地走近了我自己，开始作久别后的寒暄。出乎意外的，我发现八年的痛苦流离，深忧痛恨，我自己仍旧保存着相当的淳朴、浅易和天真。

她——我的"大我"，很稳重和蔼地告诉我：

世界上最大的威力，不是旋风般的飞机，巨雷般的大炮，鲨鱼般的战舰，以及一切摧残毁灭的战器——因为战器是不断的有突飞猛进的新发明。拥有最大威力的，还是飞机大炮后面，沉着的驾驶射击的，有血、有肉、有情感、有理智的人类。

机器是无知的，人类是有爱的。

人类以及一切生物的爱的起点，是母亲的爱。

母亲的爱是慈蔼的，是温柔的，是容忍的，是宽大的，但同时也是最严正、最强烈、最抵御、最富有正义感的！

她看见了满天的火焰，满地的瓦砾，满山满谷的枯骨残骸，满城满乡的啼儿哭女……她的慈蔼的眼睛，会变成锐明的闪电，她的温柔的声音，会变成清朗的天风，她的正义感，会飞翔到最高的青空，来叫出她严厉的绝叫！

她要阻止一切侵略者的麻醉蒙蔽的教育，阻止一切以神圣科学发明作为战争工具的制造，她要阻止一切使人类互相残杀毁灭的错误歪曲的宣传。

因为在战争之中，受最大痛苦的，乃是最伟大的女性！

在战争里，她要送她千辛万苦扶持抚养的丈夫和儿子，走上毁灭的战场；她要在家里田间，做着兼人的劳瘁的工作；她要舍弃了自己美丽整洁的家，拖儿带女地走入山中谷里；或在焦土之上、瓦砾场中，重新搭起一个聊蔽风雨的小篷。她流干了最后一滴泪，洒尽了最后

　　　　　　　　　　　关于女人和男人

一滴血，在战争的悲惨昏黑的残局上面……含辛茹苦再来收拾，再来建设，再来创造。

全人类的母亲，全世界的女性，应当起来了！

我们不能推诿我们的过失，不能逃避我们的责任，在信仰我们的儿女，抬头请示我们的时候，我们是否以大无畏的精神，凛然告诉他们说，战争是不道德的，仇恨是无终止的，暴力和侵略，终久是失败的？

我们是否又慈蔼温柔地对他们说：世界是和平的，人类是自由的，民族与民族，国家与国家之间，只有爱，只有互助，才能达到永久的安乐与和平？

猛抬头，原来我已走到苏堤的终点，折转回来，面迎着更灿烂的湖光，晨雾完全消隐，我眼里忽然满了泪，我的"大我"轻轻地对我说：

"做子女的时候，承受着爱，只感觉着爱的伟大；做母亲的时候，赋予着爱，却知道了爱的痛苦！"

这八年来，我尝尽了爱的痛苦！我不知道在全世界——就是我此刻所在地的东京，有多少女性，也尝着同我一样的爱的痛苦。

让我们携起手来罢，我们要领导着我们天真纯洁的儿女们，在东亚满目荒凉的瓦砾场上，重建起一座殷实富丽的乡村和城市，隔着洋海，同情和爱的情感，像海风一样，永远和煦地交流！

1946 年 11 月 29 日夜　东京

关于女人和男人

给日本青年女性

谢冰心是中国的女作家。应《青年新闻》
的特别邀请，谢女士特为日本青年女性赠言。

坦率地说，我真不知就现在日本妇女问题实际应该
讲些什么。泛泛地讲，我觉得直到这次战争日本女性还
封闭在非常封建的生活圈子里，与我们中国女性具有的
社会地位和思想自由相距甚远，这是非常遗憾的。

虽然从事同样的工作，女人的报酬一定要比男人低，
这样的事我们真是难以想象。我希望能早一些从这种状
态中摆脱出来。我想这是今后日本的方向，也一定会给
其他方面以重大影响。男女平等，从权威的世界史的观
点看，是必须如此的。然而最重要的是妇女的自觉。

再一点，如果说我的希望，就是希望日本妇女能更

多地了解中国。我们中国妇女经过长时期的妇女解放运动，获得了现在的地位，法律也保证了男女平等的生活。关于这一点，大家多少都知道一些吧？特别是五四运动以后，妇女解放运动达到了高潮，北京大学以及其他各大学一齐为妇女开放学校，从而加强了妇女的社会自觉意识，对于妇女走进社会这种现象，有了正确认识。当然，这在中国还不能说已经普遍，在教育不普及的地方也有像过去那样生活的。但是，给予那长时期的抗战以大力支持的，大部分是被解放、觉悟了的妇女。这一点，想是可以理解的。

日本与中国作为世界和平的一环，为了永久地友好下去，最重要的是必须相互理解。特别是我们女同志，能够理解的地方是很多的。要改正过去的错误，努力学习中国，通过这个学习，相互携起手来。为新的中日两国的和平关系，我们妇女要尽力做出有意义的贡献。

1947 年

关于女人和男人

观舞记

——献给印度舞蹈家卡拉玛姐妹

我应当怎样地来形容印度卡拉玛姐妹的舞蹈？

假如我是个诗人，我就要写出一首长诗，来描绘她们的变幻多姿的旋舞。

假如我是个画家，我就要用各种的色彩，渲点出她们的轻扬的眉宇，绚丽的服装。

假如我是个作曲家，我就要用音符来传达出她们轻捷的舞步，和细响的铃声。

假如我是个雕刻家，我就要在玉石上模拟出她们的充满了活力的苗条灵动的身形。

然而我什么都不是！我只能用我自己贫乏的文字，来描写这惊人的舞蹈艺术。

如同一个婴儿，看到了朝阳下一朵耀眼的红莲，深林中一只旋舞的孔雀，他想叫出他心中的惊喜，但是除了咿哑之外，他找不到合适的语言！

但是，朋友，难道我就能忍住满心的欢喜和激动，不向你吐出我心中的"咿哑"？

我不敢冒充研究印度舞蹈的学者，来阐述印度舞蹈的历史和派别，来说明她们所表演的婆罗多舞是印度舞蹈的正宗。我也不敢像舞蹈家一般，内行地赞美她们的一举手一投足，是怎样地"出色当行"。

我只是一个欣赏者，但是我愿意努力地说出我心中所感受的飞动的"美"！

朋友，在一个难忘的夜晚——

帷幕慢慢地拉开，台中间小桌上供养着一尊湿婆天的舞像，两旁是燃着的两盏高脚铜灯，舞台上的气氛是静穆庄严的。

卡拉玛·拉克希曼出来了。真是光艳的一闪！她向观众深深地低头合掌，抬起头来，她亮出了她的秀丽的面庞，和那能说出万千种话的一对长眉，一双眼睛。

她端凝地站立着。

笛子吹起，小鼓敲起，歌声唱起，卡拉玛开始舞蹈了。

她用她的长眉、妙目、手指、腰肢，用她鬓上的花朵、腰间的褶裙，用她细碎的舞步、繁响的铃声，轻云

关于女人和男人

般慢移、旋风般疾转，舞蹈出诗句里的离合悲欢。

我们虽然不晓得故事的内容，但是我们的情感，却能随着她的动作，起了共鸣！我们看她忽而双眉颦蹙，表现出无限的哀愁；忽而笑颊粲然，表现出无边的喜乐；忽而侧身垂睫表现出低回宛转的娇羞；忽而张目嗔视，表现出叱咤风云的盛怒；忽而轻柔地点额抚臂，画眼描眉，表演着细腻妥帖的梳妆；忽而挺身屹立，按箭引弓，使人几乎听得见铮铮的弦响！像湿婆天一样，在舞蹈的狂欢中，她忘怀了观众，也忘怀了自己。她的花朵，我们只能学她们的伟大诗人泰戈尔的充满诗意的说法：让我们将我们一颗颗的赞叹感谢的心，像一朵朵的红花似的穿成花串，献给她们挂在胸前，带回到印度人民那里去，感谢他们的友谊和热情，感谢他们把拉克希曼姐妹暂时送来的盛意！

1957 年 4 月 6 日《人民日报》

观舞记

忆意娜

年来旅行的机会很多。

旅行有紧张的一面，也更有愉快的一面。看到新奇的地方和事物，当然很有意思，但是我认为最愉快的是：旅行不但使我交了许多新朋友，而已曾相识的朋友，也因为朝夕相处而更加"知心"。

我们大家平时各忙各的，见面的时间很少，聊天的时间更不多。但是我们如果是在一起旅行，行李放好了，坐定了，火车开了，飞机起飞了，送行的人远得看不见了……这一段已经离开了出发点，来到目的地之先的时间，是可以由你自由支配的。假如你不愿意看书，也不肯睡觉，你一定会找同伴说说话，从谈话中，我们不但得到了知识，也发展了友谊。

还有，在国外旅行的时间，我们也往往同陪伴我们

关于女人和男人

的主人，混得很熟。从他们的询问观感，我们的打听风俗习惯起，渐渐地扯到历史、地理、山水、人物……往往会说得很热闹，很投机。

不过在国外旅行，走的新地方很多，会到的新人也不少，行色匆匆之中，时过境迁，印象不深的人面和景物，往往只能留下一个模糊的轮廓，有的连名字都叫不出来了。独有去年春天在意大利遇到的意娜，她是永远和意大利几个红旗飘飘的群众场面，以及水色、山光、塔形、桥影一同在我的脑海中浮现，直到周围一切光影都淡化了以后，她的窈窕的身形、清朗的声音、温柔的目光，还总是活跃地遗留在我的眼底。但是我和她在同住的一个月之中，因为我不懂意大利文，她不懂中国话，我不会说法文，她又不太通英语，我们从来没有直接交换过一句话，更不用说是娓娓清谈了。这不是一件极为遗憾的事情么？

意娜是我们在意大利访问的时候，罗马的中国研究中心派来陪伴我们的一位同志，她秾纤适中、长眉妙目，年纪大约在三十以下，嘴角永远含着甜柔和了解的微笑。她办事干练沉着，从来看不见她忙乱的神情和急躁的脸色。她和我们在一起，就像一阵清风似的——当我们在群众中间周旋谈笑，从不见到她插在中间，而在我们想询问一件事情，解决一个问题的时候，回过头来，她却总近在身边，送来一双微笑的协助的眼光，和一双有力的支持的手。

她的一只腿曾受过伤，装了假腿，若不是一位意大利朋友悄悄地告诉我们，我们是绝看不出来的。因为她和我们一路同行，登山涉水，上船下车，矫健敏捷得和好人一样，从不显出疲倦和勉强。

在火车中我常常和她对坐，我看着她可爱的面庞，心里总在想，我若能和她直接交谈，我将会如何地高兴。但我们通过翻译，也曾互询一些家庭状况。我替她起了一个中国名字，她很喜欢，请我把意娜（译音）两个字写在她的小本子上，又殷勤地送给我一张她自己的照片。

在我们将要离开意大利的一天，她拉着翻译，坐到我身边来，问我对于意大利的观感，她说："你们这次所访问的多半是大城市，参观的是大学、博物馆和名胜古迹，看到的是上层社会的仕女和她们的家庭，住的是大旅馆……所见所闻都是一片豪华景象，但是你知道我们意大利的劳动人民的实际生活是极其困苦的。"以后她又谈到意大利的穷困人家的儿童是如何不幸。她低声地背诵着几首意大利共产党员作家罗大里的诗，如"七巧住在阴沟旁的地下室里"。她眼睛凝注着窗外，双唇微颤，背到感人处，眼里竟然闪着泪光。斜阳照在她金黄的头发上，她的温柔的脸上显得那样地静穆而坚强！

我紧紧地握住她的手，我说："意娜，我知道我们所看到的只是极小的一方面……我们中国的儿童，也曾有过这样苦难的过去……我虽然看不懂意大利文，我将永远记住你所背诵的诗。"

去年4月19日的中午，我们离开意大利的都灵城，结束了我们在意大利的访问。在许许多多送行的人中，我特别舍不得意娜。我们在早几天就不止一次地对她说过："意娜，我们在旅行的路上，会十分想念你的。"她腼腆地蹙着长眉，微微地一笑，说："谢谢你们，但是，不要紧的，你们这一路上还会遇见许多的意娜呢。"

但是她的预言并没有实现，在后两个月的旅途上，我们并不曾遇到一个能和意娜相仿佛的旅伴！

"人难再得始为佳"，我们的意娜真是一个"佳人"呵！

1959 年 7 月 16 日　北京

忆意娜

最可爱的姑娘

在 10 月 29 日的《人民日报》上，看到福建惠安八女跨海征服荒岛的报道，看得我满心兴奋欢喜。这八个跨海征荒的姑娘，是多么可爱呵！

记得有首上海工人写的诗：

什么树开什么花，

什么藤结什么瓜，

什么时代爱什么人，

什么阶级说什么话。

在祖国社会主义建设的 60 年代，党对全国人民，发出了大办农业大办粮食的号召的时节，最值得敬佩最可爱的是邢燕子式的奔向农业第一线、坚守农业第一线的

关于女人和男人

青年们。惠安八女是当代的最可爱的姑娘，今朝的风流人物，祖国东南海上天空里一串光芒照耀的星！

只因海边生活我是比较知道的，因此在看这篇报道的时候，我仿佛在一卷画轴里，和这八个最可爱的姑娘，一同劳动下去，生活下去……

困难到处都有，而且到处都不少，但是从我的回忆里，似乎海边上尤其是海岛上的风晨雨夕，比陆地上更显得孤寂而荒凉。渡船走过，在那里落落脚是可以的，要从那像小鲨鱼似的，横卧在海面上的"石头满山砂满岛"的地方去索取粮食，对一般人简直是个梦想。

所以大竹岛在莲城半岛外不知横卧了有几多年，而还没有人敢于想在这上面画出最新最美的图画。当八女建议跨海征荒的时候，八女之一的小林，就被她的祖父骂了一顿："我几十年就没有听见过有谁到大竹岛去的，几个小丫头，想到荒岛去送命吗？"还有许多群众议论纷纷地画下许多圈圈，断定她们三天后就会自己跑回来。

这几个姑娘可爱的地方就在这里！她们不怕困难，战胜困难，敢于斗争，敢于胜利，她们在党的支持下，毅然欣然地挑起了最沉重的担子，她们一心一意为"莲城争粮食"，此外什么都不想，什么都不计较。她们带

最可爱的姑娘

着八把锄头，八颗火热的心，一叶扁舟，登上了荒凉的大竹岛。

一切海岛生活中所能遇到的困难，都向她们进逼！石头、野草、无水、台风、暴雨、野兽……但是她们肩并着肩，手拉着手，一心记住党的指示，党的希望，坚强勇敢地跳过这无数个困难的圈圈。她们不但三天后没有回来，如今将近三年了，她们也还没有回来，而且吸引了更多的人到大竹岛去。

这卷画轴还在拉长下去，大竹岛现在已是庄稼遍地，花果满园的仙岛，等到这八个最可爱的姑娘满头白发的时候，这仙岛还不知道要多么繁荣，多么美丽呢！

最使人高兴的是，在我们全国现在不知道有多少个像"惠安八女"的青年农业生产队，也不知有多少像大竹岛一样的荒岛荒山在被开发着。60 年代就是一个轰轰烈烈的、有志气的青年们向农业第一线进军的时代。看定党指向的方向竭诚奔赴吧，六亿五千万人民的祝福和歌颂将永远陪伴着你们！

1960 年 11 月 7 日

忆日本的女作家们

过去两年来，中国人民所深切关怀的日本人民的反对日美"安全条约"斗争的报道中，不断地出现着我所熟悉所知道的日本女作家们的名字。在她们的作品里，演讲里，朗诵诗里，我都能想象出她们站在演讲台上，走在示威游行的行列中，或是坐在案前，怒火如焚，走笔如飞的神情体态。这时候，我恨不能伸出手去隔着海洋紧紧地握住她们的双手，来表达出中国人民和我自己，对于她们所热烈参加的日本有史以来空前的人民群众的伟大斗争的无限的同情和敬意！

我终于在今年 3 月底的东京之行，得到了和她们重见和深谈的机会，这一段回忆，永远是那么强烈而温暖，它给我以快乐，也给我以鼓舞，我们的反对帝国主义保卫世界和平的队伍里，有这么多的日本的坚强的勇敢的妇女作家参加，对于作家自己和日本民族以及世界人民都带来极其光明的前景！

在我执笔之顷，首先涌上我的脑海的是三宅艳子，她是我到东京后所拜访的第一个女作家，虽然我们在飞机场和日本作家的欢迎会上，都已经见了面。我是在1958年塔什干的亚非作家会议上结识了她的，我们还一同参观访问了苏联乌兹别克共和国的撒马汗等城，但是这次重逢，她在我的意识中，已不只是一位优秀的评论家，而且是一位坚强的战士了。

这一天，东京下着春雪，门外寒气逼人，三宅艳子的客室里却是温暖如春，象征着主人待客的热情。她在挂着美丽的油画、生着熊熊的炉火的客室里，不住地忙着给我们端茶送果，还给我们介绍了另外一位女音乐家兼诗人，反对"安全条约"的积极参加者，由起繁子。我们谈得很热烈，也很拉杂，从亚非作家会议，到去年的反对"安全条约"的伟大斗争，谈到日本也谈到中国。她们都表示想到中国看看。尤其是三宅艳子，她走过欧洲不少地方，但是没有到过中国，她说："在我们的反美爱国斗争中，每次得到中国人民和中国文化和作家团体给我们打来的支持鼓舞的电报，我总觉得我们是这样的亲近，我常

　　　　　　　　关于女人和男人

想，我什么时候能到我们的战友家里去走走呢？"

亚非作家紧急会议开过之后，她陪我们游了琵琶湖，在湖边的石山寺里，在我们观赏盛开的八重樱的时候，她忽然从后面笑嘻嘻地拉我一把，拿出一张签来给我看，她说："我是从来不抽签的，今天兴之所至，在这寺的大殿里抽了一张，你看是不是恰合了我的心愿？"我接过签来看时，上面是"第九十番大吉"，签词是：

一信向天飞
秦川舟自归
前途成好事
应得贵人推

我望着她的清秀的热情横溢的脸，紧紧地握着她的手。中日人民的传统友谊和今日的战斗友谊，是任何人为的力量所不能斩断的！从文字上来说，这张签，不必经过翻译，我们是都能了解的，从心情上来说，似乎连这一段文字都不必要了！

我们从外地访问回来，又在她家里吃了一顿丰美的晚餐。这次的陪客里，除了由起繁子之外，还有池田幸子，这是一位健硕坦爽，经常到东京和大阪的贫民窟里体验生活的女作家。她滔滔不绝地给我们谈东京贫民住地的悲惨情况：那里的失业的贫民有一万人左右，通常是八个人睡在六张席的小屋里，拥挤污秽，贫病交逼。那里的警察也特别多！去年那里的贫民曾为反对"加强警察"而自发地聚众捣毁了警察署。她愤慨地说："政府就是这样的只顾加强镇压，而不关心改善生活的，叫他们怎么活得下去！"

三宅艳子一面忙着给我们烧着香气喷溢的牛肉，一面静静的微笑地听着，有时也参加一两句。这位外貌沉静腼腆，内心火热的女作家，也可以从她酒量上看得出来，她款待我们的醇美的青梅酒，是她自己酿制的。在我们辞别会上，女作家里面，只有她能够把我们强洌的茅台酒，一口饮干！

深尾须磨子，是我十五年前的旧交，首次见面，她就送给我一朵鲜红的玫瑰。在亚非作家会议的妇女代表和日本保卫人权妇女团体的座谈会上，我又见到了她。她跑过来和我紧紧地握手。我告诉她，她在去年6月19日午夜大雨中，对三万包围国会的示威群众所朗诵的那首长诗里面的：

关于女人和男人

现在下的雨，

好似正为日本的命运忧伤着。

但是，只要我们坚持这正义的斗争

祖国就不会灭亡！

坚持下去吧，坚持到最后！

只要我们保持这样的力量，

帝国主义的墙壁就会被我们击碎。

使我受到怎样的感动的时候，她眼里闪出欢喜激动的光。她跪坐在我的垫子后面，紧紧捏住我的肩膀，说："谢谢你，谢谢中国人民！我们知道我们的斗争，不是孤立的。我有勇气！我又正在写一首长诗，是准备在另外的集会上朗诵的。以后寄给你看……"说着又匆匆地回到她的座位上去了。

她在座上发言了。她的眼光是那样地严峻，那样地激烈，她用最清朗热情的声音说："我已经参加了以工人为中心的爱国反美运动，作为文化工作者，我已经把我的一切、我的生命，交给这个运动，我要坚持到底，决不向困难低头！"这声音至今还在我耳中回旋激荡，我相信，只要日本的文艺工作者和日本人民一起"坚持这正义的斗争"，最后胜利是一定属于他们的。

在离开日本的前两天，我们拜访了七十七岁的前辈女作家，野上弥生子。1957年她到我国延安访问的时候，我们曾在北京见过面，她还到我家里吃过茶。听说她近来身体不大好，会议期间一直没有见过她。

她住在东京郊区成城的一条幽静的街上，我们进入树木成荫的庭院，在房门口敲起挂着的小钟。主人从客室里出来，紧紧拉着我的手，逼近地端详我的脸，喜笑地说："欢迎你！我的眼睛不好，三步外就看不见人。劳你远道而来，我真是不过意！"她的声音是那么清朗，我就想到仅仅是去年5月17日，她在要求废除"安全条约"和岸内阁总辞职的国民集会上，还登上讲台，慷慨地宣称："我是以无法抑制的兴奋的心情来参加大会的，我想提一张请愿书来表达我这种心情。我也能够和各位年轻的同胞一起走到大会去。"这位已有五十余年写作历史的老作家，就是以无比坚强的意志，来战胜她的病弱的身躯的！

她以家人般亲切的情意，和我们款款地谈着文学创作问题。她恳切地说："我以为中国应当有几个描写万里长征的电影，好让青年人知道革命缔造的艰难，年轻人需要教育，他们决不可忘掉过去……人家批评中国文学作品政治意味太浓厚，我就不同意。依我看，文学和政治是分不开的。在教育青年的意义上，日本作家应当向中国作家学习。"

提到她到延安的访问，她立刻欢悦了起来，她感谢中国主人对她从北京到延安一段旅程的无微不至的照顾与款待，她抑制不住延安的印象对于她的启发和激励。她给我们看了她在延安在毛主席住过的窑洞口和其他各处所摄的照片。她还极其殷勤地说："下次中国作家来了，一定要分住在日本朋友的家里。我现在一个人住着很寂寞——我的儿媳住在我对面的房子里，我真想把你留下同住些时，你的家人会不会同意呢？"当我笑着回答还是她再到中国去住些时更好的时候，她爽朗地笑了："我对中国有着极其深厚的感情，在我健在的日月里，一定要重访中国的。"

老作家的精力是惊人的，她的眼力不好，但每天还坚持写作三小时。她现在正在写着丰臣秀吉时代茶道名人千利休的事迹。我们一面用茶点，一面畅谈，时间已经近午，我们才恋恋不舍地告辞了出来，她也恋恋不舍地扶着儿媳一直送到大门以外。她微笑着说："告诉惦记我的中国老朋友们，我是病弱地活着，但是我会坚持下去的。"

　　这里，我应该提到一位精干活跃的女作家松冈洋子。我没有去拜访她，我同她说过："我没有法子到你家去拜访，因为你整天待在亚非作家紧急会议的办公室里！"她也爽朗地大笑起来。她是去年来我国的日本文学家代表团之一员，去年在中国，今年在日本，我们混得很熟。在我们谈得很热烈的时候，我常常不知不觉地同她讲中国话，我自己好笑，她也好笑，但都觉得这是一种衷心亲切的表现。她就像我们的家人姐妹，常常在深夜或是清晨来到我们的住处，谈些会务也谈些思想问题。她说："在中国，我学到许多极好的名词，比方说'反面教员'……"在我们离开东京之前，她终于约我到她家里去，我会到她的母亲，她的姐妹。我们谈到东京会议对于日本作家的良好影响，谈到将来的工作，同时也敦劝她在紧张的工作中要注意休息，她的一家人还为此而感谢我们，我们度过了一个极其温暖的夜晚。在我们动身回国的时候，在羽田机场上，我握着她的手，问："在中国有什么事情可以让我替你效劳？"她立刻说："没有别的，请你给我寄一本英译的毛主席著作《矛盾论》，我想好好地学习一下。"这位优秀的评论家，是在多么严肃地考虑问题呵！

芦田高子，是我们在金泽会到的一位写短歌的女诗人。其实我在内滩农民对美军打靶场斗争的明信片后面，早已看到她写的短歌和她的名字了。这位健硕爽朗，热情洋溢的诗人，陪我们到内滩去访问，一路上给我们介绍内滩妇女斗争的英勇事迹，谈得滔滔不绝。她是金泽人，内滩人民特别是妇女们的反美爱国的斗争，使她受了极大的感动，她一直和他们在一起，以她像匕首一般的短歌做她自己斗争的武器，支持鼓舞着斗争的群众。我们离开金泽的前夕，她主持一个业余作家的座谈会，同我们谈文学创作问题直到深夜，第二天还到车站来送行。我们紧紧地握手不舍，从她热烘烘的，不断地写短歌的右手里，我感到英勇的内滩人民的力量。

我所会到的日本女作家，还有好几位，在亚非作家紧急会议上见到的有工人出身的女诗人松田解子，我的老朋友佐多稻子，《火凤凰》的作者中本高子，以后在东京、在镰仓我们还有过几次很深切的谈话，《二十四只眼睛》的作者壶井荣，久病初愈，也终于来到了我们离开日本之前的辞别会。我们中间的谈话都是兴奋而热烈的，我对于日本作家坚强地参加日本人民反美爱国的斗争，表示衷心的敬佩。她们对于中国人民和作家对于日本人民斗争的同情和支持，表示无限的感谢。谈到深切的地方，彼此眼里都有泪痕，但是我们的眼泪是乐观的、快乐的眼泪，敌忾同仇的战斗友谊，使我们的手握得更紧了！

年轻的作家有吉佐和子，是我们在开会前夕的欢迎酒会上就见到的。她一直以最恳挚的态度，表示想到中国来看看。日本人民反对"安全条约"斗争的时候，她正在美国，但是她说就在那时候引起了她的爱国的民族的激感。我永远忘不了那天我们在镰仓的一所幽静的别墅里的五小时的谈话。巨扇的玻璃门外下着很大的春雨，落花满地，浓绿的枝叶上滴沥着沉重的雨声……她谈到她的短篇小说《半醉》——是描写原子弹受害者的故事的——的时候，她的眼泪涌上来了。她说："美国人尽管在广岛盖了许多房子，也抹不掉日本人民心上的创痕，日本人民是永远忘不了这件事的！"

这篇文章应该结束了，我心里的话和忆起的事实都是写不完的。在一片兴奋温暖的回忆之中，我想起了我的老朋友三岛一先生的话，在我们建国十周年庆祝的第二天，他邀我到北京饭店去喝茶，他笑着说："你们中国放焰火的法子和日本不一样，是一排一排地放的，照耀得大地通明！我脑中的光明的印象，强烈得使我睡不着觉！"日本的女作家们，对于我，也像一排一排地放上天去的焰火。在我脑中留下的印象是那么灿烂，那么多彩，她们在作品中所放出的光芒，就是她们从和人民结合中所取得的火雨般的压抑不住的力量。

我们的战斗友谊是永存的！

隔着盈盈一水的东海，我再度向她们致敬！

1961 年 5 月 15 日　北京

中野绿子和小慧

　　小慧从门外进来了，我听到她轻悄的脚步声，在我椅子后面停住了。她在看我书桌上摆的那些小玩意儿呢，我只忙着翻看这一个多月来积压的信件，顾不到同她说话。

　　我感觉到她又渐渐地挪近书桌旁边来了，她看我仍在低头看信，忍不住轻轻地叫了一声，"姑姑，这个娃娃是日本带回来的吧？她叫什么名字？"

　　小慧和我，都爱给娃娃起名字。我们两个人常常商量着给她的布娃娃、泥人，和我屋里的挂像、塑像、雕像起个和它们形象和"国籍"相符的名字。比如说，她的布娃娃有的叫"超美"，有的叫"铜锤"；我的一幅印度画像就叫"齐德拉"等等。这个新来的、引起小慧注意的日本人形，身上穿着绿色丝绸的和服，一条宽宽的银红色的腰带，在背后打上一个又大又好看的花结，手里抱着一个皮包，侧着头，大眼睛，小嘴，身段十分苗条……

我仍旧看着信，一面笑着说："她叫中野绿子——因为她是一位姓中野的日本朋友送给我的，她又穿着一身绿衣服。你说她好看吗？"

小慧也笑着上前，把这人形拿在手里，忽然很严肃地说："中野绿子是个混血儿，您看她这一头的黄头发！"

小慧真有一对慧眼！我抬起头看时，中野绿子果然是一头的黄发，我一直就没有注意到！

我说："真的……"

小慧仿佛心不在焉地翻弄着中野绿子的衣服，过了一会儿，她看着我说："姑姑，您去看了您从前在日本时候，在神社院子里玩儿的那几个混血儿了吗？我记得您说过他们比我还大一两岁，现在该有十三四岁了吧？"

我放下了手里的信，说："没有去看，我们的时间不够……"不知为什么，我心里忽然感到惭愧。

小慧微笑着叹息了一声："那很可惜！我记得您对我说过去年日本人民的'反对日美安全条约'运动，也有

中野绿子和小慧

小学生们参加了，这里面一定会有他们，您说是不是？"

我说："可能会有……一定会有……"

小慧把中野绿子抱在怀里，侧着左颊偎着她的黄头发，一面说："自从那一次您带我去看《混血儿》的电影——那已经有好几年了吧？我心里总是惦着他们，总想多知道些他们的事情。我想，在那些受苦的日本人里面，他们是最苦的了，因此，他们也会最恨美帝国主义，因此……"

我说："因此，他们也会最坚决地斗争！"

小慧不住地点头，"对了，他们一定会最坚决地斗争，还有我……我们一定坚决地支持他们，直到打倒美帝国主义，直到……"她笑着望着我。

我伸出手臂把她和中野绿子一齐抱在怀里："直到全人类都过着自由幸福生活的日子！"

多么可爱的接班人！

"世界是你们的，也是我们的，但是归根结底是你们的。"我们伟大的领袖对我们这样说过了。

我们有志气也有信心把这世界整顿得无限的美好，我们有决心也有力量来战胜目前的困难，只因为有你们和我们在一起！

关于女人和男人

这时，亚非作家会议常设委员会东京紧急会议上几位代表的致词，在我耳中鸣响起来了！

喀麦隆代表穆米埃夫人说："这一天来得早或迟，要看各位的努力。祝你们的工作能使我们的子女看到这一天的到来。"

大会主席石川达三说："我们这个伟大的愿望，五年、七年内也许不能实现。但是，在二十年、三十年后一定会实现。我们的愿望与意志，有我们的孩子来继承，还有我们的孩子的孩子来继承。"

接班人！让我们把这责任担当起来吧！

1961 年 6 月 1 日

中野绿子和小慧

尼罗河上的春天

　　通向凉台的是两大扇玻璃的落地窗门，金色的朝阳，直射了进来。我把厚重的蓝绒窗帘拉起，把床边的电灯开了一盏。她刚刚洗完澡，额上鬓边都沁着汗珠，正对着阳光坐着，脸上起着更深的红晕，看见我拉过窗帘，连忙笑说："谢谢你，其实我并不太热……"一面低下头去，把膝前和服的衣襟，更向右边拉了一拉，紧紧地裹住她的双腿。

　　我笑说："并不只是为你，我也怕直射的阳光，而且，在静暗的屋子里，更好深谈。"我说着绕过床边去，拿起电话机，关照楼下的餐厅，给我们送上三个人的茶点来。

　　秀子抬起头来，谦逊腼腆地微笑说："我们到达的那一天，听说你们去接了两次，都没有接着。真是，夜里

　　　　　　　　　　　　　关于女人和男人

那么冷，累你们那样来回地跑，我们都觉得非常地……非常地对不起！"我坐在床边，给她点上一支烟，又推过烟碟去，一面笑说："在迎接日本朋友上面，'累'字是用不上的。你不知道我们心里多么兴奋！自从东京紧急会议以后，算来还不到一年，我们又在开罗见面了。为着欢乐的期待，我们夜里都睡不好，与其在旅馆床上辗转反侧，还不如到飞机场去待着！"她笑了，"飞机误了点，我们也急得了不得……说到'欢乐的期待'，彼此是一样的，算来从塔什干会议起，我们是第三次会面了，我一直以为世界是很大的，原来世界是这么小。"

她微笑着看着手里袅袅上升的轻烟，又低下头去，这时澡室里响起了哗哗的放水的声音。

我说："世界原是很大的，但是这些年来，在我的心里，仿佛地球上的几大洲，都变成浮在海洋面上的大木筏，只要各个木筏上的人们，伸出臂，拉住手，同心协力地往怀里一带，几个木筏便连成一片了……我看到这一届亚非作家会议的徽章，上面是一只黄色和一只黑色的手紧紧地握在一起的时候，我就有这种感觉！"

秀子的眼睛里，闪起欢喜的光辉，"你这句话多有诗意！只要这几大洲上的人民，互相伸出友谊的手……"

尼罗河上的春天

这时穿着阿拉伯服装的餐厅侍者叩着门进来了，他在小圆桌上放下一大茶盘的茶具和点心，又鞠着躬曳着长袍出去了。

我一边倒着茶，一边笑问："我们的东京朋友们都好吧？他们写作的兴致高不高？"

秀子说："他们都好，谢谢你。尤其是从去年东京会议以后，他们都像得了特殊的灵感似的，一篇接着一篇地写。你知道，有些报纸刊物不敢用他们的文章，认为太触犯美帝国主义者了。他们的生活是有些困难的，但是他们读者的范围，天天在扩大，因此，他们的兴致一直很高。"

澡室的门开了，和子掩着身上的和服走了出来，一面向后掠着粘在额上的短发，一面笑说："你们这里的水真热，我的身上足足轻了两磅！你知道，从离开东京我们就没有好好地泡过澡了，我们那个旅馆，只在早晚才有热水，而且还是温的！"她笑着坐到秀子对面的圆桌边的一张软椅上，接过我递给她的一杯茶来，轻轻地吹着。

我笑说："我早就说过，你们尽管来，对我一点都没有麻烦，而且还给我快乐。在会场上见面，总是匆匆忙

关于女人和男人

忙的……"

和子从桌上盘里拿起一块点心吃着,笑问:"你们刚才在谈什么,让我打断了? 接着往下讲吧。"秀子微笑着望着我,我便把她的话重复了一遍。

和子收敛了笑容,凝视着自己脚上银色的屐履,慢慢地说:"生活困难是不假,我的评论文章是不大登得出去了,就是山田先生,驹井先生……那么受人欢迎的小说家,也有些出版商不敢接受他们的作品……"她抬起头来,眼里闪着勇敢和骄傲的光,"的确,自从去年东京会议以后,我们都增加了勇气,我们知道我们不是孤立在三岛之上。隔着海洋,不知道有多少人民,都在响应着我们的正义的呼声! 最使我们感动震惊的,还是那些非洲代表们的发言。你记得吗? 他们说:他们从前对于日本毫不了解,只知道日本是一个帝国主义国家,也从来没有把日本政府和人民分开来。到了日本一看,原来日本和他们一样,国土上也有美军基地,日本人民也受着压迫和奴役,他们的同情和友谊就奔涌出来了,他们愿意和日本人民一同奋斗到底……告诉你,这些话的确像清晓的钟声一样,惊醒了好多人,我们知识分子里面,还有不少人认贼作父,把骑在我们头上的美帝国主义者当做自己的保护者呢！"

秀子轻轻地咳嗽了一声，低声地说："有过这类想法的知识分子恐怕不少，应该说连我们都包括在内——至少有我自己！驹井老先生在听到一位非洲代表发言以后，很沉痛地对我说过：'我们日本的知识分子，从明治维新起，一直眼望着西方，倾倒于西方文明，不用说非洲人，连亚洲人也看不上眼。'我们从来也不懂得知识分子应该和人民站在一起……没想到当我们全国的人民——包括知识分子在内，受到美帝国主义分子欺凌的时候，向我们伸出热情支持之手的，却是……却是我们一向所没有想起的亚洲和非洲的人民！"

和子又惊奇又高兴地望着秀子，又回过头来望着我，从她的眼光中，我记起和子曾对我说过，秀子是一个很羞怯很沉静的女子，从她嘴里不太容易听到什么兴奋激昂的话的。秀子动了感情了！

我笑说："东京会议对我们每一个人都是鼓舞，都是教育。我听到不少的非洲的作家在称赞这个成功的会议，他们对于日本作家们的努力，都有很深的感谢和敬意。他们也知道，在这次开罗会议上，日本作家们仍会举着东京会议的旗帜，奋勇前进的。"

　　　　　　　　　　　　关于女人和男人

和子高兴而又深思地说："亚非作家会议的确把日本作家围抱在反帝反殖民主义的、团结温暖的大家庭里……"

秀子没有听见我们的话，只出神地用手摩抚着膝上的和服的边缘，似乎要把它压得更平贴一点，一面说："还有昨天那位喀麦隆代表所说的，'在帝国主义制度正在倒塌之中的今天，在帝国主义的恶魔正在血泊里挣扎颤抖的今天，还有哪一位作家，仍在接受"为艺术而艺术"和"文学和政治应该分家"的理论的话，这个作家就是杀害我们人民和我们文学的同谋犯！'这些话像隆隆的雷声一样，听得我耳也热了，心也跳了，在座位上简直坐不住，我想……我想跑出去……"

她抬起晕红的脸，热情激动的目光，扫过我们的脸上，和子和我一时都静默下来，只倾听这股冲破岩石的涌泉，让它奔流下去。

秀子急急地接着说："我算是开了心窍，眼睛也明亮了。谁说亚非作家会议是个政治会议？谁说亚非作家会议上的发言都是政治的鼓动和宣传？从我看来都是一篇篇最好的文学，都是从亿万人民心中倾吐出来的。"

床边的电话铃响了，把我们从沸腾的情绪中唤醒过来，秀子又像羞涩又像道歉地微微地吁了一口气，从掩襟里拿出一块边上绣着红花的小手绢，轻轻地擦着鬓角上的汗珠。我连忙走到电话机前面去。

我把电话筒递给和子，说："是你的。"

和子笑着向电话筒里说了几句日本话，便把电话筒放下了。"他们说我们一到了你这里，就不想回来了！我们和朝鲜代表团座谈的时间到了，他们在等着我们一同出发呢！"

秀子也站了起来。她们两个忙着从我床上拿起散放着的腰带，彼此帮忙着紧紧地扎起。秀子的腰带是金色的，正配着她那件深紫色洒白花的和服。和子的腰带是银色的，衬上她的淡青色画着深蓝花的衣服，也显得十分俏丽。当她们在穿衣镜前徘徊瞻顾的时候，床侧的一盏电灯显然的不够亮了，我走过去把那层厚厚的帘幕拉过一边去。

一天的光明，倾泻到屋里来，她们突然看见自己镜中绚烂的影子，吃了一惊似的，回过头来，在我点头招呼之下，含笑地走到门边，和我并肩站着⋯⋯

远远的比金字塔还高的开罗塔，像细瓷烧成似的，玲珑剔透地亭亭玉立在金色的光雾之中；尼罗河水闪着万点银光，欢畅地横流着过去；河的两岸，几座高楼尖

　　　　　　　　　　　关于女人和男人

顶的长杆上，面面旗帜都展开着，哗哗地飘向西方，遍地的东风吹起了！

秀子紧紧地捏着我的手，看着我微笑说："你记得去年我们在京都琵琶湖船上的谈话吧，那一天，东风吹得多紧？一年又过去了……无论在亚洲，在非洲，我都感到春天一年比一年美好，也觉得自己一年比一年年轻……"

和子抱着秀子的肩头，笑说："好一个'春天一年比一年美好'！走，把这句话带到座谈会上说去。"她们推挽着走到床边，忙忙地捡起零碎的东西，装到手提包里，又匆匆地道谢道别，我依恋地把她们送到电梯旁边。

回来我把床头的电灯关上，在整理茶具的时候，发现一块绣着几朵小红花的手绢，掉在椅边地上。那是秀子刚才拿来擦汗的。把红花一朵一朵地绣到一块雪白的手绢上，不是一时半刻的活计呵！我俯下去拾了起来，不自觉地把这块微微润湿的手绢，紧紧地压在胸前。

1962 年 4 月

王忆慈

从城里回来，客厅里已经有人在等着我！一位年轻的女同志，笑盈盈地站起来，迎上来和我握手，"您还记得我吧？王忆慈——老母鸡……"我高兴地搂起她来，"怎能不记得？你简直是个大人了，听说你当了保育员了，这下子可真成了老母鸡了！"

我认识王忆慈，是五年前的事了。那时我们住的房子离我女儿的学校很近，一放了学，她的同学们都到我们家里来温课。说是温课吧，女孩子们在一起，就像小鸟儿一样，吱吱喳喳的，她们端几张小椅子围坐在廊子上，又说又笑，常常闹得我看不下书，也写不出文章，但是若有一天，她们忽然不来了，我又感到闷得慌。

这几个女孩子，都是属牛属虎的，也都有"外号儿"，比方说什么"小猴"、"傻丫头"、"胖奶奶"等等，

"老母鸡"最小，大家也叫她小妹。其实她不一定最小，她们"叙齿"的那一天，我在窗内听见大家问她是哪一月哪一天生的，她说："我只知道我是属虎的，我母亲生我的时候，父亲不在家，两年后，父亲回来，母亲已经死去了……"这些话使得这一群小鸟似的女孩子们暂时静默了下来，我站起来，从窗内细细地看了王忆慈一眼：小小的个子，两条细辫子垂在胸前，脸上微微的有几点雀斑，眉清目秀，一团儿的天真和温柔——这时大家几乎是同声地说："不知道没关系；就算你最小，我们都是你的姐姐！"说着大家把王忆慈围了起来。

后来我问我女儿，王忆慈的外号儿是怎么来的。我女儿笑说："王忆慈最喜欢小孩子，到哪儿都是一群一群的孩子围着她，就像一只老母鸡似的。"因此当她们这一班高中毕业了，王忆慈没有参加大学的入学考试，而去当一个托儿所的保育员的时候，大家都不觉得奇怪。

这一天，我们坐在我院子里的树下闲谈，王忆慈说："我的父亲愿意我学医，我也完全同意，五年前的夏天，正在我准备大学的入学考试的时候，我们胡同里成立了一个托儿所，院子里几位年轻妇女刚参加工作，都高高兴兴地把孩子送了去。可是李大嫂从外面回来，眼睛通红，我问她怎么了，她不好意思地勉强笑了笑说：'刚才把孩子送到托儿所，孩子到门口不肯进去，那个保育员出来了，一点笑容也没有，嘴里说：怕什么，快进来！一面连拉带扯地把孩子拉走了，我站在门口，听见孩子在里面哭，我的眼泪就止不住了，其实呀……真是……'

"您知道我从小没有母亲，父亲出差的时候多，我是寄养在人家长大的，我的那个干妈待我一点也不好，后来，父亲在北京长住了，每逢星期六，他下了班就去接我回来，星期天下午又把我送去。我记得那时父亲的那一间衾枕凌乱、桌椅蒙尘的屋子，对我已是天堂！我们吃完饭，父亲默默地抱着我坐在灯前，他用长满了胡子茬的脸，挨着我的耳朵，轻轻地说：'忆慈呵，你想什么呢？怎么总是傻子似的？'总要到第二天醒来，发现自己是睡在父亲身边的时候，我才活泼了起来，有说有笑，父亲做饭洗衣服，我给他拿这个递那个，跳跳蹦蹦地，父亲也显得十分高兴，到了下午，看到父亲替我归着东西，我就又'傻'了，我低下头，两只手紧紧地抓住一块手绢，坐在床角边，一直坐到该走的时候。到干妈家的路上，我的脑子里只涌现着干妈冰冷的脸，'怕什么，快进来！'就是第一句打进我的头里的话——而这句话恰恰就和李大嫂刚才所重复的一字不差，我的双手忽然颤抖起来了！

"到了我进小学的年龄，我说什么也不到干妈家去了。我告诉父亲我会管自己，还会帮他做事。从那时起，我和父亲快乐地生活着，我从小学读到高中。

"我们院子里的孩子都和我好。第二天，我看到李大嫂的孩子又哭着不肯去托儿所，我就同李大嫂说，'您把他先放在家里吧，我替您看着。'李大嫂说：'那怎么行呢？'可看见孩子拉住我不放，她也就忙忙地上班去了。别的孩子看见李家的孩子不去，他们也都不去了，直拉着我转圈儿。我有些后悔，我想，这样做岂不是拆托儿所的台？过了几天，听说那位保育员嫌累，不干了。街道上几位委员急得直转磨。我忽然想，我来当吧，哪怕先做一年，等托儿所有了人，我再考大学也不晚。

"托儿所这玩意儿，可不简单，唱歌吧，跳舞吧，这些我都不怕，只是整天的一个人带三四十个孩子，一个孩子一个脾气，有时也真心烦。但是我一想到我自己小时候的苦处，再看看每一个孩子，觉得个个都可爱。头几天乱过去了，孩子们很快地便和我熟悉起来，当我每天站在托儿所门口，看到孩子老远地看见我，就挣脱母亲的手，欢笑着向我奔来的时候，我的心中就阵阵地发热，母亲们笑着走了，我的眼泪反而落下来了……

"我爱孩子们，孩子们也爱我，母亲们更是兴高采烈地支持，我们的托儿所渐渐地不但办日托，也办了全托。奇怪得很，这时不但母亲们不让我离开，我自己也不肯离开了——事实就是这样，我一直干了五年，我想，我还要一辈子干下去……"

说到这里，她忽然低头看了看手表，连忙站起来，抱歉地说："我该走了。今天是星期六，有个孩子家里打来电话，说是他妈妈摔了脚，没人来接，我就把孩子送回去了，恰巧他家就在这附近，就顺便来看看您……"

我恋恋不舍地送她出来，我说："忆慈，你是个受到表扬的保育员，请告诉我，是什么力量鼓舞着你，使你以保育儿童做终身的事业？"

她低了一会头，想了想，笑了，"开始的时候，我是以我的干妈做我的反面教员，回忆痛苦的过去，我把每一个孩子都当做从前的自己，从心里加意地体贴照顾。这些年来，受了更多的社会主义的教育，我进一步体会到，我身边的这些孩子，不但是父母们的儿女，也更是社会主义祖国的小公民，把他们培养成为一个快乐、勇敢、爽朗的社会主义的建设者，是值得我献上终身的心血的。这话也许说得太高太远了吧？事实就是这样……"

她匆忙地笑着和我紧紧地握了握手，就走了。我呆呆地目送着她，直看着她转过墙角……

五年前在我窗外坐着的那些女孩子，都已愉快勇敢地走上自己的工作岗位了。王忆慈是其中的一个。在"六一"儿童节的快乐气氛中，我特别想起她，因记之如上。

1962 年 6 月 1 日

从八宝山归来

1977 年 9 月 1 日的下午，我去参加了杜仁懿老师的追悼会。从八宝山归来，我感到这一次从八宝山归来，心情很异样——西射的太阳照在我背上，感到暖烘烘的，从车窗外掠过的初秋景物中，我似乎闻到了春天的气息！

这几年来，我到八宝山参加追悼会的次数，渐渐频繁了。虽然每次在归来的路上，心情都不相同，有时悲愤，有时悲痛，但我总是由默然而转成消沉，从未有过像这次这样的兴奋的感觉！

我和杜仁懿老师，曾在中国民主促进会的联络委员会里一同工作过一个时期。在我们的接触之中，我十分钦佩她对联络工作的认真负责的态度。我还记得大概在 1963 年，我们曾在北海公园的庆霄楼，给她开过任教

关于女人和男人

四十年的纪念会。"文化大革命"后的十几年中，我们没有通过消息，杜老师的音容，在我脑中渐渐地模糊了。当杜老师治丧小组给我送来通知的时候，我似乎感到突然。

我进到了追悼会的礼堂，看到了杜老师的遗像，十几年前杜老师的谦虚和蔼的声音笑貌，又涌现到了我的眼前，我渐渐地感到难过……当那位致悼词的工人厂长——杜老师在小学任教时的学生——读着他的那篇充满诚挚热烈感情的悼词，因为心情激动而声音含咽的时候，我忽然忆起了我自己的许多老师和我自己的许多学生，眼泪涌上了我的眼角。

我低头跟着捧着骨灰匣的杜老师的家属，和大家一同走出礼堂。在转过身来的一刹那，我觉得有一团团的红光，在我眼前照耀！我抬起头来，原来在礼堂里左排前面，整整齐齐地站立着几排穿着白衫蓝裤，胸前戴着红领巾的小学生。这一团团强烈的红光，就是从他们胸前照射出来的。我如雨的感激兴奋的眼泪，含忍不住地滚了下来！

感谢党中央，一举粉碎了万恶的"四人帮"，解放了成千上万的教育工作者，也解放了成万上亿的青少年。

我们这些人能和这些胸前闪着红光的青少年，一同来参加杜老师的追悼会，就是在"四人帮"粉碎了以后才能办到的事！

五天以后，也就是在9月6日的《北京日报》上，我又看到了一篇悼念杜老师的文章，上面详细地叙述了杜老师的几十年来"忠诚党的教育事业"的优异成绩。文章说，她经常激动地对人们说："每当听到人们叫我'杜老师'的时候，我总感到高兴，感到骄傲，我爱这个光荣的称号。""我们的工人、农民、解放军、科学家、工程师……哪个不是从小学开始受教育的？我们就像是在为高楼大厦安放基石。我们所从事的事业是伟大的，国家和人民把这一任务交给我们，是对我们无限的信任。"文章最后还提到杜老师在重病时期，听了党的十一大召开的喜讯时，精神无比振奋，强忍着病痛的折磨，连声说道："好！好！我很高兴……""从此教师大有作为了，教育大有希望了。"从这短短的几句话里，我仿佛听到了杜老师在"四人帮"横行的时候，在教育园地里"万花纷谢"，教学讲台上"万马齐喑"的情况下，"痛感教师没有作为"，"教育没有希望"的血泪控诉！但是就在这时期内，我们民主促进会就没有开过联络委员会，我没有机会见到杜老师，不能听到杜老师的更具体更痛切的感受，我是多么遗憾呵！

我正在凝思，一位年轻的教师，敲门进来了。她是我的一个"小朋友"，一个十分严肃而又十分活泼的青年。她常到我这里来借书、看书，也常和我纵谈她工作的情况。近几年来，她忽然沉默了，每次都是匆匆地看了书就走。这一天，我看见她来了，就拉她坐在我身边，把《北京日报》上的这篇文章，递给她看，也对她讲了我的感想。她静静地听我讲完，紧紧地拉住我的手，说："您现在听不到杜仁懿老师的话了，但是您还可以听听我们几十万个教师的话呵！当然我和杜老师的感受，还有不同的地方。她是从旧社会的黑暗深渊中解放出来的，在新社会，她听到人们尊她为'人民教师'，她感到光荣和骄傲。我们这一代呢？就说我自己吧，解放那一年，我才五岁。在小学时代，人们把我们当做'祖国的花朵'，在中学时代，人们把我们看做早晨八九点钟的太阳。没想到当我们走上了光荣的'人民教师'的岗位，立誓'忠诚党的教育事业'，像杜老师那样，为培养革命接班人而付出全部心血的时候，从'四人帮'的黑手里，一顶顶比磨盘还重的帽子，向着我们压来！什么'蛀虫'，什么'苍蝇'，什么'修正主义苗子'，他们说，我们是在辛辛苦苦地'挖社会主义的墙角'，是在精心培养'修正主义的精神贵族'。最后呢，他们说'打修正主义的靶子，子弹要穿过教师的身体'……"说到这里，她声音颤抖了，她掏出手绢来，却来擦我腮边的眼泪，轻轻地扶着我的肩膀说："对不起，我太气愤了，未免说得激动一些。那时我们学校里虽然也有少数受到'四人帮'教唆怂恿的学生，认为'反教师就是反潮流'，处处和我们为难、捣乱，但是我们并没有灰心丧志！因为我们知道他们都是很好的幼苗，他们正在被摧残、被腐蚀。作为一个忠诚的园丁，我们这些披枷带锁的，被一颗颗毒弹穿透的身体，还是屹立不倒，凛然地死守住这块园地。我们的手脚虽然是被一根根的黑绳捆住了，我们的忠诚的眼睛，还是充满热爱地盯着这一片枯萎憔悴的幼苗！"说到这里，她爽朗地笑了起来，接着又说："我们并没有感到寂寞，我们并不是孤单地站在苗圃旁边呵！有多少学生家长，特别是工人、农民的家长，诚挚地跑来对我们说：'老师，不管他们怎么说，对我们的孩子，您还是要好好地管，好好地教呵！我们自己就是吃了没有文化的亏，弄得现在我们想大干社会

　　　　　　　　　　关于女人和男人

主义也干不好。您可千万不要辜负了我们的委托呵！'
还有我们的大多数学生，也总是在课外跑到我们家里，
来安慰我们，求我们辅导他们的学习。多么可爱的孩子
呵！为着他们和他们的父母，我们就坚决地咬着牙干下
去……现在可好了！也就是杜老师所说的'从此，教师
大有作为了，教育大有希望了'。您放心，党胜利了，
无产阶级胜利了，人民胜利了。有党的领导，有人民的
支持，我们一定会而且一定要信心百倍、勇往直前地干
下去……"

我有什么不放心呢？像她这样的老师——杜老师的
接班人，还有千千万万。他们的枷锁打开了，精神焕发
了，已在动手捉虫、除草、浇灌、施肥了。眼看这一片
园地就要呈现出一片灿烂的春光！

窗外还是初秋景色……我凭窗望着这位年轻老师勇
健地走去的背影，我心里暖烘烘的，我闻到了漫山遍野
的春天气息。

1977 年 12 月 12 日追记

成功的花

——给中国国家女排队员的一封信

成功的花，

人们只惊慕她现时的明艳！

然而当初她的芽儿，

浸透了奋斗的泪泉，

洒遍了牺牲的血雨！

这首诗是我在六十年前写的，诗内指的当然不是说球赛的成功，但是将这首诗来描写你们千锤百炼、千辛万苦的成功道路，却是再恰当不过了！

我是你们的热情忠实的观众。你们的名字和笑颜、形态，我在每次球赛的电视中，都十分熟悉了。看着你们七场连捷，在球场上纵横驰骋、所向无敌的雄姿，我深深地知道在攀登高峰之前，你们和训练并支持你们的人们，付出了多么大的代价。

你们之所以能得到今日的成功，最大的核心力量，还是因为你们心中充满了祖国，充满了人民。你们的一片爱国之心，终于让我们鲜红的五星红旗，第一次在世界杯大球赛场中徐徐上升，升到了最高的地位！这时十亿中国人民，哪一个眼里不闪着骄傲感谢的泪花？在全国哪一条战线上的战士，不会感激奋发，立誓向你们认真学习，在自己的本职工作上，力争上游，为国争光呢！

祝贺你们，爱国的中国女排队员们，我因为身体不好，失去了亲自向你们握手道贺的机会，但是请你们相信，我的心将在未来的球赛中永远和你们拥抱在一起！

1981 年 10 月

悼念林巧稚大夫

4 月 23 日早晨，我正用着早餐，突然从广播里听到了林巧稚大夫逝世的消息，我忍不住放下匕箸，迸出了悲痛的热泪！

我知道这时在国内在海外听到这惊人的消息，而叹息、而流泪、而呜咽的，不知有多少不同肤色、不同年纪、不同性别的人。敬爱她的病人、朋友、同事、学生实在是太多太多了。

她是一团火焰、一块磁石。她的"为人民服务"的一生，是极其丰满充实地度过的。她从来不想到自己，她把自己所有的技术和感情，都贡献倾注给了她周围一切的人。

关于她的医术、医德，她的嘉言懿行，受过她的医治、她的爱护、她的培养的人都会写出一篇很全面很动

　　　　　　　　　　　　关于女人和男人

人的文章。我呢，只是她的一个"病人"、一个朋友，只能说出我和她的多年接触中的一些往事。就是这些往事，使得这个不平凡的形象永远在我的心中闪光！

我和林大夫认识得很早，在本世纪20年代，我在燕京大学肄业，那时协和医学院也刚刚成立。在协和医院里的医护人员和医院的社会服务部里都有我的同学。我到协和医院去看同学时常常会看见她。我更是不断地从我的同学口中听到这可敬可爱的名字。

我和她相熟，还是因为我的三个孩子都是她接生的（她常笑说"你的孩子都是我的孩子"）。在产前的检查和产后的调理中，她给我的印象是敏捷、认真、细心而又果断。她对病人永远是那样亲人一般地热情体贴，虽然她常说："产妇不是病人。"她对她的助手和学生的要求也十分严格。我记得在1935年我生第二个孩子的时候，那时她已是主治大夫，她的助手实习医生是我的一个学生。在我阵痛难忍、低声求她多给我一点瓦斯的时候，林大夫听见了就立刻阻止她，还对我说："你怎能这样地指使她！她年轻，没有经验，瓦斯多用了是有危险的。"1937年11月，当我生第三个孩子的时候，她已是主治大夫了。那时北京已经沦陷，我们的心情都十分沉重抑郁，林大夫坐在产床边和我一直谈到深夜。第二年的夏末我就离开北京到后方去了。我常常惦念着留在故都的亲人和朋友，尤其是林巧稚大夫。1943年我用"男士"的笔名写的那本《关于女人》里面的《我的同班》，就是以林大夫为模特儿的，虽然我没有和她同过班，抗战时期她也没有到过后方。抗战胜利后，在我去日本之前，还到北京来看过她。我知道在沦陷的北京城里，那几年她仍在努力做她的医务工作。她出身于基督教的家庭，一直奉着"爱人如己"的教义。对于劳动人民，她不但医治他们的疾苦，还周济他们的贫困。她埋头工作，对于政治一向是不大关心的。珍珠港事件以后，美国人办的协和医院也被日军侵占了，林大夫还是自开诊所，继续做她的治病救人的事业。我看她的时候，她已回到了胜利后的协和医院，但我觉得她心情不是太好，对时局也很悲观，我们只谈了不到半天的话，便匆匆分别了。

1951年我回到了解放后的祖国，再去看林大夫时，她仿佛年轻了许多，容光焕发，她举止更加活泼，谈话更加爽朗而充满了政治热情。作为一个科学家，一个医务工作者，她觉得在社会主义祖国里，如同在涸辙的枯鱼忽然被投进到阔大而自由的大海。她兴奋，她快乐，她感激，她的"得心应手"的工作，得到了党和国家领导人，尤其是周总理的器重。她的服务范围扩大了，她更常常下去调查研究。那几年我们都很忙，虽说是"隔行如隔山"，但我们在外事活动或社会活动的种种场合，还是时时见面。此外，我还常常有事求她，如介绍病人或请她代我的朋友认领婴儿。对我的请求，她无不欣然应诺。我介绍去的病人和领到健美的婴儿的父母，还都为林大夫的热情负责而来感谢我！

十年动乱期间，我没有机会见到她，只听说因为她桌上摆着总理的照片，她的家也被抄过。70年代初期，我们又相见了，我们又都逐渐繁忙了起来。她常笑对我说："你有空真应该到我们产科里来看看。我们这里有了五洲四海的婴儿。有白胖白胖的欧洲孩子，也有黑胖黑胖的非洲孩子，真是可爱极了！"这时我觉得她的尽心的工作已经给她以充分的快乐。

1978年她得了脑血栓病住院，我去看她时，她总是坐在椅子上，仍像一位值班的大夫那样，不等我说完问讯她的话，她就问起"我们的孩子"，我的工作，我的健康。我看她精神很好，每次都很欣慰地回来。1979年全国人大开会期内，我们又常见面，她的步履仍是十分轻健，谈话仍是十分流利，除了常看见她用右手摩抚她弯曲的左手指之外，简直看不出她是得过脑血栓的人。1980年夏，我也得了脑血栓住进医院。我的医生，她的学生告诉我，林大夫的脑病重犯了，这次比较严重，卧床不起。1980年底她的朋友们替她过八十大寿的时候，她的脑力已经衰退，人们在她床头耳边向她祝寿，她已经不大认得人了。那时我也躺在病床上，我就常想：像她那么一个干脆利落，一辈子是眼到手到，做事又快又好的人，一旦瘫痪了不能动弹，她的喷涌的精力和洋溢的热情，都被拘困在委顿松软的躯体之中，这种"力不从心"的状态，日久天长，她受得了吗？昏睡时还好，当她暂时清醒过来，举目四顾，也许看到窗帘拉得不够平整，瓶花插得不够妥帖。叫人吧，这些事太繁琐、太细小了，不值得也不应当麻烦人，自己能动一动多好！更不用说想到她一生做惯了的医疗和科研的大事了。如今她能从这种"力不从心"的永远矛盾之中解脱了出来，我似乎反为她感到释然……

林大夫比我小一岁，20世纪初，我们的祖国，正处在水深火热的内忧外患之中，我们都是"生于忧患"的人。现在呢，我们热爱的祖国，正在"振兴中华"的鼓

　　　　　　　　　关于女人和男人

角声中，朝气蓬勃地在建设社会主义现代化的途上迈进。我们这一代人在这个时期离开人世，可算是"死于安乐"了。我想林大夫是会同意我的话的。

1983 年 5 月 11 日

使我感动和鼓舞的女排"三连冠"

我是含着激动欢喜的眼泪，在周围震耳欲聋的爆竹声中，离开电视机前走到书桌旁边，奋笔来写这篇短文的！

中国女子排球队，荣获了奥运会金牌，赢得了连获世界杯、世界锦标赛和奥运会的世界冠军。这个"三连冠"是艰苦卓绝的团结奋斗的成果。

记得在中国女排首次赢得世界杯的时候，我曾写过一篇祝贺的短文，里面引用了我写过的一首诗：

成功的花，

人们只惊慕她现时的明艳！

然而当初她的芽儿，

浸透了奋斗的泪泉，

洒遍了牺牲的血雨！

我忘记了在 1921 年是为哪一个成功的人或哪一件成功的事，而写这首诗的，然而无论是哪个人或哪件事的成功的明艳程度，都不如今天中国女排的"三连冠"那样地光彩照人、不可逼视！

我想起也就是和写这首诗差不多的年代吧，我在协和女子大学学习时参加了女校的篮球队。有一次，我们的体育教员——美国人——带我们到通县去，和美国学校的女篮球队比赛。在火车上，那位美国女教员，还在闭目默祷，为我们祈求胜利，但是上帝也帮不了这个忙！那天我们穿的是制服——竹布上衣、青裙子；在球场上的美国对手穿的都是紧身上衣和短裤，而且在身高、球艺和身体素质上都远远地超过我们。那次输了多少球，已经不记得了，但是"败北"之恨却很久地铭刻在我们的心里！

中国解放了，包括妇女在内的中国人民都翻了身。毛主席说："真正的男女平等，只有在整个社会的社会主义改造过程中才能实现。"又说："中国的妇女是一种伟大的人力资源，必须发掘这种资源，为了建设一个伟大的社会主义国家而奋斗。"

使我感动和鼓舞的女排"三连冠"

新中国成立以后，在社会主义建设的三十五年过程中，中国的女青年们在体育训练上也得到了真正的平等。中国女排就是被发掘的伟大资源中的一支无坚不摧的方面军！是她们首先冲出亚洲走向世界，成功地为建设一个伟大的社会主义祖国而奋斗不止。

8月4日中午，我在电视机前心摇目夺地看了中国女排以1比3负于美国队，当时我并没有失望。因为我深知我们的钢铁长城般的女排，在指挥若定的袁伟民教练的指导之下，必定会总结经验，出奇制胜，团结一心，勇敢进击。果然在8月6日下午，中国女排以3比0胜了日本队。今天又以3比0胜了美国队，而荣获了"三连冠"。

爆竹的繁密声响仍在继续，不但近处有，远处也有。我知道这声响不但充满了祖国九百六十万平方公里的大地，而且遍及世界上一切有中国人居住的地方。守在电视机前为这胜利而流下激动欢喜的热泪的，也不止我国疆土上的十亿人民，而且有五洲四海的"炎黄子孙"。他们必将和祖国的在各条战线上建设四个现代化的同胞们一起，以女排荣获"三连冠"的勇敢进击的精神来鼓舞自己，同心协力，为建设我们伟大的社会主义祖国，而奋斗不止！

1984年8月8日爆竹声中

关于女人和男人

写给民进女会友、女老师的一封信

亲爱的民进女会友，中小学的老师们：

我因为行动不便，已有四年没有参加民进的各种集会了，但就是没有一天不想到你们！中小学的教师同志们，你们是我们中国十亿幼苗的园丁，你们是"三个面向"——面向四个现代化，面向世界，面向未来——最关键、最重要的支持和促进的人！

我听说现在有几个机关共同主办的"我的老师"的征文，几天之内，就收到几万篇小学生的文章。我就更知道老师的一句话比做父母的十句话还灵。今天就要向你们请求一件事，就是要求你们：要中小学的孩子们，切切实实地做一个"文明的北京人"或"文明的中国人"！

这几天正是春游时节。我自己已是出不去了，但我知道有许许多多中小学的学生，正在兴高采烈地到郊外名胜之地去春游。我愿意他们在老师们的带领之下，个个都有文明习惯，不随地吐痰，不随地抛掷糖纸、果核或其他东西。

我永远也忘不了，早在1936年，我到欧洲旅游的时候，一位德国朋友在星期天带我们到柏林郊外一处树林里去野餐，那片树林一望无际。那天总有好几千个家庭或团体，在草地上铺上布，一群人饮、食、笑、乐，十分热闹。我的德国朋友对我说，每星期天几乎都有十万人在此野餐，但野餐过了，十万人散了，草地上却是干干净净，连一块纸片都没有！我从心底佩服德国人的文明习惯！

在国内呢，越是名胜之地，游人越多的地方，就越是肮脏杂乱。解放后是好多了。但昨天，我的女儿和她的同事们去香山鹭峰，也算是春游吧，回来就问她，鹭峰游人多不多？干净吗？她摇头说不干净，糖纸、果核不用说了，还有些打碎的啤酒瓶、塑料杯子等等，扔得到处都是！扔这些东西的人，大都是二十岁上下的青少年，临走还在山壁上留下大名"×××到此一游"！

在现在政府大讲精神和物质文明的时候，我觉得污

关于女人和男人

染环境比随地吐痰更应当重重处罚！

　　我在《三寄小读者·通讯二》中曾给小朋友们写过讲这番道理的信。我请求民进的女老师们把这篇通讯作为课外读物给学生们重看一遍，好吗？

　　顺请

教安

你们热情的会友　冰心

1985 年 5 月 5 日

悼丁玲

3月4日的下午，我又打电话到丁玲家里，探问她的病情。接电话的是一位外地来的同志，她告诉我"丁玲已于今晨10时多逝世了"，我放下听筒怔了半天。又一位朋友和我永别了！

我和丁玲相识以后的画面，一幅一幅地从我眼前掠过：

1928年的夏天，她和胡也频、沈从文到我上海家里来看我。

1931年她编《北斗》杂志，我曾为她写稿，那时我们通信，上下款都只有一个冰字，因为她的本名是蒋冰之。

1931年或1932年，她到北京燕京大学我的家里来看我，正值我为儿子吴平洗澡，她慨叹地说她就不常有这种的和孩子同在的机会。

1936年的夏末，我和文藻再次赴美，路过南京，听

关于女人和男人

说丁玲住在南京郊外，我们就去看望了她。当天夜晚她就来回看我们，在玄武湖上划船谈话。

抗战期间我知道她已到延安。在重庆的参政会议上，我正好和董必武同志联坐，我向他问到了丁玲的近况。

1951年后我从日本回来，那时她正致力于新中国文艺领导工作。我记得我参加全国作协，还是她和老舍介绍的。

1955年以后，忽然又说她是什么反党集团的人，在批判大会上我只看见她在主席座位右边的小桌上，低头记着笔记，从此又是二十多年！

直到1979年她回来了，住在木樨地，作协开会时，接我的车也去接她，我们在车上谈了不少话。

1980年秋季以后，我摔坏了腿，行动不便，不能参加社会活动，就是她来看我了。

1984年2月，她来看我，带来了她的《近作集》。

1985年6月，她又带来《丁玲选集》和她主编的《中国》文学杂志。也说起她有肾病，不过她还是那样地健谈，我没有想到那就是最后一面了。

写追悼文字，我的手都软了！这些年来，振铎、老舍、郭老、茅公、林巧稚大夫、吴贻芳校长……最近又是我的老伴、我的二弟，现在又加上丁玲！

死而有知，也许有许多欢乐的重逢。死而无知，也摆脱了躯壳上的痛苦。

难过的是他们生前的亲人和朋友。

我们只能从他们遗留下的不朽的事业中得到慰藉，在我们有生之年也将为继承他们的为人民的工作而不断奋斗！

1986 年 3 月 7 日

关于女人和男人

一代的崇高女性

——纪念吴贻芳先生

我没有当过吴贻芳先生的学生，但在我的心灵深处总是供养着我敬佩的老师——吴贻芳先生。

记得我第一次得瞻吴先生的风采，是在 1919 年，北京协和女子大学大礼堂的讲台下，那时我是协和女大理预科的学生，她来协和女大演讲。我正坐在台下第一排的位子上，看见她穿着雅淡而称身的衣裙，从容地走上讲台时，我就惊慕她的端凝和蔼的风度。她一开始讲话，那清晰的条理、明朗的声音，都使我感到在我们女大的讲台上，从来还没有过像她这样杰出的演讲者！

从那时起，我心里就铭刻上这一位女教育家的可敬可爱的印象，我时常勉励自己，要以这形象为楷模。

我和她见面较多的时期，是在 1941 年以后的重庆国民参政会上。我是参政员，她是参政会主席团之一，我最喜欢参加她主持的会议。我又是在会堂台下，仰望吴主席，在会员纷纷发言辩论之中，她从容而正确地指点谁先谁后，对于每个会员的姓名和背景她似乎都十分了解。那时坐在旁边的董必武同志，这位可敬的老共产党员，常常低低地对我说："像这样精干的主席，男子中也是少有的！"我听了不知为什么忽然感到女性的自豪。

吴贻芳先生常住南京，我则常住北京，见面的机会很少。但解放后，因为我们同是全国人大代表，更因为她也是中国民主促进会的副主席，我们在一起开会时，谈话就多了。她是一位伟大的爱国者和教育家。她的一言一行，都表现着饱满的爱国热情，忠诚于教育事业。她是一位老留美学生，曾多次赴美开国际会议。她学贯中西，也誉满中外！1979年美国密执安大学的女校友会授予她"智慧女神"奖，我觉得这个称号她是当之无愧的。

她是我所敬佩的近代人物之一。1985年11月10日她与世长辞了，但像她这样的人物是不朽的。她的桃李遍天下，敬佩者更是不少。她的崇高的人格与影响，将永远留在我们心中，我们要努力向她学习。

　　　　　　　　　　　关于女人和男人

入世才人粲若花

《人民日报》海外版的编辑，让我写一篇关于中国女作家的文章，我心头立刻涌上古人的一句诗："入世才人粲若花"。

从"五四"以来，直至80年代的今天，我所认识或知道的女作家，如同齐放的百花，争妍斗艳，梅、兰、荷、菊、月季、牡丹、合欢、含笑……从我的心幕上掠过一幅接着一幅的人面和文字，十分生动，十分鲜明。这些花各有各的颜色，各有各的芬芳，各有各的风韵、风度和风骨！

"五四"时代，算是现代女作家的早春吧，山桃先开，颜色还是淡红的，以后就是深黄的迎春，浓紫的丁香，接下去春色愈浓，可以说是万紫千红、百花齐放了。

记得"五四"时代，我们的前辈有袁昌英和陈衡哲先生，与我同时的有黄庐隐、苏雪林和冯沅君，再往后有凌叔华，她是我的燕大同学，多年侨居英伦，至今还有通讯。说起燕大的同学，还有杨刚和韩素音，她们比我年轻得多。杨刚在抗战时期任香港《大公报》编辑，我那时写的文章，多是她"逼"出来的。韩素音久居瑞士，是用英文写作的。她常回国探亲，每次几乎都来看我，每出一本书也都寄我。1925年我在美国的绮色佳会见了林徽因，那时她是我的男朋友吴文藻的好友梁思成的未婚妻，也是我所见到的女作家中最俏美灵秀的一个。后来，我常在《新月》上看到她的诗文，真是文如其人。我与丁玲是1928年通过我的小弟冰季相识的，关于我们的友谊，在去年我写的《悼丁玲》中都说过了。1951年我从日本回国后又认识了许多女作家，如杨沫、草明。与茹志鹃的接触要稍后一些，有一年我到上海，在巴金请客的席上，见她又抽烟，又喝酒，又大说大笑，真有一股英气。我在《人民日报》上曾写过一篇文章，介绍她的小说《静静的产院》。我羡慕她还有个作家的女儿王安忆，我也曾给安忆的作品写过序。张洁和谌容都是我比较熟悉的，我很喜欢张洁的《沉重的翅膀》，也曾为她的初期作品写过序。谌容是女作家中最有幽默感的，

　　　　　　　　　　　　关于女人和男人

她和茹志鹃都抽烟，可惜我早已戒烟，不能再奉陪了。谌容还是个美食家，曾到我家做过葱油鸭。我从来是个会吃不会做的人，乐得"坐享其成"。张辛欣是我最近才认识的，她的作品不少，我比较欣赏她写的《北京人》，使人感到亲切。昨天散文家丁宁带了一盆仙草花来看我，她是我的"棚友"，十年动乱中，我们曾"同居"过一些日子。40年代初在四川，老舍向我介绍了赵清阁，她写剧本，曾和老舍合写《万世师表》，是写清华校长梅贻琦的事迹。我和赵清阁至今还常通信。散文家宗璞，50年代我们就认识了。她的散文就像我现在桌上的水仙那样地清香。杨绛是我看了她的《干校六记》，很欣赏而认识的，她不但有创作，也有译作，是个多才多艺的人。多才多艺的还有黄宗英，我从影屏上看到她演巴金《家》中的梅表姐，以后又读了她的《小丫扛大旗》等极有风趣的文章。新凤霞是个演员，但她的自传文章十分真挚动人，吴祖光带她来看我，让我为她的文集作序，我欣然答应了。陈愉庆是和她爱人马大京用达理的笔名合写小说的，我十分欣赏他们的作品。他们经常来看我，愉庆还送我一个自制的小布人，我把它挂在我床前的墙上，它天天对着我笑。同我见过面，或者来看望过我的，还有叶文玲、益希丹增、张抗抗以及很年轻的铁凝、喻杉等，都是很有才气的作家。

如今该谈到女诗人了。柯岩的追悼总理的诗，尤其打动了我的心。她和我年轻时一样，爱穿黑色的衣服。诗人中还有舒婷，我从读到她歌颂祖国的诗起，就总在书刊上找她的诗看。一年作协开会时，有七位福建同乡来看我，其中一位穿绿色上衣的，便是舒婷。女诗人里还有李小雨，是诗人李瑛的女儿，她四出采访、寻探，诗写得很好。

韦君宜是我在 50 年代就熟悉的一位编辑，后来看了她写的几本书，才知道还是一个极好的作家，她的作品非常质朴真挚。今年年初吧，她也患了脑溢血，我听了很着急，前些天我小女儿的爱人陈恕，替我去探问了她，她还从沙发上站了起来，表示她还"可以"。这形象正像她那刚正不阿的人格！年轻的还有陈祖芬，我在评论她写的《经济和人》中，曾把她比做一只戏球的幼狮，她真人却是十分温文尔雅。写儿童文学的有葛翠玲，是 1951 年我从日本回国时，陪同老舍来看我的一个小姑娘，现在是写儿童文学的老手了。

这里必须谈谈海外的女作家。在美国的於梨华，70

年代初曾来看过我。聂华苓呢？有一年我到华侨大厦去看回国来的凌叔华时，曾看望过她一家。这些在国外的作家，她们的作品都充满了对故土和人民的眷恋和关怀，使人十分感动。此外还有在美国的年轻女作家，还有我的朋友的女儿刘年玲，笔名木令耆，她写小说；浦丽琳，笔名心笛，她写诗；她们都回过大陆。年玲在北大教过学，丽琳在我家住过一个夏天。她们都和我自己的女儿一样。

以上的女作家，国内或海外的，都是我见过的。没有见过的而心仪已久的方令孺、陈学昭、刘真、陈敬容、航鹰、程乃珊、王小鹰……在海外的陈若曦、李黎等，我一时想不完全了！女作家里还有几位女记者，最早见到的是凤子，以后有彭子岗、戈扬……我们之间的友谊，以后有时间另说吧！

我认为中国女作家的"才"，并不在男作家之下，她们也是淋漓尽致地写出自己对家庭、社会、国家、世界的独到的感想和见解。遗憾的是她们的作品大多数没有译成外国文字，应该让中国的女作家们冲出亚洲、走向世界！

1987年2月13日

人世才人粲若花

记富奶奶

——一个高尚的人

1929年6月初，我还在燕京大学教课，得了重感冒，住在女校疗养所里。院里只有一位美国女大夫和两位服务员。大夫叫她们为舒妈和富妈（这大夫和服务员只照看轻病的人，一般较为严重复杂的病，就送到协和医院去了）。这两位服务员都是满族，说的一口纯正的北京话。舒妈年纪大一些，也世故一些，又爱说爱笑。富妈比较文静，说话轻声细语的。我总觉得她和舒妈不同，每逢她在我身边，我的脑中总涌上"大人家举止端详"这一段词句。

有一天她忽然低声问我："谢先生，您结婚后用人吗？我愿意给您帮忙。"我说："那太好了，就是我们家里就两个人，事情不多，而且人家已经给我们介绍一个厨师傅了（那时在燕大教师家里的大师傅一般除做饭外，还兼管洗衣服、床单……收拾楼下的书房客厅等等）。楼上我们卧室什么的，也没有什么重活……"她说："我能给您做针线活。您新房子里总得有窗帘、床单、桌布什么的，我可以先给您准备。"这方面我倒没想到。那时候燕大指定给我们盖的小楼——燕南园60号，已快竣工了。我感冒好后，就和她到我们的新居，量好了门窗的尺寸，楼下的客厅兼饭厅想用玫瑰色的窗帘，楼上的卧室用豆青色的，客房是粉红色的（那种房子一般是两重帘子，外面是一层透明的白纱布，里面只是一道横的短帘和两边长的窄窄的长帘，这里层的帘子是有颜色的）。我就买了这几色的苏州棉绸，交给了她。那年的6月15号，我同文藻结婚后，就南下省亲，我们到了上海和江阴的家，暑假之前赶回上课时，富妈已经把这些窗帘都做好了，而且还做了各间屋子里的床单，被单都用的是白细布，又用和窗帘一色的布缘了边，还"补"上一些小花，真是协调雅淡极了！我们把房子布置好了以后，她每天就只来一个上午，帮我们收拾房间。到了1931年，我们的大儿子吴平出世后，她就来帮我带孩子，住在我家里，做整天的活。那时文藻的母亲也来了，就住在原来的客房。我每星期还有几堂课，身体也不太好，孩子的照顾，差不多全靠富奶奶了（她比我大十岁，自从她到我们家工作，我们就都称她奶奶）。说起来她的身世也够凄凉的，有人说她是满族松公爷的堂妹，家道中落，从九岁起就学做种种针线活，二十岁又嫁黄志廷做续弦，黄志廷是清华学校校警，年岁比她大许多，她生了六个孩子，都早夭了，最后一个女儿活下来了，起名叫秀琴，是她的宝贝。她出来工作，自己指"富"为姓。她有心脏病，每星期必到燕大医院去取一次药水，但她还是把孩子的衣服（除毛衣外）全部揽了去。她总把孩子打扮得十分雅气，衣领和袖子上总绣上些和毛衣的颜色协调的小花，那时燕大中美同事的夫人们，都夸说我们孩子穿得比谁都整齐，其实都是富奶奶给他们打扮的。

1935年我的女儿吴冰出世了，也是她照应的，吴冰从小不"挑食"，长得很胖，富奶奶对于女孩子的衣着更加注意，吴冰被推着车子出去，真是谁看谁爱。1936年，是文藻的休假年（燕大的教授们是每七年休假一次），我们先到日本，又到美国代表燕大祝贺哈佛大学建校三百周年，以后又到英国、意大利、法国等，文藻自己又回到英国的牛津和剑桥大学，研究他们的导师制度。我那时正怀上了吴青，就在法国留下，在巴黎闲住了一百天。那时文藻的母亲虽然也在北京，但两个孩子的一切，仍是全由富奶奶照管。1937 年我们从欧洲回来，不到一个星期，北京便沦陷了。因为燕大算是美国教会办的，一时还没有受到惊扰，我们就仍在燕大教学，一面等待 11 月份吴青的出世，一面做去云南大学的准备。因为富奶奶有心脏病，我怕云南高原的天气对她不宜，准备荐她到一位美国教授家里去工作。他们家只老夫妇二人，工作很轻松，但富奶奶却说："您一个人带三个孩子走，就不放心，我送您到香港再回来吧。"等到了香港，我们才知道要去云南必须从安南的海防坐小火车进入云南，这条路是难走的！富奶奶又坚持说："您和先生两个人，绝对弄不了这三个孩子，我还是跟您上云南吧。"我只得流着眼泪同意了。这一路的辛苦困顿，就不必说。亏得在路过香港时，我的表兄刘放园一家也在香港避难，他们把一个很能干的大丫头——瑞雯交给了我，说是"瑞雯十八九岁了，我们不愿意在香港替她找人家，不如让你们带到内地给她找吧"。路上有了瑞雯当然方便得多，富奶奶把她当自己的女儿看待，两人处得十分融洽。到了昆明，瑞雯便担任了厨师的职务，她从我的表嫂那里学做的一手好福建菜，使我们和我们的随北大、清华南迁的朋友们，大饱口福。

我们到了昆明，立刻想把富奶奶的丈夫黄志廷和女儿秀琴都接到后方来，免得她一家离散。那时正好美国驻云南昆明的领事海勇（Seabold）和我们很友好，他们常说云南工人的口音难懂，我说："我给你们举荐一个北京人吧。"于是我们就设法请南下的朋友把黄志廷带到了昆明，在美国领事馆工作。富奶奶的独女秀琴却自己要留在北京读完高中，在1940年我们搬到重庆之后，她才由我们的朋友带来，到了重庆，我们即刻把她送到复旦大学，一切费用由我们供给。这时富奶奶完全放心了，我们到重庆时，本来就把黄志廷带来我家"帮忙"，如今女儿也到了后方，又入了大学，她不必常常在夜里孩子睡后，在桐油灯下，艰难地一个字一个字地给女儿写信了。说来真是"可怜天下父母心"！富奶奶本来不会写字，她总是先把她要说的话，让我写在纸上，然后自己一笔一划地去抄，我常常对她说："你不必麻烦了，我和黄志廷都会替你写，何必自己动笔呢？"她说："秀琴看见我的亲笔字，她会高兴的。"

我们到重庆不久，因为日机常来轰炸，就搬到歌乐山上住。不久文藻又得了肺炎，我在医院陪住了一个多月，家里一切，便全由富奶奶主持。那几年我们真是贫病交加，文藻病好了，我又三天两地吐血，虽然大夫说这不是致命的病，却每次吐血，必须躺下休息，这都给富奶奶添许多麻烦，那时她也渐渐地不支了，也得常常倚在床上。我记得有一次冬天，在沙坪坝南开中学上学的吴平，周末在大雨中上山，身上的棉裤湿了半截。富奶奶心疼地让他脱下棉裤，坐在她被窝里取暖。她拿我的一条旧裤做面子，用白面口袋白布做里子，连夜在床上给他赶做一条棉裤。我听见她低低地对吴平说："你妈也真是，有钱供人上大学，自己的儿子连一条替换的棉裤、毛裤都没有！"这是她末一次给我的孩子做活了！

有一天她断断续续地对我说："我看我这病是治不好了，您这房子虽然是土房，也是花钱买的，我死在这屋里，孩子们将来会害怕的，您送我上医院吧。"我想在医院里，到底照顾得好一些，山下的中央医院（就是现在的上海医院）还有许多熟人，我就送她下山，并让黄志廷也跟去陪她，我一面为她预备后事。正好那时听说有一户破落的财主，有一副做好的棺材要廉价出卖，我只用了一百多块钱（《关于女人》稿费的一部分）把它买了下来，存放在山下的一间木匠铺里。

到医院后不久，她就和我们永别了。她葬在歌乐山的墓地里。出殡那一天，我又大吐血，没有去送葬，但她的丈夫、女儿和我的儿女们都去了。听说，吴平在坟前严肃地行了一个童子军的敬礼后，和她的两个妹妹吴冰、吴青，都哭得站不起来！50年代中期，我曾参加人大代表团到西南视察，路经四川歌乐山，我想上去看看她的坟墓，却因为那里驻着高射炮队就去不成了。

黄秀琴同她的大学同学四川人李家驹结了婚，不久也把父亲黄志廷接走了。抗战胜利后，我们回到南京又去了日本，黄家留在四川，但是我们的通讯不断。

黄秀琴生了两儿两女后，也去世了。60年代我们住在北京中央民族学院，她的次子李达雄在北京邮电学院上学，假期就到我们家来称我为"姥姥"。直到现在他夫妇到京出差还是给我送广柑、"菜脑壳"之类我们爱吃的东西。我们的孩子和他们的孩子一直是亲如一家……

关于这个高尚的人的事迹，我早就想写了，镶在一个小铜镜框里的她和我们三个孩子的小相片，几十年来一直在我的身边，现在就在我身后的玻璃书柜里。今天浓阴，又没有什么"不速之客"，我一口气把从1929年起和我同辛共苦了十几年的、最知心的人的事迹，写了出来，我的眼泪是流得尽的，而我对她的忆念却绵绵无尽！

1987 年 6 月 5 日薄暮

我的母亲

关于我的母亲，我写的不少了。20 年代初期，我在美国写《寄小读者》时写了她；30 年代初期，她逝世后，我在《南归》中写了她；40 年代初期，我以"男士"的笔名写的《关于女人》，这本书中写了她；同时在那时候，应《大公报》之约，再写《儿童通讯》，在《通讯三》中又写了她。这些文章在《冰心文集》中都可以找到，也可以从这些文章中看出她是怎样的一位母亲。

我想，天下没有一个人，不认为自己的母亲是最好的母亲（当然也有例外）。但是母亲离开我已经五十七年了，这半个世纪之中，我不但自己做了母亲，连我的女儿们也做了母亲。我总觉得不但我们自己，也还有许多现代的母亲们，能够像我母亲那样得到儿女的敬爱。

关于母亲的许多大事，我都写过了。现在从头忆起，

关于女人和男人

还觉得有许多微末细小的事，也值得我们学习。

我记得民国初期，袁世凯当总统时，黎元洪伯伯是副总统，住在东厂胡同（黎伯伯同我父亲是北洋水师学堂的同班同学，黎伯伯学的是管轮，父亲学的是驾驶）。父亲却没有去拜访过。等到袁世凯称帝，一面把黎伯伯封为武义亲王，一面却把他软禁在中南海的瀛台里，这时父亲反常到瀛台去陪他下棋谈话。我总听见母亲提醒父亲说："你又该去看看黎先生了。"她听父亲说瀛台比我们家里还冷，也提醒父亲说："别忘了多穿点衣服。"

母亲从来不开拆我们收到的信件，也从来不盘问我们和同学朋友之间的往来。因为她表示对我们的信任和理解。我们反而不惮其烦地把每封信都给她看，每件事都同她说。

她从来不积攒什么希奇珍贵的东西。她得到的礼物，随时收下，随时又送给别人。

她从来没有"疾言厉色"，尤其是对用人们，总是微笑地、和颜悦色地嘱咐指挥着一切。

她喜爱整洁，别人做得不周到时，她就悄悄地自己动手。我看见过她跪在铺着报纸的砖地上，去扫除床下的灰尘。

母亲常常教导我们"勤能补拙，俭以养廉"的道理。她自己更是十分勤俭，我们姐弟的布衣，都是她亲手缝制的。她年轻时连一家大小过年时穿的绸衣，也是自己来做。祖父十分喜欢母亲的针线，特别送她一副刀尺，这是别个儿媳所没有的。她做衣服还做得很快，我的三个在中学的弟弟，都是一米六七的个子，母亲能够一天给他们做出一件长衫。那时当然没有缝纫机！

她是个最"无我"的人！我一直努力想以她为榜样，学些处世做人的道理，但我没有做到……

1987年12月23日晨

关于女人和男人

一代伟大的女性

——记邓颖超大姐

世纪同龄人的我，在八十八年的漫长岁月里，经历过若干朝代，多少沧桑，可谓"阅人多矣"，而能在我心头始终爱戴不渝的，只有周总理和邓大姐这一对模范夫妻的崇高印象！

1966年8月，我的朋友老舍先生，在遭到红卫兵的毒打，遍体鳞伤，抬回家里，他的夫人胡絜青伤心饮泣地替他擦洗伤处的时候，老舍对她说的最末一句话，是："总理是最了解我的！"

1976年2月，我的朋友巴金在致静如的信中，说："总理逝世，全国一致哀痛，比丧失亲人还难过，大家的想法都差不多。我和总理接触较多，回忆起来，他真是个完人。他的人格太伟大了。"

我在《我的老伴——吴文藻》一文中有："1958年4

月，文藻被错划为右派，这个意外的灾难，对他和我都是一个晴天霹雳……正在这时，周总理夫妇派了一辆小车，召我到中南海西花厅那所简朴的房子里……我一见到邓大姐，就像见了亲人一样，把一腔冤愤，都倾吐了出来……"

1987年，在《人民文学》第12期上，我的朋友赵清阁女士，又以《亲人》的题目，写了一篇很长的散文，描述了邓大姐和她"亲人"般的情谊和"邓大姐对国内外文艺工作者都很关心……"的许多事迹。

以上只是讲了最近我所看到的，文艺界朋友们见于文字的，关于总理和邓大姐的思念和评价。其实，在五洲四海凡是和总理、邓大姐有过接触的人士，又何尝不是以同样的"伟大"和"崇高"这样的字眼来形容他们的人格呢？

尤其是和我谈过话的外国朋友，都认为邓大姐是位心胸最广阔、思维最缜密、感情最细腻的女性，而且她的思想和感情都完全用在她的工作和事业以及在她周围人们的身上。她是最理解、最关怀、最同情一切人，是把爱和同情洒遍了人间的一代伟大女性！

如今姑且说一段我自己的经历：邓大姐十分爱花，不但自己种植也爱看别人种植的花。北方玫瑰花公司知道邓大姐的爱好，每到花开时一定请她去看花。1986年他们也用车来接了我去。邓大姐和我一同在花圃里照了相。邓大姐还带来一大把她自己院子里的白芍药花送给我。我回家后就把这一束花插在我客厅里总理像前的瓶子里，我心里默默地祝祷说："这是您家里的花，又供养到您面前来了。"

去年，又是玫瑰花时，北方玫瑰花公司仍旧请邓大姐去赏花，我却因为赶一篇文章，没有去成。不料邓大姐看见我没有去，又知道这花圃离我家不远，便要来看我。二十分钟前我才得到消息，我十分惊喜，又知道她住惯了平房，我家是在二楼，她上楼步履一定艰难，我扶着助步器，在房门口看见邓大姐由两位人员搀扶着迟缓地上了楼，我真是十分过意不去！我们就在客厅总理像前坐了下来，谈了半天，就又由赵炜同志等人簇拥着她下了楼，我又只能在房门口站着送她……

她的这次"光临"，使得我的第二代、第三代人都兴奋异常。我的年轻的朋友都为此感到荣幸。我又何尝不感到荣幸呢？但我知道，得到邓大姐的爱护关怀的人还有许多许多。我只是其中之一！

1988年1月12日晨

一代伟大的女性

我记忆中的沈兹九大姐

　　1934年的春夏之交，我和老伴吴文藻在北京燕京大学执教，曾从进步的朋友那里，看到《申报》副刊《妇女园地》。我当时就感到它与当时一般的妇女刊物不同：它是在号召妇女争取解放，宣传抗日救亡、民族解放、社会解放等切中时弊的进步思想。读后我对这个刊物的主编沈兹九产生了无限的钦佩。她眼界之高，见识之广，不是一般普通妇女编辑所能企及的。可惜的是《妇女园地》刊行不久，即被腐败的国民党政府逼迫停刊了。而接着出来的《妇女生活》也是沈兹九主编的，我更是高兴得不断地读着，1935年到1936年之间，是我的老伴吴文藻在燕京大学教学期满七年的休假，我们到欧美旅游了一年，回到祖国几天后，"七七事变"就爆发了。

　　1938年，文藻在敌后的云南大学执教，我和孩子为逃避空袭，住到云南郊外的呈贡。那时的国民党教育部次长顾毓琇是文藻在清华大学的同班同学，他从重庆到呈贡来看我们说："蒋夫人宋美龄对我说：'我的美国威尔斯利女子大学的同学谢冰心，抗战后躲在云南，应该请她来妇女生活指导委员会做点文化教育工作。'"我被她的"躲"字激怒了，于1941年初就应邀到了重庆。其实，我和宋美龄并没有同过学。我是在1923年燕京大学毕业，得了学士学位，同时又得了美国威尔斯利女子大学的奖学金，才到威尔斯利女子大学去读硕士学位的。那时宋美龄已经读完本科四年而离开了。

我到重庆就任后，发现那"妇女生活指导委员会"原来是"新生活运动妇女指导委员会"。而文化教育组的工作，就是搞蒋介石发起"新生活运动"的那一套！我的前任就是我所钦佩的沈兹九大姐。她就是认为文化教育组应该做些抗日救国工作，而同宋美龄进行了多次斗争。宋美龄仍是固执己见，兹九大姐才愤而辞职的。这些话是在我就任后不久，同时还在指委会工作的史良和刘清扬悄悄告诉我的（那时她们为了统战工作，暂时留在会内）。我觉得我是落进了圈套！我立即写了辞呈，退还了工资，连夜搬到重庆郊外的歌乐山上去。

我真正见到沈兹九同志，是在解放后十年动乱后期的北京。那时各民主党派正合组召开政治学习会。她是民主同盟会的会员，我是民主促进会的会员。我第一次和她握手相见，惊诧地发现她不是我想象中的高高大大、声如洪钟的女兵，而是一位身材瘦小、平易近人的知识妇女。她的发言总是十分透彻、精彩，和我交谈时也是笑容满面而且很幽默，在我一生接触的朋友中，她是我最敬爱的女友之一。

我从 1980 年初伤腿后，行动不便，不能参加社会活动了。沈大姐大概身体也不好，我们几乎十年没有见面了。今年的 1 月初旬得到她逝世的讣告，我不禁潸然泪下。从此，我们在世上没有相见的机会了！安息吧，沈兹九大姐，您一生为党、为国、为人民特别是为妇女做了那么多那么重要的工作，您将永远活在我们的心中，您是不朽的！

1990 年 2 月 2 日雪夜

痛悼邓颖超大姐

7月11日夜我在看电视《新闻联播》，忽然看见在广播员的左边，呈现出一幅邓颖超大姐的相片，我的眼泪立刻涌了出来，邓大姐永远离开我们了！在我的痛哭声中，广播员沉重而缓慢的声音，我一句也没有听到！这一夜我像沉浸在波涛怒翻的酸水海里，不知是如何度过的。第二天一早就立刻让我的外孙陈钢，去取来一篮白玫瑰花，系上一条白绸带，写上我的悼词。他又立刻把这只小小的花篮，一直送到中南海西花厅邓大姐遗像前的桌上，并拍了一张相片回来。

在这以后的日子里，当我独在的时候，就总忍不住呜咽，我要写痛悼邓大姐的文字，但在这种极端激动的心理状况下，我总不能动笔。我也实在写不尽邓大姐对于国家、人民（尤其是妇女）所做出的那许多丰功伟绩，但我的心头涌出了一幅幅永远不能忘怀的邓大姐和我同在的画面，尤其是在1958年4月，我的老伴吴文藻被划为右派。在我们最冤愤、最无告的时候，周总理和邓大姐派了一辆小车来接我到那所朴素简陋的西花厅，我一见到邓大姐，我的一腔冤愤就倾泻了出来，那时邓大姐注视着我的那一双睿智的目光，充满了同情和"理解"。"人之相知，贵相知心"，邓大姐那时充满了"理解"的目光，是我永远也忘不了的。

从此邓大姐和我就相识了。我们都喜欢玫瑰花，我的一位癖爱玫瑰的小朋友陈宇化，在他工作的北京工大的校园里，开辟了一座玫瑰花园，每年在玫瑰盛开的时候，他就一定请邓大姐和我同去赏花。我从1980年伤腿后就从不出门了，但是有同邓大姐会见的机会我从来不肯错过。我们一边谈笑，一边看花，同时还照了许多人和花的相片。记得在1987年我因为赶写一篇中小学生作文评论的文章，不能赴约，邓大姐到了玫瑰园没有见到我，又听陈宇化说我家离京工不远，便带了一束准备送我的西花厅院里自种的芍药花来到了我家。邓大姐的到来，引起了我无限的意外的惊喜，我把那把芍药花供在我客厅墙上悬挂的总理像前，邓大姐和我又在总理像前照了一张相……

昨天得到了巴金的一封信，他说："邓大姐走了，你难过，我也很难过，她是一个好人，一个高尚的人。没有遗产，没有亲人，她不拿走什么，真正是个大公无私的人。她是我最后追求的一个榜样。一个多么不容易做到的榜样。"

他说出了我不知道从何说起的话！

邓大姐你走吧！在天上，有与你音容间隔了十六年的周总理在张开两臂欢迎你，在人间有千千万万不同年龄、不同肤色的千千万万的要追求学习你的榜样的人民，在一步一个脚印地跟在你后面努力奔走！

1992 年 7 月 31 日大风雨的黄昏

下　卷

《关于男人》序

四十年前我在重庆郊外歌乐山隐居的时候，曾用"男士"的笔名写了一本《关于女人》。我写文章从来只用"冰心"这个名字，而那时却真是出于无奈！一来因为我当时急需稿费；二来是我不愿在那时那地用"冰心"的名字来写文章。当友人向我索稿的时候，我问："我用假名可不可以？"编辑先生说："陌生的名字，不会引起读者的注意。"我说："那么，我挑一个引人注意的题目吧。"于是我写了《关于女人》。

我本想写一系列的游戏文章，但心情抑郁的我，还是"游戏"不起来，好歹凑成了一本书，就再也写不下去了。

在《关于女人》的后记里，我曾说"我只愁活不过六十岁"。那的确是实话。不料晚年欣逢盛世，居然让我活到八十以上！我是应当以有限的光阴，来写一本《关于男人》。

病后行动不便，过的又是闲居不出的日子，接触的世事少了，回忆的光阴却又长了起来。我觉得我这一辈子接触过的可敬可爱的男人，远在可敬可爱的女人们之上。对于这些人物的回忆，往往引起我含泪的微笑。这里记下的都是真人真事，也许都是凡人小事。（也许会有些伟人大事！）但这些小事、轶事，总使我永志不忘，我愿意把这些轶事自由酣畅地写了出来，只为怡悦自己。但从我作为读者的经验来说，当作者用自己的真情实感，写出来的怡悦自己的文字，也往往会怡悦读者的。

我的祖父

关于我的祖父，我在许多短文里，已经写过不少了。但还有许多小事、趣事，常常挂在我的心上。我和他真正熟悉起来，还是从我十一岁那年回到故乡福州那时起，我差不多整天在他身边转悠！我记得他闲时常到城外南台去访友，这条路要过一座大桥，一定很远，但他从来不坐轿子。他还说他一路走着，常常遇见坐轿子的晚辈，他们总是赶紧下轿，向他致敬。因此他远远看见迎面走来的轿子，总是转过头去，装作看街旁店里的东西，免得人家下轿。他说这些年来，他只坐过两次轿子：一次是他手里捧着一部曲阜圣迹图（他是福州尊孔兴文会的会长），他觉得把圣书夹在腋下太不恭敬了，就坐了轿子捧着回来；还有一次是他的老友送给他一只小狗，他不能抱着它走那么长的路，只好坐了轿子。祖父给这只小狗起名叫"金狮"。我看到它时,已是一只大狗了。我握着它的前爪让它立起来时,它已和我一般高了,周身是金灿灿的发亮的黄毛。它是一只看家的好狗,熟人来了,它过去闻闻就摇起尾来,有时还用后腿站起,抬起前爪扑到人家胸前。生人来了,它就狂吠不止,让一家人都警惕起来。祖父身体极好,但有时会头痛,头痛起来就静静地躺着,这时全家人都静悄悄起来了,连金狮都被关到后花园里。我记得母亲静悄悄地给祖父下了一碗挂面,放在厨房桌上,四叔母又静悄悄地端起来,放在祖父床前的小桌上,旁边还放着一小碟子"苏苏"熏鸭。这"苏苏"是人名,也是福州鼓楼一间很有名的熏鸭店名。这熏鸭一定很贵,因为我们平时很少买过。

祖父对待孙女们一般比孙子们宽厚,我们犯了错误,他常常"视而不见"地让它过去。我最记得我和我的三姐(她是四叔母的女儿,和我同岁),常常给祖父"装烟",我们都觉得从他嘴里喷出来的水烟,非常好闻。于是在一次他去南台访友,走了以后(他总是扣上前房的门,从后房走的),我们仍在他房里折叠他换下的衣衫。料想这时断不会有人来,我们就从容地拿起水烟袋,吹起纸煤,轮流吸起烟来,正在我们呛得咳嗽的时候,

　　　　　　　　　　关于女人和男人

祖父忽然又从后房进来了，吓得我们赶紧放下水烟袋，拿起他的衣衫来乱抖乱拂，想抖去屋里的烟雾。祖父却没有说话，也没有笑，拿起书桌上的眼镜盒子，又走了出去。我们的心怦怦地跳着，对面苦笑了半天，把祖父的衣衫叠好，把后房门带上出来。这事我们当然不敢对任何人说，而祖父也始终没有对任何人说我们这件越轨的举动。

祖父最恨赌博，即使是岁时节庆，我们家也从来听不见搓麻将、掷骰子的声音。他自己的生日，是我们一家最热闹的日子了，客人来了，拜过寿后，只吃碗寿面。至亲好友，就又坐着谈话，等着晚上的寿席，但是有麻将癖的客人，往往吃过寿面就走了，他们不愿意坐谈半天很拘束的客气话。

在我们大家庭里，并不是没有麻将牌的。四叔母屋里就有一副很讲究的象牙麻将牌。我记得在我回福州的第二年，我父亲奉召离家的时候，我因为要读完女子师范的第二个学期，便暂留了下来，母亲怕我们家里的人会娇惯我，便把我寄居在外婆家。但是祖父常常会让我的奶娘（那时她在祖父那里做短工）去叫我。她说，"莹官，你爷爷让你回去吃龙眼。他留给你吃的那一把龙眼，挂在电灯下面的，都烂掉得差不多了！"那时正好我的三堂兄良官，从小在我家长大的，从兵舰上回家探亲，我就和他还有二伯母屋里的四堂兄枢官，以及三姐，在夜里9点祖父睡下之后，由我出面向四叔母要出那副麻将牌来，在西院的后厅打了起来。打着打着，我忽然拼够了好几副对子，和了一副"对对和"！我高兴得拍案叫了起来。这时四叔母从她的后房急急地走了出来，低声地喝道："你们胆子比天还大！四妹，别以为爷爷宠你，让他听见了，不但从此不疼你了，连我也有了不是，快快收起来吧！"我们吓得喏喏连声，赶紧把牌收到盒子里送了回去。这些事，现在一想起来就很内疚，我不是祖父想象里的那个乖孩子，离了他的眼，我就是一个既淘气又不守法的"小家伙"。

1984年11月5日清晨

（《中国作家》1985年第1期）

我的父亲

关于我的父亲，零零碎碎地我也写了不少了。我曾多次提到，他是在"威远"舰上，参加了中日甲午海战。但是许多朋友和读者都来信告诉我，说是他们读了近代史，"威远"舰并没有参加过海战。那时"威"字排行的战舰很多，一定是我听错了，我后悔当时我没有问到那艘战舰舰长的名字，否则也可以对得出来。但是父亲的确在某一艘以"威"字命名的兵舰上参加过甲午海战，有诗为证！

记得在 1914 年至 1915 年之间，我在北京中剪子巷家里客厅的墙上，看到一张父亲的挚友张心如伯伯（父亲珍藏着一张"岁寒三友"的相片，这三友是父亲和一位张心如伯伯，一位萨幼洲伯伯。他们都是父亲的同学和同事。我不知道他们的大名，"心如"和"幼洲"都是他们的别号）贺父亲五十寿辰的七律二首，第一首的头两句我忘了：

<blockquote>

× × × × × × ×

× × × × × × ×

东沟决战甘前敌

威海逃生岂惜身

人到穷时方见节

岁当寒后始回春

而今乐得英才育

坐护皋比士气伸

</blockquote>

第二首说的都是谢家的典故，没什么意思，但是最后两句，点出了父亲的年龄：

<blockquote>

乌衣门第旧冠裳

想见阶前玉树芳

希逸有才工月赋

惠连入梦忆池塘

出为霖雨东山望

</blockquote>

关于女人和男人

坐对棋枰别墅光

莫道假年方学易

平时诗礼已闻亢

　　从第一首诗里看来，父亲所在的那艘兵舰是在大东沟"决战"的，而父亲是在威海卫泅水"逃生"的。

　　提到张心如伯伯，我还看到他给父亲的一封信，大概是父亲在烟台当海军学校校长的时期。（父亲书房里有一个书橱，中间有两个抽屉，右边那个，珍藏着许多朋友的书信诗词，父亲从来不禁止我去翻看。）信中大意说父亲如今安下家来，生活安定了，母亲不会再有"会少离多"的怨言了，等等。中间有几句说："秋分白露，佳话十年，会心不远，当目笑存之。"我就去问父亲："这佳话十年，是什么佳话？"父亲和母亲都笑了，说：那时心如伯伯和父亲在同一艘兵舰上服役。海上生活是寂寞而单调，因此每逢有人接到家信，就大家去抢来看。当时的军官家属，会亲笔写信的不多，母亲的信总会引起父亲同伴的特别注意。有一次母亲信中提到"天气"的时候，引用了民间谚语："白露秋分夜，一夜冷一夜"，大家看了就哄笑着逗父亲说："你的夫人想你了，这分明是'鸳鸯瓦冷霜华重，翡翠衾寒谁与共'的意思！"父亲也只好红着脸把信抢了回去。从张伯伯的这封信里也可以想见当年长期在海上服务的青年军官们互相嘲谑的活泼气氛。

就是从父亲的这个书橱的抽屉里，我还翻出萨镇冰老先生的一首七绝，题目仿佛是《黄河夜渡》：

晓发襄江尚未寒

夜过荥泽觉衣单

黄河桥上轻车渡

月照中流好共看

父亲盛赞这首诗的末一句，说是"有大臣风度"，这首诗大概是作于清末，萨老先生当海军副大臣的时候，正大臣是载洵贝勒。

1984 年 11 月 5 日

（《中国作家》1985 年第 1 期）

我的小舅舅

　　我的小舅舅杨子玉先生，是我的外叔祖父杨颂岩老先生的儿子。外叔祖先有三个女儿，晚年得子，就给他起名叫喜哥，虽然我的三位姨母的名字并不是福、禄、寿！我们都叫他喜舅。他是我们最喜爱的小长辈。他从不腻烦小孩子，又最爱讲故事，讲得津津有味，似乎在讲故事中，自己也得到最大的快乐。

　　他在唐山路矿学校读书的时候，夏天就到烟台来度假，这时我们家就热闹起来了。他喜欢喝酒，母亲每晚必给他预备一瓶绍兴和一点下酒好菜。父亲吃饭是最快的，他还是接着几十年前海军学堂的习惯，三分钟内就把饭吃完，离桌站起了。可是喜舅还是慢慢地啜，慢慢地吃，还总是把一片笋或一朵菜花，一粒花生翻来覆去地夹着看，不立时下箸。母亲就只好坐在桌边陪他。他酒后兴致最好，这时等在桌边的我们，就哄围过来，请他讲故事。现在回想起来，他总是先从笑话或鬼怪故事讲起，最后也还是讲一些同盟会的宣传推翻清廷的故事。他假满回校，还常给我们写信，也常寄诗。我记得他有《登万里长城》一首：

划地界夷华

秦王计亦差

怀柔如有道

胡越可为家

安用驱丁壮

翻因起怨嗟

即今凭吊处

不复有鸣笳

还有一首《日夜寄内》，那是他结婚后之作，很短，以他的爱人的口气写的：

之子不归来

楼头空怅望

关于女人和男人

新月来弄人

幻出刀环样

　　我在中学时代，他正做着铁路测量工作，每次都是从北京出发，因此他也常到北京来。他一离开北京，就由我负责给他寄北京的报纸，寄到江西萍乡等地。测量途中，他还常寄途中即景的诗，我只记得一两句，如：

瘦牛伏水成奇石

　　他在北京等待任务的时间，十分注意我的学习。他还似乎有意把我培养成一个"才女"。他鼓励我学写字，给我买了许多字帖，还说要先学"颜"，以后再转学"柳"、学"赵"。又给我买了许多颜料和画谱，劝我学画。他还买了很讲究的棋盘和黑白棋子，教我下围棋，说是"围棋不难下，只要能留得一个不死的口子，就输不了"。他还送我一架风琴，因此我初入贝满中学时，还交了学琴的费。但我只学了三个星期就退学了，因为我一看见练习指法的琴谱，就头痛。总之，我是个好动的、坐不住的孩子，身子里又没有音乐和艺术的细胞！

和琴、棋、书、画都结不上因缘。喜舅给我买的许多诗集中，我最不喜欢《随园女弟子诗集》，而我却迷上了龚定庵、黄仲则和纳兰成德。

20年代初期，喜舅就回到福建建设厅去工作了，我也入了大学，彼此都忙了起来，通信由稀疏而渐渐断绝。总之，他在我身上"耕耘"最多，而"收获"最少，我辜负了他，因为他在自己的侄子们甚至于自己的儿子身上，也没有操过这么多的心！

这里应该补上一段插曲。1911年，我们家回到福州故乡的时候，喜舅已先我们回去了。他一定参与了光复福建之役。我只觉得他和他的朋友们——都是以后到我北京家里来过，在父亲书斋里长谈的那些人——仿佛都忙得很，到我家来，也很少找我们说笑。有时我从"同盟会"门口经过——我忘了是什么巷，大约离我们家不远——常见他坐在大厅上和许多人高谈阔论。他和我的父亲对当时的福建都督彭寿松都很不满，说是"换汤不换药"。我记得那时父亲闲着没事，就用民歌《墦间祭》的调子，编了好几首讽刺彭寿松的歌子。喜舅来了，就和我们一同唱着玩，他说是"出出气"！这些歌子我一句也不记得了，《墦间祭》的原歌也有好几首，我倒记得一首,虽然还不全。这歌是根据《孟子》的《离娄》章里"齐人有一妻一妾"的故事编的,这妻妾发现齐人是到墦间乞食,回来却骄傲地自诩是到富贵人家去赴宴,她们就"羞泣"地唱了起来。调子很好听,我听了就忘不了!这首是妻唱的:

稳步出家庭

× × × × ×

家家插柳,时节值清明

出东门好一派水秀山明

哎呵,对景倍伤情!

第二首是妾唱的,情绪就好得多!说什么"昨夜灯前,细(?)踏青鞋"。一提起《墦间祭》,又把许多我在故乡学唱闽歌的往事,涌到心上来了。

1985 年 3 月 3 日

(《中国作家》1985 年第 3 期)

我的小舅舅

我的老师——管叶羽先生

我这一辈子，从国内的私塾起，到国外的大学研究院，教过我的男、女、中、西教师，总有上百位！但是最使我尊敬爱戴的就是管叶羽老师。

管老师是协和女子大学理预科教数、理、化的老师（1924年起，他又当了我的母校贝满女子中学的第一位中国人校长，可是那时我已经升入燕京大学了）。1918年，我从贝满女中毕业，升入协和女子大学的理预科，我的主要功课都是管老师教的。

回顾我做学生的二十八年中，我所接触过的老师，不论是教过我或是没教过我的，若是以"全心全意为人民教育服务"以及"忠诚于教育事业"的严格标准来衡量我的老师的话，我看只有管叶羽老师是当之无愧的！

我记得我入大学预科，第一天上化学课，我们都坐

关于女人和男人

定了（我总要坐在第一排），管老师从从容容地走进课室来，一件整洁的浅蓝布长褂，仪容是那样严肃而又慈祥，我立刻感到他既是一位严师，又像一位慈父！

在我上他的课的两年中，他的衣履一贯地是那样整洁而朴素，他的仪容是一贯地严肃而慈祥。他对学生的要求是极其严格的，对于自己的教课准备，也极其认真。因为我们一到课室，就看到今天该做的试验的材料和仪器，都早已整整齐齐地摆在试验桌上了。我们有时特意在上课铃响以前，跑到教室去，就看见管老师自己在课室里忙碌着。

管老师给我们上课，永远是启发式的，他总让我们预先读一遍下一堂该学的课，每人记下自己不懂的问题来，一上课就提出大家讨论，再请老师讲解，然后再做试验。课后管老师总要我们整理好仪器，洗好试管，擦好桌椅，关好门窗，把一切弄得整整齐齐地，才离开教室。

理预科同学中从贝满女子中学升上来的似乎只有我一个，其他的同学都是从华北各地的教会女子中学来的，她们大概从高中毕业后都教过几年书，我在她们中间，显得特别的小（那年我还不满十八岁），也似乎比她们

"淘气"，但我总是用心听讲，一字不漏地写笔记，回答问题也很少差错，做试验也从不拖泥带水，管老师对我的印象似乎不错。

我记得有一次做化学试验，有一位同学不知怎么把一个当中插着一根玻璃管的橡皮塞子，捅进了试管，捅得很深，玻璃管拔出来了，橡皮塞子却没有跟着拔出，于是大家都走过来帮着想法。有人主张用钩子去钩，但是又不能把钩子伸进这橡皮塞子的小圆孔里去。管老师也走过来看了半天……我想了一想，忽然跑了出去，从扫院子的大竹扫帚上拗了一段比试管口略短一些的竹枝，中间拴了一段麻绳，然后把竹枝和麻绳都直着穿进橡皮塞子孔里，一拉麻绳，那根竹枝自然而然地就横在皮塞子下面。我同那位同学，一个人握住试管，一个人使劲拉那根麻绳，一下子就把橡皮塞子拉出来了。我十分高兴地叫："管老师——出来了！"这时同学们都愕然地望着管老师，又瞪着我，轻轻地说："你怎么能说管老师出来了！"我才醒悟过来，不好意思地回头看着站在我身后的管老师，他老人家依然是用慈祥的目光看着我，而且满脸是笑！我的失言，并没有受到斥责！

1924 年，他当了贝满女中的校长，那时我已经出国

　　　　　　　　　关于女人和男人

留学了。1926年，我回燕大教书，从升入燕大的贝满同学口中，听到的管校长以校为家，关怀学生胜过自己的子女的嘉言懿行，真是洋洋盈耳，他是我们同学大家的榜样！

1946年，抗战胜利了，那时我想去看看战后的日本，却又不想多待。我就把儿子吴宗生（现名吴平）、大女儿吴宗远（现名吴冰）带回北京上学，寄居在我大弟媳家里。我把宗生送进灯市口育英中学（那是我弟弟们的母校），把十一岁的大女儿宗远送到我的母校贝满中学，当我带她去报名的时候，特别去看了管校长，他高兴得紧紧握住我的手——这是我们第一次握手！他老人家是显老了，三四十年的久别，敌后办学的辛苦和委屈，都刻画在他的面庞和双鬓上！还没容我开口，他就高兴地说，"你回来了！这是你的女儿吧？她也想进贝满？"还没等我回答，他抚着宗远的肩膀说："你妈妈可是个好学生，成绩还都在图书馆里，你要认真向她学习。"哽塞在我喉头的对管老师感恩戴德的千言万语，我也忘记到底说出了几句，至今还闪烁在我眼前的，却是我落在我女儿发上的几滴晶莹的眼泪。

1985年5月28日

（《中国作家》1985年第5期）

我的表兄们

中国人的亲戚真多！除了堂兄弟姐妹，还有许许多多的表兄弟姐妹。正如俗语说的："一表三千里。"姑表、舅表、姨表，还有表伯、表叔、表姑、表姨的儿子，比我大的，就都是我的表兄了，其中有许多可写的，但是我最敬重的，是刘道铿（放园）先生。他是我母亲的表侄，怎么"表"法，我也说不清楚，他应该叫我母亲"表姑"，但他总是叫"姑"，把"表"字去掉。据我母亲说是他们从小在一个院里住，因此彼此很亲热。从民国初年，我们到北京后，每逢年节或我父母亲的生日，他们一家必来拜贺。他比我大十七岁，我总以长辈相待，捧过茶烟，打过招呼，就退到一边，带他的儿女玩去了。那时他是北京《晨报》的编辑，我们家的一份《晨报》就是他赠阅的。五四运动时，就是协和女大学生会的文书，要写些宣传的文章，学生会还让我自己去找报刊发表。这时我才想起这位当报纸编辑的表兄，便从电话里和他商量，他让我把文章寄去。这篇短文，一下便发表出来了，我虽然很兴奋，但那时我一心一意想学医，写宣传文章只是赶任务，并不想继续下去。放园表兄却一直鼓励我写作，同时寄许多那时期出版的刊物，如《新青年》、《新潮》、《少年中国》、《解放与改造》等等，让我阅读。我寄去的稿子，从来没有被修改或退回过，有时他还替上海的《时事新报》索稿。他就像我的亲哥哥一样，关心我的一切。1923年我赴美时，他还替我筹了一百美元，作为旅费（因为我得到的奖学金里，不包括旅费），但是这笔款，父亲已经替我筹措了。放园表兄仍是坚持要我带在身边，以备不时之需，我也只好把这款带走，但一直没有动用。1926年我得了硕士学位，应聘到母校——燕京大学——任教，旅费是学校出的。我一回到上海——那时放园表兄在上海通易信托公司任职——就把这一百元美金还给了他。

　　放园表兄很有学问，会吟诗填词，写得一笔好字。母亲常常夸他天性淳厚。他十几岁时，父母就相继逝世，他的弟妹甚至甥侄，都是他一手扶持起来的。自我开始写作，他就一直和我通讯，我在美期间，有一次得他的信，说："前日到京，见到姑母，她深以你的终身大事为念，说你一直太不注意这类事情，她很不放心。我认为你不应该放过在美的机会，切要多多留意。"原文大概是这些话，我不太记得了。我回信说："谢谢你的忠告，请您转告母亲，我'知道了'！"1926年，我回到家，一眼就看见堂屋墙上挂的红泥金对联，是他去年送给父亲六十大寿的：

花甲初周　　德星双耀
明珠一颗　　宝树三株

把我们一家都写进去了。

50年代初期，他回到北京，就任文史馆馆员，我们又时常见面，记得他那时常替人写字，评点过《白香山全集》，还送我一部。1957年他得了癌疾，在北京逝世。

还有一位表兄，我只闻其声，从未见过其人，但他的一句笑话，我永远也忘不了，因为他送给我们的头衔称号，是我这一辈子无论如何努力，也争取不到的！

我有一位表舅——也不知道是我母亲的哪一门的

表姑，嫁到福州郊区的胪下镇郑家所生——因为是三代单传，生下来就很娇惯，小名叫做"皇帝"。他的儿子，当然就是"太子"了，这位"太子"表兄，大约比我大七八岁。这两位"至尊"，我都没有拜见过。1911年的冬天，我回到福州，有一夜住在舅舅家。福州人没有冬天生火炉的习惯，天气一冷，大家没事就都睡得很早。我躺在床上睡不着，听见一个青年人的声音，从外院一路笑叫着进来，说："怎么这么早皇亲国戚都困觉了？！"我听到这个新奇的称呼，觉得他很幽默！

1985 年 7 月 25 日

我的老伴——吴文藻

我想在我终于投笔之前，把我的老伴——和我共同生活了五十六年的吴文藻这个人，写出来，这就是我此生文字生涯中最后要做的一件事，因为这是别人不一定会做，而且是做不完全的。

这篇文章，我开过无数次的头，每次都是情感潮涌，思绪万千，不知从哪里说起！最后我决定要稳静地简单地来述说我们这半个多世纪以来的、共同度过的、和当时全国大多数知识分子一样的"平凡"生活。

今年1月17大雾之晨，我为《婚姻与家庭》杂志写了一篇稿子，题目就是《论婚姻与家庭》。我说：

家庭是社会的细胞。

关于女人和男人

有了健全的细胞，才会有一个健全的社会，乃至一个健全的国家。

家庭首先由夫妻两人组成。

夫妻关系是人际关系中最密切最长久的一种。

夫妻关系是婚姻关系，而没有恋爱的婚姻是不道德的。

恋爱不应该只感性地注意到"才"和"貌"，而应该理智地注意到双方的"志同道合"（这"志"和"道"包括爱祖国、爱人民、爱劳动等等），然后是"情投意合"（这"情"和"意"包括生活习惯和爱好等等）。

在不太短的时间考验以后，才能考虑到组织家庭。

一个家庭对社会对国家要负起一个健康细胞的责任，因为在它周围还有千千万万个细胞。

一个家庭要长久地生活在双方的人际关系之中，不但要抚养自己的儿女，还要奉养双方的父母，而且还要亲切和睦地处在双方的亲、友、师、生之中。

婚姻不是爱情的坟墓，而是更亲密的灵肉

合一的爱情的开始。

"二人同心，其利断金"，是中国人民几千年智慧的结晶。

人生的道路，到底是平坦的少，崎岖的多。

在平坦的道路上，携手同行的时候，周围有和暖的春风，头上有明净的秋月。两颗心充分地享受着宁静柔畅的"琴瑟和鸣"的音乐。

在坎坷的路上，扶掖而行的时候，要坚忍地咽下各自的冤抑和痛苦，在荆棘遍地的路上，互慰互勉，相濡以沫。

有着忠贞而精诚的爱情在维护着，永远也不会有什么人为的"划清界线"，什么离异出走，不会有家破人亡，也不会教育出那种因偏激、怪僻、不平、愤怒而破坏社会秩序的儿女。

人生的道路上，不但有"家难"，而且有"国忧"，也还有世界大战以及星球大战。

但是由健康美满的恋爱和婚姻组成的千千万万的家庭，就能勇敢无畏地面对这一切！

我接受写《论婚姻与家庭》这个任务，正是在我沉

关于女人和男人

浸于怀念文藻的情绪之中的时候。我似乎没有经过构思，提起笔来就自然流畅地写了下去。意尽停笔，从头一看，似乎写出了我们自己一生共同的理想、愿望和努力的实践，写出了我现在的这篇文章的骨架！

以下我力求简练，只记下我们生活中一些有意义和有趣的值得写下的一些平凡琐事吧。

话还得从我们的萍水相逢说起。

1923 年 8 月 17 日，美国邮船杰克逊号，从上海启程直达美国西岸的西雅图。这一次船上的中国学生把船上的头等舱位住满了。其中光是清华留美预备学校的学生就有一百多名，因此在横渡太平洋两星期的光阴，和在国内上大学的情况差不多，不同的就是没有课堂生活，而且多认识了一些朋友。

我在贝满中学时的同学吴搂梅——已先期自费赴美——写信让我在这次船上找她的弟弟，清华学生——吴卓。我到船上的第二天，就请我的同学许地山去找吴卓，结果他把吴文藻带来了。问起名字才知道找错了人！那时我们几个燕大的同学正在玩丢沙袋的游戏，就也请他加入。以后就倚在船栏上看海闲谈。我问他，到美国想学什么？他说想学社会学。他也问我，我说我自然想学文学，想选修一些英国 19 世纪诗人的功课。他就列举几本著名的英美评论家评论拜伦和雪莱的书，问我看过没有。我却都没有看过。他说："你如果不趁在国外的时间，多看一些课外的书，那么这次到美国就算是白来了！"他的这句话深深地刺痛了我！我从来还没有听见过这样的逆耳的忠言。我在出国前已经开始写作，诗集《繁星》和小说集《超人》都已经出版。这次在船上，经过介绍而认识的朋友，一般都是客气地说"久仰，久仰"，像他这样首次见面，就肯这样坦率地进言，使我悚然地把他作为我的第一个诤友、畏友！

这次船上的清华同学中，还有梁实秋、顾一樵等对文艺有兴趣的人，他们办了一张"海啸"的墙报，我也在上面写过稿，也参加过他们的座谈会。这些事文藻都没有参加，他对文艺似乎没有多大的兴趣，和我谈话时也从不提到我的作品。

船上的两星期，流水般过去了。临下船时，大家纷纷写下住址，约着通信。他不知道我到波士顿的威尔斯利女子大学研究院入学后，得到许多同船的男女朋友的信函，我都只用威校的风景明信片写了几句应酬的话回复了，只对他，我是写了一封信。

他是一个酷爱读书和买书的人，每逢他买到一本有关文学的书，自己看过就寄给我。我一收到书就赶紧看，看完就写信报告我的体会和心得，像看老师指定的参考书一样的认真。老师和我作课外谈话时，对于我课外阅读之广泛，感到惊奇，问我是谁给我的帮助。我告诉她，是我的一位中国朋友。她说："你的这位朋友是个很好的学者！"这些事我当然没有告诉文藻。

我入学不到九个星期就旧病——肺气支扩大——复发，住进了沙穰疗养院。那时威校的老师和中、美同学以及在波士顿的男同学们都常来看我。文藻在新英格兰东北的新罕布什州的达特默思学院的社会学系读三年级——清华留美预备学校的最后二年，相当于美国大学二年级，新罕布什州离波士顿很远，大概要七八个小时的火车。我记得1923年冬，他因到纽约度年假，路经波士顿，曾和几位在波士顿的清华同学来慰问过我。1924年秋我病愈复学。1925年春在波士顿的中国学生为美国朋友演《琵琶记》，我曾随信给他寄了一张入场券。他本来说功课太忙不能来了，还向我道歉。但在剧后的第二天，到我的休息处——我的美国朋友家里——来看我的几个男同学之中，就有他！

　　1925年的夏天，我到绮色佳的康奈尔大学的暑期学校补习法文，因为考硕士学位需要第二外国语。等我到了康奈尔，发现他也来了，事前并没有告诉我，这时只说他大学毕业了，为读硕士也要补习法语。这暑期学校里没有别的中国学生，原来在康奈尔学习的，这时都到别处度假去了。绮色佳是一个风景区，因此我们几乎每天课后都在一起游山玩水，每晚从图书馆出来，还坐在石阶上闲谈。夜凉如水，头上不是明月，就是繁星。到那时为止，我们信函往来，已有了两年的历史了，彼此都有了较深的了解，于是有一天在湖上划船的时候，他吐露了愿和我终身相处的意愿。经过了一夜的思索，第二天我告诉他，我自己没有意见，但是最后的决定还在于我的父母，虽然我知道只要我没意见，我的父母是不会有意见的！

　　1925年秋他入了纽约哥伦比亚大学，离波士顿较近，通信和来往也比较频繁了。我记得这时他送我一大盒很讲究的信纸，上面印有我的姓名缩写的英文字母。他自己几乎是天天写信，星期日就写快递，因为美国邮局星期天是不送平信的，这时我的宿舍里的舍监和同学

关于女人和男人

们都知道我有个特别要好的男朋友了。

1925年冬，我的威校同学王国秀，毕业后升入哥伦比亚大学，写信让我到纽约度假。到了纽约，国秀同文藻一起来接我。我们在纽约玩得很好，看了好几次莎士比亚的戏。

1926年夏，我从威校研究院取得了硕士学位，应邀回母校燕大任教。文藻写了一封很长的信，还附了一张相片，让我带回国给我的父母。我回到家还不好意思面交，只在一天夜里悄悄地把信件放在父亲床前的小桌上。第二天，父母亲都没有提到这件事，我也更不好问了。

1928年冬他在哥伦比亚大学得了博士学位，还得到哥校"最近十年内最优秀的外国留学生"奖状。他取道欧洲经由苏联，于1929年初到了北京。这时他已应了燕大和清华两校教学之聘，燕大还把在燕南园兴建的一座小楼，指定给我们居住。

那时我父亲在上海海道测量局任局长。文藻到北京不几天就回到上海，我的父母很高兴地接待了他，他在我们家住了两天，又回他江阴老家去。从江阴回来，就在我家举行了简单的订婚仪式。

年假过后，1929年春，我们都回到燕大教学，我在课余还忙于婚后家庭的一切准备。他呢，除了请木匠师傅在楼下他的书房的北墙，用木板做一个顶天立地的大书架之外，只忙于买几张半新的书橱、卡片柜和书桌等等，把我们新居的布置装饰和庭院栽花种树，全都让我来管。

我们的婚礼是在燕大的临湖轩举行的，1929年6月15日是个星期六。婚礼十分简单，客人只有燕大和清华两校的同事和同学，那天待客的蛋糕、咖啡和茶点，我记得只用去三十四元！

新婚之夜是在京西大觉寺度过的。那间空屋子里，除了自己带去的两张帆布床之外，只有一张三条腿的小桌子——另一只脚是用碎砖垫起的。两天后我们又回来分居在各自的宿舍里，因为新居没有盖好，学校也还没有放假。

暑假里我们回到上海和江阴省亲。他们为我们举办的婚宴，比我们在北京自己办的隆重多了，亲友也多，我们把收来的许多红幛子，都交给我们两家的父母，作为将来亲友喜庆时还礼之用。

朋友们都劝我们到杭州西湖去度蜜月，可是我们只住了一天就热坏了，夏天的西湖就像蒸锅一般！那时刘放园表兄一家正在莫干山避暑，我们被邀到莫干山住了几天。文藻惦记着秋后的教学，我惦念着新居的布置，在假满之前，匆匆地又回到了北京。关于这一段，我在《第一次宴会》那篇小说里曾描写过。

上课后，文藻就心满意足地在他的书房里坐了下来，似乎从此就可以过一辈子的备课、教学、研究的书呆子生活了。

1930 年是我们两家多事之秋，我的母亲和文藻的父亲相继逝世。他的母亲就北上和我们同住，我的父亲不久也退休回到北京来。这时我的二弟为杰已升入燕大，他的妹妹剑群也入了燕大读家政系，他们都住在宿舍，却都常回来。我没有姐妹，文藻没有兄弟，这时双方都觉得有了补偿。

这里不妨插进一件趣事。1923 年我初到美国，花了五块美金，照了一两张相片，寄回国来，以慰我父母想念之情。那张大点的相片，从我母亲逝世后文藻就向我父亲要来，放在他的书桌上。我问他："你真的每天要看一眼呢，还是只一件摆设？"他笑说："我当然每天要看了。"有一天我趁他去上课，把一张影星阮玲玉的相片，换进相框里，过了几天，他也没理会。后来还是我提醒他："你看桌上的相片是谁的？"他看了才笑着把相片换了下来，说："你何必开这样的玩笑？"还有一次是一个阳光灿烂的春天上午，我们都在楼前赏花，他母亲让我把他从书房里叫出来。他出来站在丁香树前目光茫然地又像应酬我似的问："这是什么花？"我忍笑回答："这是香丁。"他点了点头说："呵，香丁。"大家听了都大笑起来。

婚后的几年，我仍在断断续续地教学，不过时间减少了。1931年2月，我们的儿子吴平出世了。1935年5月我们又有了一个女儿——吴冰。我尝到了做母亲的快乐和辛苦。我每天早晨在特制的可以折起的帆布高几上，给孩子洗澡。我们的弟妹和学生们，都来看过，而文藻却从来没有上楼来分享我们的欢笑。

在燕大教学的将近十年的光阴，我们充分地享受了师生间亲切融洽的感情。我们不但有各自的学生，也有共同的学生。我们不但有课内的接触，更多的是课外的谈话和来往。学生们对我们倾吐了许多生命里的问题：婚姻，将来的专业等等，能帮上忙的，就都尽力而为，文藻侧重的是选送学社会学的研究生出国深造的问题。在1935年至1936年，文藻休假的一年，我同他到欧美

　　　　　关于女人和男人

转了一周。他在日本、美国、英国、法国，到处寻师访友，安排了好几个优秀学生的入学从师的问题。他在自传里提到说："我对于哪一个学生，去哪一个国家，哪一个学校，跟谁为师和吸收哪一派理论和方法等问题，都大体上作了具体的、有针对性的安排。"因此在这一年他仆仆于各国各大学之间的时候，我只是到处游山玩水，到了法国，他要重到英国的牛津和剑桥学习"导师制"，我却自己在巴黎住了悠闲的一百天！1937年6月底我们取道西伯利亚回国，一个星期后，"七七事变"便爆发了！

"七七事变"以后几十年生活的回忆，总使我胆怯心酸，不能下笔——

说起我和文藻，真是"隔行如隔山"，他整天在书房里埋头写些什么，和学生们滔滔不绝地谈些什么，我都不知道。他那"顶天立地"的大书架摞着的满满的中外文的社会学、人类学的书，也没有引起我去翻看的勇气。要评论他的学术和工作，还是应该看他的学生们写的记述和悼念他的文章，以及他在1982年应《晋阳学刊》之约，发表在该刊第六期上的他的自传。这篇将近九千字的自传里讲的是：他自有生以来，进的什么学校，读的什么功课，从哪位老师受业，写的什么文章，交的什么朋友，然后是教的什么课程，培养的哪些学生……提到我的地方，只有两处：我们何时相识，何时结婚，短短的几句！至于儿女们的出生年月和名字，竟是只字不提。怪不得他的学生写悼念他的文章里，都说："吴师曾感慨地说'我花在培养学生身上的精力和心思，比花在我自己儿女身上的多多了'。"

我不能请读者都去看他的自传，但也应该用他自传的话，来总括他在"七七事变"前在燕大将近十年的工作：一是讲课，用他学生的话说是"建立'适合我国国情'的社会学教学和科研体系，使'中国式的社会学扎根于中国的土壤之上'"。二是培养专业人才，请进外国的专家来讲学和指导研究生，派出优秀的研究生去各国留学（"请进来"和"派出去"的专家和学生的名字和国籍只能从略）。三是提倡社区研究。"用同一区位的或文化的观点和方法，来分头进行各种地域不同的社会研究。"我只知道那时有好几位常来我家讨论的学生，曾分头到全国各地去做这种工作，现在这几位都是知名的学者和教授，在这里我不敢借他们的盛名来增光我的篇幅！但我深深地体会到文藻那些年的"茫然的目光"和

　　　　　　　　　　　　关于女人和男人

"一股傻气"的后面，隐藏了多少的"精力和心思"！这里不妨再插进一首嘲笑他的宝塔诗，是我和清华大学校长梅贻琦老先生凑成的。上面的七句是：

马

香丁

羽毛纱

样样都差

傻姑爷到家

说起真是笑话

教育原来在清华

"马"和"羽毛纱"的笑话是抗战前在北京，有一天我们同到城里去看望我父亲，我让他上街去给孩子买萨其马（一种点心），孩子不会说萨其马，一般只说"马"。因此他到了铺子里，也只会说买"马"。还有我要送我父亲一件双丝葛的夹袍面子。他到了"稻香村"点心店和"东升祥"布店，这两件东西的名字都说不出来。亏得那两间店铺的售货员，和我家都熟，都打电话来问。"东升祥"的店员问："您要买一丈多的羽毛纱做什么？"我们都大笑起来，我就说："他真是个傻姑爷！"父亲笑了，说："这傻姑爷可不是我替你挑的！"我也只好认了。抗战后我们到了云南，梅校长夫妇到我呈贡家里来度周末，我把这一腔怨气写成宝塔诗发泄在清华身上。梅校长笑着接写下面两句：

冰心女士眼力不佳

书呆子怎配得交际花

当时在座的清华同学都笑得很得意，我又只好承认我的"作法自毙"。

回来再说些正经的吧。"七七事变"后这一年，北大和清华都南迁了，燕大因为是美国教会办的，那时还不受干扰。但我们觉得在敌后一刻也待不下去了，同时文藻已经同后方的云南大学联系好了，用英庚款在云大设置了社会人类学讲座，由他去教学。那时只因为我怀着小女儿吴青，她要11月才出世，燕大方面也苦留我们再待一年。这一年中我们只准备离开的一切——这一段我在《丢不掉的珍宝》一文中写得很详细。

1938年秋我们才取海道由天津经上海，把文藻的母亲送到他的妹妹处，然后经香港从安南（当时的越南）的海防坐小火车到了云南的昆明。这一路，旅途的困顿曲折，心绪的恶劣悲愤，就不能细说了。记得到达昆明旅店的那夜，我们都累得抬不起头来，我怀抱里的不过八个月的小女儿吴青忽然咯咯地拍掌笑了起来，我们才抬起倦眼惊喜地看到座边圆桌上摆的那一大盆猩红的杜鹃花！

用文藻自己的话说："自1938年离开燕京大学，直到1951年从日本回国，我的生活一直处在战时不稳定的状态之中。"

他到了云南大学，又建立起了社会学系并担任了系主任，同年又受了北京燕大的委托，成立了燕大和云大合作的"实地调查工作站"。我们在昆明城内住了不久，又有日机轰炸，就带着孩子们迁到郊外的呈贡，住在华氏墓庐。我给这座祠堂式的房子改名为"默庐"，我在1940年2月为香港《大公报》（应杨刚之约）写的《默庐试笔》中写得很详细。

从此文藻就和我们分住了。他每到周末，就从城里骑马回家，还往往带着几位西南联大的没带家眷的朋友，如称为"三剑客"的罗常培、郑天翔和杨振声。这些苦中作乐的情况，我在为罗常培先生的《蜀道难》写序中，也都描述过了。

1940年底，因英庚款讲座受到干扰，不能继续，同时在重庆的国防最高委员会工作的清华同学，又劝他到委员会里当参事，负责研究边疆的民族、宗教和教育问题，并提出意见，于是我们一家又搬到重庆去了。

到了重庆，文藻仍寄居在城内的朋友家里，我和孩子们住在郊外的歌乐山，那里有一所没有围墙的土屋，是用我们卖书的六千元买来的，我把它叫做"潜庐"。关于这座土屋和门前风景，我在《力构小窗随笔》中也说过了。

我记得1942年春，文藻得了很重的肺炎，我陪他在山下的中央医院也就是上海医学院的附属医院，住了将近一个月，他受到内科钱德主任的精心医治，据钱主任说肺炎一般在一个星期内外，必有一个转折期，那时才知凶吉。但是文藻那时的高烧一直延长到十三天！有一天早上护士试过了他的脉搏，惊惶而悄悄地来告诉我说"他的脉搏只有三十六下了"，急得我赶紧跑到医院后面宿舍里去找王鹏万大夫夫妇——他的爱人张女士是我的同学——那时我只觉得双腿发软，连一座小小的山

　　　　　　　　　　　关于女人和男人

坡都走不上去！等我和王大夫夫妇回到病房来时，看见文藻的身上的被子已被掀起来了，床边站满了大夫和护士，我想他一定"完"了！回头看见窗前桌上放着两碗刚送来的早餐热粥，我端起碗来一口气都喝了下去。我觉得这以后我要办的事多得很，没有一点力气是不行的。谁知道再一回头看到文藻翻了一个身，长长地吁了一口气，迸出一身冷汗。大夫们都高兴地又把被子给他盖上，说，"这转折点终于来了！"又都回头对我笑说："好了，您不用难过了……"我一面擦着脸上的汗说："您们辛苦了，他就是这么一个人，什么都慢！"

我的身心交瘁的一个多月过去了，却又忙着把他搬回山上来，那时没有公费医疗，多住一天，就得多付一天的住院费，我这个以"社会贤达"的名义被塞进"参政会"的参政员，每月的"工资"也只是一担白米。回家后还是亏了一位文藻的做买卖的亲戚，送来一只鸡和两只广柑，作为病后的补品。偏偏我在一杯广柑汁内，误加了白盐，我又舍不得倒掉，便自己仰脖喝了下去！

回家后大女儿吴冰向我诉苦，说5月1日是她的生日，富奶奶（关于这位高尚的人，我将另有文章记述）只给她吃一个上面插着一支小蜡烛的馒头。这时文藻躺在家里床上，看到爬到他枕边的、穿着一身浅黄色衣裙、发上结着一条大黄缎带的小女儿吴青（这也是富奶奶给她打扮的），脸上却漾出了病后从未有过的一丝微笑！

文藻不是一个能够安心养病的人。1943 年初，他就参加了"中国访问印度教育代表团"去到印度，着重考察了印度的民族和印度教与伊斯兰教的冲突问题。同年的 6 月他又参加了"西北建设考察团"，担任以新疆民族为主的西北民族问题调查。1944 年底他又参加了到美国的"战时太平洋学会"，讨论各盟国战后对日处理方案。会后他又访问了哈佛、耶鲁、芝加哥、普林斯顿各大学的研究中心，去了解他们战时和战后的研究计划和动态，他得到的收获就是了解到"行为科学"的研究已从"社会关系学"发展到了以社会学、人类学、社会心理学三门相结合的研究。

1945 年 8 月 14 日夜，我们在歌乐山上听到了日本帝国主义无条件投降的消息。那时在中央大学和在上海医学院学习的我们的甥女和表侄女们，都高兴得热泪纵横。我们都恨不得一时就回到北平去，但是那时的交通工具十分拥挤，直到 1945 年底我们才回到了南京。正在我们作北上继续教学的决定时，1946 年初，文藻的清

关于女人和男人

华同学朱世明将军受任中国驻日代表团团长，他约文藻担任该团的政治组长，兼任盟国对日委员会中国代表团顾问。文藻正想了解战后日本政局和重建的情况和形势，他想把整个日本作为一个大的社会现场来考察，做专题研究，如日本天皇制、日本新宪法、日本新政党、财阀解体、工人运动等等，在中日邦交没有恢复，没有友好往来之前，趁这机会去日，倒是一个方便，但他只作一年打算。因此当他和朱世明将军到日本去的时候，我自己将两个大些的孩子吴平和吴冰送回北京就学，住在我的大弟妇家里，我自己带着小女儿吴青暂住在南京亲戚家里，这一段事我都写在1946年10月的《无家乐》那一篇文章里。当年的11月，文藻又回来接我，带着小女儿到了东京。

现在回想起来，在东京的一段时间，是我们生命中的一个转折点。文藻利用一切机会，同美国来日研究日本问题的专家学者以及东京大学、京都大学的同行人士多有接触。我自己也接触了当年在美国留学时的日本同学和一些妇女界人士，不但比较深入地了解了当时日本社会上存在的种种问题，同时也深入地体会了美帝国主义的侵略本性！

我的老伴——吴文藻

这时我们结交了一位很好的朋友——谢南光同志，他是代表团政治组的副组长，也是一个地下共产党员。通过他我们研读了许多毛主席著作，并和国内有了联系。文藻有个很"不好"的习惯，就是每当买来一本新书，就写上自己的名字和年、月、日。代表团里本来有许多台湾特务系统，如军统、中统等据说有五个之多。他们听说政治组同人每晚以在吴家打桥牌为名，共同研讨毛泽东著作，便有人在一天趁文藻上班，溜到我们住处，从文藻的书架上取走一本《论持久战》。等到我知道了从卧室出来时，他已走远了。

　　我们有一位姓林的朋友——他是横滨"领事"，同情共产主义，被召回台湾即被枪毙了。文藻知道不能在代表团继续留任。1950年他向团长提出辞职，但离职后仍不能回国，因为我们持有的是台湾的"护照"，这时华人能在日本居留的，只有记者和商人。我们没有经商的资本，就通过朱世明将军和新加坡巨商胡文虎之子胡好的关系，取得了《星槟日报》记者的身份，在东京停留了一年，这时美国的耶鲁大学聘请文藻到该校任教，我们把赴美的申请书寄到台湾，不到一星期便被批准了！我们即刻离开了日本，不是向东，而是向西到了香

　　　　　　　　　　关于女人和男人

港，由香港回到了祖国大陆！

这里应该补充一点，当年我送回北平学习的儿女，因为我们在日本的时期延长了，便也先后到了日本。儿子吴平进了东京的美国学校，高中毕业后，我们的美国朋友都劝我们把他送到美国去进大学，他自己和我们都不赞成他到美国去，便以到香港大学进修为名，买了一张到香港而经塘沽的船票。他把我们给国内的一封信缝在裤腰里，船到塘沽他就溜了下去，回到北京。由联系方面把他送进了北大，因为他选的是建筑系，以后又转入清华大学——文藻的母校。他回到北京和我们通信时，仍由香港方面转。因此我们一回到香港，北京方面就有人来接，我们从海道先到了广州。

回国后的兴奋自不必说！ 1951 年至 1953 年之间，文藻都在学习，为接受新工作做准备。中间周总理曾召见我们一次，这段事我在 1976 年写的《永远活在我们心中的周总理》一文中叙述过。

1953 年 10 月，文藻被正式分配到中央民族学院工作。新中国成立后，社会学和其他的社会科学如心理学等，都被扬弃了竟达三十年之久。文藻这时是致力于研究国内少数民族情况。他担任了这个研究室和历史系"民族志"研究室的主任。他极力主张"民族学中国化","把包括汉族在内的整个中华民族作为中国民族学的研究，让民族学植根于中国土壤之中"。这段详细的情况，在《中央民族学院学报》1986年第2期，金天明和龙平平同志的《论吴文藻的"民族学中国化"的思想》一文中，都讲得很透彻，我这个外行人，就不必多说了。

1958年4月，文藻被错划为右派。这件意外的灾难，对他和我都是一个晴天霹雳！因为在他的罪名中，有"反党反社会主义"一条，在让他写检查材料时，他十分认真地苦苦地挖他的这种思想，写了许多张纸！他一面痛苦地挖着，一面用迷茫和疑惑的眼光看着我说，"我若是反党反社会主义，我到国外去反好了，何必千辛万苦地借赴美的名义回到祖国来反呢？"我当时也和他一样"感到委屈和沉闷"，但我没有说出我的想法，我只鼓励他好好地"挖"，因为他这个绝顶认真的人，你要是在他心里引起疑云，他心里就更乱了。

正在这时，周总理夫妇派了一辆小车，把我召到中南海西花厅那所简朴的房子里。他们当然不能说什么，也只十分诚恳地让我帮他好好地改造，说："这时最能帮助他的人，只能是他最亲近的人了……"我一见到邓大姐，就像见了亲人一样，我的一腔冤愤，就都倾吐了出来！我说："如果他是右派，我也就是漏网右派，我们的思想都差不多，但决没有'反党反社会主义'的思想！"我回来后向文藻说了总理夫妇极其委婉地让他好好改造。他在自传里说："当时心里还是感到委屈和沉闷，但我坚信事情终有一天会弄清楚的。"1959年12月，文藻被摘掉右派分子的帽子。1979年又把错划的事予以改正。

作为一个旁观者，我看到1957年，在他以前和以后几乎所有的社会学者都被划成右派分子，在他以后，还有许许多多我平日所敬佩的各界的知名人士，也都被划为右派，这其中还有许多年轻人和大学生。我心里一天比一天地坦然了。原来被划为右派，在明眼人的心中，并不是一件可羞耻的事！

文藻被划成右派后，受到了撤销研究室主任的处分，并剥夺了教书权，送社会主义学院学习。1959年以后，文藻基本上是从事内部文字工作，他的著作大部分没有发表，发表了也不署名，例如从1959年到1966年期间与费孝通（他已先被划为右派！）共同校订少数民族史志"三套丛书"，为中宣部提供西方社会学新书名著，为《辞海》第一版民族类词目撰写释文等，多次为外交部交办的边界问题提供资料和意见，以及校订英文汉译的社会学名著工作。他还与费孝通共同搜集有关帕米尔及其附近地区历史、地理、民族情况的英文参考资料等，十年动乱中这些资料都散失了！

　　1966年"文革"开始了，我和他一样，靠边站，住牛棚，那时我们一家八口（我们的三个子女和他们的配偶）分散在八个地方，如今单说文藻的遭遇。他在1969年冬到京郊石棉厂劳动，1970年夏又转到湖北沙洋民族学院的干校。这时我从作协的湖北咸宁的干校，被调到沙洋的民族学院的干校来。久别重逢后不久又从分住的集体宿舍搬到单间宿舍，我们都十分喜幸快慰！实话说，经过反右期间的惊涛骇浪之后，到了十年浩劫，连国家主席、开国元勋都不能幸免，像我们这些"臭老九"，没有家破人亡，就是万幸了，又因为和民院相熟的同人们在一起劳动，无论做什么都感到新鲜有趣。如种棉花，从在瓦罐里下种选芽，直到在棉田里摘花为止，我们学到了许多技术，也流了不少汗水。湖北夏天，骄阳似火，当棉花秆子高与人齐的时候，我们在密集闭塞的棉秆中间摘花，浑身上下都被热汗浸透了，在出了棉田回到干校的路上，衣服又被太阳晒干了。这时我们都体会到古诗中的"锄禾日当午，汗滴禾下土"句中的甘苦。我们身上穿的一丝一缕，也都是辛苦劳动的果实呵！

1971年8月，因为美国总统尼克松将有访华之行，文藻和我以及费孝通、邝平章等八人，先被从沙洋干校调回北京民族学院，成立了研究部的编译室。我们共同翻译校订了尼克松的《六次危机》的下半部分，接着又翻译了美国海斯、穆恩、韦兰合著的《世界史》，最后又合译了英国大文豪韦尔斯著的《世界史纲》，这是一部以文论史式的"生物和人类的简明史"的大作！那时中国作家协会还没有恢复，我很高兴地参加了这本巨著的翻译工作，从攻读原文和参考书籍里，我得到了不少学问和知识。那几年我们的翻译工作，是十年动乱的岁月中，最宁静、最惬意的日子！我们都在民院研究室的三楼上，伏案疾书，我和文藻的书桌是相对的，其余的人都在我们的隔壁或旁边。文藻和我每天早起8点到办公室，12时回家午饭，饭后2时又回到办公室，下午6时才回家。那时我们的生活规律极了，大家都感到安定而没有虚度了光阴！现在回想起来，也亏得那时是"百举俱废"的时期，否则把我们这几个后来都是很忙的人召集在一起，来翻译这一部洋洋数百万言的大书，也不是一件容易的事。

"四人帮"被粉碎之后，各科学术研究又得到恢复，社会学也开始受到了重视和发展。1979年3月，文藻十分激动地参加了重建社会学会的座谈会，作了"社会学与现代化"的发言，谈了多年来他想谈而不能谈的问题。当年秋季，他接受了带民族学专业研究生的任务，并在集体开设的"民族学基础"中，分担了"英国社会人类学"的教学任务。文藻恢复工作后，精神健旺了，又感到近几年来我们对西方民族学战后的发展和变化了解太少，就特别注意关于这方面材料的收集。1981年底，他写了《战后西方民族学的变化》，介绍了西方民族学战后出现的流派及其理论，这是他最后发表的一篇文章了！

他在自传里最后说："由于多年来我国的社会学和民族学未被承认，我在重建和创新工作上还有许多要做，我虽年老体弱，但我仍有信心在有生之年为发展我国的社会学和民族学作出贡献。"

他的信心是有的，但是体力不济了。近几年来，我偶尔从旁听见他和研究生们在家里的讨论和谈话，声音都是微弱而喑哑的，但他还是努力参加了研究生们的毕

　　　　　　　　　　关于女人和男人

业论文答辩，校阅了研究生们的翻译稿件，自己也不断地披阅西方的社会学和民族学的新作，又做些笔记。1983年我们搬进民族学院新建的高知楼新居，朝南的屋子多，我们的卧室兼书房，窗户宽大，阳光灿烂，书桌相对，真是窗明几净。我从1980年秋起得了脑血栓后又患右腿骨折，已有两年足不出户了。我们是终日隔桌相望，他写他的，我写我的，熟人和学生来了，也就坐在我们中间，说说笑笑，享尽了人间"偕老"的乐趣。这也是十一届三中全会以后，我们得到的政府各方面特殊照顾的丰硕果实。

"夕阳无限好，只是近黄昏"，这也是自然规律，文藻终于在1985年7月3日最后一次住进北京医院，再也没有出来了。他的床前，一直只有我们的第二代、第三代的孩子们在守护，我行动不便，自己还要有人照顾，便也不能像1942年他患肺炎时那样，日夜守在他旁边了。1985年的9月24日早晨，我们的儿子吴平从医院里打电话回来告诉我说："爹爹已于早上6时20分逝世了！"

遵照他的遗嘱，不向遗体告别，不开追悼会，火葬后骨灰投海。存款三万元捐献给中央民院研究所，作为社会民族学研究生的助学金。9月27日下午，除了我之外，一家大小和近亲密友（只是他的几位学生）在北京医院的一间小厅里，开了一个小型的告别会。（有好几位民院、民委、中联部的领导同志要去参加，我辞谢他们说："我都不去您们更不必去了。"）这小型的告别会后，遗体便送到八宝山火化。9月29晨，我们的儿女们又到火葬场捡了遗骨，骨灰盒就寄存在革命公墓的骨灰室架子上。等我死后，我们的遗骨再一同投海，也是"死同穴"的意思吧！

文藻逝世后一段时间内的情况，我在《衷心的感谢》一文（见《文汇月刊》1986年第1期）中都写过了。

现在总起来看他的一生，的确有一段坎坷的日子，但他的"坎坷"是和当时绝大多数的知识分子"同命运"的。1986年第18期《红旗》上，有一篇"本报特约评论员"的文章，《引导知识分子坚持走健康成长的道路》中的党对知识分子问题的第四阶段上，讲得就非常地客观而公允！

第四阶段，从1957年到1976年。前十年由于党的指导思想发生了"左"的偏差，党的

关于女人和男人

知识分子政策开始偏离了正确的方向，知识分子工作也经历了曲折的道路。主要表现是轻视知识，歧视知识分子，以种种罪名排斥和打击了一些知识分子，使不少人长期蒙受冤屈。这种错误倾向，在长达十年的"文化大革命"中，发展到了荒谬绝伦的地步，把广大知识分子诬蔑为"臭老九"，把学有所长、术有专攻的知识分子诬蔑为"反动学术权威"，只片面地强调知识分子要向工农学习，不提工农群众也要向知识分子学习，人为地制造了工人农民同知识分子之间的对立，而重视知识分子，爱护知识分子，反被说成是搞"修正主义"，有"亡党亡国"的危险。摧残知识分子成为十年浩劫的重要组成部分。

读了这篇文章，使我从心里感觉到中国共产党真是一个伟大、英明、正确的无产阶级政党，是一个"有严明纪律和富于自我批评精神的无产阶级政党"。可惜的是文藻没能赶上披读这篇文章了！

写到这里，我应当搁笔了。他的也就是我们的晚年，在精神和物质方面，都没有感到丝毫的不足。要说他八十五岁死去更不能说是短命，只是从他的重建和发展中国社会学的志愿和我们的家人骨肉之间的感情来说，对于他的忽然走开，我们是永远抱憾的！

1986 年 11 月 21 日

（《中国作家》1986 年第 4 期，《中国作家》1987 年第 2 期）

我的三个弟弟

我和我的弟弟们一向以弟兄相称。他们叫我"伊哥"（伊是福州方言"阿"的意思），这小名是我的父母亲给我起的，因此我的大弟弟为涵小名就叫细哥（"细"是福州方言"小"的意思），我的二弟为杰小名就叫细弟，到了三弟为楫出生，他的小名就只好叫"小小"了！

说来话长，我一生下来，我的姑母就拿我的生辰八字，去请人算命，算命先生说："这一定是个男命，因为孩子命里带着'文曲星'，是会做文官的。"算命纸上还写着有"富贵逼人无地处，长安道上马如飞"。这张算命纸本来由我收着，几经离乱，早就找不到了。算命先生还说我命里"五行"缺"火"，于是我的二伯父就替我取了"婉莹"的大名，"婉"是我们家姐妹的排行，"莹"字上面有两个"火"字，以补我命中之缺。但祖父总叫我"莹官"，和我的堂兄们霖官、仪官等一样，当做男孩叫的。而且我从小就是男装，一直到1911年，我从烟台回到福州时，才改了女装。伯叔父母们叫我"四妹"，但"莹官"和"伊哥"的称呼，在我祖父和在我们的小家庭中，一直没改。

我的三个弟弟都是在烟台出生的，"官"字都免了，只保留福州方言，如"细哥"、"细弟"等等。

我的三个弟弟中，大弟为涵是最聪明的一个，十二岁就考上"唐山路矿学校"的预科（我在《离家的一年》这篇小说中就说的是这件事）。以后学校迁到北京，改称"北京交通大学"。他在学校里结交了一些爱好音乐的朋友，他自己课余又跟一位意大利音乐家学小提琴。我记得那时他从东交民巷老师家回来，就在屋里练琴，星期天他就能连续弹奏六七个小时。他的朋友们来了，我们的西厢房里就弦歌不断。他们不但拉提琴，也弹月琴，引得二弟和三弟也学会了一些中国乐器，三弟嗓子很好，就带头唱歌（他在育英小学，就被选入学校的歌咏队），至今我中午休息在枕上听收音机的时候，我还是喜欢听那高亢或雄浑的男歌音！

涵弟的音乐爱好，并没有干扰他的学习，他尤其喜

关于女人和男人

欢外语。1923年秋，我在美国沙穰疗养院的时候，就常得到他用英文写的长信。病友们都奇怪说："你们中国人为什么要用英文写信？"我笑说："是他要练习外文并要我改正的缘故。"其实他的英文在书写上比我流利得多。

1926年我回国来，第二年他就到美国的宾夕法尼亚大学，去学"公路"，回国后一直在交通部门工作。他的爱人杨建华，是我舅父杨子敬先生的女儿。他们的婚姻是我的舅舅亲口向我母亲提的，说是："姑做婆，赛活佛"。照现在的说法，近亲结婚，生的孩子一定痴呆，可是他们生了五个女儿，却是一个赛似一个的聪明伶俐。（涵弟是长子，所以从我们都离家后，他就一直和我父亲住在一起。）至今我还藏着她们五姐妹环绕着父亲的一张相片。她们的名字都取的是花名，因为在华妹怀着第一个孩子时，我父亲做了一个梦，梦见一个老人递给他一张条子，上面写着"文郎俯看菊陶仙"，因此我的大侄女就叫宗菊。"宗"字本来是我们大家庭里男孩子的排行，但我父亲说男女应该一样。后来我的一个堂弟得了一个儿子，就把"陶"字要走了，我的第二个侄女，只好叫宗仙。以后接着又来了宗莲和宗菱，也都是父亲给起的名字。当华妹又怀了第五胎的时候，她们四个姐妹聚在一起祷告，希望妈妈不要生个男儿，怕有了弟弟，就不疼她们了。宗梅生后，华妹倒是有点失望，父亲却特为宗梅办了一桌满月酒席，这是她姐姐们所没有的，表示他特别高兴。因此她们总是高兴地说："爷爷特别喜欢女孩子，我们也要特别争气才行！"

1937 年，我和文藻刚从欧洲回来，"七七事变"就发生了。我们在燕京大学又待了一年，就到后方云南去了。我们走的那一天，父亲在母亲遗像前烧了一炷香，保佑我们一路平安。那时杰弟在南京，楫弟在香港，只有涵弟一人到车站送我们，他仍旧是泪汪汪的，一语不发，和当年我赴美留学时一样，他没有和杰、楫一道到车站送我，只在家里窗内泪汪汪地看着我走。我永远也忘不了那一对伤离惜别的悲痛的眼睛！

我们离开北京时，倒是把文藻的母亲带到上海，让她和文藻的妹妹一家住在一起。那时我们对云南生活知道得不多，更不敢也不能拖着父亲和涵弟一家人去到后方，当时也没想到抗战会抗得那么长，谁知道匆匆一别遂成永诀呢？！

1940 年，我在云南的呈贡山上，得到涵弟报告父亲逝世的一封信，我打开信还没有看完，一口血就涌上来了！

……大人近二年来，瘦了许多，这是我感到伤心而不敢说的……谁也想不到他走得那样快……大人说："伊哥住址是呈贡三台山，你能记得吗？"我含泪点首……晨10时德国医陈义大夫又来打针，大人喘仍不止，稍止后即告我："将我的病况，用快函寄上海再转香港和呈贡，他们三人都不知道我病重了……"这时大人面色苍白，汗流如雨，又说："我要找你妈去！"……大人表示要上床睡，我知道是那两针吗啡之力，一时房中安静，窗外一滴一滴的雨声，似乎在催着正在与生命挣扎的老父，不料到了早晨8时45分，就停了气息……我的血也冷了，不知是梦境？是幻境？最后责任心压倒了一切，死的死了，活的人还得活着……

他的第二封信，就附来一张父亲灵堂的相片，以及他请人代拟的文藻吊我父亲的挽联：

分为半子，情等家人，远道那堪闻噩耗
本是生离，竟成死别，深闺何以慰哀思

信里还说:"听说你身体也不好,时常吐血,我非常不安……弟近来亦常发热出汗,疲弱不堪,但不敢多请假,因请假多了,公司将取消食粮配给……华妹一定要为我订牛奶,劝我吃鸡蛋,但是耗费太大,不得不将我的提琴托人出售,因为家里已没有可卖之物……一切均亏得华妹操心,这个家真亏她维持下去……孩子们都好,都知吃苦,也都肯用功读书,堪以告慰,但愿有一天苦尽甜来……"

这是涵弟给我的末一封信了。父亲是 1940 年 8 月 4 日 8 时 45 分逝世的。涵弟在敌后的一个公司里又挨了四年,我也总找不到一个职业使他可以到后方来。他贫病交加,于 1944 年也逝世了!他最爱的也是最聪明的女儿宗莲,就改了名字和同学们逃到解放区去,其他的仍守着母亲,过着极其艰难的日子……

我的这个最聪明最尽责、性情最沉默、感情最脆弱的弟弟,就这样在敌后劳苦抑郁地了此一生!

关于能把三个弟弟写在一起的事,就是他们从小喜欢上房玩。北京中剪子巷家里,紧挨着东厢房有一棵枣树,他们就从树上爬到房上,到了北房屋脊后面的一个旮旯里,藏了许多他们自制的玩艺儿,如小铅船之类。房东祈老头儿来了,看见他们上房,就笑着嚷:"你们又

关于女人和男人

上房了，将来修房的钱，就跟你们要！"

还有就是他们同一些同学，跟一位打拳的老师学武术，置办一些刀枪剑戟，一阵乱打，以及带着小狗骑车到北海泅水、划船，这些事我当然都没有参加。

其实我在《关于女人》那一本书里，虽然说的是我的三位弟妇，却已经把我的三个弟弟的性情、爱好等等都已经描写过了。不过《关于女人》是写在1943年，对于大弟只写了他恋爱、婚姻一段，对于二弟、三弟就写得多一些。

二弟为杰从小是和我在一床睡的。那时父亲带着大弟，母亲带着小弟，我就带着他。弟弟们比我们睡得早，在里床每人一个被窝筒，晚饭后不久，就钻进去睡了。为杰和一般的第二个孩子一样，总是很"乖"的。他在三个弟兄里，又是比较"笨"的。我记得在他上小学时，每天早起我一边梳头，一边听他背《孟子》，什么"泄泄犹沓沓也"，我不知道这是《孟子》中的哪一章，哪一节，也许还是"注释"，但他呜咽着反复背诵的这一句书，至今还在我耳边震响着。

他的功课总是不太好，到了开初中毕业式那天，照例是要穿一件新的蓝布大褂的，母亲还不敢先给他做，结果他还是毕业了。可是到了高中，他一下子就窜上来了，成了个高材生。1926年秋他考上了燕京大学，正巧我也回国在那里教课，因为他参加了许多课外活动，我们接触的机会很多。有一次男生们演话剧《咖啡店之一夜》，那时男女生还没有合演，为杰就担任了女服务员这一角色。他穿的是我的一套黑绸衣裙，头上扎个带褶的白纱巾，系上白围裙，台下同学们都笑说他像我。那年冬天男女同学在未名湖上化装溜冰，他仍是穿那一套衣裳，手里托着纸做的杯盘，在冰上旋舞。

1929年我同文藻结婚后，我们有了家了，他就常到家里吃饭，他很能吃，也不挑食。1930年秋我怀上了吴平，害口，差不多有七个月吃不下东西。父亲从城里送来的新鲜的蔬菜水果，几乎都是他吃了。甚至在1931年2月我生吴平那一天，我从产房出来，看见他在病房等着我，房里桌上有一杯给产妇吃的冰淇淋，我实在太累了，吃不下，冲他一努嘴，他就捧起杯来，脸朝着墙，一口气吃下了！

他在燕大念的是化学，他的学士和硕士的论文，都是跟天津碱厂的总工程师侯德榜博士写的。侯先生很赏识他，又介绍他到美国威斯康星大学读化学博士，毕业时还得了金钥匙奖。回国后就在永利制碱公司工作。解放后又跟侯先生到了化工部。1951年我们从日本回到北京，见面的时候就多了。

我是农历闰八月十二生的，他的生日是农历八月初十，因此每到每年的农历的八月十一日，他们就买一个大蛋糕来，我们两家人一起庆祝，我现在还存着我们两人一同切蛋糕的相片。

1985年9月文藻逝世后，他得到消息，一进门还没来得及说话，就伏在书桌上，大哭不止，我倒含着泪去劝他。他晚年身体不好，常犯气喘病，家里暖气不够热时，就往往在堂屋里生上火炉。1986年初，他病重进了医院，他的爱人李文玲还瞒着我，直到他1月12日逝世几天以后，我才得到这不幸的消息。化工部他的同事们为他准备了一个纪念册，要我题字，我写：

为杰逝世了，我在深深的自恸自怜之后，终于为有他这么一个对祖国的化工事业，作出应有的贡献的弟弟，又感到无限的自慰与自豪。

他的爱人李文玲是金陵女子大学音乐系毕业的，专修钢琴。他的儿子谢宗英和儿媳张薇都承继了他的事业，现在都在化工部的附属工程机关工作。

我的三弟谢为楫的一切，我在《关于女人》写我的三弟妇那一段已经把他描写过了：

> ……是我们四个兄弟中最神经质的一个，善怀、多感、急躁、好动。因为他最小，便养得很任性，很娇惯。虽然如此，他对于父母和兄姐的话总是听从的，对我更是无话不说。
> ……

他很爱好文艺，也爱交些文艺界的年轻朋友。丁玲、胡也频、沈从文等，都是他介绍给我的，我记得那是1927年我的父亲在上海工作的时候。他还出过一本短篇小说集，名字我忘了，那时他也不过十七八岁。

他没有读大学就到英国利物浦的海上学校，当了航海学生，在五洲的海上飘荡了五年，居然还得了一张荣誉证书回来。从那时起他就在海关的缉私船上工作。抗战时期，上海失守后，他到了香港，香港又失守了，他就到重庆，不久由港务司派他到美国进修了一年，回来后就在上海港务局工作。他的爱人刘纪华，是我的表兄刘放园先生的女儿，燕大的社会学系优秀的硕士研究生，那时也在上海的"善后救济总署"工作。他们是青梅竹马的恩爱夫妻，工作和生活都很愉快。他们有五个儿女。为楫说，为了纪念我，他们孩子的名字里都要带一个"心"字。长女宗慈，十一二岁就到东北上学，我记得是长春大学，学的是农业机械。他们的二女儿宗爱（愛）、三女儿宗恩，学的是音乐，是报考上海音乐学院附中的上千人中考上的五十人中之二。我听见了很高兴，给她们寄去八百元买了一架钢琴，作为奖励。他们的两个儿子宗惠和宗懋那时还小。

1957 年，为楫响应"向党进言"的号召，写了几张大字报，被划成了右派，遣送到甘肃的武威劳动改造，从此丢弃了他的专业，如同失水的枯鱼一般，全家迁到了大西北。那时我的老伴吴文藻、我的儿子吴平也都是右派分子，我的头上响起了晴天的霹雳，心中的天地也一下子旋转了起来！但我还是镇定地给为楫写了一封封的长信，鼓励他好好改造，重新做人，求得重有报效祖国的机会，其实那几年我自己也不知道是怎么过的！只记得为楫夫妇都在武威一所中学教书，度过了相当艰苦的日子。孩子们在逆境中反而加倍奋发自强，宗恩和宗爱都在西安音乐学院毕了业。两个男孩子都学的是理工，在矿学事业自动化研究所里工作，这都是后话了！

劳瘁交加的纪华得了癌症，1976年去世了，为楣就到窑街和小儿子住了些日子，1978年又到四川的北碚，同大女儿住了些日子，1979年应兰州大学之聘，在兰大教授英语，1984年的1月12日就因病在兰州逝世了！他的儿女们都没有告诉我们。我和为杰只奇怪楣弟为什么这样懒得动笔，每逢农历九月十九，我们还是寄些钱去（他比纪华大一岁，两人是同一天生日，往常我们总是祝他们"双寿"），让他的孩子们给他买块蛋糕。孩子们也总是回信说："爹爹吃了蛋糕，很喜欢，说是谢谢您们！"杰弟一直到死，还不知道"小小"已经比他先走了！

在写这一篇的时候，我流尽了最后的眼泪！王羲之在《兰亭序》里说："死生亦大矣，岂不痛哉。"我倒觉得"死"真是个"解脱"，"痛"的是后死的人！

我的三个弟弟，从小到大，我尽力地爱护了你们，最后也还是我用眼泪来给你们送别，我总算对得起你们了！

1987年7月8日风雨欲来的黄昏

（《中国作家》1987年第6期）

追忆吴雷川校长

　　1985年文藻逝世后，我整理他的书籍，忽然从一摞书中翻出一个大信封，里面是燕京大学校长吴雷川老先生的一幅手迹。那是1937年北平沦陷后，我们离开燕大到云南大学去的时候燕大社会学系的同学们请吴雷川校长写的，送给我们的一张条幅，录的是清词人潘博的一首《金缕曲》，吴老在后面又加了一段话。找到这张条幅，许多辛酸的往事又涌上心头！我立刻请舒乙同志转请刘金涛同志裱了出来，挂在我的客厅墙上。现在将这幅纸上的潘博的词和吴老的附加文字，照录如下：

　　悲愤应难已。问此时绝裾温峤投身何地？
莫道英雄无用武，尚有中原万里！胡郁郁今犹
居此？驹隙光阴容易过，恐河清不为愁人俟。

闻吾语，当奋起。 青衫搔首人间世，叹年来兴亡吊遍，残山剩水！如此乾坤须整顿，应有异人间起，君与我安知非是？漫说大言成事少，彼当年刘季犹斯耳，旁观论，一笑置。

文藻先生将有云南之行，燕京大学社会学系诸同学，眷恋师门，殷殷惜别，谋有所赠，以申敬意，乃出此幅，属余书之。余书何足以充赠品？他日此幅纵为文藻先生所重视，务须声明所重者诸同学之敬意，而于余书渺不相涉，否则必蒙嗜痴之诮，殊为不值也，附此预言，藉博一粲。

二十七年六月杭县吴雷川并识

1926 年我从美国学成归来，在母校燕京大学任教时，初次拜识了吴雷川校长。他本任当时的教育部次长，因为南京教育部有令国内各级教会学校应以国人为校长，经燕大校董会决议，聘请吴老为燕大校长。吴老温蔼慈祥，衣履朴素，走起路来也是那样地端凝而从容。他住在朗润园池南的一所小院里，真是"小桥流水人家"。我永远不会忘记有一个夏天的中午，我正在朗润池北一

　　　　　　　　　　　　关于女人和男人

家女教授住宅的凉棚下和主人闲谈，看见吴老从园外归来，经由小池的北岸，这时忽然下起骤雨，吴老没有拿伞，而他还是和晴天一样从容庄重地向着家门走去，这正是吴老的风度！

"七七事变"后，北大、清华都南迁了，燕大因为是美国教会办的，暂时还不受干扰，但我们觉得在日本占领区一刻也待不下去了，文藻同云南大学联系，为他们创办社会学系。我们定于1938年夏南迁，吴老的这一张条幅，正是应燕大社会学系同学的请求而写的，这已是半个世纪以前的事了！

此后，太平洋战起，燕大也被封闭，我们听说汉奸王克敏等久慕吴老的为人，强请吴老出任伪职。吴老杜门谢客，概不应酬，蛰居北海松坡图书馆，以书遣怀，终至愤而绝粒，仙逝于故都。

吴老的书法是馆阁体，方正端凝，字如其人，至今我仍挂在客厅墙上，从这幅字迹，总觉得老人的慈颜就在眼前，往事并不如烟！

1988 年 10 月 21 日清晨

（《中国作家》1989 年第 1 期）

一位最可爱可佩的作家

这位作家就是巴金。

为什么我把可爱放在可佩的前头？因为我爱他就像爱我自己的亲弟弟们一样——我的孩子们都叫他巴金舅舅——虽然我的弟弟们在学问和才华上都远远地比不上他。

我在《关于男人》这本书《他还在不停地写作》一文里，已经讲过我们相识的开始，那时他给我的印象是腼腆而带些忧郁和沉默。但在彼此熟识而知心的时候，他就比谁都健谈！我们有过好几次同在一次对外友好访问团的经历，最后一次就是1980年到日本的访问，他的女儿小林和我的小女儿吴青都跟我们去了。在一个没有活动节目的晚上，小林、吴青和一些年轻的团员们都去东京街上游逛。招待所里只剩下我们两个。我记得那晚上在客厅里，他滔滔不绝地和我谈到午夜，我忘了他谈的什么，是他的身世遭遇，还是中日友好？总之，到夜里12点，那些年轻人还没有回来，我就催他说："巴金，我困了，时间不早了，你这几天也很累，该休息了。"他才回屋去睡觉。

就在这一年的9月，我得了脑血栓后又摔折了右腿，从此闭门不出。我一直住在北京，他住在上海，见面时很少，但我们的通信不断。我把他的来信另外放在一个深蓝色的铁盒子里，将来也和我的一些有上下款的书画，都送给他创办的"中国现代文学馆"。

他的可佩——我不用"可敬"字样，因为"敬"字似乎太客气了——之处，就是他为人的"真诚"。文藻曾对我说过："巴金真是一个真诚的朋友。"他对我们十分关心，我最记得40年代初期在重庆，我因需要稿费，用"男士"的笔名写的那本《关于女人》的书，巴金知道我们那时的贫困，就把这本书从剥削作家的天地出版社拿出来，交给了上海的开明书店，每期再版时，我都得到稿费。

文藻和我又都认为他最可佩服之处，就是他对恋爱和婚姻的态度上的严肃和专一。我们的朋友里有不少文艺界的人，其中有些人都很"风流"，对于钦慕他们的女读者，常常表示了很随便和不严肃的态度和行为。巴金就不这样，他对萧珊的爱情是严肃、真挚而专一的，这是他最可佩处之一。

至于他的著作之多，之好，就不用我来多说了，这是海内外的读者都会谈得很多的。

总之，他是一个爱人类，爱国家，爱人民，一生追求光明的人，不是为写作而写作的作家。

他近来身体也不太好，来信中说过好几次他要"搁笔"了，但是我不能相信！

我自己倒是好像要搁笔了，近来我承认我"老了"，身上添了许多疾病，近日眼睛里又有了白内障，看书写字都很困难，虽然我周围的人，儿女、大夫和朋友们都百般地照顾我，我还是要趁在我搁笔之前，写出我对巴金老弟的"爱"与"佩"。

为着人类、国家和人民的"光明"，我祝他健康长寿！

1989 年 1 月 26 日阳光满案之晨

（《中国作家》1989 年第 3 期）

怀念郭小川

　　我和郭小川熟悉，是在 1955 年他在中国作协当党组副书记的时候。我们曾一同参加过 1958 年 8 月在苏联塔什干召开的"亚非作家会议"。他似乎从来没有称呼我"同志"，只叫"谢大姐"。我对他也像对待自己的亲弟弟一样地爱怜。我觉得他在同时的作家群中，特别显得年轻、活泼、多产、才华横溢。关于他的诗作，读者们早有定论。关于新诗，我又早已是个"落伍者"，在此就不多说了。我只想讲些我和他两人之间的一些事情。

　　十年浩劫期间，作协的"黑帮"们都囚禁在文联大楼里，不准回家，每天除了受批挨斗外（我是比较轻松的，因为在我上面还有"四条汉子"以及刘白羽等大人物！我每次只是陪斗），就坐在书桌旁学习毛主席著作。我是一边看书，一边手里还编织一些最不动脑筋的小毛活，如用拆洗后的旧毛线替我的第三代的孩子们织些小毛袜之类。小川看见了，一天过来对我说："大姐，你也替我织一双毛袜吧。"我笑了，说："行，不过你要去买点新毛线，颜色你自己挑吧。"第二天他就拿来几两灰色的毛线，还帮我绕成圆球，我立刻动手织起来。一天后织好交给他，他就在我面前脱下鞋子，把毛袜套在线袜上，笑着说："真合适，又暖和，谢谢大姐了。"这是我一生中除了家人以外，替朋友做的唯一的一件活计！

大约是 1966 年以后吧，作协全体同志都被下放到湖北的咸宁干校去劳动改造。我们这一批"老弱病残"如张天翼、陈白尘等人和我下去得最晚。小川虽然年轻，但是他有肝炎，血压又高，还有牙周炎，属于病残一类，当然也和我们在一起。直到林彪第一号命令下来（总是70 年代初吧），连"老弱病残"也不准留在北京了，而郭小川和我却因为要继续在医院拔牙，直到 1969 年底才从北京出发，我记得我们两家的家属都到车站送行。

我永远也忘不了，我们中途到了武昌，住在一处招待所里，那时正是新年，人们都回家过年去了，招待所里空荡荡的，只因为我们来了，才留下了一位所长和一位炊事员。晚饭后孤坐相对，小川却兴奋地向我倾吐了他一生的遭遇。他是河北人，在北京蒙藏中学上过学，还是他当教员的父亲千方百计替他弄进去的。他因为年纪小，受尽了同学们的欺负。再大一点，他便在承德打过游击。1937年后他到了延安，进过研究学院，听过毛主席在文艺座谈会上的讲话，以后就一直过着宣传和记者的生涯……他滔滔不绝地讲到了中夜，还是因为我怕他又犯高血压的毛病，催他去睡，他才恋恋不舍地走进他屋里去。

我们在武昌还到医院里去治牙。从医院出来，他对我抱怨说："你的那位大夫真好，你根本没哼过一声。我的这个大夫好狠呵，把我弄得痛死了！"

我们在武昌把所有的冬衣、雨衣、大衣都套起穿在身上，背着简单的行李，在泥泞的路上，从武昌走到咸宁，当我们累得要死的时候，作协来接我们的同志，却都笑着称我们为"无耻（齿）之人"，这又把我们逗笑了。

我到咸宁作协干校不到一个月，就被调到湖北沙洋中央民族学院的干校去了，从此便和小川失去了联系。

以后的关于小川的消息都是从朋友们的口中知道的，说是他写了什么诗触怒了江青，被押到了团泊洼；1975

年10月，中央专案组派人到团泊洼，澄清了他的问题，分配了工作；11月他到了河南林县；1976年1月9日他从广播里听到了周总理逝世的消息，"哭得几乎起不了床"，他写了一首《痛悼敬爱的周总理》的诗，印了许多份，散发给了许多朋友；10月9日他听到党中央粉碎"四人帮"的消息，欣喜若狂……以上这些都是我能想象到的，意外的是就在当年的10月18日凌晨，不幸发现他在服安眠药后点火吸烟，卧具着了火，竟至自焚而逝！

小川逝世后，他的儿子和女儿曾来过我家里，我的眼泪早已流尽，对着这两个英俊聪明的孩子，我还能说些什么呢！

1989年11月14日

（《中国作家》1990年第2期）

悼念金近

前几天金近的爱人颜学琴同志托人给我带来了一封信，里面附有三张金近坟墓的照片，那坟墓是石块垒的，很庄严，上面刻着碑文，我写的那句"你为小苗洒上泉水"居然也刻上了！我的眼泪止不住落了下来……

我是 1952 年在作家协会的儿童文学讨论会上认识金近的，在谈论里我觉得他"与众不同"！他是那么质朴，那么扎实，他讲的话从来没有"书卷气"，从来没有用过"成语"（如"虚有其表"、"胸无点墨"之类），他对儿童的了解十分深切而亲切。从谈话里我知道他从小只上过私塾，也没看过什么小说，他所知道的历史故事，都是从他的家乡浙江上虞看"草台班"的戏里得到的。后来他到了上海当了学徒，得闲时就看《新闻报》副刊"快活林"，这引起了他写作的兴趣。他当了四年学徒，以后亲戚凑钱供他上学，他读到初中一年级就不学了。他到图书馆里借书看，从鲁迅看到了丁玲，也看了些译文如《爱的教育》。他最喜欢的是叶圣老的《稻草人》和张天翼的童话。1935 年他到儿童日报社工作，干的是收费寄报的零活，但又因肺病失业了。在疗养期间，他开始学写文章，写的都是当时受苦受难的学徒、丫头等的悲惨生活，也讽刺揭露了当时国民党统治下的那些腐败与丑恶。抗战爆发后，他进了重庆儿童教养院，还做了难童孤儿的教养人。同时他在重庆又认识了《新华日报》的许多作家，如夏衍、刘白羽，翻译家如戈宝权等。在许多朋友中他特别喜欢徐迟，因为徐迟关心他的儿童文学创作，好的就称赞，不好的就当面指出。1946 年他又回到上海，又写了好多篇杂文，在《文汇报》和地下党的刊物上发表，也受过压迫。全国解放后，他到了北京，后调到作家协会。这时最重要的是他能够深入生活，他到小学校里和小学生一同生活，一起去动物园，一同上课，一同游戏。他还到北京西郊温泉村，参加海淀区农业合作化工作组，在一所小学校里住了一年。他和孩子们一起逮老鼠，发现了一个灌了七八桶水还不满溢的老鼠洞，里面藏满了至少有七八斤的老玉米，等等。总之，他一面把自己当成儿童中的一员，

　　　　　　　　　关于女人和男人

一面写小说和诗歌，讲的都是儿童所熟悉，也是他自己所熟悉的人物和花、鸟、虫、鱼……

他每出一本集子，一定送给我，而且在扉页写上许多祝词。我书架上有《春风吹来的童话》（1979年4月28日），《金近作品选》（1980年10月），《他们的童年》、《大毛和小快腿》（都是1982年7月），《爱听童话的仙鹤》（1984年11月18日），最后的一本是《童话创作及其他》（1987年4月26日），扉页上还写着："冰心同志：愿这本小书带上我的心意，愿你像松柏常青，健康长寿。"

写到此，我呜咽了。像我这块不可雕的朽木，居然活到了九十岁，而能写出真正的儿童文学的作家金近却不幸早逝了！

我不是以儿童文学作者的身份和心情来写这篇"悼念"的，因为我不配做一个儿童文学作家。我的那本《寄小读者》，因为离开了儿童，越写越"文"，到了只可"静读"不能"朗诵"的地步！因为朗诵出来，儿童一定听不懂。不像金近，他是一个不但热爱儿童，而且理解儿童的作家，他写的作品都是对小孩子说的大白话！

1990年10月23日

（《中国作家》1991年第1期）

悼念孙立人将军

　　孙立人将军是吴文藻的清华留美预备学校的同班同学。我们是 1923 年 8 月 17 日同乘美国邮船杰克逊号到美国去的，但那时我并不认识他。

　　我们的相熟，是在 40 年代初期 1942 至 1944 年之间。那时我们在重庆，他在滇缅抗日前线屡立奇功，特别是在英国军队节节败退之后，孙立人"以不满一千的兵力，击败十倍于我的敌人，救出十倍于我的友军"，在世界上振起中国军人的勇敢气魄！

　　孙立人常常要来重庆述职。（所谓之述职，就是向蒋介石解说"同胞"们对他的诬告。他不是"天子门生"，不是"黄埔系"，总受人家的排挤！）在此期间，他就来找清华同学谈心，文藻曾把他带回歌乐山寓所，这时我才得见孙将军的风采。在谈到他在滇缅路上的战绩时，

　　　　　　　　　　　　　　　　关于女人和男人

真是谈笑风生，神采奕奕！他使我们感到骄傲！

1950年国民党撤到台湾，他出任台湾"防卫司令"。1954年6月，当他调任台湾"参军长"时，因一名部属准备发动兵变而被罢黜，被看管。同年10月，孙立人将军被免去职务，软禁了三十三年，直到1988年蒋经国去世后，才由台湾监察机构公布调查案，孙立人将军才获得自由，这时他已是八十八岁的憔悴老人了！

1990年3月，我曾通过台湾的许迪教授给孙立人去了一封信，希望他能回大陆一行，不几天就得到孙将军的复函：

婉莹嫂夫人大鉴

　　许迪先生来舍朗读手书其于立人尤殷殷垂注闻之至为感篆回忆同舟东渡转瞬遂近七十年昔日少年俱各衰迈而文藻兄且已下世人事无常真不可把玩也立人两三年来身体状况大不如前虽行动尚不需人扶持而步履迟缓不复轻快有时脑内空空思维难以集中比来除定时赴医院作复健运动外甚少出门矣故人天末何时能一造访畅话平昔殆未可必然亦终期所愿之得偿也言不尽

意诸维　珍卫顺候　著安

弟孙立人拜启

一九九〇,五,十五

去年,在我的九十生日(10月5日)又得到他的贺电:

海内存知己天涯若比邻欣逢九十大庆敬祝

福如东海寿比南山　弟孙立人拜贺

不料过了一个半月,有一位年轻朋友给我寄来一张香港《明报》的剪报,上面载:"因兵变案软禁三十三年,抗日名将孙立人病逝。"记者写的"昨日"是11月21日!

屡次替孙将军和我之间传递信息和相片等等的台湾许迪教授,前些日子又给我来信说:"孙立人将军的丧礼确是倍极哀荣,自动前往吊唁者一万余人,今后在台湾大概不可能再有同样的感人场面了……"

从许迪先生带来的孙立人的相片上看来,三十三年软禁后的孙将军,显得老态龙钟,当时的飞扬风采已不复留存!本来应是三十三年峥嵘的岁月,却变成蹉跎的岁月,怎能不使人悲愤?

我少作的集龚绝句，其中有：

风云才略已消磨

其奈尊前百感何

吟到恩仇心事涌

侧身天地我蹉跎

竟是为孙立人将军写照了！哀哉！

1991 年 2 月 20 日黄昏

（《中国作家》1991 年第 3 期）

我们全家人的好朋友——沙汀

我和沙汀认识是在 50 年代初期。一位年轻同志把我带到东总布胡同作家协会东院一座小楼里，张天翼住在楼下，沙汀住在楼上，我们同时见了面，从此就常常在一起开会谈话，渐渐地熟悉起来了。

关于沙汀的人格之高尚，文格之雄浑，大家都有定论，不用我说了，我只谈谈他和我家每一个人的交情。

我的老伴吴文藻，是学社会人类学的，我们两个人隔行如隔山，各有各的工作，各有各的朋友，我们看见对方的朋友来了，除了寒暄之外，很少能参加谈话。唯有沙汀是文藻最欢迎的人，而且每次必留他吃饭，因为沙汀能和他一起喝茅台酒，一面谈得十分欢畅！

文藻喜欢喝酒，这是自幼跟他父亲养成的习惯，我却不喜欢他喝酒，认为对他身体不好。他的朋友和学生总是送他茅台酒，说是这酒强烈而不"上头"，就是吃

关于女人和男人

了不头晕，于是我们橱柜里常有茅台酒。1985年文藻逝世了，沙汀来看我时，我把柜里的一瓶茅台酒送他。他摇摇头说："如今我也不喝酒了！"

40年代我们在四川重庆郊外的歌乐山住过五年。我的孩子们都是在四川上的小学，学的是一口四川话（至今她们在背"九九表"的时候，还用的是四川话），非常欢迎能说四川话的客人。沙汀说的是一口带有浓重四川口音的"普通话"，因此他一来了，他们就迎上来，用四川话叫："沙伯伯，沙伯伯！"而且总要参加我们的谈话，留恋着不肯走开。

沙汀听觉一向不太好，因此我们从来不打电话，他来了听话时，也常由同来的小伙子在他耳边大声地说。如今听说他视觉也不行了，又误用了庸医的药，以致双目失明，要回到老家四川绵阳去了。我的外孙陈钢去给他照相时，我让他带上一个橡皮圆圈送给沙汀爷爷。我认为凡是有一两处感官不灵的人，其他的感官必定格外灵敏。我想沙汀回到温暖舒适的故乡气氛里，又有温柔体贴的女儿和他作伴，在他闲居时，捏着这个橡皮圈，一边练手劲，一边也会想起远在北京，永远惦念他的一个老友吧！

1991年11月19日之晨

（《中国作家》1992年第2期）

记萨镇冰先生

　　萨镇冰先生永远是我崇拜的对象，从六七岁的时候，我就常常听见父亲说："中国海军的模范军人，萨镇冰一人而已。"从那时起，我总是注意听受他的一言一行，我所耳闻目见的关于他的一切，无不加增我对他的敬慕。时至今日，虽然有许多儿时敬仰的人物，使我灰心，使我失望，而每一想到他，就保留了我对于人类的信心，鼓励了我向上生活的勇气。

　　底下所记的关于萨先生的嘉言懿行，大半是从父亲谈话中得来的——事实的年月，我只约略推算，将来对于他的生平材料搜集得比较完全时，我想再详细地替他写一本传记——在此我感谢我的父亲，他知道往青年人脑里灌注的，应当是哪一种的印象。

　　海军上将萨镇冰先生，大名是鼎铭，福建闽侯人，

　　　　　　　　　　　　关于女人和男人

1860 年（？）生，十二岁入福州马尾船政学校，作第二班学生。十七八岁出洋，入英国格林海军大学（Green-Wick College），回国后在天津管轮学堂任正教习。那时父亲是天津水师学堂驾驶班的学生，自此和他相识。

在管轮学堂时候，他的卧室用的是特制的一张又仄又小的木床，和船上的床铺相似，他的理由是"军人是不能贪图安逸的，在岸上也应当和在海上一样"。他授课最认真，对于功课好的学生，常以私物奖赏，如时表之类，有的时候，小的贵重点的物品用完了，连自己屋里的藤椅，也搬了去。课外常常教学生用锹铲在操场上挖筑炮台。那时管轮学堂在南边，水师学堂在北边，当中隔个操场。学堂总办吴仲翔住在水师学堂。吴总办是个文人，不大喜欢学生做"粗事"，所以在学生们踊跃动手，锹铲齐下的时候，萨先生总在操场边替他们巡风，以备吴总办的突来视察。

父亲和萨先生相熟，是从同在"海圻"军舰服务时起（1900 年左右），那时他是海军副统领，兼"海圻"船主，父亲是副船主。

庚子之变，海军正统领叶祖珪，驻海容舰，被困于大沽口。鱼雷艇海龙海犀海青海华四艘，已被联军舰队所掳。那时北洋舰队中的海圻海琛海筹海天等舰，都泊山东庙岛，山东巡抚袁世凯移书请各舰驶入长江，以避敌锋，于是各船纷纷南下，只海圻坚泊不动。在山东义和团与侨民冲突的时候，萨先生请蓬莱一带的教士侨民悉数上船，殷勤招待，乱事过后，方送上岸。那时正有美国大巡洋舰阿利干号（Oregan）在庙岛附近触礁，海圻又驶往救护，美国国会闻讯，立即驰函道谢，阿利干舰长申谢之余，也恳劝萨先生南下，于是海圻才开入江阴。

在他舰南开，海圻孤泊的时候，军心很摇动，许多士兵称病上岸就医，乘间逃走，最后是群情惶遽，聚众请愿，要南下避敌。舱面上万声嘈杂，不可制止，在父亲竭力向大家劝说的时候，萨先生忽然拿把军刀，从舱里走出，喝说着："有再说要南下的，就杀却！"他素来慈蔼，忽发威怒，大家无不失色惊散，海圻卒以泊定。事后有一天萨先生悄然地递给父亲一张签纸，是他家人在不得海圻消息中，在福州吕祖庙里求的，上面写着："有剑开神路，无妖敢犯邪。君子道长，小人道消。"两人大笑不止。

萨先生所在的兵舰上，纪律清洁，总是全军之冠。

　　　　　　　　　关于女人和男人

他常常捐款修理公物，常笑对父亲说："人家做船主，都打金镯子送太太戴，我的金镯子是戴在我的船上。"有一次船上练习打靶，枪炮副不慎，将一尊船边炮的炮膛，划伤一痕。（开空炮时空弹中也装水，以补足火药的分量，弹后的铁孔，应用铁塞的，炮手误用木塞，以致施放时炮弹爆裂，碎弹划破炮膛而出。）炮值二万余元，萨先生自己捐出月饷，分期赔偿。后来事闻于叶祖珪，又传于直隶总督袁世凯，袁立即寄款代偿，所以如今海圻船上有一尊船边炮是袁世凯购换的。

他在船上，特别是在练船上，如威远康济通济等舰常常教学生荡舢舨，泅水，打靶，以此为日课，也以此为娱乐。驾驶时也专用学生，不请船户。（那时别的船上，都有船户领港，闽语所谓之"曲蹄"，即以舟为家的船民。）叶统领常常皱眉说："鼎铭太肯冒险了，专爱用些年轻人！"而海上的数十年，他所在的军舰，从来没有失事过。

他又爱才如命，对于官员士兵的体恤爱护，无微不至。上岸公出，有风时舢舨上就使帆，以省兵力。上岸拜会，也不带船上仆役，必要时就向岸上的朋友借用。历任要职数十年，如海军副大臣、海军总长、福建省长

记萨镇冰先生

等，也不曾用过一个亲戚。亲戚远道来投，必酌给川资，或做买卖的本钱，劝他们回去，说："你们没有受过海上训练，不能占海军人员的位置。"——如今在刘公岛有个东海春铺子，就是他的亲戚某君开的，专卖烟酒汽水之类，做海军人的生意——只有他的妻舅陈君，曾做过通济练船的文案，因为文案本用的是文人的缘故。

萨先生和他的太太陈夫人，伉俪甚笃。有一次他在烟台卧病，陈夫人从威海卫赶来视疾，被他辞了回去，人都说他不近人情。而自他三十六岁，夫人去世后，就将子女寄养岳家，鳏居终身。人问他为何不续弦，他说："天下若再有一个女子，和我太太一样的我就娶。"（按萨公子即今铁道部司长萨福钧先生，女公子适陈氏。）

他的个人生活，尤其清简，洋服从来没有上过身，也从未穿过皮棉衣服，平常总是布鞋布袜，呢袍呢马褂。自奉极薄，一生没有做过寿，也不受人的礼。没有一切的嗜好，打牌是千载难逢的事，万不得已坐下时，输赢也都用铜子。

他住屋子，总是租那很破敝的，自己替房东来修理，栽花草，铺双重砖地，开门辟户。屋中陈设也极简单，环堵萧然。他做海军副大臣时，在北平西城曾买了一所

　　　　　　　　　　关于女人和男人

小房，南下后就把这所小房送给了一位同学。在福建省长任内，住前清总督衙门，地方极大，他只留下几间办公室，其余的连箭道一并拆掉，通成一条大街，至今人称肃威路，因为他是肃威将军。

"肃威"两字，不足为萨先生的考语，他实是一个极风趣极洒脱的人。生平喜欢小宴会，三五个朋友吃便饭，他最高兴。所以遇有任何团体公请他，他总是零碎地还礼，他说："客人太多时，主人不容易应酬得周到，不如小宴会，倒能宾主尽欢。"请客时一切肴馔设备，总是自己检点，务要整齐清洁。他也喜欢宴请西国朋友。屋中陈设虽然简单，却常常改换式样。自己的一切用物文玩，知道别人喜欢，立刻就送了人，送礼的时候，也是自己登门去送，从来不用仆役。

他写信极其详细周到，月日地址，每信都有，字迹秀楷，也喜作诗，与父亲常有唱和之作。他平常主张海军学校不请汉文教员，理由是文人颓放，不可使青年军人沾染上腐败的习气。他说："我从十二岁就入军校，可是汉文也够用的，文字贵在自修，不在乎学作八股式的无性灵的文章。"我还能背诵他的一首在平汉车上作的七绝，是："晓发襄江尚未寒，夜过荥泽觉衣单，黄河桥上轻车渡，月照中流好共看。"我觉得末两句真是充分地表现了他那清洁超绝的人格！

我有二十多年没有看见他了，至今记忆中还有几件不能磨灭的事：在我五六岁时候，他到烟台视察，住海军练营，一天下午父亲请他来家吃晚饭，约定是 7 时，到 6 时 55 分，父亲便带我到门口去等，说："萨将军是谨守时刻的，他常是早几分钟到主人家门口，到时候才进来，我们不可使他久候。"我们走了出去，果然看见他穿着青呢袍，笑容满面地站在门口。

他又非常的温恭周到，有一次到我们家里来谈公事，里面端出点心来，是母亲自己做的，父亲无意中告诉了他。谈完公事，走到门口，又回来殷勤地说："请你谢谢你的太太，今天的点心真是好吃。"

父亲的客厅里，字画向来很少，因为他不是鉴赏家，相片也很少，因为他的朋友不多。而南下北上搬了几次家，客厅总挂有萨先生的相片，和他写赠的一副对联，是"穷达尽为身外事，升沉不改故人情"。

听说他老人家现在福州居住，卖字做公益事业。灾区的放赈，总是他的事，因为在闽省赤区中，别人走不过的，只有他能通行无阻。在福州下渡，他用海军界的捐款，办了一个模范村，村民爱他如父母，为他建了一亭，逢时过节，都来拜访，腊八节，大家也给他熬些腊八粥，送到家去。

此外还有许多从朋友处听来的关于萨先生的事，都是极可珍贵的材料。夜深人倦，恕我不再记述了，横竖我是想写他的传记的，许多事不妨留在后来写。在此我只要说我的感想：前些日子看到行政院"澄清贪污"的命令，使我矍然地觉出今日的贪污官吏之多，擅用公物，虽贤者不免，因为这已是微之又微的常事了！最使我失望的是我们的朋友中间，与公家发生关系者，也有的以占公家的便宜为能事，互相标榜夸说，这种风气已经养成，我们凋敝绝顶的邦家，更何堪这大小零碎的剥削！

我不愿提出我所耳闻目击的无数种种的贪污事实，我只愿高捧出一个清廉高峻的人格，使我们那些与贪污斗争的朋友们，抬头望时，不生寂寞之感……

在此我敬谨遥祝他老人家长寿安康。

1936 年 3 月 23 日夜

《蜀道难》序

　　《蜀道难》是西南联大教授罗莘田先生，在民国三十年5月至8月，自云南昆明至四川东川西川和川南旅行的游记。他的游伴有梅月涵校长和郑毅生教授。行期三个月，所用的交通工具有九种，参观的学术机关十余处，会到的老友新交更是不计其数。无怪他写来洒洒七八万言，有声有色了。

　　我和罗莘田先生熟识，是在民国二十七年秋日。那年我们自北平南下，罗太太托我们带几套寒衣，到了昆明，把寒衣送出，罗先生就同陈雪屏先生来访。文藻和罗先生是旧友重逢，当然高兴，那天谈话相当的多，我才得机会充分领教罗先生的言论风采。自那时起我们过往很密，能够把罗先生加在我们知友的名单上，我觉得非常荣幸。

关于女人和男人

罗先生是北平人，充满着燕赵的气息：诚恳，忠直，富于正义感，同时三十多年的读书，又把他造成一个纯粹的学者。恬淡洒落，霁月光风。同文藻谈起文字语言来，若非有人制止，他可以达旦不寐，和我提到诗词歌曲，也是眉飞色舞，有时还引吭高歌，大有"唾壶击缺"之概。但他也能同小孩到山下积水池边"打水漂儿"，也能同厨娘灶婢谈北方小吃。罗先生一到我们家里，真是上下腾欢，这种秋月春风般的人格，现在是不多见的。

这篇游记里，便充分地表现了罗先生的人格。三个多月困难的旅途，拖泥带水，戴月披星，逢山开路，过水搭桥，还仓皇地逃了好几次警报，历尽了抗战期中旅行的苦楚，可是他的豪兴一点不减，他研究了学术，赏玩了风景，采访了民俗，慰问了朋友。路见不平，他愤激而不颓丧；遇见了好山水人物，他又欣赏流连，乐而忘返。这篇游记，显然不是一个"回忆"，一个"心影"，而是从他精密详细的日记里扩充引申出来的，读之不厌其长，唯恐其尽！我以为将来若有人要知道抗战中期蜀道上某时某地的旅途实情，学术状况，人物动态的，这是一本必读的书籍。

承罗先生嘱为《蜀道难》写序，我真是受宠若惊。

我以为人生有三大乐事：一、朋友，二、读书，三、旅行。罗先生与我有同感，假如最近的将来，罗先生在读书之余，能再出来旅行一次，使忝居友末者，又得亲其言论风采，这不止是我一个人的希望了。

1942 年 11 月 24 日　歌乐山潜庐

关于女人和男人

面人郎访问记

11月21日，我到北京工艺美术研究所，去访问郎绍安同志，我的心情是兴奋的。

这几年来，我常常从报刊和画报上看到关于"面人郎"的报道，和他以及他的作品的照片。今年春天，我在上海工艺美术研究所，见到了他的老师赵阔明同志，我们谈话中提到这位名驰国外的"面人郎"，我总想能有机会见见才好，今天果然如愿以偿了。

我进到了他的阳光明朗的工作室，屋里暖烘烘的，已经生了炉子了。郎绍安同志迎上来亲切地和我握手——两道浓眉，一双深沉的眼睛，一脸的胡子茬儿，笑起来显得直爽，诚恳。

他殷勤地给我倒了一杯茶，我们在他桌边坐了下来。桌上有几件他的作品，是《西游记》中的一段吧，有个手搭凉棚，腋下夹着金箍棒，拳着一条腿站在棉花做的云端里的孙悟空，还有其他的戏出。但是我们的谈话一开了头，他就一见如故地对我谈起他的童年，他谈得那样生动，那样亲切，把我的全部精神吸引住了，把我想问他的一切，都忘却了！

"我是前清宣统元年生的，属鸡，照推算该是1909年吧。我的祖先是吉林省珲春石山子的人，入关已有三百多年了。我们是满族镶红旗人，可是到了我的父亲的时候，家道就很困难了。我父亲做小买卖——卖豆腐浆，供不起我们弟兄四个读书，因此我虽从六岁起读书，到了十一岁那年就停了学，到天津去学石印的手艺去了……"

他点了一支烟，微微地笑了一笑，笑里含着阴郁："您知道那时候当学徒，可不比现在，受的打骂可多了，我的第一个师傅还好，第二个师傅就厉害极啦！我们那时候学套色石印，印新疆图，一共有七色，套印错了，师傅一嘴巴就打过来。我们三个当徒弟的，都只有十二三岁吧，实在受不住了，商量好了，夜里跳墙走。先从院里扔出被窝去，然后人再一个一个地爬出来。三个孩子在天津举目无亲，怎么办呢，就把衣服什么的卖给打鼓的，凑了点钱买车票回北京。我们都是小孩，只

关于女人和男人

打了半票，哪晓得火车到了东便门，车底下钻上来一个人，也许是铁路上的人吧，可是旧社会的铁路上的坏人也不少呵！他看了我们的车票，说：'不行，你们怎么打的半票呢？'一下子就把我们带到车站上去了。车站屋里坐着一个人对我们拍起桌子，做好做歹地叫我们每人再拿出十吊钱来——现在也就合四角钱吧，可怜我的同伴一个姓荣的连脸盆被窝都让他们扣下了，结果我们还是从东便门就被撵下车了！

"我从东便门走到宫门口——就是鲁迅故居的那地方——回到了家。我们家里生活仍是很困难，我一时也不知道做什么好……

"有一次我在白塔寺庙会上，看见有捏面人的，这位就是我的师傅赵阔明同志了，我站在旁边看他手里揉着一团一团的带颜色的面，手指头灵活极啦，捏什么像什么，什么小公鸡啦，老寿星啦，都像活的一样！我看得入了迷，一天也舍不得离开，我总挨在他身边，替他做这做那，替他买水喝，买东西吃，他挪地方我就替他搬东西什么的，我们就攀谈起来了。他问我姓甚名谁，住在哪里。我都说了。他说：'我也住在宫门口，怎么不认得你呢？'我回家去天已经晚了，父亲正要责怪我，我就把一切都告诉他了，我还恳求地说：'我喜爱这个！我想学捏面人。'父亲答应了，同赵阔明老师一说，就成功了。

"我跟师傅学了一个多月，自己就能捏些东西，出去哄小孩儿了。反正是粗活，什么小鸟啦，小兔啦，胖娃娃啦，不能说好，可是小孩说像说好就行了。一件卖一'小子儿'或是一'大子儿'的，一分钟能捏上一个，就够我生活的了。

"就这样一边卖一边学，一年多的工夫，我就会捏戏文，什么'二进宫'啦，'三娘教子'啦……那时候师傅就上天津去了。我只好自己买些香烟里有戏文的洋画，照着来捏。可是洋画上一出戏只有一场，不够生动，我想捏戏中人物的每一个动作，我就开始去听戏，又没有钱，买不到前排的座位，只好在后边远远地看吧，看完回来，回忆，揣摩戏中人的种种神情动作，常常一夜一夜地睡不着觉……

"从此我就过起游艺的生涯了，我和我的爱人，背着箱子，拉着大孩子，抱着小孩子，一家人走遍了天涯海角。我们到过天津、青岛、烟台、威海卫……也到了上海，在静安寺路交通银行的石头窗台上摆过小摊。那时我捏的小面人，就有人来收买，转卖给外国人，什么佛

　　　　　　　　　　　　　关于女人和男人

爷啦、寿星啦、胖娃娃啦，凑成一打，送到外国去，虽然常有一二百打的订货，可是经过中间的剥削，到了我手里，也就所余无几了！"

他又燃了一支烟："您可别怪我，我一提到从前的事情，就激动，就难过！旧社会真是个陷人坑，像我们这样靠手艺吃饭的劳动人民，到哪里也没有活路！我们拖儿带女，到处漂流，有时候连饭也吃不上，连店也住不到……"

愤怒和痛苦涌上了他的眉头，他的声音也就颤动急促了，"我们在哪一个地方都待不长，不流浪是不行的，我们又走了京汉线，东北、西北，到处都受着欺凌。不说别种坏人吧，就是旧军人，国民党的上兵……那年在张家口的康庄，我在一个兵营门口，正捏着一个胖娃娃吹号，一个号兵过来看见了，就瞪眼问：'你捏的这是什么？你不是在形容我？'我也气了，我说：'我捏的是胖娃娃，我想捏你还捏不好呢！'他狠狠地飞起一脚，把我的箱子踢翻，玻璃都粉碎了！

"有时候呢，一个大兵把我的面人拿走了，我跟到营门口，另一个大兵出来就给我一嘴巴……还有日本人时代，更不用提了，日本人当然可恨，狗腿子的翻译就更可恶……咳，从前的苦日子，说它三天三夜也说不完的！"

他完全激动了，头也低了下去。我觉得很惶恐，也很窘，我是来欣赏他的作品，和他谈谈他目前的工作的，怎么会引起他谈到他伤心的旧事呢？正在我局促不安的时候，他抬起头来勉强地笑了一笑，说："对不起，您可别介意……"

我赶紧笑说："可不是，那都是从前的事了，譬如做了一场恶梦，您还是谈谈现在的工作吧。"

他的脸上开朗了，微笑从嘴角展到眼边："解放后一切都变好了，人民政府十分地重视民间艺人，当人民政府发现了我的手艺，就把我从穷苦中救拔了出来，让我专心地研究我的艺术。如今我们再不流浪了，我每月有固定的工资，生活平稳安定了，我也能精心地做些细活，不怕加工，不怕费料，只要我做得好——现在的条件真是好极了！"

我问说："您去年还去过英国，我从报纸上看见了……"

他很谦虚地微笑了："我们经过乌兰巴托……巴黎……一路都很好。我一辈子坐过多少次海船，在无风三尺浪的海上都过去了，因此我坐飞机也不觉得怎样。"

关于女人和男人

他一句也不提他在伦敦表演捏面人的技术的时候，那种受人欢迎的光景。多么谦逊的艺术家呵！

时间已经不早了，他激动之余，似乎有点疲倦，我也就不再多问了。在我站起的时候，看见桌上一个带格的木盘，里面放着些骨片、锥子、小木梳之类的东西，就问这是否工具，他说是的，而且工具也很简单。他掀起木盘上一块遮着的白布，底下有一小条一小条像颜色粉笔似的熟面，这便是他的材料了。他说这熟面是四分之三的面粉和四分之一的江米面，和起，烫熟，再上锅蒸，然后调上颜色和蜂蜜，揉搓起来，做成的面人就可一二十年不裂不坏的。

当我赞叹说这手艺不容易学的时候，他又微笑了，说："也容易也不容易，百分之十靠师傅指点，百分之九十靠自己研究揣摩！"

我问："您现在带徒么？"

他指着桌边站着的一个小姑娘说："她是我的学徒，也是我的女儿。"

已经到了他下班的时候，我不敢再耽误他的工夫，就向他道谢告辞，他亲切地和我握过手，又让他女儿郎志丽带我到资料室去参观他的作品。

架子上摆的真是琳琅满目，他的比较新的作品，如"鸡毛信"、"采茶扑蝶"等逼真细腻，不必说了，而我所最爱的，还是一小组一小组的旧北京街头小景，什么卖糖葫芦的——一个戴灰呢帽子穿黑色长袍的人，左臂挎着一个小篮子，上面插满了各种各样的冰糖葫芦，剃头的——一个披着白布的人低头坐在红板凳上，旁边放着架子和铜盆，卖茶汤的，卖砂锅的，吹糖人的，无不惟妙惟肖！其中最使我动心的，是一件"打糖锣的"，是我童年最喜爱最熟悉的东西，我想也是"面人郎"自己最深刻的童年回忆吧，因为这一件做得特别精巧细致：一副带篷儿的挑子，上面挂着几只大拇指头大小的风筝；旁边挂着几只黄豆大小的花脸面具，几只绿豆大小的空钟；里面格子上摆着一行一行的半个米粒大小的小白鸭子，框盒里放着小米大小的糖球……凡是小孩子所想望的玩的吃的，真是应有尽有了！我真不知他是怎么捏的，会捏得这么小，这么可爱！

这都是"面人郎"小时候最熟悉的北京街头巷尾的一切，也是我自己童年所熟悉的一切，当我重新看见这些形象的时候，心头涌起的却是甜柔与辛酸杂糅的味道，童年的回忆是甜柔的，而那时的人民生活却是多么辛酸

　　　　　　　　　　关于女人和男人

呵！尤其是像"面人郎"所说的"靠手艺吃饭的劳动人民"，什么吹糖人的，卖糖葫芦的，打糖锣的……都是我们极其熟识的朋友——他们除了从我们手里接过"一大子儿"或"一小子儿"的时候，偶然会微微地一笑，而眉宇之间却是何等地悲凉忧抑呵！

走出大门，头上照耀着正午灿烂的太阳。转几个弯，就走上光滑平坦的柏油路，这柏油路还是在一条胡同里。这条胡同的小学校正放午学，三三两两戴着红领巾的小孩子们，边说边笑地迎面走来，一辆簇新的载满了乘客的公共汽车平稳而飞速地从我身旁驶过……我从微茫的回忆中猛然惊醒！这是北京街头巷尾的景象，也正是"面人郎"所说的，"解放后，一切都变好了！"我心头辛酸的感觉涣然消失了，余剩的一丝甜柔，渐渐扩大成为满怀的欢乐。我向着明朗的高天长长地吸了一口清新的空气，举起轻快的脚步，向前走去。

1957 年 11 月 26 日　北京

一个最高尚的人

亲爱的××：

我必须抓住这个极其感人，极其鲜明生动的印象来给你写这一封信，在十三陵水库工地上，我遇见一个最可爱、最高尚，而在旧社会是最卑贱、最被蹂躏，连尘土都不如的人，在解放后光芒万丈的新社会里，他呈现出精金美玉一般的人品！这个人是修建十三陵水库的十万大军中的一等奖获得者，军马饲养员张新奎。

这天的上午，我们正坐在一个四面敞开的帐篷底下，烈日当空，热风从田野吹来，我正在整理一段笔记，从外面走来一个年轻军人，全副军装，左眼上贴着一块纱布——他就是张新奎，是另外一位作家访问的对象。大家连忙让他坐下，开始了采访的谈话。我也便凑上去旁听，不想越听越感动，越听越兴奋，听到有些最动人的地方，我忍不住要流泪。我承认我的感情是脆弱的，但是我旁边也有别人在流着泪！

关于他得奖的事迹，我没有看到，据说上面只提说他是个养马能手，经过他饲养的马匹，特别苗壮。他对于牲口的照料，无微不至，常常是废寝忘食。最近的工地下大雨的晚上，他自己睡在大车底下，却用身上的被子，给一匹脊背上磨伤的马盖住……他饲养的二十五匹骡马，担任拉送十三陵水库工地上十一个食堂的蔬菜粮食，这任务是紧张而繁重的，但是这些牲口，从来没有误过工！

于是谈话就从养马说起，我们问他为何能把牲口养得这么出色，是否他特别喜爱动物呢？

他笔直地坐在那里，两手交握着，淳厚朴实的脸上，带着严肃的神情，他说："饲养军马这一工作，不是人人都爱做的，牲口气味大，喂料的次数多，半夜也得起来，睡觉的时间少，常常忙得连饭也吃不上，戏和电影也不能去看……我是想，革命工作嘛，在哪个岗位上都是一样，就承担下来了。"

一说开了头，他的眼光活泼了，说话也显得流畅："牲口和人一样，需要人的爱护，它们就是不会说话。它

一个最高尚的人

们最好按时候吃，先吃料，饮一饮水，然后再吃草，还要让它们慢慢地嚼，这样才消化得好。倒满一槽的草料，人却走开，由它们自己去吃，这样做是喂不好的！

"我喂它们的时候，是把草铡好之后，再筛两遍，保证草里没有沙土，这样它们的毛就长得好，"他用两个指头比着，"长的毛一刷下去，长出来的就都是一寸来长的又亮又滑的短毛，才好看呢！说到喂食，我把二十五匹骡马面对面地分系在两边，再一把一把地将加盐煮过的黑豆，抓在它们的槽里，这样转过几圈，每一匹牲口都细细地把料嚼完，再一匹一匹地给它们饮水，吃草，然后牵出去让它们休息，一面我给它们刷毛。我的那些牲口，都是经过战役的，岁数都不小了，顶小的也有七八岁。我刚管它们的时候，它们瘦得屁股都是尖的……"他两手向下并在一起比画着，"现在慢慢地屁股都平起来了！"这时他脸上洋溢着欣慰骄傲的神情，如同母亲提到自己的孩子一样。

"牲口有了病，也得给它们做'病号饭'，那就是糠和上水。你必须静静地守在它旁边，等它自己慢慢地吃。你不能勉强牵着它，像催人一样，说：'你吃吧，你吃吧！'牲口不会说话，它不吃就是难受得吃不下呵！"

听到这里，我们都高兴得相视而笑，大家都称赞他真是心细。

他谦虚地微笑了："我想，一匹牲口，至少要合五百块钱，二十五匹要合多少钱呀，人民把这笔巨大的财产，托付在我手里，我要不好好地爱护，对得起六亿人民么？再说，我的牲口是拉大车的，每天供应着工地上十一个食堂的蔬菜粮食，这任务可不轻呵！同志们要是吃不上饭，就做不好修建水库的工作，我的骡马要是病了伤了，就耽误了拉大车，这关系也不小呀！"

他又皱一下眉："我就是看不得赶车的虐待牲口，看见了总叫我心酸得落泪，牲口不会说话，挨打受饿也诉不出苦来！因此每次我的牲口出去，我一定看好赶车的同志带好水桶和草料，才让他出车。我还嘱咐他们，不走的时候要把它们卸下，休息休息。我们人跑的路长了，还得停下喘一口气，何况它们拉几千斤重的东西？每逢牲口回来，我也得仔细检查，脊背上磨伤了没有？眼睛让鞭梢甩着没有？为着赶车的打牲口，我也不知道向首长提了多少意见啦，为着团结，我不好直接地批评我的同伴，但是如果次数实在多了，我就也忍不住，我就对他说：'我没有权力管你，但是我有权力管我的马！'"

他说着把胸膛一挺，嘴唇紧紧地闭成一道缝。

"就是那一次嘛，一匹牲口回来，脊背上磨伤了一大块，把我心疼得什么似的，凑巧那夜又下大雨。伤口就是不能淹水，水淹了可痛得厉害！我只好把我自己的被窝给它披上了，再扎扎实实地捆上一道麻绳，这样雨就进不去了。"

大家都点头赞叹了。我们中间有人问："你一个人饲养二十五匹牲口，再这样细心，可真够忙累的！"

他又笑了笑："本来还不算太忙，按规定，一个人只要管八匹，因为这工地上的任务重，赶车的人手不够，我就让那两个饲养同志都去赶车，我一个人把二十五匹都管下来了，这一来当然事情多一些。我每天的工作是这样分配的：早起和午后，牲口出去了，就铡草、煮料、洗槽、清理马棚，牲口回来了，就喂料、刷毛……它们晚上10点吃一顿料，刚刚喂完，我躺下不到一会儿，又到了夜里2点吃料的时候。这样我一夜连两个钟头的觉也睡不上。

"不过，这也怪我自己，把牲口交给别人我总不放心。有时首长们勉强我去看戏，看电影，请别人替我喂马，我去了，人在场里，心在马棚，回来看见马槽里尽是沙土，心里就不痛快！下次我只说我不爱看戏看电影，还是让别人去看吧。"

有人指着他眼上的纱布问："你的眼睛是熬夜熬坏了的吧？"

他挪了挪身子，说："也许是，左眼里面长了大疙瘩，开了刀——不要紧的。"

这时已经近午，帐篷下面更热了，我们大家心里更是热烘烘的。我们把摆在他面前一大碗冷开水，推到他面前，又请他把军服宽一宽，他辞谢了，只端起水来，喝了一口。

大家又满怀兴趣地杂乱地问："你是哪里人？家里还有谁？"他略带激动地开始了一段最悲惨的故事：

"我本姓阎，是河北省武安县人，生下来不久，我的父亲就带着一把三股叉，跟着红军走了。我只吃了一年半的奶，母亲饿死了，奶奶把我抚养到了四岁，叔叔就把我卖到山西左权县一个贫农的家里。此后又辗转卖了三家，最后才卖给这家姓张的，因此我就姓了张。中间我还要过饭，到处漂流。我在田里吃过葱蒜辣椒，不管是苦的辣的，都摘来填肚子，因为从前吃得太多了，现在我一看见葱蒜辣椒，就心中发苦，眼中流泪！我还吃过猪食，让煮猪食的炉火烫得满地打滚。有一次有个老和尚收留过我，让我在庙里撞钟，庙里有一只洋公鸡，比我还高，它也欺负我，每天把我啄得头破血流，我又逃出来了！日本人我也看见过，他们抓住我盘问我父亲的下落，把我打得半死。美国人我也看见过，他们扔在大粪上的面包，我也捡起擦擦吃了，我实在饿得不行呵。

"我在姓张的家里待下以后，也下地干活，也当过小工。1955年，我父亲回来了，他已经是个营长，因为受伤，瞎了双眼，退役了。他回家来找我不着，就把我叔叔告下来了，我坚决不去，我从来没有见过父亲，谁知是真是假呢！我叔叔就把我捆在马上走，半路我又跑回来了。后来我父亲自己摸来了，带着一本粮票，一个十二岁的孩子替他引着路。我见到他当然不认识，只看见他挂了一身的勋章。我问他姓什么？他说姓阎，我没有问他叫什么名字，因为我根本不知道他叫什么名字呵！

"他摸索着把我拉到跟前，浑身上下地摸抚着我，他说：'十八年不见，你长得这么高大了！'那夜他整整地哭了一宿，第二天他告诉我：'你不跟我回去也罢，在这里好好劳动，也是一样。'

"他自己又扶着孩子回去了。现在，他已经结婚了，

关于女人和男人

是地方政府给安排的。我的继母很年轻，不必在外面劳动，为的是好在家里照顾他。

"这以后，我就争取参了军，部队对我是个学校，也是个家庭，我得到了从来没有得到的温暖。我想，我过去实在太苦了，只差了冻死饿死。共产党来了，给我带来了一个新的天地，我还有什么条件可讲！去年我才开始了养马的工作，我本应当今年退伍的，因为我喜爱这工作，又延长了一年。一年后，我也不想回家去。我父亲那边，有了我的继母；姓张的那边，也只有父亲和一个弟弟，他们都没有问题。我还是到祖国的边疆去，海角天边，哪里有艰苦的工作，我就到哪里，我什么苦没有吃过？困难是难不住我的！"说到这里，停了一下，又柔和地说："将来我攒下些钱，就给我父亲和张家寄点回去……其余的三家，可惜现在不知道在哪里，也就管不到了！"

真是一颗纯金的心！他想到的人有多少呵！

大家完全激动了，暂时都说不出话来。太阳已经过午，他站起来告辞，我们才惊醒似的，纷纷站起说："你又吃不上饭了吧？还是同我们一起吃！"在大家推挽之下，他和我们一同到了食堂。我们四个人买了四盘菜，对面坐下，他默默地吃着……我们中间，一位细心的同志，轻轻地把一盘辣椒炒洋葱，从他面前挪开了。

饭后我们跟他一起去采访他的马棚，这马棚离工场不远，果然是整洁异常！他自己的床铺，就搭在棚下的一张高架上，床上挂着帐子。二十五匹苗壮的骒马，分系在过道的两边。他亲热地叫着它们的名字，什么"大黑骨头"、"黄油"……这些毛色光滑的牲口，就抬起头来，用亲热的眼光来望着他。

此后我还跟着采访他的那位作家，到马棚去过两次，也同他的领导同志谈过话。关于他的详细事迹，有那位作家来写，我就不再多说了。

当我开始听他谈话的时候，我就恨不得有你坐在我身边，和我一同来听，因为你是那么一个热爱动物的孩子。听到后来，我就更觉得我应该把这个最高尚的人格，介绍给你。当我说到很动人的故事的时候，我往往会激动得说不下去，你听着也很激动，却又笑我"眼泪不值钱"！我想还是写在信里给你看吧。

让我们都向他学习！

爱你的 ××

1958 年 6 月 30 日于十三陵水库工地

悼靳以

我写下这篇短文的题目，我的眼泪忽然落在纸上了。靳以，我——你的"大姐"，会来写悼念你的文章，这不是极其不幸的事情么？靳以，你死得太早了！

十月革命节的那一天，我在两个会的中间，回家来换衣服，在我的书桌上，有人留了一张字条，上面说："我们特来告诉您一件不幸的消息：靳以同志已于今天0时16分在上海因心脏病逝世了……"灯光下我匆匆看了一遍，全身震动起来了，在进城去的车上，我的手掌里还紧紧地捏着这一张纸，脑子里旋转着这二十多年中你给我的一盆旺火般的形象。

你拿我当大姐姐看待，我也像一个大姐姐对待小弟弟一般，很少当面夸过你。但是你是一个多么热情，多么正直，又是一个多么淳厚的青年呵！

我说青年，是想起我们第一次见面的情景：二十多年前，你和巴金两个人一起来看我。你也许不记得了，那是一个初夏的早晨，我的桌上供着一瓶鲜红的玫瑰，你坐在桌边的一张椅子上，正向着窗外涌泻进来的阳光。你的脸和玫瑰花一样，也是红扑扑的，有着双眼皮的充满着朝气的大眼睛，流溢着热情淳厚的光辉。

这二十多年中，我不断地见到你，你的脸上一直是红扑扑的。你的谈话，总是热情的，总是火一般的勃勃地向上的，解放以后，你的热情的火，挑得更旺了，你从心里感到自己的幸福。你走进"祖国的每一个角落"，钻到"劈山倒海的英雄人物"中间，去接近他们，歌唱他们，你从黑夜唱到黎明，唱着不完的幸福和热情的赞歌！

你送我的那本散文集——《江山万里》，就立在我伸手能及的书架上，它常常提醒我说："看小弟弟跑得多快，跑得多远，你，做大姐姐的，还不快快赶上么？"

就在前几天的夜里，我还在灯下细读你在《人民文学》11月号上发表的那篇散文：《跟着老马转》。最后的一段，读来使我心弦跳动！你写老马："他的脸红通通，正像初升的太阳，两只眼睛冒着青春的光辉。"这不正是你自己的写照么？你又写："他紧紧地握着我的手，使我深切地感到他满心快乐和无穷的力量，我也非常激动，简直不知道该向他说些什么才好。我本来应该好好安慰他几句，让他好好工作几年，保重身体，不要太累，不要跑得太快，免得上气不接下气……"我不是听说过，你在最近一次的劳动中，就是累得"上气不接下气"，而被送到医院去急救么？你对自己说的话，却不是"保重身体，免得太累"，而是："你跑吧……只要我们跟着党跑，我们党永远不会错，也永远不会疲乏！"

靳以，我相信，在你的心脏停止跳动的时候，你没有也不会感到疲乏，而是感到满心幸福！

今年夏天，"跟着党跑"了许多年的你，被光荣地接受到伟大队伍里了。当我看到为你发出的讣告里，在你的许多工作头衔的最后，还有"中国共产党预备党员"的字样，做大姐姐的是如何地为你欢喜，而又如何地自惭啊！

你总是不断地鼓励我的——记得那还是筹备《收获》的时期吧，一个冬天的早晨，一辆汽车飞也似的开到我的门口，你，一阵旋风似的卷上了楼，身上穿着一件簇新的皮大衣。我笑说："好呀，这皮大衣给我带来了一屋子的热气！"你也笑了说："我要到苏联去了，这是行装的一部分——告诉你，我们要办一个新文学刊物了，名字就叫《收获》，你对这名字有意见没有？你可要给这刊物写文章呵，我就是为这个来的。"

此后，就是 1957 年的春天，我到了上海的第二天清早，桌头的电话响了，又是你的声音！你欢迎我到上海，你要带我去参观鲁迅纪念馆，去逛城隍庙，吃饭，买糖……最后还是要我为《收获》写文章。那一天我们玩得多好！我们在鲁迅的像下徘徊，谈了许多他生前的故事。城隍庙那一家你常去的小馆，名字我已经忘记了，可是我们挤坐在许多劳动者中间，在小小的一张白木桌上，我们吃得多香甜呵！说到写文章，我却辜负了你的希望，我真是写得太少也太坏呵！

我常想，人一过了中年，不可避免地会常常得到关于朋友的"不幸的消息"。去年的 10 月底，在莫斯科音乐大厦的台上，坐在我身边的巴金，忽然低低地对我说："你不要难过，告诉你一个不幸的消息，振铎的飞机出事了！"去年的年底，我在北京家里，吴晓铃一清早打了一个电话来，说："您不要难过，告诉您一个不幸的消息，罗莘田先生昨天下午去世了！"

我怎能不难过呢？一个热情、正直、淳厚的朋友，是人生中最可宝贵的财产。丧失了一个，就永远少了一个，虽然我们还不断地可以交到新的朋友，而我们的老朋友，他们每一个人，在我们心中都有他们自己的地位，别人是没法代替的！

放心吧，靳以，在大家一同跃进的时代，赞歌总是有人唱的，而且这唱歌的队伍还会越来越庞大，歌唱的声音也会越来越洪亮。我，你的大姐姐，不再"滥竽充数"，我的嗓子虽然不好，但是我将永远学习着唱，永远不断地高声地唱！

1959 年 11 月 9 日夜

"人难再得始为佳"

8 月 8 日的清晨，我正在大连一处休养所的庭院里，闲闲地扫着雨后的落叶，楼上正开着收音机，我一面扫着，本希望能听到日本松川事件的判决，却得到了梅兰芳先生逝世的噩耗！这消息太突然了，使我一时呆住。夏末的晨风，居然吹面生寒，上楼来怅望山外浩荡的微波，也感到这一片山海，忽然虚阔了许多！

梅先生的逝世，就像从我们的艺术的阔大青空里，陨落一颗很大很亮的星辰，这一处空虚，是没有法子填补的。清诗人龚自珍有一句诗："人难再得始为佳"，放在梅先生身上，真是一字不可移易。

记得我第一次看梅先生演出的时候，我还是一个十二三岁的孩子，地点是北京东安市场内的吉祥戏院。我站在楼上堂客座的栏旁，戏院里人声嘈杂，打手巾把的，熟练地从观众头上高高地扔着手巾……戏台上立着很大的红纸海报，大轴子戏是梅兰芳先生和王凤卿先生的《汾河湾》……忽然间后面有人推我一把，"快看"，梅先生出台了，流水般的踱步，送出一个光彩夺目的人儿，端严的妙目，左右一扫，霎时间四座无声！也许是童年的印象最为深刻吧，这几十年来在许许多多男女演员之中，我还没有看见过像梅先生在那时那地所给我的端庄流丽，仪态万方的体态与风神！

应该承认我不懂戏，但是这些年来，每次看梅先生演出，都得到从别的演员那里所得不到的新的惊奇和喜悦。解放以后，在台下见到梅先生的机会很多，他的那种谦虚和蔼、潇洒自然的风度，无论何时，都使人有春风入座之感。8月8日以后，我看到许多篇追悼梅先生的文章，这些文章，从不同的角度，不同的回忆，从每一个侧面，投射光影到这位一代风流人物身上。从这许多文章里，我得到梅先生作为一个演员，一个朋友，一个诗人，一个书画爱好者，一个文艺战士……的整个人格。我也感到追念梅先生也绝不会是一时的，以后在许多时候，许多场合，我们都会悼忆起这位高尚的有益于人民的人。梅先生没有死，他永远活在人们的心中！

我对梅先生最钦佩的一点，是他一辈子热爱祖国，热爱祖国的人民和文化，热爱自己的专业。解放后，在人民自己的党对他的尊重爱护之下，他更是感激奋发，在思想上，艺术上，一直地不断前进，天天向上！

看报知道梅先生的灵柩已经安葬在京郊的万花山了。梅先生，在万花丛中安息吧！让您的永远活在人们心里的音容，鼓励着我们向您学习，天天向上！

1961 年 9 月 7 日

遥祝中岛健藏先生六十大庆

1963 年 2 月 22 日，是我们敬爱的日本朋友中岛健藏先生六十大庆的日子。在这一天，我们的热烈祝贺的心，都飞到日本东京，飞到中岛先生和夫人的周围！

我不知道这个庆祝的集会是在哪里举行的，但是我准确地知道，一定是"寿筵开处风光好"！我走上高楼，迎着扑面的春风，侧身东望，我似乎看得见也听得见寿筵上的一切：中岛先生和夫人穿着整齐素静的衣服，站在门口，迎接着络绎不绝的客人——这些客人的面庞有许多是我们所熟悉的——他们对这位寿星深深地鞠躬，和他紧紧地握手，他们争先恐后地举起酒杯，围住中岛先生夫妇，致着贺词，祝他健康，祝他长寿，祝他所做的促进中日人民友谊和文化交流的工作，和反对帝国主义、保卫世界和平的工作，与日俱进，得到更大的胜利……我何等地愿意我也能在这个寿筵上呵!

　　中岛先生是日本著名的文学评论家,著名的和平人士,日本人民反帝斗争中站在最前面的旗手。他又是中国人民最亲密的战友,几乎每一个中日人民友好合作的团体都是或者由他领导或者有他参加的。我自己就是因为参加中日人民的友好活动,而荣幸地得到了和中岛先生接近的机会。这位白发盈头的长者,在美帝国主义及其追随者的面前,凛然屹立,似百炼之钢,而在和朋友共处的时候,他却是那样的温厚,那样的慈祥。每当我们到日本去,在羽田飞机场上,远远地在人群中认出他的满头的白发和稳健的身形,我们就有到家了,看到了一位哥哥那样的喜悦和慰安。在日本我们和他一起开会,一起旅行,在饮食起居上都受到他的无微不至的照拂与关怀,旅途中听他谈话,看到他忙忙碌碌地举着摄影机,把我们召集在一起东照一张、西拍一下,看到他眼角嘴边流露着的活泼幽默的微笑的时候,我们总感到他的身上,充满了青春的气息。

　　中岛先生是一位乐观主义者,他在日本的工作环境,远不是平安顺利的,他曾说过:"我是一个相信日本将来会繁荣的人,但同时也是一个不满意日本现状的人。"他又说过:"日本现代文学的最大病症,就是有人相信政治运动和创作活动是不能两立的。"这些都使他"深切地考虑政治问题"。这正是美帝国主义及其追随者所最不喜欢的,他们破坏阻挠中日人民友好合作、文化交流的事业,但是中岛先生并没有因此而退却屈服,他毅然地说:"因此,应该更积极地促进日中邦交的正常化,即使在困难的条件下,更要加深两国人民间的友好,必须以这种意志为基础,推进文化交流。"中岛先生之所以有这种坚强的意志,是因为他明确地知道他所积极参加的、深深地植根在日本广大人民中的运动,是最富于生命力的运动,日本人民要求恢复日中邦交的正常化,要求加强日中文化交流,要求独立、自主、和平、民主的愿望,一定会化为不可抗拒的物质力量的。因此,中岛先生对于他的工作,永远抱着坚定的信心,和无穷的勇气。这些年来,他风尘仆仆地往来于东京北京之间,每次我们到飞机场接他,总看见他笑容满面地徐步下机,旅途的困倦盖不住他满心的喜乐,在不懈的工作和不断的斗争中,他是永远年轻的!

中岛先生,愿您永远年轻,为着我们共同的神圣而艰巨的事业,我们一定要永远团结在一起,互相关怀,互相勉励，并肩携手奋斗到底。

隔着海洋，让我们向着在东京举行的寿筵呼唤：中国朋友们提议，为中岛先生和夫人的健康，为中岛先生的工作顺利，为中岛先生的百年长寿——干杯！

1963 年 2 月 23 日　北京

　　　　　　　　　关于女人和男人

毛主席的光辉永远引导我前进

"伟大的领袖和导师毛泽东主席永垂不朽!"

当我低头听到《告全党全军全国各族人民书》的最后一句时,我的紧握着的冰凉的双手已经麻木了。不断涌下的热泪洒在我的手上,把我惊醒过来,惊醒到一个极其悲痛,充满了哽咽声音的世界里!

我们敬爱的领袖毛主席,就这样突然地离开了我们了?这是真的吗?这是可能的吗?不!绝对地不!

"毛泽东思想的光辉,将永远照耀着中国人民前进的道路。"

我紧握着湿透的纱巾,脑海翻腾!毛主席一句句的煌煌的教导,在我耳边响起。毛主席一幅幅的慈蔼的容颜,向我眼前闪来。我所拜谒过的毛主席从事革命活动的几处圣地的景象,也都在我面前涌现……

我首先忆起的是 1949 年的秋天，我独坐在日本海岸的一座危崖之中，阵阵的海波在我脚边不断地涌来溅起。四无人声，我在低着头细细地读着我膝上的一本小册子，那是毛主席最近的光辉的著作：《论人民民主专政》。

我从头细读下去，越读我心跳得越快！到了："人民的国家是保护人民的。有了人民的国家，人民才有可能在全国范围内和全体规模上，用民主的方法，教育自己和改造自己，使自己脱离内外反动派的影响（这个影响现在还是很大的，并将在长时期内存在着，不能很快地消灭），改造自己从旧社会得来的坏习惯和坏思想，不使自己走入反动派指引的错误路上去，并继续前进，向着社会主义社会和共产主义社会前进。"我的心门霍然地开了，如雨的热泪落到这光辉的小册子上。我抬起头来，灿烂的朝阳已笼罩到海面，闪烁起万点的金光。阵阵的海波不断地向我唱着："你找到了救星，你有了国家了。"

现在想起来，毛主席的这段话，讲得是多么深刻，看得是多么长远。但是，当时敲响我的心弦的还是这段的第一句："人民的国家是保护人民的。"那时远在异国的我，空虚寂寞、苦闷消沉，好像一个迷路的孩子，在暴风雨之夜，在深山丛林的没膝泥泞中挣扎行走。远近的重峰叠嶂之中，不时传来悚人的虎啸和猿啼……这时，我是多么切望在我眼前会奇迹般出现一盏指路的明灯，一只导引的巨手呵！

现在，这奇迹出现了！一盏射眼的明灯向我照来了，一只温暖的巨手向我伸来了。黑暗扫空了，虎猿驱散了，我要走上一条无限光明幸福的道路，只要我能站立起来，牵住这只巨手，一直走下去！

我满怀着希望和喜悦，把这本光辉的小册子揣在胸前，从危崖下走了上去。我精神焕发，我步履轻健，新生命已经投入到我的困乏憔悴的躯体。从此我有了保护我的国家，有了导引我的救星，我不再是一个无靠的孤儿了。

两年之后，我回到了社会主义的祖国，来到了毛主席身边。在这备受阳光雨露的二十多年中，当我在改造自己来适应新社会的需求、来为人民服务的道路上，长久不能摆脱从旧社会得来的坏习惯和坏思想，而踏步不前的时候，毛主席就在这关键时候，给我以最大的聆受教导的幸福，给我以最大的继续前进的力量。

毛主席教导我说："知识分子如果不和工农民众相结合，则将一事无成。""必须和新的群众相结合，不能有任何迟疑。"

当这些训诲在我耳边响起时，毛主席的慈蔼高大的形象，一幅一幅地在我眼前升起：在中南海葱绿如茵的草地上，毛主席笑容满面地向着我们走来；在雄伟庄严的天安门城楼上，毛主席微笑地向着我们招手；在红旗高悬、绿丛低护的人民大会堂台上，毛主席微笑地在倾听人民代表们的发言……

这时，我所拜谒过的广州的农民运动讲习所、江西的井冈山、贵州的遵义……这些毛主席从事伟大的革命活动，留下了心血和手泽的圣地的景象，我都重新瞻仰了一遍……而尤其是去年7月12日的清晨，我在湖南韶山毛主席旧居荷花池畔的三十分钟，更是我一生中最激动最幸福的时刻！

我在日记中写道：

> 这是我一生中最激动最幸福的时刻！
>
> 我独自站在毛主席旧居的荷花池畔，朝阳下万籁无声，空气是这样的清新，稻田是这样的碧绿，韶山是这样的青翠。在这清极静极的背景前面，毛主席旧居是那样的朴素，那样的

关于女人和男人

庄严！这是中国各族人民和全世界革命人民心中的红太阳冉冉地喷薄升起的圣地呵！我能和这千千万万，万万千千的革命人民，同来瞻仰这座故居，我是多么幸福呵！

　　我独自站在荷花池畔，毛主席旧居的大门还没有开启……我忽然觉得这一朵朵婷婷出水的光艳的荷花，在晨风中一齐仰首，就像一张张肤色不同、年龄不同的革命人民的容光焕发的脸，在万静之中，呼唤出心中的"毛主席万岁！"——而那圆圆的绿绒般的荷叶上流转着的露珠，就像是我那时脸上流着的感激欢喜的热泪……

时间还只过一年呵！在我执笔之顷，我脸上流着的却是悲痛的热泪，而"悲痛"二字，能够表达我心里的奔腾澎湃的感情吗？

　　窗外是灿烂的朝阳，万千条的杨柳在阳光中摇曳。柳外的高楼仍在矗立。墙外的流水般的车辆仍在宽阔平坦的大道上驰走，我听到了它们隆隆前进的声音……

　　我站了起来，展开眼泪浸透的纱巾，铺在窗台上，让它在这灿烂的阳光下晒干。毛泽东思想是永远不落的太阳。毛主席没有离开我们，毛主席永远活在我们千千万万各族人民的心中！

毛主席呵毛主席，我一定要化悲痛为力量，永远在您思想的指示下，教育自己改造自己。我将以您的思想的宝剑，把我和资产阶级的千丝万缕的联系，连根斩断，使我有一个自由轻健的身心，追随工农兵之后，继续前进！我的岁月是有限的，我的能力是很小的，但我一定要努力继承您的遗志，努力做一个您所希望我做的有益于人民的人！

1976 年 9 月 11 日

关于女人和男人

永远活在我们心中的周总理

　　我从心底感谢党中央，一举粉碎了万恶不赦的"四人帮"，使我终于能在敬爱的周总理逝世一周年的日子里，"笔与泪俱"地写下了我这篇悼念的文字！

　　我的排山倒海而来的关于周总理的回忆，即使千管齐下，也写不尽我亲眼看到，亲耳听到的，总理为党、为国、为人民所作出的一切巨大的贡献。我还是勒住我这支野马似的奔腾的笔，只写出我感受最深的几段吧！

　　1941年的春天，我在重庆的中华全国文艺界抗敌协会的欢迎会上，第一次幸福地见到了周总理。这次集会是欢迎从外地来到重庆的文艺工作者的。会开始不久，总理从郊外匆匆地赶来。他一进到会场，就像一道阳光射进阴暗的屋子里那样，里面的气氛顿然不同了，人们顿然地欢喜活跃起来了！总理和我们几个人热情地握过手，讲了一些欢迎的话。这些话我已记不清了，因为这位磁石般的人物，一下子就把我的注意力吸引住了！只见他不论走到会场的哪一个角落，立刻就引起周围射来一双双钦敬的眼光，仰起一张张喜悦的笑脸。他是一股热流、一团火焰，给每个人以无限的光明和希望！这在当时雾重庆的悲观、颓废、窒息的生活气氛之中，就像是一年难见几次的灿烂的阳光！

我们和总理的较长的谈话，是在我们从日本回来后的1952年的一个初夏夜晚。这一天午后，听说总理要在今晚接见我们，我们是怎样地惊喜兴奋呵！这一下午，只觉得夏天的太阳就是这样迟迟地不肯落了下去！好容易时间到了，一辆汽车把我们带进了夜景如画的中南海，直到总理办公室门口停住。总理从门内迎了出来，紧紧地握住我们的手，笑容满面地说："你们回来了！你们好啊？"这时，我们就像海上沉舟，遇救归来的孩子，听到亲人爱抚的话语那样，悲喜交集得说不出话来。总理极其亲切地招呼我们在他旁边坐下，极其详尽地问到我们在外面的情况，我们也就渐渐地平静下来，欢喜而尽情地向总理倾吐述说了我们的一切经历。时间到了午夜，总理留我们和他共进晚餐。当我看到饭桌上只有四菜一

　　　　　　　　　关于女人和男人

汤，而唯一的荤菜还是一盘炒鸡蛋时，我感到惊奇而又高兴。惊奇的是总理的膳食竟是这样的简单，高兴的是总理并没有把我们当做外人。在我们谈话吃饭之间，都有工作人员送进文件，或是在总理耳边低声说话，我们虽然十分留恋这宝贵的时刻，但是我们也知道总理日理万机，不好久坐，吃过了饭不久，我们就依依不舍地告辞了。总理一直热情地送到车边，他仰望夏空的满天星斗，感慨地对我说："时光过得多快呵，从'五四'到现在已经三十多年了！"我听了十分惭愧！从"五四"以来的几十年中，我走了一条多么曲折的道路啊！

这以后，我又多次陪着外国朋友一起受到了总理的接见。这些情景也就像眼前事情一样地生动：总理从外面微笑地走了进来，大家立刻感到满座的春风，纷纷起立……总理对外国友人，总是那样的从容大方，谦虚和蔼，周旋应对之间，谈笑风生。他的一言一动，一扬眉，一挥手，都让客人们全神贯注。会后，外国友人总是对我们点头赞叹说："你们的总理，真是当今世界上少有的政治家！他关心的是全世界人类的大事，他熟悉我们每一个国家的历史和文化，他甚至也知道我们每一个人的经历。他的风度，庄重而又洒脱；他的谈话，严肃而又幽默。一次的会见，就给我们以毕生难忘的印象。他使我们感到我们所从事的人民友好的工作，是有光明的前途的。有像他这样的人，做国家的总理，是你们的幸福，也是我们友好人民的幸福。"听到这些话，我们除了对外国朋友表示衷心感谢之外，还感到无限的由衷的自豪！

总理和我最后的一次较长的谈话，是在1972年的秋天。那天，我参加招待外宾的宴会，到得早了一些，就在厅外等着，总理出来看见我，就叫我进去，"喝杯茶谈谈"。这间大厅墙上挂的是一张大幅的延安风景画，总理问我："去过延安没有？"我说："还没有呢，我真想在我还能走动的时候，去拜谒一次。"总理笑问："你多大年纪了？"我说："我都七十二岁了！"总理笑说："我比你还大两岁呢。"接着他就语重心长地说："冰心同志，你我年纪都不小了，对党对人民就只能是'鞠躬尽瘁'这四个字啊！"我那时还不知道总理已经重病在身了，我还没有体会到这"鞠躬尽瘁"四个字的沉痛的意义！总理的革命意志是多么坚强呵！现在又使我想起，就是1974年的国庆宴会，总理含笑地出现在欢声雷动的宴会厅里，他是那样的精神焕发，他的简洁的讲话，是那样的雄浑而有力！最后，就是1975年1月，总理在

关于女人和男人

四届人大做政治报告的那一天晚上，他站在主席台入场的门口，和进场的代表们一一握手。我到他跟前的时候，他微笑地问我："冰心同志，身体好吗？"当我告诉他，我身体很好的时候，他握着我的手，又叮咛了一句："要好好地保重啊。"我哪里想到，这一句话就是总理对我的最后的嘱咐呢？！

这一夜的人民大会堂里，灯光如昼，万众无声，总理的声音，是那样的洪亮，那样的充满了乐观精神！他把这篇关系到我们的党和国家的百年大计的政府工作报告，一字不遗地从头到尾朗读了下去，直到读完"团结起来，争取更大的胜利"的时候，台上台下暴风雨般的掌声，把雄伟的人民大会堂都震动了！这就是我们敬爱的周总理最后一次的政治报告呵，总理是怎样地坚持到底，用尽他毕生的精力呵！

我也参加过几次总理和少数几个人的谈话，那就像家人骨肉的闲叙家常，总理的谈话总是恳挚而亲切的。谈到老知识分子的思想改造，总理就恳切地谈着自己的家庭出身，谈着自己参加革命的经过，强调思想改造必须出于自觉自愿，有了革命的觉悟，才能在思想改造上下苦工夫，才能不断进步。总理也强调通过思想改造，知识分子对新中国就能作出应有的贡献。总理的许多次谈话，都使我受到很大教益，深深印刻在我的心里。

1976年1月8日，我们敬爱的周总理和我们永别了！噩耗传来，世界震动，举国哀伤。而利令智昏的"四人帮"为了篡党夺权的需要，竭力想推倒总理这一尊中流砥柱的高大形象。他们一叶障目，只手遮天，利用他们把持的宣传工具，妄图封锁、贬低国内外亿万人民对周总理的沉痛哀悼。他们还不准开追悼会，不准献花圈，不准佩戴白花和黑纱……但是发自人民内心深处的哀痛洪流，是遏止不住的！总理的照片，在家家户户的墙上挂起来了，千万条黑纱，千万朵白花，在人们的臂上胸前佩戴起来了，大大小小的花圈，川流不息地送到了天安门广场！总理逝世后的那几天，严冬的天安门，成了花的海洋！那几夜，满月的银光，映照着千千万万人们脸上的泪光！悲愤的眼泪啊，汇成了一泻千里的洪流，向着"四人帮"这一堵人人掩鼻的粪土之墙，涌去，冲去——

面对着总理的遗像，我在心底曾多次地默诵着："安息吧，敬爱的周总理！党胜利了，无产阶级胜利了，人民胜利了！如今，意气风发的中国人民，正在遵照您讲述过的毛主席的教导，'我们要保持过去革命战争时期的那么一股劲，那么一股革命热情，那么一种拼命精神'，在党的坚强领导下，同心协力，热火朝天地建设我们社会主义的现代化国家。

"至于我们自己，也请您放心，我们将在中国共产党领导下的社会主义祖国里，心情舒畅地度过我们幸福的晚年。我们将永远向您学习，以毛泽东思想教育自己，改造自己，在自己的工作岗位上，为社会主义祖国的革命和建设，为统一祖国，鞠躬尽瘁地贡献上自己的一切。

"安息吧，敬爱的周总理，您的撒在祖国大地上的洁白的骨灰，将在每一年的明媚春光中，映照着这片大地上一望无际的畅茂生长的庄稼和花木。您的撒在祖国江河里的洁白的骨灰，将和奔涌东去的长江大河，一同流入广阔的海洋。每一朵拍着全球海岸的浪花，都将把您所宣扬的毛主席的'全世界各国人民的正义斗争，都是互相支持的'这句鼓舞人心的慰语，送到全世界革命人民的耳中。

"安息吧，敬爱的周总理，您将永远，永远地活在我们的心里。"

1976 年 12 月 22 日

悼郭老

1978 年 6 月 12 日 16 时 50 分，一颗中国当代科学文化的巨星，拖着万丈光芒从我们头上飞逝了，陨落了！

他并没有陨落，他永远不会陨落。他永远在广漠的宇宙中，横空飞驰。

六十多年以前，郭老在他的一首长诗《星空》中写道：

我迎风向海上飞驰，

人籁无声，

古代的天才

从星光中显现！

巴比伦的天才，

埃及的天才，

印度的天才，

中州的天才，

星光不灭，

你们的精神

永远在人类之头昭在！

泪珠一样的流星坠了，

已往的中州的天才哟！……

……

唉，我仰望着星光祷告，

……

鸡声渐渐起了，

初升的朝云哟，

我向你再拜，再拜。

现在，我在初升的朝云映照之下，来写悼念郭老的文字，我几次住笔沉吟，我这支小小的笔，实在写不尽他的热情潮涌、才调纵横的一生，写不尽他的前进的一生，革命的一生，创造的一生。我只能从我自己对他的景仰说起。

我在 20 年代，就拜读过郭老的新诗，如《女神》、《凤凰涅槃》、《星空》，以及译诗译文，如《浮士德》、《少年维特之烦恼》和这以后的许多作品。我对于这位诗人气魄之雄大，学识之精湛，有着很深的敬佩！他的创作固然是清艳雄奇，而他的译诗译文，也是青出于蓝，不同凡响！不是对于中西文学、文化，都有很深的研究者，是发挥不出来的。

我们也听到诗人在大革命时代投笔从戎，以后又到了日本。他的研究文、史、哲方面的文章，都在我们年轻人中间传诵着。而我和郭老相识，还是1941年至1946年间在抗战时期的重庆。

那时郭老正在敬爱的周总理的领导下，从事抗日救亡运动，我也算是中华全国文艺界抗敌协会之一员。虽然我因病久住在重庆郊外的歌乐山，深居简出，但也还有些朋友登山造访，其中就有郭老、老舍先生和其他人士。我记得在一个夏天的下午，郭老和老舍先生，冯乃超同志等上山来了，在我门外的山坡上，万树浓阴之中，遥望蜿蜒如带的嘉陵江，清谈了半日。过了几天，老舍先生就送来一张郭老赠我的条幅，上面写着一首五律，还有跋语，我记得诗上写着：

怪道新词少，病依江上楼。
碧帘锁烟霭，红烛映清流。

　　　　　　　　　　关于女人和男人

婉婉唱随乐，殷殷家国忧。

微怜松石瘦，贞静立山头。

这十年来，我所珍藏的友人赠书、赠字、赠画，丧失殆尽，郭老这张条幅也在其中！在我追怀悼念一位良师益友的时候，就会忆起我的每一件失去的珍藏的诗画，这对于我都是不可弥补的损失！

幸而我还能看到许多郭老的字迹，有的是录毛主席的或是他自己的诗词，在毛主席纪念堂，在人民大会堂以及国内外的其他集会或名胜的地方，都能看到他热情奔放、龙蛇飞舞的笔迹。

郭老是字如其人，文如其人，他的感情是坚贞的、纯一的。他热爱祖国，热爱人民，热爱拯救祖国人民的中国共产党，热爱毛泽东主席，热爱中国人民的好总理周恩来同志，以及每一个为人民的自由幸福而献身的革命前辈。他以马克思主义和毛泽东思想的光辉，投射在他涌溢的热情之上，写出了许许多多诗、词、论文、剧本……来团结、歌颂了中国和世界的劳动人民，来抨击、反对了全世界劳动人民的敌人。我有幸地几次在郭老领导之下，参加了国际的会议，听到了郭老精彩风趣的即席发言，更时常在招待国际友人的场合，看见郭老在国际友人的敦恳围观之下，欣然命笔，郭老的发言总是逸趣横生，写的字则是笔花四照。郭老以其美妙的语言和文字艺术，把团结人民，教育人民，打击敌人，消灭敌人的革命政治内容发挥得恰到好处，这一点我感到是可学而不可及的！

郭老和我们永别了！但他是在写"大快人心事，揪出'四人帮'"之后，是在为全国科学大会写出了《科学的春天》那篇响彻云霄的向科学进军的号角的闭幕词之后，是在为中国文联常委会扩大会议写出了《衷心的祝愿》的闭幕词之后，才快意地与世长辞。他勉励我们要好好学习博大精深的毛泽东思想，要牢记敬爱的周总理对文艺界的培育与关怀，他要我们"敢于坚持真理，同人民群众心连心，按照党和人民的要求，放开笔来写，拿起笔来投入战斗，把'四人帮'设置的种种精神枷锁踏在脚下，深刻地、光彩夺目地反映我们伟大的时代"。

郭老！您的精神，永远在人类之头昭在。您就欢乐豪放地在无边无际的宇宙中迎风飞驰吧！我们这些还在祖国土地之上的您的景仰者，定将努力拿起笔来投入战斗，把"四人帮"设置的种种精神枷锁踏在脚下，深刻地、光彩夺目地反映我们伟大的时代！

1978 年 6 月 20 日

关于女人和男人

老舍和孩子们

　　我认识老舍先生是在 30 年代初期一个冬天的下午。这一天，郑振铎先生把老舍带到北京郊外燕京大学我们的宿舍里来。我们刚刚介绍过，寒暄过，我给客人们倒茶的时候，一转身看见老舍已经和我的三岁的儿子，头顶头地跪在地上，找一只狗熊呢。当老舍先生把手伸到椅后拉出那只小布狗熊的时候，我的儿子高兴得抱住这位陌生客人的脖子，使劲地亲了他一口！这逗得我们都笑了。直到把孩子打发走了，老舍才掸了掸裤子，坐下和我们谈话。他给我的第一个难忘的印象是：他是一个热爱生活、热爱孩子的人。

　　从那时起，他就常常给我寄来他的著作，我记得有：《老张的哲学》、《二马》、《小坡的生日》，还有其他的作品。我的朋友许地山先生、郑振铎先生等都告诉过我关于老舍先生的家世、生平，以及创作的经过，他们说他是出身于贫苦的满族家庭，饱经忧患，他是在英国伦敦大学东方学院教汉语时，开始写他的第一部小说《老张的哲学》的，并说他善于描写劳动人民的生活和感情，很有英国名作家狄更斯的风味等等。我自己也感到他的作品有特殊的魅力，他的传神生动的语言，充分地表现了北京的地方色彩，充分地传达了北京劳动人民的悲愤和辛酸、向往与希望。他的幽默里有伤心的眼泪，黑暗里又看到了阶级友爱的温暖和光明。每一个书中人物都用他或她的最合身份、最地道的北京话，说出了旧社会给他们打上的烙印或创伤。这一点，在我们一代的作家中是独树一帜的。

我们和老舍过往较密的时期，是在抗战期间的重庆。那时我住在重庆郊外的歌乐山，老舍是我家的熟客，更是我的孩子们最欢迎的人。"舒伯伯"一来了，他们和他们的小朋友们，就一窝蜂似的围了上来，拉住不放，要他讲故事，说笑话，老舍也总是笑嘻嘻地和他们说个没完。这时我的儿子和大女儿已经开始试看小说了，也常和老舍谈着他的作品。有一次我在旁边听见孩子们问："舒伯伯，您书里的好人，为什么总是姓李呢？"老舍把脸一绷，说："我就是喜欢姓李的！——你们要是都做好孩子，下次我再写书，书里的好人就姓吴了！"孩子们都高兴得拍起手来，老舍也跟着大笑了。

因为老舍常常被孩子们缠住，我们没有谈正经事的机会。我们就告诉老舍："您若是带些朋友来，就千万不要挑星期天，或是在孩子们放学的时候。"于是老舍有时就改在下午一两点钟和一班朋友上山来了。我们家那几间土房子是没有围墙的，从窗外的山径上就会听见老舍豪放的笑声："泡了好茶没有？客人来了！"我记得老舍赠我的诗笺中，就有这么两句：

闲来喜过故人家，
挥汗频频索好茶。

现在，老舍赠我的许多诗笺，连同他们夫妇赠我的一把扇子——一面写的是他自己的诗，一面是胡絜青先生画的花卉，在"四人帮"横行的时候，都丢失了！这个损失是永远补偿不了的！

抗战胜利后，我们到了日本，老舍去了美国。这时我的孩子们不但喜欢看书，而且也会写信了。大概是因为客中寂寞吧，老舍和我的孩子们的通信相当频繁，还让国内的书店给孩子们寄书，如《骆驼祥子》、《四世同堂》等等。有一次我的大女儿把老舍给她信中的一段念给我听，大意是：你们把我捧得这么高，我登上纽约的百层大楼，往下一看，觉得自己也真是不矮！我的小女儿还说："舒伯伯给我的信里说，他在纽约，就像一条丧家之犬。"一个十岁的小女孩，哪里懂得一个热爱祖国、热爱人民的作家，去国怀乡的辛酸滋味呢？

1951年，我们从日本回来。1952年的春天，我正生病，老舍来看我。他拉过一张椅子，坐在我的床边，眉飞色舞地和我谈到解放后北京的新人新事，谈着毛主席和周总理对文艺工作者的鼓励和关怀。这时我的孩子们听说屋里坐的客人是"舒伯伯"的时候，就都轻轻地走了进来，站在门边，静静地听着我们谈话。老舍回头看见了，从头到脚扫了他们一眼，笑问："怎么？不认得舒伯伯啦？"这时，这些孩子已是大学、高中和初中生了，他们走了过来，不是拉着胳膊抱着腿了，而是用双手紧紧握住"舒伯伯"的手，带点羞涩地说："不是我们不认得您，是您不认得我们了！"老舍哈哈大笑地说："可不是，你们都是大小伙子，大小姑娘了，我却是个小老头儿了！"顿时屋里又欢腾了起来！

1966年9月的一天，我的大女儿从兰州来了一封信，信上说："娘，舒伯伯逝世了，您知道吗？"这对我是一声晴天霹雳，这么一个充满了活力的人，怎么会死呢！那时候，关于我的朋友们的消息，我都不知道，我也无从知道……

"四人帮"打倒了以后，我和我们一家特别怀念老舍，我们常常悼念他，悼念在"四人帮"疯狂迫害下，我们的第一个倒下去的朋友！前几天在电视上看到《龙须沟》重新放映的时候，我们都流下了眼泪，不但是为这感人的故事本身，更是因为"人民的艺术家"没有能看到我们的第二次解放！1953年在我写的《陶奇的暑期日记》那篇小说里，在7月29日那一段，就写到陶奇和她的表妹小秋看《龙须沟》影片后的一段对话，那实际就是我的大女儿和小女儿的一段对话：

> 看完电影出来……我看见小秋的眼睛还红着，就过去搂着她，劝她说："你知道吧，这都是解放以前的事了。后来不是龙须沟都修好了，人民日子都好过了吗？我们永远不会再过那种

苦日子了。"

小秋点了点头，说："可是二姐子已经死了，她什么好事情都没有看见！"我心里也难受得很。

二十五年以后，我的小女儿，重看了《龙须沟》这部电影，不知不觉地又重说了她小时候说过的话："'四人帮'打倒了，我们第二次解放了，可惜舒伯伯看不见了！"这一次我的大女儿并没有过去搂着她，而是擦着眼泪，各自低头走开了！

在刚开过的中国文联全委扩大会议上，看到了许多活着而病残的文艺界朋友，我的脑中也浮现了许多死去的文艺界朋友——尤其是老舍。老舍若是在世，他一定会作出揭发"四人帮"的义正词严淋漓酣畅的发言。可惜他死了！

关于老舍，许多朋友都写出了自己对于他的怀念、痛悼、赞扬的话。一个"人民艺术家"、"语言大师"、"文艺界的劳动模范"的事迹和成就是多方面的，每一个朋友对于他的认识，也各有其一方面，从每一个侧面投射出一股光柱，许多股光柱合在一起，才能映现出一个完全的老舍先生！为老舍的不幸逝世而流下悲愤的眼泪的，绝不止是老舍的老朋友、老读者，还有许许多多的青少年。老舍若是不死，他还会写出比《宝船》、《青蛙骑士》更好的儿童文学作品，因为热爱儿童，就是热爱着祖国和人类的未来！在党中央向科学文化进军的伟大号召下，他会更以百倍的热情为儿童写作的。

感谢党中央，粉碎了"四人帮"，也挽救了文艺界，使我能在十二年之后，终于写出了这篇悼念老舍先生的文章。如今是大地回春，百花齐放。我的才具比老舍先生差远了，但是我还活着，我将效法他辛勤劳动的榜样，以一颗热爱儿童的心，为本世纪之末的四个现代化的社会主义祖国的主人，努力写出一点有益于他们的东西！

1978 年 6 月 21 日

怀念老舍先生

我们伟大的社会主义祖国，是个统一的多民族的国家。各族人民在共同生活上是团结友爱亲密无间的。二十多年来我住在北京中央民族学院的校园里，我的少数民族的芳邻好友，老的、少的、男的、女的，多得数不过来！我从十二岁以后，就住在北京。北京的居民里，满族人民就比较多，我的许多同学和朋友就都是满族人。老舍先生就是我在文艺界满族朋友中最熟悉最敬佩的一个。

老舍先生出身于一个贫苦的满族家庭。1900年，八国联军侵入北京，大肆劫掠，连这个贫苦的满族人家也遭到了"翻箱倒柜"。那时躺在炕上的不到周岁的老舍先生，竟被扣在一只空箱子下面！在洋兵去后，他的父母才从空箱子下面抱出来了这个不满一岁的舒庆春，后来又名舒舍予，就是现代名闻中外的爱国作家老舍！

关于女人和男人

我和老舍先生认识，是在 30 年代的初期。我和他来往较密是在抗战时期的重庆。当时他在从事文艺界抗敌工作，我也是中华全国文艺界抗敌协会之一员。我因病避居在重庆郊外的歌乐山，他就常常上山来访问闲谈，和我们一家大小，都成了最好的朋友。那时期他赠我们的诗笺不少，如今只剩下了一本三幕剧《面子问题》的手稿。当时他认为这篇稿子写得还工整，送我作为纪念。林彪和“四人帮”横行的时候，我的许多珍藏的朋友赠书、赠画，大半都丧失了，其中包括“文化大革命”前老舍先生夫妇合作的一把诗画扇子。这本三幕剧稿，也只剩下了一部分。这损失，也同老舍先生的不幸逝世一样，永远无法弥补了！

　　老舍先生是一位著名的“人民艺术家”，他的著作，如小说、曲艺、戏剧、诗歌、翻译等等，都是大家所知道的，在此我就不列举了。我在另外一篇纪念他的文章里，曾说过：

　　　　我感到他的作品有特殊的魅力，他的传神生动的语言，充分地表现了北京的地方色彩、本地风光，充分地传达了北京劳动人民的悲愤和辛酸，向往与希望。他的幽默里有伤心的眼泪，黑暗里又看到了阶级友爱的温暖和光明。每一个书中人物都用他或她的最合身份、最地道的北京话，说出了旧社会给他们打上的烙印或创伤。这一点是在我们一代的作家中独树一帜的。

以上讲的，是老舍先生在解放前写的对旧社会揭露、批评、抨击、谴责的作品。解放以后，老舍先生以无限的热情，投入到歌颂新中国、新中国的主人，歌颂党，歌颂毛主席的创作活动之中。他的写作精力是惊人的。他又最会利用他的时间。他在朋友谈话、社会活动和栽花、养猫之间不断完成着他的杰作。他的为人，更是和他的作品一样，爽朗、幽默、质朴、热情。可是就是这么一位难得的满族著名作家，竟在林彪和"四人帮"的摧残压迫之下，不幸与世长辞了！1971年以后，我在会见美国和日本朋友以及回国探亲的华侨和华裔的时候，他们总是十分关怀地问到老舍先生。老舍先生曾到过英、美、日本、南洋等地，在这些中外朋友中间不是陌生的！《骆驼祥子》这本小说在美国风行一时，儿童剧《宝船》曾在日本舞台上演出。对他们的问话，那时节，我除了含着眼泪说"老舍先生已于1966年8月逝世了"之外，能说些什么呢？

老舍先生逝世了，我们这些活着的他的朋友们，要学他的认真学习马列主义和毛泽东思想，和以周总理的"活到老，学到老，改造到老"的教诲，鞭策自己，在党中央的领导下，为了祖国到本世纪之末实现四个现代化的艰巨宏伟的事业，而努力写作下去！

1978年10月

怀念老舍先生

追念振铎

说来已是二十年前的事了！

1958 年 10 月下旬的一个晚上，在莫斯科的欢迎亚非作家的一个群众大会上，来宾台上坐在我旁边的巴金同志，忽然低下头来轻轻地对我说："告诉你一个不幸的消息，你不要难过！振铎同志的飞机出事，18 号在喀山遇难了。"又惊又痛之中，我说不出话来——但是，但是我怎能不难过呢？

就是在那一年—— 1958 年——的国庆节的观礼台上，振铎和我还站在一起，扶着栏杆，兴高采烈地，一面观看着雄壮整齐的游行队伍，一面谈着话。他说：他要带一个文化代表团到尼泊尔去。我说我也要参加一个代表团到苏联去。他笑说："你不是喜欢我母亲做的福建菜吗？等我们都从外国回来时，我一定约你们到我家去饱餐一顿。"当时，我哪里知道这就是他对我说的，最后一次的充满了热情和诙谐的谈话呢？

在我所认识的许多文艺界朋友之中（除了我的同学以外），振铎同志恐怕是最早的一个了。那就是在"五四"时代，"福建省抗日学生联合会"里。那时我还是协和女子大学预科的一年级学生，只跟在本校和北京大学、女子师范学校，和其他大学的大学生之后，一同开会，写些宣传文字和募捐等工作。因为自己的年纪较小，开会的时候，静听的时候多，发言的时候少，许多人我都不认识，别人也不认识我，但我却从振铎的慷慨激昂的发言里，以及振铎给几个女师大的大同学写的长信里，看到他纵情地谈到国事，谈到哲学、文学、艺术等，都是大字纵横、热情洋溢。因此，我虽然没有同他直接谈过话，对于他的诚恳、刚正、率真的性格，却知道得很清楚，使我对他很有好感。

这以后，他到了上海，参加了《小说月报》的编辑工作。我自己也不断地为《小说月报》写稿，但是我们还是没有直接通过信。

我们真正地熟悉了起来，还是在1931年秋季他到北京燕京大学任教以后，我们的来往就很密切了。他的交游十分广泛，常给我介绍一些朋友，比如说老舍先生。振铎的藏书极多，那几年我身体不好，常常卧病，他就借书给我看，在病榻上我就看了他所收集的百十来部的章回小说。我现在所能记起的，就有《醒世姻缘》、《野叟曝言》、《绿野仙踪》等，都是我所从未看过的。在我"因病得闲"之中，振铎在中国旧小说的阅读方面，是我的一位良师益友，这一点是我永远不会忘怀的。那几年他还在收集北京的名笺，和鲁迅先生共同编印《十竹斋笺谱》。他把收集来的笺纸，都分给我一份，笺谱印成之后，他还签名送给我一部，说"这笺谱的第一部是鲁迅先生的，第二部我自己留下了，第三部就送给你了"。这一部可贵的纪念品，和那些零散的名贵的北京信笺，在抗战期间，都丢失了！

　　振铎在燕京大学教学，极受进步学生的欢迎，到我家探病的同学，都十分兴奋地讲述郑先生的引人入胜的讲学和诲人不倦的进步的谈话。当他们说到郑先生的谈话很有幽默感的时候，我忆起在1934年，我们应平绥铁路局之邀，到平绥沿线旅行时，在大同有一位接待的人员名叫"屈龙伸"，振铎笑说："这名字很有意思，"他忽然又大笑说，"这个名字可对张凤举（当时的北大教授）。"我们都大笑了起来，于是纷纷地都把我们自己的名字和当时人或古人的名，对了起来，"郑振铎"对"李鸣钟"（当时西北军的一个军官），我们旅行团中的陈其田先生，就对了"张之洞"，雷洁琼女士就对了"左良玉"，"傅作义"就对了"李宗仁"等。这些花絮，我们当然都没有写进《平绥沿线旅行纪》里，但当时这一路旅行，因为有振铎先生在内，大家都感到很愉快。

振铎在燕大教学，因为受到进步派的欢迎，当然也就受到顽固派的排挤，因此，当我们在1936年秋，再度赴美的时候，他已经回到上海了。他特别邀请朋友给我们饯行。据我的回忆，我是在那次席上，初次会到茅盾同志的。胡愈之同志也告诉过我，他是在那次饯别宴上，和我们初次会面的。也就是在那次席上，我初次尝到郑老太太亲手烹调的福建菜。我在太平洋舟子，给振铎写了一封信，信上说："感谢你给我们的'盛大'的饯行，使我们得以会见到许多闻名而未见面的朋友……更请你多多替我们谢谢老太太，她的手艺真是高明！那夜我们谈话时多，对着满桌的佳肴，竟没有吃好。面对这两星期在船上的顿顿无味的西餐，我总在后悔，为什么那天晚上不低下头去尽量地饱餐一顿。"

抗战胜利后，我从重庆先回到上海，又到他家去拜访，看见他的书架上仍是堆着满满的书，桌子上，窗台上都摆着满满的大大小小的陶俑。我笑说："我们几经迁徙，都是'身无余物'了，你还在保存收集这许多东西，真是使人羡慕。"他笑了一笑说："这是我的脾气，一辈子也改不了！"

1951年我从日本回国，他又是第一批来看我的朋友中之一。我觉得新中国的成立，使他的精力更充沛了，勇气更大了，想象力也更丰富了。他手舞足蹈地讲说他正在共产党和毛主席的领导下，为他解放前多年来所想做而不能做的促进中国文学艺术的发展，贡献出他的全部力量。他就是这么一个精力充沛热情横溢的人。虽然那天晚上巴金劝我不要难过（其实我知道他心里也是难过的），我能不难过吗？我难过的不只是因为我失去了一个良师益友，我难过的是我们中国文艺界少了一个勇敢直前的战士！

在"四害"横行，道路以目的时期，我常常想到振铎，还为他的早逝而庆幸！我想，像他这么一个十分熟悉30年代上海文艺界情形，而又刚正耿直的人，必然会遇到像老舍或巴金那样的可悲的命运。现在"四人帮"

　　　　　　　　　关于女人和男人

打倒了，满天春气，老树生花，假使他今天还健在，我准知道他还会写出许多好文章，做出许多有益的事！我记得我们敬爱的周总理，曾在我们大家面前说过，他和老舍、振铎、王统照四个人，都是戊戌政变（1898年）那年生的。算起来都比我大两岁。我现在还活了下来！我本来就远远、远远地落在他们的后面，但是一想起他们，就深深感到生命的可贵，为了悼念我所尊敬的朋友，我必须尽上我的全部力量，去做人民希望我做而我还能够做的一切的事。

1978 年 11 月 17 日

追念振铎

腊八粥

从我能记事的日子起，我就记得每年农历十二月初八，母亲给我们煮腊八粥。

这腊八粥是用糯米、红糖和十八种干果掺在一起煮成的。干果里大的有红枣、桂圆、核桃、白果、杏仁、栗子、花生、葡萄干等等，小的有各种豆子和芝麻之类，吃起来十分香甜可口。母亲每年都是煮一大锅，不但合家大小都吃到了，有多的还分送给邻居和亲友。

母亲说：这腊八粥本来是佛教寺煮来供佛的——十八种干果象征着十八罗汉，后来这风俗便在民间通行，因为借此机会，清理橱柜，把这些剩余杂果，煮给孩子吃，也是节约的好办法。最后，她叹一口气说："我的母亲是腊八这一天逝世的，那时我只有十四岁。我伏在她身上痛哭之后，赶忙到厨房去给父亲和哥哥做早饭，还看见灶上摆着一小锅她昨天煮好的腊八粥，现在我每年还煮这腊八粥，不是为了供佛，而是为了纪念我的母亲。"

我的母亲是1930年1月7日逝世的，正巧那天也是农历腊八！那时我已有了自己的家，为了纪念我的母亲，我也每年在这一天煮腊八粥。虽然我凑不上十八种干果，但是孩子们也还是爱吃的。抗战后南北迁徙，有时还在国外，尤其是最近的十年，我们几乎连个"家"都没有，也就把"腊八"这个日子淡忘了。

今年"腊八"这一天早晨，我偶然看见我的第三代几个孩子，围在桌旁边，在洗红枣，剥花生，看见我来了，都抬起头来说："姥姥，以后我们每年还煮腊八粥吃吧！妈妈说这腊八粥可好吃啦。您从前是每年都煮的。"我笑了，心想这些孩子们真馋。我说："那是你妈妈们小时候的事情了。在抗战的时候，难得吃到一点甜食，吃腊八粥就成了大典，现在为什么还找这个麻烦？"

他们彼此对看了一下，低下头去，一个孩子轻轻地说："妈妈和姨妈说，您母亲为了纪念她的母亲，就每年煮腊八粥，您为了纪念您的母亲，也每年煮腊八粥。现在我们为了纪念我们敬爱的周总理，周爷爷，我们也要

腊八粥   477

每年煮腊八粥！这些红枣、花生、栗子和我们能凑来的各种豆子，不是代表十八罗汉，而是象征着我们这一代准备走上各条战线的中国少年，大家紧紧地、融洽地、甜甜蜜蜜地团结在一起……"他一面从口袋里掏出一小张叠得很平整的小日历纸，在1976年1月8日的下面，印着"农历乙卯年十二月八日"字样。他把这张小纸送到我眼前说："您看，这是妈妈保留下来的。周爷爷的忌辰，就是腊八！"

我没有说什么，只泫然地低下头去，和他们一同剥起花生来。

1979年2月3日凌晨

关于女人和男人

追念闻一多先生

　　闻一多先生是我所敬佩的诗人，他的诗从《红烛》到《死水》，差不多每首我都读过。他学贯中西，对于中国的古诗和西洋诗都有很深的研究和造诣。中西的诗的格律他都能融会贯通，用起来流畅自如，得心应手。因此他的诗读起来总是那么顺口，那么有力，那么自然，那么铿锵。他自己曾经说过："诗的实力不独包括音乐的美（音节），绘画的美（词藻），并且还有建筑的美（节的匀称和句的均齐）。"他的诗大都做到了这几点，只是后写的《死水》比《红烛》更为凝炼谨严一些。

　　我不是诗人，我说不出评诗的内行话，作为一个诗的爱好者，联系到闻一多先生的一生，与其说是诗如其人，还不如说他自己就是一首诗——一首爱自由、爱正义、爱理想的诗，一首伟大的爱国诗篇！

我和一多先生的晤面谈话，往多里说，也只有七八次。我记得第一次是在1925年春天，我们在美国波士顿的留学生演古典剧《琵琶记》，一多先生从纽约来波士顿过春假，因为他是学美术的，大家便请他替演员化妆。剧后的第二天，一多先生又同几位同学来看我。那天人多话杂，也忘了都说些什么了。第二次我记得很清楚的见面，是1930年的夏天，他同梁实秋先生到我们的燕京大学的新居来看我们。（那时我和吴文藻结婚刚满一年。）他们一进门来，挥着扇子，满口嚷热。我赶紧给他们倒上两玻璃杯的凉水，他们没有坐下，先在每间屋子里看了一遍，又在客室中间站了一会，一多先生忽然笑说："我们出去一会就来。"我以为他们是到附近看别的朋友去了，也没有在意。可是不多一会，他们就回来了，一多先生拿出一包烟来，往茶几上一扔，笑说："你们新居什么都好，就是没有茶烟待客，以后可记着点！"说得我又笑又窘！那时我们还不惯于喝茶，家里更没有准备待客的烟。一多先生给我们这个新成立的小家庭，建立了一条烟茶待客的"风俗"。

　　我虽然和一多先生见面的次数不多，但他在我的脑中是个很熟的熟人。吴文藻和他是清华同学，一多先生

　　　　　　　　　　　　　　关于女人和男人

的同学和朋友，差不多我都认识。从他的和我的朋友的口中，我不断地听到他的名字，和他的名字一同提到的，往往是他的诗，更多的是他这个人！他正直，他热情，他豪放，他热爱他的祖国，热爱他的亲朋，热爱一切值得他爱的人和物。他是一团白热的火焰，他是一束敏感的神经！他自己说过："诗人应该是一张留声机的片子，钢针一碰着他就响，他自己不能决定什么时候响，什么时候不响。他完全是被动的。他是不能自主，不能自救的。"所以他的诗就是他的语言，就是发自他内心的欢呼和呐喊，不过他的呼喊，是以有艺术修养的、有节奏的"跨在幻想的狂恣的翅膀上遨游，然后大着胆引吭高歌"出来的！

他在留美时期，怀念乡土，怀念着朋友和亲人，他提早回国来了，他发现在他"尺方的墙内"并没有和平，中国有的是"战壕里的痉挛，疯人咬着病榻，和各种惨剧在生活的磨子下"。他没有办法禁止自己的心跳。抗战时期，他兴奋地随着他教学的清华大学，辗转到了昆明，但是国民党政府的"抗战的成绩渐渐露出马脚"，他的兴奋情绪又因为冷酷的事实而渐渐低落下去。但是越到后来，更加冷酷的事实，使他更是站在进步的年轻人一边，使他觉悟到"真正的力量在人民，我们应该把自己的知识配合他们的力量"。这个时期他没有写诗，但他说："诗是负责的宣传。"他重视诗的社会价值。他把自己的诗人的力量，投入到人民力量的大海怒涛之中，1946年7月15日，他终于拍案而起，横眉怒对国民党的手枪！

作为一个诗人，一多先生写的诗并不比别人多，但是他的死是一首最伟大的诗！早在1926年4月，他在《文艺与爱国——纪念三月十八》那篇文章里，他说："我希望爱自由、爱正义、爱理想的热血要流在天安门，流在铁狮子胡同，但是也要流在笔尖，流在纸上。""也许有时仅仅一点文字上的表现还不够，那便非现身说法不可了。所以陆游一个七十衰翁要'泪洒龙床请北征'，拜伦要战死在疆场上了。所以拜伦最完美、最伟大的一首诗，也便是这一死……"

一多先生死去快三十三年了，今天我写这篇追念我所敬佩的闻一多先生的文章，回顾过去的三十三年，真是想后思前，感慨无尽！毛主席说："我们中国人是有骨气的。"曾经是民主个人主义者，而首先是个爱国者的闻一多先生，一旦找到了和广大人民相结合才能救国的真

　　　　　　　　　　关于女人和男人

理，他就昂首挺胸凛然不屈地迎着"黑暗的淫威"走去，他给我们留下了他的最完美最伟大的诗篇！

我们这些不是诗人，但还是中国人的人，骨气还是要有的！在祖国走向社会主义、共产主义的道路上，也还会遇见各种帝国主义和反动派的"黑暗的淫威"。让我们永远记住毛主席的这句话，永远以闻一多先生为榜样，无论在哪一种的黑暗淫威之下，都努力做一个有骨气的中国人！

1979 年 4 月 19 日

纪念印度伟大诗人泰戈尔

　　罗宾德拉纳特·泰戈尔（Rabindranath Tagore，1861—1941）是印度文化的杰出的代表，也是中国人民的热情诚挚的朋友。在他诞生的一一八周年之际，我作为一个中国人，作为他的敬慕的读者，和他的部分诗文的翻译者，我向他献上我的最诚敬的怀念！

　　泰戈尔的艺术天才是多方面的，他一生写有诗集五十本以上，长篇和中篇小说十二部，短篇小说一百余篇，剧本二十余种，此外还有文学、哲学、政治论文、回忆录、游记、书简等著作，为数极多，同时他还是一位作曲家和画家。

　　我接触泰戈尔的著作，是在 1919 年五四运动以后。我从中文和英文的译本中，看到了这位作家的伟大的心灵、缜密的文思和流丽的词句，这些都把我年轻的心抓

　　　　　　　　　　　　　　　　关于女人和男人

住了。我在 1921 年以后写的所谓"短诗"的《繁星》和《春水》，就是受着他的《离群之鸟》(*The Stray Bird*) 这本短诗集的启发。

从他的著作中（虽然我没有全部读过），我深深地认识到他是印度人民最崇拜最热爱的诗人。他参加领导了印度文艺复兴运动，他排除了他周围的纷乱窒息的、多少含有殖民地奴化的、从英国传来的文化，而深入研究印度自己的悠久优秀的文化。他进到乡村，从农夫、村妇、瓦匠、石工那里，听取他们的疾苦，听取神话、歌谣和民间故事，然后用孟加拉文字写出（有时也自己用英文译出）最素朴最美丽的散文和诗歌。

从他的散文、小说和诗歌中，我们可以看到这位伟大的印度作家是怎样热爱着自己的、有着悠久的优美文化的国家，热爱着这个国家里的爱和平爱民主的劳动人民，热爱着这个国家的雄伟美丽的山川。从这些诗文的行间字里，我们看见了提灯顶罐、巾帔飘扬、神情抑郁的印度妇女，田间路上流汗辛苦的印度工人和农民，园中渡口弹琴吹笛的印度音乐家，海边岸上和波涛一同跳跃喧笑的印度孩子，以及热带地方的郁雷急雨，丛树繁花……我们似乎听得到那繁密的雨点，闻得到那浓郁的花香。

新中国成立后，我作为中印友协的理事，曾三次访问过印度，我还到过泰戈尔的故居，寂乡（Santin-eiketan）的国际大学。瞻仰之余，我更深深地觉得泰戈尔是属于印度人民的，印度人民的生活是他创作的源泉，他如鱼得水地生活在热爱韵律和诗歌的人民中间。他用人民自己生动素朴的语言，精炼成最清新最流丽的诗歌，来唱出印度广大人民的悲哀与快乐，失意与希望，怀疑与信仰。因此他的诗在印度是"家弦户诵"，他永远生活在广大人民的心中！

中国人民对他是感谢和怀念的。1881年他写过一篇《死亡的贸易》，谴责英国向中国倾销鸦片毒害中国人民的罪行。1916年他在日本曾发表谈话，谴责日本帝国主义侵略中国山东的行动。1937年，日本帝国主义发动侵华战争以后，他又屡次发表公开信、谈话、诗篇，谴责日本帝国主义，并支持和同情中国人民的正义斗争。

中国人民文学出版社在泰戈尔诞生一百周年（1961年）的时候，为了纪念他对于发扬印度文化和争取民族独立，对于加强各国人民之间的友谊和保卫世界和平所作的卓越贡献，曾编译出版过十卷《泰戈尔作品集》。我曾根据英文译本，翻译了他的诗集《吉檀迦利》（Gitanjali）和《园丁集》（The Gardener），剧本《齐德拉》（Chitra），以及几十首的诗和几篇短篇小说。我参加这项工作，不但是为了表示我对他的敬慕，也为了要更深入地从他的作品中学到写作的艺术。

我没有会见过泰戈尔，1924年他访华的时候，我正在美国学习。回国后，听陪伴过他的中国朋友说："在泰戈尔离开北京的时候，他很留恋。在车子离开旅馆之前，我的朋友问他：'有什么东西忘了带没有？'（Anything left？）他惆怅地说：'除了我的心之外，我没有忘了带的东西！'（Nothing but my heart!）"

多么深情而有诗意的一句话！作为一个中国人，我也在这里献上我们对他的一颗敬慕的心！

1979年4月28日

追念罗莘田先生

北京语言学会议决定出罗常培先生诞生八十周年纪念文集，并约他的生前好友，写纪念文章。在被约之列的我，既感到光荣，也感到无限的哀戚。

罗常培莘田先生逝世也将二十一周年了。这二十一年之中，中国人民经受了一场史无前例的考验，在一阵动荡飘摇之后，像莘田先生和我这样的"世纪同龄人"，已所余无几了。而在我"晚晴"的年月，我所能得到的慰藉，使我对于祖国有着最大的希望的话，还是从和我一般大年龄的人那里听到的。因此，我想到，假如莘田先生今天还健在，这棵雪后挺立的青松，将对我说出什么样的安慰和鼓励的话呢？

莘田先生是 1958 年 12 月 13 日逝世的，那正是多事之秋。这个时期的事情，比如说：在他病中我们去探望

关于女人和男人

了没有？他的追悼会我们参加了没有？在我的记忆中已经模糊不清了，但是四十余年前我们同在的情景，在我的心幕上却是十分清楚的。

我的老伴吴文藻，他先认识了莘田先生。我记得30年代初期，有一次他从青岛开会回来，告诉我说："我在青岛认识了一位北大语言学教授罗莘田，我们在海边谈了半天的话……"我知道他们一定谈了些社会科学上的问题，因为文藻这个人若不是谈到专业，而且谈得很投机的话，他和人的谈话，是不会谈到"半天"的！

我自己和莘田先生熟悉起来，还是抗战军兴，北京各大学南迁以后。1938年，文藻在云大任教，莘田先生在西南联大任教，我们家住在云南昆明的螺峰街，以后又搬到维新街，那时有几位昆明没有家的联大教授，常到我们家里来做客，尤其是自称为"三剑客"的郑天挺（毅生）先生、杨振声（今甫）先生和罗莘田先生。罗先生是北京人，对于我们家的北方饭食，比如饺子、烙饼、炸酱面等，很感兴趣。我总觉得他不是在吃饭，而是在回忆回味他的故乡的一切！

第二年，我们家搬到昆明附近的呈贡去的时候，他更是我们的周末常客。呈贡是一座依山上下的小城，只有西、南、东三个城门，从我们住的那个北边城墙内的山顶房子里，可以一直走上西门的城楼。在每个星期六的黄昏，估摸着从昆明开来的火车已经到达，再加上从火车站骑马进城的时间，孩子们和我就都走到城楼上去等候文藻和他带来的客人。只要听到山路上的得得马蹄声，孩子们就齐声地喊："来将通名！"一听到"吾乃北平罗常培是也"，孩子们就都拍手欢呼起来。

莘田先生和我们家里大大小小的人，都能说到一起，玩到一起。我们家孩子们的保姆——富奶奶，也是满族——那时还兼做厨娘，每逢她在厨下手忙脚乱，孩子们还缠她不放的时候，莘田先生就拉起孩子的手说："来，来，罗奶奶带你们到山上玩去！"直到现在，已经成为大人的我们的孩子们，一提起罗伯伯，还亲昵地称他做"罗奶奶"。

莘田先生的学术造诣，在学术界早有定评，我是不能多置一词了。而他对于他的学生们在治学和生活上的那种无微不至的诱掖和关怀，是我所亲眼看到又是文藻所最为敬佩和赞赏的。当我们住在昆明城里的时候，我们也常到"三剑客"住所的柿花巷去走走。在那里，书桌上总摆有笔墨，他们就教给我写字。这时常有"罗门

　　　　　　　　关于女人和男人

弟子"如当时的助教吴晓铃先生、研究生马学良先生等（现在他们也都是我们的好友）来找莘田先生谈话，在他们的认真严肃而又亲热体贴的言谈之中，我看出了他们师生间最可贵的志同道合的情谊。吴晓铃先生曾对我讲过：在40年代后期，莘田先生在美讲学时，曾给他的学生们办的刊物写过一篇《舍己耘人》的文章，就是讲做老师的应当有"舍己之田耘人之田"的精神，来帮助学生们做好学术研究的工作。

莘田先生就像爱护自己的眼珠那样爱护自己的学生，尽管他自己对学生们的要求十分严格，却听不得别人对于他学生们的一句贬词。我曾当着莘田先生的面对文藻说："我知道怎样来招莘田生气。他是最'护犊'的，只要你说他的学生们一句不好，他就会和你争辩不休……"莘田先生听了并没有生气，反而不好意思似的笑了起来。他是多么可敬可爱的一个老师呵！

40年代初期，我们住在四川重庆郊外的歌乐山，莘田先生每到重庆，必来小住。我记得我曾替他写的一本游记《蜀道难》作过一篇序。如今这本书也找不到了。

50年代初期，我们从日本归来，莘田先生是最早来看望我们的一个。他和我们的许多老友一样，给我们带来了在新中国生活和工作的舒畅和快乐的气氛，给我们以极大的安慰和鼓舞。

话再说回来，像莘田先生那样一位热爱祖国、热爱人民、热爱工作、热爱给中国带来社会主义的中国共产党，在经过了二十年的考验之后，在拨乱反正、大地回春的今天，一定会有一番充满了智慧而又乐观的话，对我们说的。我们从他在我们心幕上留下的一个坚定地拥护社会主义的爱国者的不朽的形象里，已经得到了保证了！

1979 年 12 月 6 日

　　　　　　　关于女人和男人

不应该早走的人

3月9日早晨，我给李季同志打电话，来讲话的却是丁宁同志。我说："我找李季说话。"她说："李季不在了。"我问："他在哪里？"她哽咽着不知回答些什么。我一下子全明白了——但也一下子全糊涂了！我的脑子里好像塞进了一团泥土。

只在几天以前，我还见过他，我们坐得很近，但没有说上几句话。那是《人民文学》编辑部的优秀短篇小说评奖委员会的一次讨论会，我有事来晚了，想在门边找个地方坐下，李季正在主持这个会，他笑着站起来招手说："佘太君来了，这边坐吧。"说着就把我拉坐在他的旁边。这个会继续开了下去，有几位同志讲过话之后，李季回头对我说："你有事早走，就先讲几句吧。"我把我的意见谈了几句，因为是提前退席，我悄悄地低着头走出来，也没有回望他一眼！

李季和我在一起的时候，总是很高兴，谈话也很幽默，这"佘太君"的外号，就是他给我起的。但是我们谈起公事来，他又是很诚恳，很严肃，总觉得他真是像我们的一位同志说的，"是个金不换的干部"。但是"命运"究竟用了多少比万两黄金还贵重的珍宝把我们这个仅仅五十八岁的大有作为的生命换走了呢？！

19日下午，我去参加了李季的追悼会，进入礼堂，抬头看见了他的满面含笑的遗像！记得他曾经对我说过："我从来不到朋友的追悼会！"是否怕自己太伤感太激动了呢？他没有说明。但是我从来也没有料到我会在一个追悼会上，看到高高挂在礼堂墙上的李季的遗容！

人到老年，对于生、老、病、死这个自然规律，看得平静多了，透彻多了，横竖是早晚的事。不过就年龄而言，就祖国和人民的需要而言，他的确走得太早了，他是一个不应该早走的人！

他匆匆地走了，他走前还安排了许多工作，我只有把他安排给我的一部分工作做好，以此来纪念他！

1980 年 3 月 30 日清晨

悼念茅公

早晨在床上听到茅公逝世的广播，"这个消息终于传来了"，我这样想，眼泪落到了我的枕上。

大约是半个月以前吧，我和在北京医院住着的阳翰笙同志通电话，他对我说："茅公住院了，在一楼，靠氧气维持，情况不太好。"我想起茅公比我大五岁，也有八十五岁的高龄了，心中就觉着不好，我只说："你去看望他时，替我问候问候吧，我自己一时去不了。"

我认识茅公，是通过振铎同志的。先是1921年我的那篇《超人》在《小说月报》发表以后，振铎说："你猜那位写按语的冬芬女士是谁？就是我们的沈雁冰啊！"1936年我第二次出国，路过上海，在振铎给我饯行的席上，我和茅公首次见面。1938年底，茅公到新疆去，路经昆明，在我们家吃了一顿饭。再以后，恐怕就是解放后了，在种种文艺的集会上，我们总能见面。我记得在50年代，我有一次陪金近同志到茅公家里，请他为儿童文学写写文章，他欣然答应了。

以后就是在60年代初期，我们一同参加一个代表团到开罗去，回来在广东从化休息。郭老、茅公、夏衍同志要打"百分"，拉我去凑数，茅公幽默地称我为"该老太太"。在这中间，我们还为一件事打赌，我忘了是什么事，他输给我一张亲笔写的条幅，字迹十分秀劲，我还没有来得及去裱，十年浩劫中被抄走了，一直没有下落！

从茅公，我就想到许多朋友，如郭老，如老舍，如振铎……他们都是当时文坛上朵朵怒放的奇花，花褪残红后，结了硕大深红的果子，果熟蒂落，他们一个个地把自己贡献出来，他们的果核又埋在祖国的大地上，重新萌芽，开花，结果，代代不绝！

这是我现在的感想，我心里非常平静，茅公遗留给我们的深红的果实，是无比地硕大芬香的，茅公这八十五年的光阴并没有白过！

1981年3月28日晨10时

　　　　　　　　　　关于女人和男人

我所钦佩的叶圣陶先生

叶圣陶老先生是我在同时代的文艺界中，所最钦佩的一位前辈。

我第一次读到叶老的作品，是在 20 年代初期，在我母亲订阅的《东方杂志》上的《地动》和《小蚬的回家》，都是描写儿童的短篇小说。他写得那样的自然活泼，对于儿童心理体会得那样细致入微，使我很受感动。此后，凡在报纸杂志上有"圣陶"署名的文章，我都尽先阅读。我觉得这位作者，是个热爱儿童，深切同情劳动人民的"不失其赤子之心"的"大人"！

20 年代后期，我又从顾颉刚先生那里借到了一本《倪焕之》。这是一本热情澎湃的书，说的是一位从事教育的有理想的青年，但在那大变动的年代里，他的努力失败了，希望破灭了，终于寄希望于未来的同自己全然两样的人。这本书引起我很大的同情和共鸣。顾颉刚先生因而对我说道：圣陶这些年来，又当教师，又当编辑，还从事给小学生编写教材的工作，他为教育和文学事业，不知付出了多少心血！郑振铎先生也对我讲：圣陶也是我们文学研究会发起人之一。他在当编辑时还不倦地奖掖青年，丁玲和巴金的处女作，都是经他的手在《小说月报》上发表的。关于这件事，丁玲和巴金自己也对我说过。但是，在解放前，我一直住在北京，对这位心仪已久的前辈，始终没有得到见面的机会。

我有幸见到叶老，是在解放后我从日本回到北京，在文艺界的集会上，常常会见到他。虽然因为人多没有长谈，但是他给我的印象，是谦和慈蔼，淳朴热情，读了他的作品后，我觉得真可以说是文如其人，他恰恰就是我想象中的叶圣陶先生。

此后，又因为叶老和我都是民主促进会的会员，会面谈话的时候就比较多了。在民进代表大会上，我还常听到叶老给我们讲教育或语文教学等等问题，他须眉皓白，声音洪亮，一股纯正诚恳之气，扑人而来。这里，我想到去年11月26日，叶老在《人民日报》上发表的那篇《我呼吁》，读之真是如闻其声，如见其人！

　　　　　　　　　　关于女人和男人

他为着我们千家万户所面临的"片面追求高考升学率造成的不良影响"，他呼吁我们要赶快解救在高考重压之下的中学生。他提醒我们，"爱护后代就是爱护祖国的未来"。

叶老在教育和文学事业上的巨大贡献，他的老朋友们能谈得比我更多更深。我和叶老相见较晚，但只就这短短的几年中，他给我树立了榜样。他的几十年如一日地爱护孩子、爱护祖国未来的精神，我要努力向他学习！

1982 年 2 月 9 日

我所钦佩的叶圣陶先生

《西域小说集》序

　　中央民族学院的几位教师翻译了井上靖先生的《西域小说集》，请我作序。我感到荣幸而又惭愧。我既不懂日文，又没有去过祖国的西北，对于原著中的景物和翻译的甘苦，我都无从充分领略，但是井上靖先生是我很知心的日本朋友，又正因为没有去过西域，我要从井上靖先生这本历史小说中来认识了解我自己国家的西北地区，当年的美梦般的风景和人物。这是我欣然执笔作序，并衷心欢迎这个译本出版的原因。

　　我和井上靖先生的初次会见，我已不记得是哪年哪月的事了。我印象最深的是60年代初期，我随中国作家代表团访问日本时，曾到井上先生家里做客。我看到井上先生满屋满架的书，会见了热情好客的井上夫人，还有井上先生的小女儿——佳子姑娘。她活泼聪明，十分可爱，尤其是她脑后垂着两条又黑又粗的发辫，和中国的女孩子一模一样，见过后很难忘掉。那天井上先生送了我好几本他的大作。他知道我不懂日文，还送我一本英译的《猎枪》。

此后，我们的相见就频繁了。二十余年的往事中，画面重叠地闪过我的心幕。有的在北京，有的在东京，背景有中国的山色，有日本的湖光，无不情景交融，依依如画！最后的一张画面是1981年我病后家居，井上先生和夫人，还有中岛健藏夫人，一定要亲来慰问。我的客室又小，我们和翻译人员一同团团坐下，真是"促膝谈心"了！那次的聚会，在我的记忆中，是永不会磨灭的。

在纪念中日邦交正常化十周年的时期，井上靖《西域小说集》的译本付印了。井上先生在青年时代就对中国汉唐文化和中国西域地区，有了极深的爱慕和向往。正如山本健吉先生为原著所写的《西域小说集解说》所说的："总而言之，可以说井上先生在有关西域的作品里，寄托着他从青年时代就孕育着的梦。那个梦是浪漫主义的憧憬……我确实感觉到了愿意撰写这种小说的作者的热情。"但井上先生在写这本小说集的时候，他还没有到过西域，正如他在这译本的序中所说的，他写作的资料"有的是仰仗于正史材料体现的，有的是依赖于稗史材料表达的，都是没有到实地考察游览过，而提笔一挥而就的"。

他又说，"由于迎来了日中邦交正常化的光辉时代，承蒙中国方面的盛情关照"，他两次到了河西走廊，三次到了塔克拉玛干周围地区，游历了他自己小说中的舞台。虽然西域古代历史已湮没在流沙之下，使得他感慨万千，但他在旅途辛苦之中，还是悠然入梦！他还是觉得："月光、沙尘、干涸的河道、流沙，从古至今，依然如故……这只有在倾注了青年时期心血的小说的舞台上，我才能睡得如此香甜、安稳。"

我十分清楚地记得每次井上先生从西北回到北京和我们相见时，就热情洋溢地和我们谈着他旅游见闻的一切，亲切熟悉，如数家珍。静聆之下，使我敬慕而又感动。

我感谢井上先生，他使我更加体会到我们的国土之辽阔，我国历史之悠久，我国文化之优美。

他是中国人民最好的朋友。

他在中日文化之间，架起了一座美丽的虹桥，我向他致敬！

1982 年 9 月 24 日

　　　　　　　　　　关于女人和男人

悼念廖公

6月10日晚，在电视的屏幕上，忽然出现了满面笑容的廖公的大幅相片，接着就广播廖公逝世的不幸消息。这消息真如同天外飞来的一大块黑红黑红的流星陨石，在国内海外千万人的心地上，炸出了一个永远填不满的"空虚"！

廖公的名字，我早就知道了：他的闻名的革命家庭，他自己一生在国内、在日本、在欧洲的革命工作。他的知友遍天下。我在解放后所到过的海外各地：亚洲、非洲、欧洲、美洲，许多中国侨民和外国朋友，在对我提起廖公的时候，都是赞不绝口。日本朋友尊他为"最大的知日派"，欧美朋友称他为"真正的国际主义者"，海外各地的侨胞们则把他当做通向祖国的"最宽广的渠道"和"最坚固的桥梁"。我以为像他这么一位学贯中西、名闻内外的巨人，见了一定会使人有"望之俨然"的感觉。而在中日邦交恢复后的70年代初期，在外事活动中我和他接触时，我惊喜地发现他是一位豪爽、诚恳、热情的人。他的言谈举止，又是十分地洒脱而风趣。他对外宾除了正式的致词之外，是对哪国人就说哪国话，说得流利而自然，总给人以一种淳真亲切的感觉。这就使我忆起在1973年，在日本樱花时节，廖公率领一个中日友好协会代表团去到日本，我也是团员之一。这是中日邦交正常化后第一个到日本的大型友好访问团，我们到处都受到了日本朝野一致的热烈招待和盛大欢迎。廖公在这些场合，如同回到故乡一样，表现得自然而活跃，他遇见早稻田大学的同学，就拥抱起来，唱着大学的校歌。在日本田中首相接见全体团员的茶话会上，他把在北京萌芽的日本山樱的三片叶子，送到田中首相的手里，说："象征中日友好的山樱花树，已经在中国的土地上茁壮成长了！"这时在首相官邸的大厅里，响起了一片欢腾的掌声。当时我就感到这小小三片的山樱嫩叶，在日本朋友心中的分量，决不在正式礼品如大幅名画或大型牙雕之下！也许就是这一次的访问吧，我记得在一个旅日侨胞的欢迎会上，廖公正用地道的广东话，同主人们

　　　　　　　　　　　　　关于女人和男人

畅谈，大概他发现侨胞里还有一些福建人，他忽然很风趣地笑对大家说："我们团里有一位谢冰心女士，她是福建人，请她用乡音来替我们说几句感谢的话吧。"在大家的鼓掌之下，我只得站起来勉强用我的不地道不娴熟的福建话，说了几句，赶紧又坐下了。我那时虽然觉得很窘，而看到我的同乡侨胞们相视而笑的欢容，我从心底佩服了廖公这位"杰出的社会活动家"的活动艺术！

也就是在这一次访问途中吧，我发现廖公的健康情况并不是太好。在旅馆中朝夕相处，虽然时时可以看到他可掬的笑容，听到他爽朗的笑声，而在用餐时候常常看见廖公夫人经普椿女士在餐后给他吃药，或是把他面前的酒杯拿走，这时他也只抬头一笑。1980年以后的两三年中，我住了四次医院，每次几乎都听说廖公也住院了，不是心脏病犯了，就是骨折，可是他不是一个很听话的病人，常常看见他换了衣服出去开会，或是接见外宾和侨胞。他骨折了坐着转椅，还是南下北上地转！他的活动范围实在太广泛了，他的工作也实在太繁重了，遗憾的是：没有一个人能把他的工作完全顶了下来。

他就这样地坚毅乐观地为祖国统一和世界和平事业，无休止地鞠躬尽瘁，终于在党和人民最最需要他的时候，他就和我们不辞而别了……

我们追了出去，望着他渐行渐远的背影，我们能做些什么来稍稍减轻我们的悲痛呢？像我这样的，千百个人合在一起，也做不好他一个人的工作！但是我想，如果我们大陆上的人民，再加上台湾同胞、港澳同胞以及遍布天涯海角的侨胞，戮力同心，从各方面聚集起来，来促进、完成廖公的遗愿，这排山倒海的力量，应该是"无攻不克"的吧。愿与国人共勉之！

1983 年 6 月

关于女人和男人

他还在不停地写作

我把这本选集从 30 年代的短篇小说《亡命者》看起，一直看到 80 年代的散文《一封回信》，仿佛把巴金这几十年的个人和写作历史，从头理了一遍，我的感触是很深的。

我认识巴金是在 30 年代初期，记得是在一个初夏的早晨，他同靳以一起来看我。那时我们都很年轻，我又比他们大几岁，便把他们当做小弟弟看待，谈起话来都很随便而自然。靳以很健谈，热情而活泼。巴金就比较沉默，腼腆而稍带些忧郁，那时我已经读到他的早期一些作品了，我深深地了解他。我记得他说过常爱背诵一位前辈的名言：

当我沉默的时候，我觉得充实……

他又说过:

> 我似乎生来就带来了忧郁性,我的忧郁性
> 几乎毁了我一生的幸福,但是追求光明的努力,
> 我没有一刻停止过。

我知道他在正在崩溃的、陈腐的封建大家庭里生活了十几年,他的"充实"的心里有着太多的留恋与愤怒。他要甩掉这十几年可怕的梦魇。他离开了这个封建家庭,同时痛苦地拿起笔来,写出他对封建制度的强烈控诉。他心里有一团愤怒的火,不写不行,他不是为了要做作家才写作的。

40年代初期,我住在重庆的歌乐山。他到重庆时,必来山上看我,也谈到自己的写作。他走后,我在深夜深黑的深山深林里,听到一声声不停的杜鹃叫唤,我就会联想起这个"在暗夜里呼号的人"!

他说过:

> 在黑夜里我卸下了我的假面具,我看见了
> 这个世界的真面目。我躺下来。我哭,为了我

的无助而哭，为了人类的受苦而哭，也为了自己的痛苦而哭……我心里燃烧着一种永远不能熄灭的热情，因此我的心就痛得更加厉害了。

他爱祖国，爱人民，爱全人类，为他们的痛苦而呼号，但"光明"却是他在暗夜里呼号的目标。他说过：

> ……每一篇文章都是我过去探索中的收获，也是我一生中追求光明的呼声……我对祖国对人民有多么深的爱……我的火是烧不尽的，我的感情是倾吐不完的，我的爱是永不消灭的。

他终于见到了光明。中国解放了，旧制度和人民的敌人灭亡了，新中国的社会主义建设开始了，他感到了莫大的喜悦。为了这个伟大时代的来临，他贡献出了他的心、他的笔和他的全部力量。1951年我从日本回来以后，在北京，在上海就常会看到快乐的他，和他的美满的家庭。他的爱人萧珊也成了我的好朋友，我们在人民外交的国际活动中，曾一同参加过好几次"世界和平大会"和友好团体的出国访问。此外我每到上海，他和靳以一定来接我，我们一同逛城隍庙，吃小吃。1959年靳以逝世以后，他仍是自己来接我。他每次到北京自然也到我家来。在这些接触中，我觉得他一直精神饱满，作品也多，他到过抗美援朝的前线，还到过抗美援越的前线，他是个新中国的为世界和平人类进步而奋斗的勇士。

十年浩劫中，他所受的人身侮辱和精神折磨是严重的，最使他伤心的，是在他身边，多了一个他的爱妻萧珊的骨灰盒！

噩梦过去以后，我们又相见了，我们庆幸日月的重光，祖国的再造。1980年夏我们还一同参加一次赴日本的友好访问。同年秋天我得了脑血栓又摔坏了右腿，行动不便，有三年"足不出户"。巴金每到北京仍来看我。去年他也摔了腿，行动也不方便，但他在给我的信中说：

我的情况比您想的糟一些……写字吃力，……幸而我还能拿笔，还可以写我的随想录。

他这封信是今年7月写的，朋友从南方来都告诉我，巴金近况还好，他还在不停地写作。

是的，巴金不会停笔，他将不断地偿还他对后代读

　　　　　　　　　　关于女人和男人

者的欠债!

巴金是一个多产的作家,这本选集不过是他浩如烟海的作品中的一点一滴。但读者可以"管中窥豹",从一斑中看到斑斓飞动的全身。

巴金自己也说过:"在中国作家中我受西方作品的影响比较深,我是照西方小说的形式,写我的处女作,以后也就顺着这条道路走去。"这是他的作品和鲁迅、郭沫若、茅盾等人不同之处。而他的思想感情和他笔下的人物,却完全是中国的。这也是读者们都能看到的。

1983 年 9 月 6 日

贺叶巴两位

有同志提醒我，今年是叶圣陶先生九十大寿，巴金同志八十诞辰，我想我应该趁这时候，写几句向他们祝寿的话。

我记得叶老看了我在 1982 年春写的《我所钦佩的叶圣陶先生》时，他笑了，说："我们第一次见面，不是在解放后的北京，而是在解放前的重庆。"原来 40 年代初期，我在重庆的嘉庐小住的时候，叶老为了开明书店要出版我的选集的事，曾来看过我。他老人家的记忆力是比我强多了！

叶老是一个十分关怀后辈的人。我和叶老认识以后，还没到他家去拜谒过，因为：一来在公共场合常常会看到他，二来我怕登门拜访，会影响他的休息。但在前年春天，我因病住院时，叶老跑到医院看我，正巧我已出院回家，叶老又同至善同志到西郊我家里来看我。当我躺在床上，意外地看到须发如银的叶老，走进我的卧室，坐到我的床边，对我亲切地慰问时，我心里有说不尽的感激和惭愧！

叶老又是一位十分谦和的老人，每逢我赠送他一本书或写一封信的时候，他必定亲自作复。近来他眼力不好，字越写越大，我知道老人家一定相当吃力，我不得不告诉至善同志，说：叶老以后不必回信了，由至善同志从电话里通知我，说书或信收到就可以了。

我和巴金——恕我不称他为"巴老"，因为他比我还小几岁，我一直拿他当弟弟看待——认识是从 30 年代初期就开始了。几十年来，相知愈深。解放后，我们还一同参加过出国的访问团。我们去过苏联、日本、埃及……飞机上和国外旅馆中的谈话就更多了。在我的回忆中，有许多场面是值得描写的。最后一次一同出国的机缘，就是 1980 年春到日本的访问——那次出国，我的女儿吴青和他的女儿小林都参加了，小林叫我"姑姑"，吴青叫他"舅舅"，仿佛我们就是亲姐弟似的。但从日本回来不久，我就病得"足不出户"了。

最近巴金也因病住进了医院。前天他来了一封"长"

信，写满了一张三百字的稿纸——他的女儿信里说："爸爸给您写了长长的一封信，在他来说，已很久没写过这么长的信了。"——他信里说："信收到，我仍在医院治疗，可以说是一天天地好起来……在病房里，常常想起您和调皮的吴青，想起你们我就高兴……我还很乐观。我仍然说做一个中国作家我感到自豪，一年中井上靖来医院三次，要我参加东京的大会，我推辞不掉……现在病房中就为这个目标奋斗，您可以放心了，我还有雄心壮志啊！"

叶老的字是越写越大，巴金的字是越写越小，我得到大字、小字的信，都一样地高兴。前几天《文艺报》一位编辑同志来说：叶老说，不久春天来到，他们院里海棠花开的时候，要请我去赏花。我一定要破"足不出户"的例子，去我从未去过的叶老家里，拜见叶老，并观赏他所种的海棠花。

1984 年 1 月 16 日

纪念老舍八十五岁诞辰

老舍若是还在，今年该八十五岁了。

我想象：我们几个老朋友，给他开个不大也不小的庆祝会，地点也就在作协的会客室吧。老舍拄着手杖从外面进来了，一进门，笑容满面地向周围看了一看，把手杖挂在臂上，抱拳拱手，说："不敢当，不敢当"，至于这位"语言大师"底下还会说些什么欢喜、感谢、幽默的话，我这个拙口笨舌的人，就不会替他说了！

我们中间怎能缺少他这么一位朋友？

他是一个有情有趣的朋友，一个勤奋多产的作家，一个热诚爱国的公民。

我和他过往较密是在 40 年代初期的四川重庆。那时他是中华全国文艺界抗敌协会的主要负责人。他在贫病交加之中，支撑起抗战期内文艺界的团结工作。他常到我们居住的歌乐山上来，他面色青白，身体显然不好，但他从来没有发过牢骚，一切艰难困苦的情况，他都以诙谐轻松的语气出之。喝过几杯大曲，坐在廊上看嘉陵江的时候，他还常告诉我有某某年轻有为的作家，如果我能见到他或她时，要好好地予以鼓励和支持。

抗战胜利后，他去了美国，我们去了日本，我们还时常通信。他给我们的孩子写信，常以最形象而幽默的话，流露出他忧国思乡的抑郁情绪。

50年代初期，我们回到北京，他是第一批来看我们的朋友之一。那时他真是神采飞扬、容光焕发，新中国的成立，人民的解放，给他以"狂喜"。他手舞足蹈、滔滔不绝地告诉我在共产党领导下，在全国，尤其是在北京发生的许多新人新事。

这以后，他心满意足地生活着、工作着。他种花，他养猫，他每天至少要写五百字，一篇一篇的充满了地方色彩、民族风格的散文、诗歌、戏剧，从他笔下不断地倾泻了出来。

十年动乱的初期，一阵狂暴的阴风，就把老舍从"狂喜"中卷走了。

就是这么一位可敬可爱的朋友，假如他今天还在，在雨过天晴的七八年之中，不知他还会写出多少比《茶馆》还深刻，比《骆驼祥子》还动人的小说，可惜他走了！

但是，他永远活在我们的心中，他的声音笑貌永远涌现萦绕在我们耳边眼前，他没有走！只要我们还在，年年此日，我们将永远会纪念他的诞辰。

1984 年 2 月 10 日清晨

悼念伯昕同志

　　总在悬心而又不愿听到的消息，终于听到了！民进中央给我送来了徐伯昕副主席不幸于3月27日病逝的信，也许是因为春寒吧，我只觉得双手冰冷。我的小女儿说："徐伯伯逝世的那一天，葛志成伯伯就有电话通知了，因为爸爸刚刚出院，所以也没敢告诉你们，怕你们伤心。"

　　但是我们怎能不伤心呢？

　　我们和徐伯昕同志相识，还是在1956年我们加入了民主促进会以后，虽然在这以前我们已经知道他在解放前就是出版界的闻人，邹韬奋老先生的亲密战友。他们办进步刊物，屡次被封，屡次再办。他们在国民党的残酷包围中，艰苦奋斗的事迹，当时知识界人士是一致颂扬的。

　　在我们和徐伯昕同志将近三十年的交往接触中，深深地感觉到他作为一个民主党派的负责人，是个最好的党的助手。他工作得十分认真，极端负责，从不计较个人得失。对同志们又是十分恳挚、亲切。在三十年不平静的政治生活中，尤其是十年动乱的年月，他总给我们以最大的关怀。

我永远也忘不了在我参加过的民进大大小小的会议上，伯昕同志主持会议时的认真严肃的态度。每当会议结束之前，他还总是恭谨地问周建人主席、叶圣陶副主席有什么指示没有。这种勤谨的工作态度，我们都应当向他学习！

我记得伯昕同志有一个时期颈部有病，常常直不起头来。1972年我们从干校回来，他还抱病来看我们，愉快地告诉我们：在他东城家的院子里，种了好多花，要我们去看。我知道在他没有工作可谈的时候，也要把轻松愉悦的气氛来感染鼓舞我们。

在他卧病住院的日子里，我每月到北京医院检查，总想法到楼上病房去看望他。病魔已在残酷地折磨着他，我看他一次比一次瘦弱，但他还是同我谈工作。最后一次，也就是今年2月间吧，他问我对于民进领导班子的安排，有什么意见没有，我笑着对他说："新来的领导我都见过了，真是好得没说的！"他也满意地笑了。那时在他的病床边，还有一位大夫正在为他按摩他那已经失去知觉的双腿。他似乎是特意和我说起，将来他好了出院之后要如何如何，他也许在安慰我，也许在安慰自己！我听着他那气力不足的谈话，我就已经想到不知道我还能看望他几次！

伯昕同志再也不能同我们谈工作了。我们悼念他，要永远学习他的高尚品德，和工作上鞠躬尽瘁的革命精神。三十年来在他的领导培养之下，民进有了一班像他那样勤谨、认真、苦干的中青年干部，这是民进的骨干力量！我是做不了多大工作了，但我仍愿同民进的老、中、青的同志们在一起，和我们亲爱的党"肝胆相照，荣辱与共"，永远做党的好助手。

1984 年 4 月 2 日

　　　　　　　　　　关于女人和男人

回忆中的金岳老

虽然我的老伴和我们的许多朋友对金岳霖先生都很熟悉，但我和他接触的机会并不多。我能记起的就是在1958年和他一同参加赴欧友好访问团的短短的时期内的一两件小事，使我体会到了朋友们对他性格的欣赏。

他有很丰富的幽默感！有幽默感的，尤其是能在自己身上找出幽默的资料的，总是开朗、乐观而豁达的人，使人易于接近。我记得有一次他对我笑说："我这人真是老了，我的记性坏到了'忘我'的地步！有一次我出门访友，到人家门口按了铃，这家的女工出来开门，问我'贵姓'。我忽然忘了我'贵姓'了，我说，'请你等一会儿，我去问我的司机同志我"贵姓"。'弄得那位女工张着嘴半天说不出话来！"

就在这一次旅行中，有一天我们一起在旅馆楼下餐厅用早餐（因为我们年纪大些，一般比别的团员起得早，总是先到先吃）。餐后，服务员过来请我们在账单上签上房间的号码，金老签过字后，服务员拿起账单就走，我赶紧叫她回来，说："我的房间号码还没写呢！"金老看着我微微一笑，说"你真敏感"。那时坐邻桌用餐的年轻些的团员，都没有听出他说的"敏感"是什么意思！

也是在这一次访问中，在英国伦敦，我们分别得到旅居英伦的陈西滢和凌叔华夫妇的电话，请我们去他们家晚餐。金老同陈西滢是老朋友，凌叔华和我是燕大同学，我们相见都很喜欢。可惜的是那天金老同陈西滢在楼上谈话，我却在地下室帮凌叔华做菜。以后晚餐席上的谈话，现在一点也记不起来了。

说起来已是将近三十年前的事了，此后的二十多年中，我很少见到金老，要有的话，也就是在人丛中匆匆一面吧。写下这些，我仿佛看见一位满头白发，在一片遮阳的绿色鸭舌帽檐下，对着我满脸是笑的学者，站在我的面前！

1985 年 10 月 21 日急就

忆天翼

　　在我没有见到天翼以前，似乎已经熟悉了这位作家。从他的著作里我知道了他的家庭背景：他的父亲是个诙谐的老人，"爱说讽刺话，待儿女像朋友"，母亲是个"多感的人……她又自信力很强，什么事都想试试看"，"他们不干涉儿女的思想、嗜好、行动，可是给了儿女很大的影响"。对他最有影响的二姐，"她爱说弯曲的笑话、爱形容人，往往挖到别人心底里去，可是一严肃就严肃得了不得"。他的父母和他的姐"都酷爱阅读文学作品"，所以他"很自然地受了他们这方面的影响"。

　　他二十二岁就开始写小说。他自己说："小说中的人物取自我的朋友、亲戚以及其他与我经常来往的人们。"提到在旧中国动乱时代写的小说时，他说："当时写作的目的，就是要揭露现实生活中的各种矛盾，揭示生活中形形色色的人物，特别是要剥开一些人物的虚伪假面，揭穿他们的内心实质，同时也要表现受压迫的人民是怎样在苦难中挣扎和斗争的。帮助读者认识生活、认识世界，晓得什么是真理，什么是谎言，该爱什么，恨什么。要告诉读者，特别是青年知识分子，该走一条什么样的生活道路。"

我看了许多篇他对旧社会的牛鬼蛇神的嬉笑怒骂的小说以后，当50年代初期，一位年轻同志把我带到东总布胡同作家协会东院的一座小楼下的东屋，把我介绍给天翼时，我见到的不是我想象中的那么一位像鲁迅先生一样的"横眉冷对千夫指"的凛然的人物，而是一张微笑的温蔼诚挚的脸，一双深沉的眼睛里洋溢着天真的温暖。我们一下子就熟悉了起来。他说他是丙午年生，属马的。我说："那是和我的大弟弟同年了，比我小六岁。"我们都笑了，似乎心里涌起手足般的感情。从那时起，我们就常在一起座谈、开会，谈的是儿童文学创作。现在他的笔风完全变了，文章里充满的是爱而不是恨。他和小孩子交朋友，写小孩子的故事，他是孩子们心目中的"老天真叔叔"。他写《蓉生在家里》、《罗文应的故事》、《宝葫芦的秘密》等，他希望新社会里的孩子们读

　　　　　　　　　　关于女人和男人

了这些故事"能进步、能变得更好，或者能改正自己的缺点，等等"。他对年轻的作者们更是循循善诱，和他们谈话时既慈蔼又严肃，因为他自己对生活和写作的态度都是十分严肃的。

这一年，他和沈承宽同志结了婚，第二年，他们的女儿张章出世了。许多年来，她一直亲热地叫我"谢姑妈"。

十年动乱时期，我们也都卷进"黑帮"的"龙卷风"里。在林彪的第一号命令下，我们作协的"老弱病残"的"黑帮"，也都先后到了湖北咸宁的干校。我和天翼等人干的是最轻的活——看菜地。遇到我们交接班的时候，我们并不交了班就走，而是坐在菜地边"聊天"，聊些天上地下与时事无关的事。

在咸宁干校不到一个月，我又被调到湖北沙洋中央民族学院的干校去。我们的消息便隔绝了。70年代初期我回到北京，听说他也回来了。1977年，听说他在做健身操的时候，把腰弯下去，十指交叉双掌抵地后，就起不来了。他得了脑血栓！他每天都做健身操也是为了"我一定要努力锻炼身体，战胜疾病，争取早日恢复健康，继续为我那些亲爱的孩子们创作新作品"。

忆天翼

从那时起直到他搬到崇文门西河沿一号楼的一段时期，我去看望他多次。他虽然不能说话，但是看见我来，他的笑容和那一双天真诚挚的眼睛，都对我说了许多我所懂得的他要说的话。我最记得的是在一次儿童的集会上我得到一条小朋友们送我的红领巾，我没有等到散会，就跑到他家去，把我颈上的红领巾解下来，系在他的颈上，我们都笑得很开心。

1980年秋天，我从日本访问归来，又赶着翻译一本诗集，我也得了脑血栓，以后又摔坏了右腿，从此闭门不出，和天翼也无从见面。但我仍旧得到他的赠书，1980年的《小说选集》和1982年的《短篇小说集》扉页上还是他自己签的字，"天翼"减笔为"天䎃"，但笔力还是很刚劲的。

天翼于1985年4月28日逝世了！我又少了一位最纯真最可爱的朋友。

沈承宽同志还是常来看我，逢年过节，我也得到张章夫妇给"谢姑妈"的贺片，已经结合起来的友情总是绵绵无尽的！

1986年8月14日多云之晨

　　　　　　　　　　关于女人和男人

悼念梁实秋先生

今晨8时半，我正在早休，听说梁文茜有电话来，说他父亲梁实秋先生已于本月3日在台湾因心肌梗塞逝世了。还说他逝世时一点痛苦都没有，劝我不要难过。但我怎能不难过呢？我们之间的友谊，不比寻常呵！

梁实秋是吴文藻在清华学校的同班同学，我们是在1923年同船到美国去的，我认识他比认识文藻还早几天，因为清华的梁实秋、顾一樵等人，在海上办了一种文艺刊物，叫做《海啸》，约我和许地山等为它写稿。有一次在编辑会后，他忽然对我说："我在上海上船以前，同我的女朋友话别时，曾大哭了一场。"我为他的真挚和坦白感到了惊讶，不是"男儿有泪不轻弹"么？为什么对我这个陌生人轻易说出自己的"隐私"？

到了美国我入了威尔斯利女子大学。一年之后，实秋也转到哈佛大学。因为同在美国东方的波士顿，我们就常常见面，不但在每月一次的"湖社"的讨论会上，我们中国学生还在美国同学的邀请下，为他们演了《琵琶记》。他演蔡中郎，谢文秋演赵五娘，顾一樵演宰相。因为演宰相女儿的邱女士临时病了，拉我顶替了她。后来顾一樵给我看了一封许地山从英国写给他的信，说"实秋真有福，先在舞台上做了娇婿"。这些青年留学生之间，彼此戏谑的话，我本是从来不说的，如今地山和实秋都已先后作古，我自己也老了，回忆起来，还觉得很幽默。

实秋很恋家，在美国只待了三年就回国了。1926年我回国后，在北京，我们常常见面。那时他在编《自由评论》，我曾替他写过"一句话"的诗，也译过斯诺夫人海伦的长诗《古老的北京》。这些东西我都没有留稿，都是实秋好多年后寄给我的。

1929年夏，我和文藻结婚后住在燕京大学，他和闻一多到了我们的新居，嘲笑我们说："屋子内外一切布置都很好，就是缺少待客的烟和茶。"亏得他们提醒，因为我和文藻都不抽烟，而且喝的是白开水。

"七七事变"后，我们都到了大后方。40年代初期，我们又在重庆见面了。他到过我们住的歌乐山，坐在山上无墙的土房子廊上看嘉陵江，能够静静地坐到几个小时。我和文藻也常到他住的北碚。我记得1940年我们初到重庆，就是他和吴景超（也是文藻的同班同学）的夫人业雅，首先来把我们接到北碚去欢聚的。

抗战胜利后不久，我们到了日本。实秋一家先回到北平，1949年又到了台湾，我们仍是常通消息。我记得我们在日本高岛屋的寓所里，还挂有实秋送给我们的一幅字，十年浩劫之中，自然也同许多朋友赠送的字画一同烟消火灭了！

1951年我们从日本回到了祖国，这时台湾地区就谣传说"冰心夫妇受到中共的迫害，双双自杀"。实秋听到这消息还写一篇《忆冰心》的文章。这文章传到我这里我十分感激，曾写一封信，托人从美国转给他，并恳切地请他回来看一看新中国的实在情况，因为他是北京人，文章里总是充满着眷恋古老北京的衣、食、住……一切。

多么不幸！就在昨天梁文茜对我说她父亲可能最近回来看看的时候，他就在第二天与世长辞了！

实秋，你还是幸福的，被人悼念，总比写悼念别人的文章好，少流一些眼泪，不是么？

1987年10月5日

我的朋友阳翰笙

　　我的交游不广，承认我为好友的人也不太多，但翰笙的确是我的莫逆之交。

　　我记得我们的第一次见面，是40年代初期，在重庆的一次文艺团体的集会，我们坐在同一个小圆桌边上。经过介绍，谈了起来，我就觉得他态度洒脱，吐属不凡。我早知道他是一位多面手的作家，写过许多话剧和电影剧本，还有许多小说。我对戏剧技巧方面，完全是个外行，赞美的话，还是留给行家去讲，但从我在报刊上读过的他的那些作品，都感到革命气息，跃然纸上。他抨击了地主和与帝国主义相勾结的买办资产阶级对于农民、渔民的残酷的剥削和压迫，赞美了人民武装斗争。"七七事变"以后，他又写了许多抗日的剧本和文章，来唤起中国民众的抗战激情，这些功绩，别人写的都会比我详尽，我就不必多讲了。

这里我只说说我们的交情。作为一个朋友，他是一个有才又有趣的人。我们来往较多，是在新中国成立以后，我们不但在文艺的集会上常常见面，而且常常互相家访。我这里还藏有一张他和巴金在我家客厅里照的相片，巴金身后站的是他的女儿小林，我身后站的是我的小女儿吴青，翰笙的身后站的是他的女儿蜀华，我们脸上都是笑容可掬，这是十年以前的会面了。

1980年夏，我得了脑血栓，住进北京医院，正好翰笙也住在那里，他患的仿佛是肠胃病。我们常由我们各自的女儿陪着，推着轮车在走廊上散步，累了就坐在廊子里的长椅上闲谈，疾病之苦，几乎都忘却了。

脑血栓后，我又摔坏了右腿，行动不便，从此闭门不出了。我的老朋友们有机会还是常到我家来看我，并且，因为近年文联在我的第二故乡烟台，修建了一座休养所，文联的工作同志都请巴金、夏衍、翰笙和我同时到那里欢聚。我们各自的女儿们更是十分怂恿我们去，因为她们也都是极好的朋友。但是在说定的时间里，不是这个病，就是那个有事，始终没有同去过。

前天，我给翰笙打了电话，因为听说他已去过烟台了，想问问那边的风光。翰笙说：他倒是去了，但却病了一场。这时我才有点感到我们都老了，但我总觉得身体会老，精神是永远不会老的，正如前些日子，我得到的巴金的信里，谈到自己的病，杂事又多，不速之客也不少，感到烦恼，最后他说："现在想的只是把一点真挚的感情留在人间……因此时间对我是多么宝贵。"我深深知道翰笙在写作了六十年之后，也会和巴金一样，不断地以他真挚的感情，继续写出对中国文艺事业有更大贡献的作品！

1987 年 11 月 4 日急就

　　　　　　　　　　　　关于女人和男人

忆许地山先生

　　许地山的夫人周俟松大姐，前些日子带她的女儿燕吉来看我，说是地山九十五岁纪念日快到了，让我写一篇文章。还讲到1941年地山逝世时，我没有写过什么东西。她哪里知道那一年正是我在重庆郊外的歌乐山闭居卧病，连地山逝世的消息都是在很久以后，人家才让我知道的呢？

　　我和地山认识是1922年在燕京大学文科的班上听过他的课，那时他是周作人先生的助教，有时替他讲讲书。我都忘了他讲的是什么，他只以高班同学的身份来同我们讲话。他讲得很幽默，课堂里总是笑声不断。课外他也常和学生接触，不过那时燕大男校是在盔甲厂，女校在佟府夹道。我们见面的时候不多。我们真正熟悉起来是在《燕大学生周刊》的编辑会上，他和瞿世英、熊佛西等是男生编辑，我记得我和一位姓陈的同学是女生编辑。我们合作得很好，但也有时候，为一篇稿件，甚至一个字争执不休。陈女士总是微笑不语，我从小是和男孩子——堂兄表兄们打闹惯了，因此从不退让。记得有一次，我在一篇文章里写了一个"象"字（那时还不兴简笔字），地山就引经据典说是应该加上一个"立人旁"，写成"像"字，把我教训了一顿！真是"不打不相识"，从那时起我们合作得更和谐了。

1923年初秋，燕大有四位同学同船赴美，其中就有地山和我。说来也真巧，我和文藻相识，还是因为我请他去找我的女同学吴搂梅的弟弟，清华的学生吴卓，他却把文藻找来了，问名之下，才知道是找错了人，也只好请他加入我们燕大同学们正在玩的扔沙袋的游戏。地山以后常同我们说笑话，说："亏得那时的'阴错阳差'，否则你们到美后，一个在东方的波士顿的威尔斯利，一个在北方的新罕布什州的达特默思，相去有七八小时的火车，也许就永远没有机会相识了！"

地山到美后，就入了纽约的哥伦比亚大学。我在1924年冬天在沙穰养病时，他还来看我一次。那年的9月，他就转入英国牛津大学。1925年我病愈复学，他还写信来问我要不要来牛津学习，他可以替我想法申请奖学金。我对这所英国名牌大学，有点胆怯，只好辞谢了。

1926年，我从威尔斯利大学得到硕士学位后，就回到燕大任教。第二年，地山也从英国回来了，那时燕大已迁到城外的新址，教师们都住在校内，接触的机会很多。1928年，经熊佛西夫妇的介绍，他和周俟松大姐认识了，1929年就宣布订婚。在燕大的宣布地点，是在朗润园美国女教授鲍贵思的家里，中文的贺词是我说的，这也算是我对他那次"阴错阳差"的酬谢吧！

1935年，因为他和校长司徒雷登意见不合，改就香港中文大学之聘，举家南迁。从那时起，我们就没有见过面了。

地山见多识广，著作等身，关于他学术方面的作品，我是个门外汉，不敢妄赞一词。至于他的文学方面的成就，那的确是惊人的。他的作品，有异乡、异国的特殊的风格和情调。他是台湾人，又去过许多东南亚国家和地区，对于那些地方的风俗习惯、世态人情，都描写得栩栩如生，使没有到过那些地方，没有接触过那些人物的读者，都能从他的小说、戏剧、童话、诗歌、散文、游记和回忆里，品味欣赏到那些新奇的情调，这使得地山在中国作家群里，在风格上独树一帜！

忆许地山先生

地山离开我们已有近半个世纪了，他离世时正在盛年。假若至今他还健在，更不知有多少创作可以供我们的学习和享受，我们真是不幸。记得昔人有诗云"美人自古如名将，不许人间见白头"，我想"才人"也是和"美人"一样的吧！天实为之，谓之何哉！

1987 年 11 月 10 日清晨

关于女人和男人

忆实秋

　　我和实秋阔别了几十年。我在祖国的北京，他在宝岛台湾，生活环境，都不相同。《文汇报》"笔会"约我写回忆文字，也只好写些往事了。

　　记得在我们同船赴美之前，他在1923年7月写了一篇《繁星与春水》，登在《创作周报》第12期上，作了相当严格的批评。他那本在国内出版的《雅舍怀旧——忆故知》中的《忆冰心》那篇里，也说《繁星》和《春水》的诗作者"是一个冷隽的说理的人"，又说"初识冰心的人，都觉得她不是一个容易令人亲近的人，冷冰冰的好像要拒人于千里之外"。以后我们渐渐地熟悉了。他说："我逐渐觉得她不是恃才傲物的人，不过有几分矜持……"底下说了几句夸我的话，这些话就不必抄了。

　　1926年我们先后回国，1927年2月他就同程季淑女士结婚了。这位程季淑就是他同我说的在他赴美上船以前，话别时大哭了一场的那位女朋友。真是"有情人终成眷属"。

婚后，他们就去了上海，实秋在光华、中国公学两处兼课。1930年夏，他又应青岛大学之约全家到了青岛。我1926年回国后，就在母校燕京大学任教。1929年文藻自美归来，我们在燕大的临湖轩举行了婚礼，以后就在校园内定居了下来。我们同实秋一家见面的机会就少了，不过我们还常常通信。实秋说我爱海，曾邀我们去他家小住，我因病没有成行，文藻因赴山东邹平之便，去盘桓了几天。

我们过往比较频繁，是在40年代初的大后方。我们住在重庆郊外的歌乐山，实秋因为季淑病居北平，就在北碚和吴景超、龚业雅夫妇同住一所建在半山上的小屋，因为要走上几十层的台阶，才得到屋里，为送信的邮差方便起见，梁实秋建议在山下，立一块牌子曰"雅舍"。实秋在雅舍里怀念季淑，独居无聊，便努力写作。在这时期，他的作品最多，都是在清华同学刘英士编的《时代评论》上发表的。

抗战胜利后，我们到了日本，1951年又回到了祖国。实秋是先回北平，以后又到台湾。在那里，他的创作欲仍是十分旺盛，写作外还译了莎士比亚的全部著作，这是一项了不起的收获！

在台湾期间，他曾听到我们死去的消息，在《人物传记》上写了一篇《忆冰心》（这刊物我曾看到，但现在手边没有了）。我感激他的念旧，曾写信谢他。实秋身体一直很好，不像我那么多病。想不到今天竟由没有死去的冰心，来写忆梁实秋先生的文字。最使我难过的，就是他竟然会在决定回来看看的时候突然去世，这真太使人遗憾了！

1987 年 11 月 13 日

追念何其芳同志

前日傍晚卓如同志给我送来一本《衷心感谢他》，这是一本悼念何其芳同志的文集。我匆匆地看了一遍作者的名字和文章的题目，许多往事，涌上心头，这一夜我竟没有睡好！

明天又要开其芳同志诞生七十五年和逝世十年的纪念会，卓如让我写一篇短文，我竟不知道从哪里谈起。

我同何其芳同志的来往不多，但是从1951年归国后，从作协的朋友口中，我所听到的关于何其芳同志的学问之深、藏书之富、著作之多、待人之诚等等事迹，真是洋洋盈耳。我还记得有一次文藻对我称叹说："你们文艺界有一位何其芳同志，真是一位很渊博的学者！"我竟没有问他看的是其芳同志的哪一部书。

我至今感到可惜的是：其芳同志在社会科学院文学

研究所上班，而我是在作协，见面时候不多，因而也没有了向其求教的机会，最重要的恐怕还是因为我不是一个做学问的人，见了他也无话可说。

但是在 60 年代初期，我们一家常在星期天到人民政协楼上餐厅去吃午饭。在那里就会遇见何其芳同志和他的家人也在用餐。隔着桌子看见他的圆润温蔼的笑脸，我们点头招呼，餐后也有时坐谈一会。我只记得有一次我笑对他说："您的名字和周而复的正好对上，比如'何其芳也'和'周而复之'不正是一对么？"他也不禁笑了起来。

在这本纪念集前面，我看到了文藻和我参加其芳同志追悼会的相片，足见我们还能"忝居"他的"友末"，如今文藻已经作古，其芳的追悼会也已开过了十年，我看了相片，心里只是感到荣幸，而又凄切！

1987 年 12 月 14 晨急就

哀悼叶老

我是2月1日因发高烧住进了北京医院三楼。烧退了又起来，糊里糊涂地过了一个星期。清醒后有民主促进会的同事们带着礼物来慰问，说是雷洁琼和赵朴初都住在四楼，圣陶老人住在一楼。叶老是民进的名誉主席，雷洁琼是主席，赵朴初和我都是副主席。大家都笑说"民进中央搬到北京医院来了"。

雷洁琼是小病，赵朴初总是以医院为避客的地方，常常住院，还带了许多线装书和纸笔，来读书写字。我们三人还彼此写打油诗讲笑话。

我只惦念着叶老，据说他老人家是肺炎，不但发烧，而且心肌梗塞。我心中不安，大夫们一到我病房，我总问，叶老怎样了？大夫们总说，"还平稳"。我很熟悉并且了解大夫们的"语言"，他们总是尽力宽慰病人的，若

关于女人和男人

是不说"好多了",情况就是不大好,我听了就默然……

我是2月15日下午出院的。

16日夜,我坐在电视机前看《新闻联播》,忽然听到播音员清朗的声音:"政协副主席,民进名誉主席……"我没有听完就知道底下是什么了!我的眼泪涌了出来……

眼前一座大山倒了,只剩下白茫茫的一片大地!

1988年2月24日黄昏

又想起了老舍先生

　　舒乙把他写《老舍的关坎和爱好》拿来让我看了，并让我写序。我打开书本就不能释手地看了下去。关于老舍的关坎，在他自己的作品中，特别是《正红旗下》，我已经知道了不少，至于他最后的那道关坎，因为那时我自己也关在牛棚里，还是我的远在兰州的女儿吴冰写信告诉我的！

　　至于他的爱好，看了这本书，我才感到我知道得太少了，老舍真是个"不露相"的"真人"！比如他会打拳、唱戏等等，我们从来没听见他讲过（如果我们早知道了，我们的孩子们非请舒伯伯打一两道拳，唱一两句京戏不可），至于爱花、养猫等等，也是新中国成立后，我们到他家里去时才看见的。

　　讲起他的"行善"、"分享"和"给人温暖"，我记

关于女人和男人

得有一次我们谈到《圣经》(他是一个基督徒，这我从来不知道。我却是从中学到大学，都受的是基督教会的教育)，他说《圣经》的要义，是"施者比受者更为有福"，这我完全同意。我认为在"行善"上，老舍是个最有福的人。

老舍和我们来往最密的时候，是在抗战时代的重庆。我住在郊区的歌乐山，他常到山上冯玉祥将军的住处。我们都觉得他是我们朋友中最爽朗、幽默、质朴、热情的一个。我常笑对他说："您来了，不像'清风入座'，乃是一阵热浪，席卷了我们一家人的心。"那时他正扛着重庆的"文协"大旗，他却总不提那些使他受苦蒙难的事。他来了，就和孩子们打闹，同文藻喝酒，酒后就在我们土屋的廊上，躺在帆布床里，沉默地望着滔滔东去的嘉陵江，一直躺到月亮上来才走。

不久他就住到北碚去了，我听说他在北碚的一次什么会上，同梁实秋说了一段很精彩的"相声"，可惜我们没听到。

当然，"知父莫若子"，舒乙知道的关于老舍的事情，比我们都多，但是一个人的一生中，总会有一些事情，比如很微末细小的见、闻、思想等等，没听他说过，

又想起了老舍先生

别人也会不知道的。我曾写过关于老舍的一段话，在此不妨重复一遍："一个'人民艺术家'、'语言大师'、'文艺界的劳动模范'的事迹和成就是多方面的。每一个朋友对于他的认识，也各有其一方面，从每一侧面都能投射出一股光柱，许多股光柱凝聚在一起，才能映现出一位完全的老舍先生！"

这是铁的事实。

关于女人和男人

海棠花下

——和叶老的末一次相见

　　好几年以前，圣陶老人就约我去他家赏海棠花了，但是每年到了花时，不是叶老不适，就是我病了，直到去年春天，才实践了看花之约。

　　那天天气晴朗，民进中央派来了两辆小车和一位同志，把我和女儿吴青一家（因为他们一直是和我同住）接到叶老家去。我的女婿陈恕，带了一架录像机，我的外孙陈钢，带了一架照相机，我们一同兴冲冲地上了车。

　　到了叶家门口，至善同志已在门口欢迎了。我扶着助步器由吴青他们簇拥着进了这所宽大整洁的四合院的外院，又进入了内院，叶老已经笑容满面地从雪白的海棠花树下站了起来。老人精神极好。我们紧紧地握手，然后才仰首看花，又低下头来叙谈。这时录像机和照相机都忙个不停，我女儿吴青却抱起叶老旁边的一只卷毛的小黑狗，抚摸着，笑着说："这小狗真乖。"

我们又从花下进入了堂屋，屋里摆设得十分雅致，房屋隔扇框里也都有书画。我有好多时候没有见到过这样精致的真正的北京四合院了！

至善指点着叶老宽大的卧室墙上一张叶老夫人的相片，说："这是他们结婚后七个月照的。"我笑着同至善说："那时候还没有你呢！"大家都笑了。

时间过得真快，我向叶老献上我带去的一个小月季花篮，叶老还赠我一个很精美的小黑胆瓶，里面插着三朵他们花圃里长的三枝黄色的郁金香。

回家的路上，我捧着那个小胆瓶，从车里往外望，仿佛北京城里处处都是笑吟吟的人！

1988 年 2 月 29 日清晨

纪念老舍九十诞辰[*]

老舍，您是地道的北京旗人，我只能称呼您"您"。

您是我们在重庆期间最亲密的朋友。

您是我们的朋友中最受孩子们欢迎的"舒伯伯"。

您是文藻把孩子们从您身边拽开，和他一同吃几口闷酒，一同发牢骚的唯一的朋友。

您是1951年我从日本回国时，和丁玲一同介绍我参加中国作家协会的人。

您逝世的消息，是我的大女儿吴冰从兰州大学写信到"牛棚"里告诉我的。她说："娘，您知道么，舒伯伯逝世了！"

---

[*] 此文是冰心为纪念老舍九十诞辰而写给幽州书院的。

我想说"您安息吧",但您不会安息,您永远是激荡于天地间的一股正气!

1989 年 2 月 2 日

记老友沙汀

我记得最清楚的是我在认识天翼的同时认得沙汀的。那是 50 年代初期，在北京东总布胡同作家协会东院的一座小楼里，天翼住的是东屋，沙汀住的是西屋。他是个爽朗的人，一见如故，大说大笑，四川口音很重。这使我想到巴金。40 年代初期，我在重庆郊外歌乐山上住的时候，巴金每到重庆，必上山来看我。并且取走了我的《关于女人》那本书，到上海开明书店去发表。其实那时沙汀也在重庆，并且和巴金、靳以、老舍等人也都认识，为什么我们就没有接触过呢？

前话不谈了！且说 50 年代我们相识了之后，就来往频繁了，我们常在作协开会时见面，还曾一同出国访问，至少是在 1961 年到日本的那个以巴金为首的访问团里。在那许多年里，他送给我一大摞他的著作，如《沙汀文集》三卷，《沙汀选集》两卷，以及《睢水十年》等等。这些小说和散文都极大地扩大了我对于中国旧社会阴暗面的认识！因为在我青少年的知识里，很缺少这些东西。

沙汀的文笔极其犀利而又尖刻，细腻而又质朴，展示了旧中国的黑暗、腐朽，揭露了川西北农村的地主、豪绅、乡保长、地痞的鱼肉群众的罪恶，以及他们尔虞我诈、唯利是图的丑恶面目。他的小说每一篇都代表着他的创作内容和艺术特点，他以冷静、沉着的现实主义手法来向读者展示出一幅幅的丑恶面。

还有他对贺龙元帅和彭德怀元帅的栩栩如生的描写，也增加了我对这两位伟大的军人的崇敬。

回头再说我们的私交。沙汀是我们家里甚受欢迎的一位客人。我们的在四川生长的孩子们因为沙伯伯的一口四川话，就亲热地拉着他，用他们所熟悉而且留恋的四川语言，说个不停。最突出的还是：在我的文艺界朋友中，沙汀是最受文藻欢迎的一位，理由是沙汀酒量很大，能和文藻一起喝茅台！文藻喝酒的习惯，是从小陪他父亲喝闷酒养成的，但那是绍兴酒而不是茅台。文藻和我结婚后，我就劝他戒酒，有时请客吃饭，席上也只准备红葡萄酒。但是每逢沙汀来了，文藻就一定要留他

关于女人和男人

吃饭，而且让我把人家送的由我藏起的茅台酒拿出来，和沙汀边喝酒边谈话，两人似乎都很开心！

沙汀在北京和成都有个家。他到北京的时候，也有时来看我，来时总有一位年轻的人陪着，这位青年人是专门照顾他的。我自80年代初伤足以后已有八年足不出户了，当然也不能去回访他，而且他来时也往往只坐谈一会儿就走，说是怕我累着，显然我们彼此都老了，虽然他还比我少八岁！我橱柜里还有一瓶茅台，但是文藻已于三年前的9月逝世了，我再也没有留沙汀吃过饭，因为我不会喝酒，更不敢喝烈性的茅台，有肴无酒，不但索然无味，也会引起彼此的伤心！

1989年3月2日急

痛悼胡耀邦同志

耀邦同志逝世的消息，从广播里传来，我眼泪落在衣襟上。同时涌上我心头的却是《诗经·秦风》里的两句："如可赎兮，人百其身！"

真是，不该死的，死去了，该死的却没有死。

该死的就是我自己！虚度了八十九个春秋，既不能劳力，也没有劳心。近来呢，自己的躯壳成了自己精神的负担，自己的存在，也成了周围的爱护我的人们的负担！

算起来耀邦同志比我小十六岁，正是大有作为的年龄。我不记得我和他有什么熟悉的接触，我只记得我也荣幸地得到过他赠送的一筐荔枝。

但是从我的朋友——年老的和年轻的——口中，我听到了许多关于他的光明磊落、廉洁奉公的高贵品德。他狠抓落实知识分子的冤假错案的政策，这使得千千万万的知识分子从心里感受到他的不隐瞒自己的政治观点，正确的东西，他是敢于坚持的！

他深入群众，做人民的知心朋友，他和敬爱的周总理一样，会永远地活在亿万中国人民的心中。

我认为一个人生在世上，只要能够做到这一点，死亡就不是生命的界限了。

1989 年 5 月 2 日急就

又走了一位不该走的人

在我的日记上有："3月26日，晴，吴平夫妇来午饭（吴平是我儿子，他的爱人陈凌霞是阜外心脏病专科医院的医务工作者。冰心注），带来了一本精装的《刘厚明作品选》，扉页上写着：'请我所深深敬爱的冰心老师教正，1989年3月23日，刘厚明。'陈凌霞还说：'刘厚明的心脏病快痊愈了，他说一两天内就来看您。'"

于是我就天天等着晤见这个可爱的年轻的儿童文学作家。

但是，从4月27日的报纸上，赫然地看到刘厚明于22日逝世的消息！我惊呆了，眼泪涌了出来，我永远看不到他了。

4月29日，在他的追悼会上，我当然去不了，陈凌霞替我送了一只花圈，事后才告诉我。

　　　　　　　　　　　　关于女人和男人

我和厚明相识，大概是在 1953 年左右，那时张天翼同志和我，还有金近同志等一些有意写儿童文学的同志们，常在北京东总布胡同 22 号中国作协会址，邀约一些年轻的作家，座谈儿童文学创作问题，厚明便是年轻的作者之一。厚明给我的印象最深，我觉得他不是一个儿童文学"作者"，他本身就是"儿童文学"。他的言谈举止中充溢着童心。他在儿童中间，真是"如鱼得水"般地活泼、自由，用他自己的话说，就是谈恋爱般地"心心相印，息息相通"，分毫没有"居高临下"或其他造作的意味。这样的人格，写不好儿童文学才是怪事呢！

果然，刘厚明的每一篇作品都证实了我的看法，使我快乐，使我读时发出了会心的微笑。也许在这里我不该说，现在有的儿童文学作品，看了使我心里有说不出的"别扭"，太矫揉造作了，孩子们就像你们笔下那样地"不像孩子"吗？

厚明，你不该走，更不该不见我一面就悄没声地走了，你对不起我！

1989 年 5 月 6 日晨急就

一饭难忘

　　《群言》杂志社给我来了一封征稿信，是纪念中华人民共和国成立四十周年纪念日，约请知识界人士讲自己四十年中一件难忘的往事。

　　1951年，我们艰辛辗转地回到了热爱的祖国，从头回忆这四十年的岁月，真是风风雨雨。我们也和全国知识界人士一样，从风风雨雨中走过来了，回忆的神经也都麻木模糊了。只有一件极小而值得铭心刻骨的事，就像昨天发生的事一样，永远清楚活跃地展现在我的眼前，这便是敬爱的周总理和我们共进的一次晚餐。

　　那是1952年夏天的一个早晨，总理办公厅来了一个电话说总理在这天晚上约见我们。

　　我们是多么兴奋呵，只觉得这一天的光阴是特别地长，炎热的太阳总是迟迟地不肯落下去！好容易在我们吃过晚饭后，大约是傍晚7时光景，来了一辆小轿车和那时还是个小伙子的罗青长同志，把我们接进夜景如画的中南海，到了总理的办公室。

周总理笑容满面地从门内迎了出来，紧紧地握住我们的手说："你们回来了！你们好呵？"又亲切地让我们在他两旁坐下，极其详尽地问到我们在日本工作生活的情况，以及辗转回来的经历。我们也一一作了回答。这其中不时都有工作人员来送文件或在总理身边低声报告些什么。这时已近午夜，我们想总理日理万机，不应该多浪费他的宝贵时间，起身要走，总理却挽留我们说："你们在这里和我共进晚餐吧，我们一边吃，一边还可以谈谈。"

我也忘了桌上还有其他的人没有，只记得饭桌上是四菜一汤，唯一的荤菜竟只是一盘炒鸡蛋。这使我们感到惊奇而又高兴！惊奇的是一位堂堂中华人民共和国的总理，膳食竟是这样的简单，高兴的是我们热爱的总理并没有把我们当做"客人"。

饭后，我们知道总理很忙，时间又那么晚了，即便道谢告辞了出来，总理还热情地送到车边。他仰望着满天的星斗，慨叹地说："时光过得真快，从'五四'到现在，已经三十多年了！"

　　说来惭愧，我这一辈子做过无数次的客，吃过多少山珍海味，在国内，在海外，什么蜗牛、肺鱼、蛇肉、马肉……我都尝过，但是主人的姓名和进餐的地点，我几乎忘得一干二净，只有周总理约我的那一顿朴素的晚餐，却永远遗留在我内心的深处！

1989 年 10 月

序台湾版《浪迹人生——萧乾传》

　　李辉要我为他写的《浪迹人生——萧乾传》(台湾版)作序。提起萧乾这个名字,我不禁微笑了,他是我最熟悉的人了!我说"人",因为我不能把他说是我的"朋友",他实在是我的一个"弟弟"。七十多年以前,在他只比我的书桌高一个头的时候,我就认识他了!他是我的小弟冰季(为楫)在北京崇实小学的同班好友,他的学名叫萧秉乾。关于他们的笑话很多,我只记得那时北京刚有了有轨电车,他们觉得十分新奇,就每人去买了一张车票,大概是可以走到尽头的吧!他们上了车,脚不着地地紧紧相揎坐着,车声隆隆中,看车窗外两旁的店铺、行人都很快地向后面倒退,同时他们悬空的小腿也摇晃得厉害!他们怕被电车"电"着,只坐了一站,就赶紧跳下车来。到家一说,我们都笑得前仰后合!

从那时起，他一直没有同我断过联系，他对我就像对亲姊姊一样，什么事都向我"无保留"地"汇报"（他说："大姐，我又怎么怎么了。"），干得出色的，我就夸他两句，干得差点的，我就说他两句。这种对话，彼此心中都不留痕迹，而彼此间的情谊，却每次地加深。他是我的孩子们的"饼乾舅舅"，因为他给我的信末，总是写"弟秉乾"。孩子们不知道这"乾"字是"乾坤"的"乾"（音前），而念作"乾净"的"乾"（音甘）。所以每逢他来了，孩子们就围上去叫"饼乾舅舅"。他们觉得这样叫很"亲昵"，至今还不改口！

"饼乾"这个人，我深深地知道他。他是个多才多艺的人，在文学创作上，他是个多面手，他会创作，会翻译，会评论，会报导……像他这样的，什么都来一手的作家，在现代中国文坛上，是罕见的。

我又深深地理解他。他是一个热爱祖国、热爱人民的人。他从青年时代，就到过海外许多国家，以他的才干，在哪个国家都可以很舒服、很富裕地生活下去，但他却毅然地抛弃了国外的一切，回到他热爱的祖国来"住门洞"，当"臭老九"，还遭到其他的厄运，这一切，读者在《萧乾传》中都可看到，我就不必多谈了。

他和冰季同年，也比我小十岁，今年也是八十岁的人了，凭他为祖国、为人民做的那些好事，他的晚年过得很称心，我十分为他欢喜。但想到能同我一齐欢喜而向他祝贺的，他的小友冰季，却已在六年前抑郁地逝世了，这时我的眼泪就止不住地滚了下来。因为我想起龚定庵的四句诗："今朝无风雪，我泪浩如雪，莫怪浩如雪，人生思幼日！"

1990 年 6 月 28 日浓阴之晨

关于刘半农、刘天华兄弟

　　我是通过我的老伴吴文藻和刘氏兄弟认识的，他们三人都是江阴人，又都在当时（1926—1938）燕京大学教课。

　　我不记得我曾去刘氏兄弟的北京城内的家里没有，只记得刘半农先生常来我们燕大的教授宿舍，和文藻谈些有关语言学的问题。对于这门学问，我是一窍不通，也插不上嘴，只记得有一次在递茶的时候，我对他们笑着说："怪不得人说'江阴强盗无锡贼'，你们一起谈'打家劫舍'的事，就没个完！"半农先生大笑说："我送你一颗印章，就叫做'压寨夫人'怎么样？"我们大笑起来。后来我到底也没有收到这一颗印章。

　　刘天华先生当时在燕大音乐系教授中国音乐。1930年我母亲在上海逝世，我侍疾送葬后回到北京病了一场。

病后心情很坏，我便请刘天华先生教我吹笙。他说："你有吐血的毛病，吹笙伤气，不如学弹琵琶吧。"后来又因为我的手臂和指头都很短，他又特别定制了一张很小的琵琶送我。我一共才学了几次，便因为阑尾炎突发，进了协和医院。在我动手术的时候，那位美国外科主任说我是个神经质的人，给我做了全身麻醉，我在进入迷糊的时候，似乎见一双大手在我的手术台边，给我弹着一首十分清脆的琵琶曲子。后来似乎是刘天华先生病了，我也没有再学下去，只将那张琵琶用锦囊珍藏了起来……来纪念在燕大执教过的刘天华先生。

与刘氏兄弟离别已五十余载，但是刘氏兄弟的声音笑貌（半农先生是豪放，天华先生是冲和）总在我的眼前呈现，我永远也忘不了文藻的两位可亲可敬的江阴同乡。

《高士其全集》序

假如儿童文学作者是儿童精神食粮的烹调者的话，那么，高士其就是一位超级厨师！

高士其是文藻的清华留美预备学校的同学，他比文藻小两班。听说他原来的名字叫高仕錤，是家里给他起的，他嫌"仕"字是做官的意思，"錤"又带"金"字边，也很俗气，他自己就把"人"字、"金"字边旁都去掉了，于是他的名字就叫高士其。

1928年，他在美国芝加哥大学，因做"脑炎病毒"研究，试管爆裂，使他感染了病毒，得了脑炎后遗症，造成了他肉体上的残疾，而作为儿童科学文艺的作者，他却坚强地走在许多健康人的前面！

五四运动的口号是"民主"和"科学"。高士其就是全心全力地把科学知识用比喻、拟人等等方法，写出深入浅出，充满了趣味的故事，就像色、香、味俱佳的食品一样，得到了他所热爱的儿童们的热烈欢迎。

高士其的儿童文学著作，不论是文是诗，都是科学、文艺和政论的结晶，他说过："科学文艺……失去了文艺性，也就失去了它的吸引力……而它的吸引力，正是帮助他们从乐趣中获得知识。"

他的作品，如《菌儿自传》、《我们的抗敌英雄》、《细菌的大菜馆》、《抗战与防疫》等，都是儿童科学文艺中的杰作。

我在《〈1956—1961年儿童文学选〉序》中曾说过："为儿童准备精神食粮的人们，就必须精心烹调，做到端出来的饭菜，在色、香、味上无一不佳，使他们一看见就会引起食欲，欣然举箸，点滴不遗。因此，为要儿童爱吃他们的精神食粮，我们必须讲究我们的烹调艺术，也就是必须讲求我们的创作艺术。"我写这段文字时，心里想的就是高士其的儿童科学文艺的创作。

《高士其全集》的出版，是一件极有意义的事。希望我国的青少年，多读高士其的书，学习高士其的精神，健康成长起来。

冰　心

1990年11月20日阳光满室之晨

愿他睡得香甜安稳

——悼念井上靖先生

1月30日晨，我得知日中文化交流协会会长井上靖先生于昨天午后10时逝世了！

这是一声惊雷！我请人代我发了唁电。

我和井上先生有一段很深的文字因缘。1982年，井上先生屡次到中国的西域，如河西走廊、塔克拉玛干、敦煌、凉州、甘州，寻觅那些埋没于茫茫黄沙之下的古迹。他在《西域小说集》里写道："只有在倾注了青年时期心血的小说的舞台上，我才能睡得如此香甜、安稳。"

中央民族学院的两位教师，把井上靖《西域小说集》译成中文，让我作序。我的序中提到，从60年代初期起，我们频繁地来往，有的是在东京的他的府上，有的是在北京的我的家中。这重叠的画面上，有许多人物，许多情景……特别是井上先生每次从中国的西北回到北京，就热情洋溢地告诉我他的旅游见闻的一切，亲切熟识，如数家珍！

我感谢井上靖先生，他使我更加体会到我们国土之辽阔，我国历史之悠久，我国文化之优美。

他是中国人最好的朋友。

他在中日文化之间，架起了一座美丽的虹桥。我向他致敬！

现在我在北京家里为他默哀，祝愿他在自己的国土上，也和在中国西域的茫茫黄沙中一样睡得香甜安稳！

1991年2月6日之晨

回忆中的胡适先生

作为"五四"时代的大学生，胡适先生是我们敬仰的"一代大师"。他提倡白话文，写白话诗以及许多文哲方面的研究的文章，还引进了西方的学术思想，他创始了当时一代的白话文风。我们都在报刊上寻读胡适先生的作品，来研究欣赏。同时自己也开始用白话来写作。

我和胡适先生没有个人的接触，也没有通过信函。只记得20年代初期，我是燕大女校学生自治会的宣传股长，我的任务中有：当校方邀请教育界名人来演讲时，我就当大会的主持人，我在台上介绍过胡适先生、鲁迅先生、金陵女大吴贻芳校长等各位名人。请柬是校方送的，我在讲台介绍过后，就在演讲者身后台上坐下，演讲完了，我又带头鼓掌致谢，和名人们并没有个人谈话。

胡适先生是美国留学生，燕大的美籍教师们和他特

关于女人和男人

别熟识，称他为胡适博士，而不是"先生"。在1989年香港出版的英文《译丛》32期上有"冰心专号"一栏，里面有燕大美籍教师鲍贵思女士在她的《春水》译本里曾引用了一段胡适先生对我的作品的评价。我请北京第一外国语学院的杨立民教授代译如下：

"（当时）大多数的白话文作家都在探索一种适合于这种新的语言形式的风格，但他们当中很多人的文字十分粗糙，有些甚至十分鄙俗。但冰心女士曾经受到中国历史上伟大诗人的作品的熏陶，具有深厚的古文根底，因此她给这一新形式带来了一种柔美和优雅，既清新，又直截。""不仅如此，她还继承了中国传统对自然的热爱，并在她写作技巧上善于利用形象，因此使她的风格既朴实无华又优美高雅。"

1928年冬，文藻和我在上海我的父母家里举行了简单的订婚仪式，那仪式是我的表兄刘放园先生一手操办的。我记得在红帖上，女方的介绍人是张君劢先生（他的夫人王世瑛是我的好友），男方的介绍人却是胡适先生。我不知道文藻和胡先生是否相识，但刘放园表兄做过北京《晨报》的编辑，同这些名人都是熟悉的。我不记得那天张、胡两位是否在座，这张红帖也已经找不到了!

我最清楚的是在 1931 年，燕京大学庆祝建校十年的时候，我给校长住宅取名为"临湖轩"，那块青色的匾，是胡适先生写的，下面还有署名，大概也是我通过燕大的美籍教师请他写的。如今那块匾也不在了，虽然当燕大校友们在那里庆祝校庆时，仍称它为"临湖轩"。

人民文学出版社现代文学编辑室的张小鼎先生送来一本台湾出版的"国文天地"六卷第七期"海峡两岸论胡适"专号，让我写一篇纪念胡适先生百岁诞辰的文章。从这本杂志里我才详细地知道了胡适先生的生平，并知道胡适先生是在 1962 年 2 月 24 日在台湾"中央研究院"的酒会上因心脏病突发而逝世，并葬在台北南港旧庄墓园。这已是二十九年前的事了！我为他没有在故乡地下安眠，而感到惋惜。

1991 年 3 月 26 晨

追念许地山先生[*]

　　俟松大姐来信让我为许地山先生逝世五十周年写纪念文章，我猛然惊觉，许先生逝世居然已五十年了！光阴激箭般飞过去了，而往事并不如烟！

　　我和许先生相识是在 20 年代初期，他既是我的良师（他在当周作人先生的助手时，曾教过我国文），又是我的益友（他在燕大神学院肄业时，我在燕大文学院读书）。关于他的学术方面，我是不配讨论的，对于宗教更是一窍不通，不敢妄出一辞，但是那时我已经读到他的散文，如:《缀网劳蛛》、《空山灵雨》、《无法投递之邮件》等，我十分惊叹他的空灵笔力！他教课时，十

---

[*] 此文是为南京台港澳暨海外华人文学研究会发起召开的"许地山先生逝世五十周年纪念会"而写的。

分洒脱和蔼，妙语如珠，学生们都爱上他的课。当我们同任"燕大校刊"编辑时，我更惊叹他学问之渊博。记得有一次我对他的文章里的一个"雇"字，给加上一个"立人"旁，成了一个"僱"字，他竟然给我写了一封厚厚的信，引今据古说"雇"字的正确来源，正是"不打不相识"，我们从此就熟悉起来。

1923年8月17日他和我以及其他两位同学，一同搭乘杰克逊号邮船赴美留学。就在这条船上，我请许先生去找一位我的中学同学的弟弟吴卓，他却阴错阳差地把吴文藻找到了，结果在六年之后，文藻和我成了终身伴侣，我们永远感谢他。

我是1926年回国的，许先生是先到美国的哥伦比亚大学，得学位后，又转到英国的牛津大学，于1927年回国。我们又同时在母校燕京大学任教。在北京，他结识了北师大理学士周俟松女士，他们订婚的消息，是1929年1月在燕大朗润园美籍教授鲍贵思家里，由我来向满客厅的同学和同事们宣布的！在客人们纷纷向许、周二位握手祝贺声中，我得到了"报答"的无上的喜悦！他们是1929年5月1日结婚的，在一个半月之后，文藻和我也结了婚，我们两家往来不绝。我是在1931年2月

6日在北京协和医院生了我儿子吴平，俟松大姐在两个月后也在协和医院生了儿子岭仲，并住在我住过的那号病室！

许先生在1935年由胡适推荐到香港中文大学任文学院主任，全家迁港，从此我们只有书信来往了。谁想到我的"学者"同学许先生，竟在不到"知命"之年，突然与世长辞！噩耗传来，友人们都震惊痛哭，到此我也不知道还再写什么了！"天实为之，谓之何哉！"

1991年6月2日浓阴之晨急就

再写萧乾

我在李辉写的《浪迹人生——萧乾传》的序上，写过萧乾，写后觉得意犹未尽。他和巴金都是我最疼爱的老弟。文藻和我最欣赏巴金之处，是他的用情十分严肃而专一。萧乾却是一辈子结、结、离、离，折腾了多少次，但是我们却是怜悯（如果允许，我说"怜悯"）他，原谅他，而且了解他。

萧乾是个遗腹子，一生辛苦的母亲又在他七岁时弃他而逝。他从小就没有像我们似的，享过天伦之乐，他从小就渴望着"爱"，他心灵深处有流不尽的涌泉般热烈的"爱"，到处寻求发泄，所以在少年时期就有早恋的事，他都告诉我了。

他从会写字起，就用文字来倾泻他对一切的爱，他热爱他出生地的北京，北京的音、色、香、味，北京的

关于女人和男人

一切都从他笔下跳跃了出来，一只小小的北京的昆虫，也能引起他写出几万字的文章！

他一生孤独，一生辛苦，一生漂泊，步入老年的他——我可爱的小弟弟，终于走上他一生最安定最快乐的生命道路。他定居在他热爱的北京，做上了他熟悉的文史工作，最称心如意的还是他终于有了一位多才多艺的终身伴侣。他们志同道合，心投意合，他那一颗炽热漂泊的心，终于有了一个最温馨、最妥适的安顿地方。他的写作精力更加旺盛了！怪不得在我每天收到的种种书刊上都有他的文章！昨天我收到一本《香港文学》，没想到那上面也有一篇他写巴金的长文。小老弟，你真是老当益壮！你把精力匀给我一点好不好？我从"五四"后写到现在，只落得勉强写一篇篇的"千字文"！

1991 年 9 月 13 日浓阴之晨

附 录

谢冰心小传

陈　恕

　　谢冰心，又名冰心，原名谢婉莹，1900 年 10 月 5 日诞生于福州市（原籍福建长乐县）。这位"世纪同龄人"从 1919 年步入文坛已经辛勤笔耕了七十个春秋，她那清新明丽的创作丰富了"五四"以来现代文学艺术的殿堂，温暖激动过一代又一代青少年的心。她也以她丰饶的文学硕果，成为世界瞩目的知名人物。

　　冰心诞生时正是八国联军进逼北京的一年，帝国主义入侵，中华民族危亡的灾难，就是冰心的父亲谢葆璋先生在甲午海战中惨痛的经历。这位海军军官给冰心的，不仅仅是爱国思想，而且还培育了冰心的怜念贫苦的善良心地。谢葆璋原本也是出身于一个贫寒之家。冰心的曾祖父是"长乐县横岭乡的一个贫农，因为天灾，逃到福州城里学做裁缝"，祖父是一位以授徒为业的教书匠。

冰心诞生后七个月（1901年5月）就离开了故乡福州，来到了上海。1903年到1904年，她父亲奉命到山东烟台去创办海军学校，他们全家搬到了烟台，烟台的山光海色陶冶了冰心的童心，使她爱海，爱自然，爱独自默默地思索。四五岁以后，冰心在父母的诱导下开始从自然的怀抱走进书本的天地。她爱听故事，经常缠着母亲、奶娘、舅舅们讲故事，故事打开了她的心扉，把她带入了丰富的精神世界，激起她求知的强烈愿望。她尽管识字还不多，但还是"囫囵吞枣，一知半解地"阅读了《三国演义》、《聊斋志异》、《西游记》、《水浒传》、《再生缘》、《儿女英雄传》、《说岳全传》、《东周列国志》和商务印书馆林纾翻译的《说部丛书》等。大量的中外古典小说，既培养了她对中西文学的浓厚兴趣，也为她以后的创作打下了坚实的基础。因为她的舅舅们都是地下同盟会员，她把老同盟会员的《天讨》之类的宣传革命的书刊也偷来读过。在冰心的家庭中爱国的气氛已经是很浓郁了，1910年，海员学校中长期蕴结的满汉学生之间的矛盾爆发了。有人向北京清政府密告她父亲谢葆璋是"乱党"。证据是海校学生中有许多同盟会会员，学校图书室中订阅的多是《民呼报》之类为同盟

关于女人和男人

会宣传的报纸。北京派来的调查员郑汝成，劝谢葆璋主动辞职，免得落个"撤职查办"。这样，谢葆璋和他的同事们递了辞呈，告别了自己一手创办的海军学校。冰心也告别了朝夕相对、耳鬓厮磨的大海，回到故乡福州。冰心在返回故乡的路上，在上海迎来了辛亥革命。回到福州后，冰心最喜爱她祖父的书房。她的祖父谢子修年轻时在城内的道南祠授徒为业，这位农民裁缝的儿子是谢家第一个读书人，冰心一有空就钻进他的书房去看书。

1912 年，冰心以榜上第一名考上了福州女子师范学校预科，在那里读了两个学期。由于家庭环境的改变，冰心的性格也发生了一些变化——她曾说过："因为幼年环境的关系，我的性质很'野'，对于同性的人，也总是偏爱'豪爽开朗'一路。"冰心男装到七岁，她随着父亲穿着黑色带金线的军服，佩着一柄短短的军刀，骑在高大的白马上，在海岸边按辔徐行——十岁回到故乡后，她才换上了女孩子的衣服，在姊妹群中，学到了女儿情性。

民国成立以后，海军部长黄钟瑛请谢葆璋到北京任职。1913 年，他们全家跟着父亲来到北京，从此冰心和北京结下了不解之缘，除了抗日内迁或身在异域，北京就是她定居之地了。

刚到北京的一年，她没有正式读书，她母亲订阅的《妇女杂志》、《小说月报》之类的书刊，就成了冰心的"课本"。她从阅读这些杂志中进一步加深了对现代文学的兴趣，而且她经常给弟弟们讲故事，她"一年中讲过三百多版信口开河的故事，写过几篇无结局的文言长篇小说"，她把这称作为文学创作的"预演"。

1914年冰心进入北京贝满女子中学，在这个时期她受到了两方面的重要影响。一方面，在四年的学习中，"因着基督教义的影响潜隐地形成了我自己的'爱'的哲学"；另一方面是她初次参加了1915年爱国学生反日运动。这两方面就构成了她一个作品的两个侧面。1918年秋，冰心以最优异的成绩从贝满毕业后又升入协和女子大学理预科（不久协和女大并入燕京大学，称燕大女校），因为冰心的初志是学医，但是爱国反帝的五四运动的爆发，扭转了她的生活道路，五四运动把冰心"卷出了狭小的家庭和教会的门槛"，使她与社会接触。她以协和女大学生会文书的身份积极地参加了这一反帝反封建的爱国民主运动。白天，她上街去宣传、募捐，晚上就写宣传反帝的文章，《晨报》发表的《二十一日听审的感想》，署名谢婉莹，就是表达她爱国热情最早的文章。她曾说过："五四运动一声惊雷把我'震'上了写作的道路。"这时《新潮》、《新青年》、《改造》、《晨报副刊》等十几种进步报刊上所宣扬的新思想，对冰心更有启迪，并引起她的深思。她想把生活中"所见所闻的一些小问题"，写成小说。于是，她的第一篇小说《两个家庭》，以"冰心"为笔名，在1919年9月18日至22日《晨报》发表了。以此为开端，她接连发表了《斯人独憔悴》、《秋雨秋风愁煞人》、《去国》等篇。她这些观察和思考所得的"问题小说"从某个方面反映了当时社会政治的黑暗与矛盾，她为青年和妇女呐喊，为苦难的劳动群众发出控诉，表达了反封建的时代精神，这些作品给冰心带来极大的声誉。中国现代文学中最早写出"问题小说"，一般都追溯至冰心为第一人。

"五四"时代，冰心在诗歌和散文里，更多的是表现了她对现实的愤懑感情，对社会人生的哲理思索，真切诚挚地抒写出自己的心声，《繁星》和《春水》这两本诗集，仿用印度诗人泰戈尔《飞鸟集》的形式，表现了她自己的"零碎思想"，讴歌母爱，吟咏自然，赞美人类之爱，抒发生活感受。这些诗集篇幅虽然短小，但意境深厚，清新俊逸，给人美感，启人遐思。她的诗不仅巧妙地"融进了古典诗词的韵味，也掺和着外国文学的乳浆"，在诗坛上引起了巨大的反响，促进了中国新诗出现一个"小诗的流行时代"。当时的小诗往往都被文坛称为"冰心体"。

由于冰心的提议，1922 年 7 月 24 日的北京《晨报副镌》上新辟了《儿童世界》这一栏目。就在设专栏的第二天，冰心以她特有的亲切温婉的笔调写下了《寄小读者》。

1923 年初夏，冰心从燕京大学毕业，获得了学业最佳的"裴托裴"（Phi Tau Phi）金钥匙奖赏，并接受了燕京女大的姊妹学校美国威尔斯利女子大学的奖学金，赴美攻读文学硕士学位。冰心于 1923 年 9 月 17 日到达威尔斯利女子大学。当年 11 月因旧病复发（肺支气管扩张、吐血）到青山沙穰疗养院，直至翌年的 7 月 5 日病愈后才回到威尔斯利女子大学。她的毕业论文是《李清照词的英译》，得了文学硕士学位，于 1926 年 7 月回国。冰心在赴美的舟中和在美学习期间陆续地为《儿童世界》写了二十一篇旅美通讯《寄小读者》，报道了这次游美的心绪和足印，字里行间充满了对祖国的挚爱、对母亲的颂扬、对童心的放歌、对自然的礼赞。这些通讯结集成《寄小读者》后，成为中国现代文学史上影响最深广的儿童读物之一，成了散文文体的一部典范之作。

1926年夏，冰心回国，先后在燕京大学、清华大学女子文理学院任教。1929年冰心同社会学家吴文藻结婚。因忙于课务，创作时间不多，仅写有《往事集自序》、《三年》、《第一次宴会》、《到青龙桥去》、《分》、《冬儿姑娘》和《南归》等作品。随着社会阅历的加深和生活视野的扩大，冰心对问题的看法更实际了，对事物的描写也更接近于生活的真实了。如她1931年写的小说《分》，通过两个新生婴儿的对话，写出爱的分野，揭示了地位悬殊的上等人与下等人有着完全不同的命运，赞扬了劳动者儿子的乐观坚强的品性。这个作品显示了冰心对劳动人民的新认识。这时冰心的创作思想有了新的发展，在题材上开始突破早先个人的狭隘生活天地，以更多的笔墨表现了劳动人民和贫苦知识分子的思想、感情和生活。

1936年冰心随吴文藻教授到欧美考察一年。1937年他们回国时正好赶上了"七七事变"，抗日战争全面爆发后，冰心于1938年从北京辗转到抗日的后方昆明。当时，吴文藻执教于云南大学，冰心则自愿在云南呈贡县简易师范学校义务授课。她在呈贡所写的《默庐试笔》，忠实地记录了抗战初期冰心的足迹与思绪。1940年冰心随吴文藻迁居重庆。当时宋美龄以威尔斯利女子大学"校友"的身份写了一封信给冰心，大意说，抗战期间你躲在昆明呈贡，我欢迎你到重庆指导委员会来，直接投入抗战工作。当时在妇女指导委员会工作的史良和刘清扬同志去看望了冰心，告诉她妇女指导委员会的内部复杂情况，冰心就将妇女指导委员会的聘书和薪金一并退还，称病避居重庆郊外的歌乐山。当时冰心经济拮据，正好吴文藻的一位同学在重庆主编《星期评论》，约冰心撰稿。冰心答应供稿，但不用"冰心"笔名，写"关于女人"，这就是谢婉莹的另一个笔名"男士"的来历。在1941年1月5日出版的《星期评论》第8期上，刊登了男士的《关于女人》的第一篇文章《我最尊敬体贴她们》。她从1941年1月到12月为《星期评论》写了九篇稿，后来又应天地出版社之约共写成十六篇文章，集成《关于女人》发表。因为《关于女人》的大前提是为抗日服务的，又具有冰心特有的艺术魅力，所以这部作品曾经是当时的一本畅销书。当时，叶圣陶就给予了极

　　　　　　　　　　　关于女人和男人

高的评价，在他编辑的桂林版《国文杂志》第一卷四五号合刊上，叶圣陶以翰先为笔名，选讲了《男士的〈我的同班〉》。在这里，叶圣陶说冰心"已经舍弃她的柔细清丽，转向着苍劲朴茂"。这正说明了由于抗战的社会生活环境，民族深重的苦难使冰心的作品风格有所发展。她的作品也深镌着时代的烙印。

抗日战争胜利后，1946年冬，冰心又随吴文藻去日本。在异国，冰心并没有停止她的文学活动。1947年春，日本京都大学教授仓石武四郎邀请冰心到京都大学为学生作讲座，《如何鉴赏中国文学》就是冰心在京都的五次讲演汇编成册的，这本书的笔译就是那五次演讲的口译者仓石武四郎。从1949年至1951年，冰心被聘为第一任女教授到东京大学讲授"中国新文学"课程（东京大学中国新文学主任是仓石武四郎先生）。冰心此外还在日本的妇女杂志和东京大学刊物上发表短文。

1949年1月，北京和平解放的消息传到日本东京，10月又传来中华人民共和国成立的消息。冰心和吴文藻，还有他们的三个孩子，听到这来自祖国的喜讯无不为之欢乐。他们夫妇俩和同在东京共事的谢南光、吴半农，出于爱国的热诚，经常聚会交换国内情况，他们下定了回国的决心。1951年美国耶鲁大学以优厚的待遇邀请吴文藻去美国任教。冰心和吴文藻看到了这是离日返国的最好机会，于是他们以赴美应聘为名，"并以先到香港做些准备工作"的理由，从东京经横滨来到香港，然后由香港秘密乘船到了广州。

冰心和吴文藻满腔热诚地奔回祖国，立即受到人民政府的关怀和爱护。周总理亲自在中南海接见了冰心和吴文藻。冰心回到祖国后又重新燃起了创作的热情。1953年冰心欣逢中国文学艺术工作者第二次代表大会在北京怀仁堂召开。在这次盛会上，冰心决心要把后半生的心血完全洒在祖国的花朵上。"我选定了自己的工作，就是：愿为创作儿童文学而努力。我素来喜欢小孩子，喜欢描写快乐光明的事物，喜欢使用明朗清新的文句。"

1953年冬，冰心参加了中国作家协会。朝气蓬勃的社会生活，多彩的国际交往，给她提供了丰富的创作源泉。从1954年起，她被选为一至五届全国人民代表大会代表，第五届全国政协常务委员会委员。她作为一位人大代表视察各地，深入工农，体验生活，因此她的思想境界和视野更开阔了。冰心曾肩负着和平和友谊的重任，远渡重洋，十三次参加出访团体，足迹遍及苏联、英国、

关于女人和男人

法国、瑞士、印度、日本、埃及、意大利等十几个国家。她把自己参观访问中的耳闻目睹，写成了不少通讯散文，相继出版的散文集有：《还乡杂记》、《归来以后》、《我们把春天吵醒了》、《樱花赞》、《拾穗小札》，以及散文为主的《小橘灯》、《晚晴集》等，在创作之余，冰心还翻译了不少外国诗人的作品。除了她早期翻译的黎巴嫩诗人纪伯伦的《先知》，她还翻译了印度诗人泰戈尔的《吉檀迦利》、《园丁集》和纪伯伦的《沙与沫》，尼泊尔国王的《马亨德拉诗抄》和马耳他总统安东·布蒂吉格的《燃灯者》等。文学是沟通人类精神的桥梁，这些翻译作品为加强各国人民的友谊都做出了应有的贡献。

　　"反右"、十年浩劫对所有正直而有良知的作家来说都是一个苦难的历程，冰心当然也不例外。1966年冰心也被红卫兵抄了家，还开了她的"展览会"，很多珍贵的信函和手稿都因此丢失。1970年6月，七十高龄的冰心被送进"五七"干校，在湖北咸宁和沙洋劳动十四个月。1971年8月，因为美国总统尼克松将有访华之行，冰心、吴文藻以及费孝通等人先被从沙洋干校调回北京中央民族学院，成立了研究部的编译室，他们共同翻译了尼克松《六次危机》的下半部分，接着又翻译了美国海斯、穆恩、韦兰合著的《世界史》，最后又合译了英国大文豪韦尔斯著的《世界史纲》，他们做翻译工作的那几年，是十年动乱的岁月中最宁静、最惬意的日子。冰心在追忆这段生活时曾感慨地说："'四人帮'横行时期，我也搁笔十年之久，1976年9月，以写悼念毛主席的文章算起，我才重新拿起笔来。也就是这一年，悼念周总理的震撼世界的'四五运动'，在掀起过五四运动的天安门广场上掀起了！这是一场声势更大，威力更猛，光明同黑暗斗争的决定中国前途的殊死搏斗……""从'五四'到今天，正好是一个'甲子'。五四运动的一声惊雷把我'震'上了写作的道路，四五运动的汹涌怒涛又把我'推'向了新的长征！生命不息，挥笔不已！"这是冰心在1979年4月10日所写的《从"五四"到"四五"》一文中所说的一段话，颂扬了五四运动是唤醒人民新的觉醒的伟大号角，倾吐了作为一个老兵的壮志不已的宽博胸怀。

正当她笔耕六十周年之际，冰心老人又写出了获1980年短篇小说奖的《空巢》，通过描写留在国内的陈教授的生活道路，让我们看到了知识分子历史的一个重要侧面。陈教授经历了多少坎坷和不幸，但他热爱祖国的最崇高的感情，使他在生命的余烬中爆发出生命的最灿烂的青春的闪光！冰心在"文革"后开始动笔写长篇自传体的作品：《我的童年》、《我的故乡》、《在美留学的三年》等。冰心通过"写自己"使我们更清楚地认识了"五四"以后的作家的成长道路。正如巴金给卓如写的《冰心传》的序言中所说的："她是五四文学运动最后一位元老，我却只是这个运动的一个产儿。她写了差不多整整一个世纪，到今天还不肯放笔。"冰心从1980年访日归来后，得了脑血栓，又摔折腿骨，1985年她的老伴吴文藻又逝世，尽管她遭逢不幸，失去老伴，她并不关心自己，始终举目向前，为我们国家和民族的前途继续献出自己的心血。巴金还说："我劝她休息，盼她保重，祝愿她健康长寿。然而在病榻前，在书房内，靠助步器帮忙，她接待客人，答复来信，发表文章，她呼吁，她请求，她那些真诚的语言，她那充满感情的文字，都是为了我们这个多灾多难的国家，都是为了大家熟悉的忠诚老实的人民。她要求'真话'，她追求'真话'，将近一个世纪过去了，她还用自己做榜样鼓励大家讲'真话'，写'真话'。"

1988年7月20日北京图书馆和中国现代文学馆联

合举办了一个"冰心文学创作生涯七十年展览",展示了这位崛起于五四新文化运动的文学巨匠,也是当今中国文学界年龄最高的女作家的光辉历程。冰心兴致勃勃地参加了在北京图书馆新址举行的开幕式,中国作家协会党组书记唐达成、图书馆副馆长邵文杰、作家萧乾都发表了热情洋溢的讲话。老朋友像雷洁琼、赵朴初、胡絜青等,老同事像张光年、艾青、冯牧等都来和她亲切握手,大家围拢在她身边,向这位赢得了全社会敬重的作家表示敬意和祝贺,巴金也特地从上海打来长途电话,请人送来鲜花表示祝贺。作协、《文艺报》、《人民文学》等文艺团体和个人送来花篮,他们都祝愿老人家身体健康,生命不息,笔耕不止。

1989 年

送别妈妈冰心*

陈恕　吴青

　　每到节气对老人都是个"坎"，妈妈这次病就在立春的第二天，即2月5日。她是下午开始发烧的，虽然烧不算高，但从此她精神一直不好，1999年2月14日医院就报病危。变化这样快是我们始料不及的，但我们总希望妈妈还能转危为安，渡过这次危机。1995年和1997年两次危机不是都闯过来了吗？从去年她生日以来不是还比较稳定吗？果然，后来出现了一点转机，到2月20日她由病危转成病重。但是到了24日又出现了心衰、肾衰，医院再次报病危。这次我们意识到病情逆转的可能性是很小了。我们立即报告了中国作协、中央统战部，并通知了我们的亲属和亲友。刘延东首先从统战

---

* 原载《随笔》1999年第3期。

部赶来，王蒙从政协会上赶来，她的老学生，有的已是八十岁甚至九十岁的老人，从北大赶来医院，其中有妈妈燕大的老学生林启武、朱宣慈夫妇，他们就在妈妈辞世的 28 日当天来探望老人，他们在留言簿上写道：

　　敬爱的老师，愿您战胜病痛，永远健康，把更多的爱洒向人间。像春天的花朵代代相传，永远常在。

　　侯仁之、张玮瑛夫妇看到妈妈均匀的呼吸，还切望着老人康复，深情地留下这些感人的话：

　　老师说："生命从八十岁开始。"我们努力工作，不敢忘记。现在都已过八十，还在努力工作。老师的话，一直记在心上……还有十多年前老师写的《我请求》那篇文章，我们捧读之后，都为之泪下。

　　1999 年 2 月 28 日晚 8 点多，吴冰从医院打电话回来，说娘的情况不好，我们三家立即分头赶到医院，我们到

关于女人和男人

她的病房已经是 21 点 13 分，妈妈已于 21 点过世。我们默默地伫立在妈妈身旁，最后向她吻别。妈妈好像还没有走，她的身体还很暖。这时作协的吴殿熙赶到，我借用他的手机给在美国的儿子陈钢打了一个电话，当我告诉他姥姥逝世的噩耗，他已是泣不成声。此时此刻我何尝不是和他一样沉痛悲伤呢？我告诉他，我已经替他亲吻了姥姥。作协的领导翟泰丰、张锲、吉狄马加来了，刘延东也赶来了，北京医院的院长来了，沈谨大夫来了。老人在北京医院住了四年五个月又三天，得到了北京医院医护人员和工作人员的无微不至的关怀和照顾，他们为老人延寿竭尽了全力。

我赶紧回家取妈妈的假牙。自从 1998 年 8 月妈妈得了吸入性肺炎后，大夫决定给她鼻饲进食，也就不用假牙了，现在她走了，得赶快取回给她戴上，否则晚了就不好戴上了。接着我又再次赶回民族大学去取妈妈的照片，供新华社和《人民日报》赶着当天夜里发消息……

第二天清晨 6 点 30 分的《新闻联播》节目播出了妈妈逝世的消息，我们立即就接到电话。第一个电话就是老宋（玉娥）从妈妈的第二个故乡烟台打来的，她为在烟台筹建冰心纪念馆一直在奔波……全国各地和海外亲友有的发电报，有的打电话表示哀悼，早晨我们几乎每一分钟就接到一个电话，就是无法都接进来。陈钢从美国转发来刘再复发的唁电：

中国伟大的现代散文之母

冰心永垂不朽

您的名字永远代表着光明

　　　刘再复　敬挽　于美国科罗拉多大学。

1999年2月28日

3月1日清晨我们外语大学的老朋友李松林送来挽联：

宇宙音容宛在

神州德泽永存

老作家魏巍送来挽联：

一颗善良美丽的星辰陨落了，而她的光芒，

将永远留在几代中国人的心里……

　　　　　　　　　　　　关于女人和男人

钟敬文老人送来挽联：

　　五四风云诞此文坛英杰
　　炎黄苗裔增他国际光华

　　我们的朋友《中国青年》杂志的编辑杨浪一早就带来两个助手，帮我们接待来宾，头一天从福建专程赶来的冰心研究会的秘书长王炳根也分担了我们的一部分工作，中新社的任晨鸣也赶来协助工作。中国作协办公厅从妈妈去世第二天开始每天派两个同志来"值班"。福建长乐驻京办的同志给作协的工作人员送来矿泉水和橘子，带来家乡人民对老人的深情厚爱和对家属的关心……在组织和朋友们的帮助之下，我和吴青没有耽误日常的教学工作。

　　第二天下午，统战部刘延东同志亲自主持召开了包括统战部在内的作协、政协、民进等五家联合治丧办公会议，我们第二代家属也应邀参加，对送别会的时间和有关事宜作出了初步安排。作协对撰写讣告、生平、设计生平纪念册等事宜都作了明确分工，安排周到有序。

　　老人生前熟悉和喜爱的中新社记者耿军、贾国荣在百忙中请假自费分别由澳门和香港回来协助我们安排丧事，耿军说为老人做事也就是最后一次了，他一定要来。在京的中新社记者任晨鸣也来了，他多年来采访报道老人的生活，给我们和老人留下了不少珍贵的资料。3月13日陈钢从美国专程赶回来给姥姥送行，耿军、贾国荣、杨浪和我们都去机场接他。钢钢这孩子和姥姥一起生活了十几年，和老人感情深厚，姥姥也十分疼爱他。当初姥姥每次去医院，只要他在家，姥姥一定要他抱她上下楼。他在国外学习期间，姥姥多次在医院给他写信，鼓励他好好学习，做一个堂堂正正的中国人。当他听到老人去世的消息，立刻就给我们写了长信，根据姥姥遗愿，对操办丧事提出了十分细致的建议。他知道姥姥在海边长大，爱海，是大海的女儿，他建议在送别会上采用有海浪的音乐，后来我们大家都一致同意这个建议。杨浪立即把这个建议告诉中唱公司的朋友李大康，他觉得这个构思很好，他立即和音乐编辑徐丽英把陈钢带回来的大海浪涛背景的音乐加上了真实的海鸥叫声，再配上几首以钢琴、小号为主旋律的乐曲，组成了大海、光明、生命、落霞等四个短乐章，而海涛声贯穿乐曲始终，反映出老人爱海的广阔胸怀。老人曾说过："我愿大家都像海，既虚怀又广博。"我们也一致同意在送别仪式上采用陈钢1993年给姥姥拍摄的反映老人精神风貌的围着白色披肩的头像。陈钢满怀深情地说："我总算圆了送别姥姥的梦。"

在告别仪式以前的十八天来，数以百计的人们来到家里凭吊老人。他们有老人生前的老朋友，有福建老家的乡亲，有从外地赶来的"小读者"。雷洁琼姑姑不顾年老体弱，也不听我们的劝阻坚持要到家里来，中国民主促进会的领导全都来了。爸爸生前的学生林耀华先生来了，费孝通先生刚从外地回来也过来了，民族大学他的第三代学生来了，福建长乐的市长和其他领导也来了。还有很多很多老人熟悉和喜欢的朋友周明、吴泰昌、葛翠琳、张洁、陈建功夫妇、李力、李辉、应红等都来了。

妈妈去世是九十九岁，是喜丧，经过协商我们不用哀乐，不用"沉痛悼念"，也不用通常追悼会上用的黑色和黄色。我们用红色，门口横幅是红底白字"送别冰心"，灵堂内的横幅是海蓝色底白色字，妈妈生前的亲笔题词"有了爱就有了一切"。

19日告别的那一天，妈妈安详地仰卧在灵堂大厅的中央，身上撒满了成千上万的玫瑰花瓣。这一设计出自吴青，她和我的大姐陈玙，还有小蓉一起，在送别会前每天把送来的花篮，有时十个，有时二十个花篮中已经凋谢的玫瑰花一瓣一瓣地分开，然后放在暖器片上烤干，每天还要去到各个房间的暖气片上去翻花瓣，使它们及早烤干不致腐败。吴青说每一片花瓣都代表她老人家对读者的爱心。许多想来而没法来的人中就有巴金的女儿李小林，她自己也替巴金舅舅送来了花篮。老人安卧在玫瑰花丛中。我们的老朋友为前来告别的人们准备了一千七百多枝玫瑰。送别的人人手一枝玫瑰，走到老人的遗体旁，轻轻地把它祭奉给老人。我们的老邻居陈宇化，原是北方月季花公司的工艺师、画家，多年来不间断地给老人送鲜花，这次为了送别老人，从外地调来一千枝玫瑰，把它们安放在灵堂门前，供前来悼念的人们使用。冰心的小读者，编辑方小宁担心一千枝玫瑰不够用，又从广州带来五百五十多枝玫瑰，耿军在云南的一位战友也为老人献上了二百多枝玫瑰。他们和来参加送别会的人们都给老人献上一份爱心。老人给予了大家无限的爱，也带着大家的爱远行了。

妈妈走了，但她的音容笑貌仍历历在目。我们和妈妈朝夕相处的十四个年头，和她在医院的四年多的情景仍萦绕脑际，想到这些眼泪总是情不自禁地夺眶而出。在悲痛之余，我们也觉得死对她是一种解脱。

妈妈生性达观，对死亦然。她曾写道："人到老年，对于生、老、病、死这个自然规律，看得平静多了，透彻多了，横竖是早晚的事。"（《不应该早走的人》）她曾在 1990 年立下遗嘱："我如果已经昏迷，千万不要抢救，请医生打一针安乐针，让我安静地死去。"在 1998 年后半年，她有时说，这样活着没意思，还说让我们受累了。我们都安慰她说："您这一辈子做了那么多事，您现在需要好好休息一下。""您不是说爱我们吗，我们也爱您，我们舍不得您。""您不是说过还要等到钢钢学成回国吗？"这时候她也就不说了。的确，她对死是处之泰然的，她也不忌讳说死，她的心态总是那样健康。妈妈曾希望把"骨灰放在文藻的骨灰匣内，一同撒在通海的河内"。后来她又表示要和爸爸的骨灰放在一起，安葬在离我们近一点的地方，我们可以经常去看他们。她说要立一块墓碑，碑文只要写上"谢冰心吴文藻之墓"这几个字，请赵（朴初）舅舅写。我们去找了赵舅舅，但赵舅舅总感觉给活着的老大姐写碑文不合适，一直拖着没有写。过了一段时间之后，我们再去找赵舅舅和陈邦织阿姨，告诉他妈妈绝对不忌讳死，赵舅舅才答应下来。妈妈真是把死看得很淡很淡的。她说，活到这么大年纪连她自己都没有想到。最近，一位妈妈燕京大学的学生，北师大中文系教授杨敏如给吴青写信，希望吴青节哀，并且还附了一封1992年妈妈给她的信，我们读了之后，对妈妈的去世也就更为释然了：

> 　　敏如，得信惊悉令慈仙逝。你有我的无限同情！但是我常想老人带病延年，对她是个痛苦，去了是解脱，虽然作为子女的总舍不得老人走！九十七岁是很大的岁数了。你们应当知足！
> 　　《老人天地》的词早已题了，不必挂念，你好好养病！等暑期过了再来看我，我身体也是什么地方都不太舒服，"聊乘化以归尽乐夫天命复奚疑"是我的哲学。
> 　　祝　安定！
>
> 　　　　　　　　　　　　　　　冰心 7.9，1992

　　妈妈是个坚强的人，四年来在医院与疾病顽强抗争，一次又一次战胜了死神。第一次是1995年初，她大病

关于女人和男人

一场，但她又顽强地挺了过来。这一年妈妈有两件大事，首先是3月7日下午在北京医院三楼会议厅接受了黎巴嫩总统授予的"国家级雪松级骑士"勋章，表彰她早在六十年前就向中国读者翻译介绍了黎巴嫩诗人纪伯伦的诗集《先知》和《沙与沫》，妈妈出席了仪式，吴青在会上替她宣读了答词："这个荣誉不仅是给予我的，也是给予十二亿中国人民的。"第二件事是福建海峡文艺出版社出版发行了《冰心全集》，共八大卷，四百万字，收集了第一篇至今的全部作品，妈妈没有出席8月26日在人民大会堂浙江厅举办的出版座谈会，她对"临老有点东西献给广大读者，让他们能全面了解自己"而感到欣慰。妈妈一贯重视教育，尤其是妇女儿童的教育，在庆祝她九十五华诞之际，妈妈把全集的近十万元稿费捐赠给了中国农村妇女教育与发展基金。1996年12月5日世界福州十邑同乡会首届"冰心文学奖"在泰国曼谷颁奖，妈妈也让我们参加并代表她向获奖者表示祝贺。1997年7月1日香港回归，她兴奋不已。她曾接受过记者采访，畅谈回归并为庆祝回归题词："香港回归，我心痛快！"当天吴冰把她家里的电视机和录像机带到病房，她连续几天看了有关回归的报道。中新社的任晨鸣给妈妈送来香港特区的旗徽，她坐在轮椅上举着这面区旗，端详着，连说好看好看。1997 年 8 月 4 日，冰心文学馆在福建长乐落成，妈妈让我们替她草拟贺词，写完念给她听，由她最后定稿。去年夏天洪水袭击长江流域，我们把情况告诉妈妈，妈妈立即捐出两千元支援抗灾，后来知道灾情加重，她更加挂念灾区人民，又捐出一万元给灾区。1998 年妈妈九十九华诞，妈妈燕京时代的挚友雷（洁琼）姑姑带来妈妈为她写序的两卷文集，她们一起翻阅书中的照片，有的是她们两人的合影，她们又一起共叙多年的友情。1998 年 10 月当我们告诉妈妈她荣获了内藤国际育儿奖，赵舅舅为她获奖题了词："期颐寿者永怀赤子"，她听了很欣慰。事后妈妈表示要把奖金捐献给中国农村的儿童教育，尤其是女童教育，希望他们好好学习，天天向上！妈妈到生命的最后还是情系儿童，关心儿童的教育，她深知儿童是祖国的未来，教育是国家之本，她写过《我请求》、《我感谢》等多篇呼吁重视教育的文章。妈妈关心"希望工程"，多次给它捐款，她关心为鼓励儿童文学创作而设立的"冰心儿童图书新作奖"。妈妈这种爱国爱民的精神永远激励我们，我们一定要学习她，把她的精神继承下去。

　　　　　　　　　　　　关于女人和男人

落霞 *

——忆外祖母冰心

陈　钢

一觉醒来，窗外还是黑黑的。只有窗外巷子中的一盏灯高悬着，在远处爆发着刺眼的光线！

1999 年 2 月 28 日这天，我没有像往常一样去锻炼身体（我平常一直是 6 时起床晨练，这个习惯是从小和外祖母生活时就养成的，来美后也很少间断），而是半倚床头读外祖母的文章。27 日早上写了一封四页长的家信，竟写了四五个小时。边写边落泪，一封信写毕，竟像写完了全部的能量，累得不行。晚上则仍辗转难眠。终于在晨 3 时左右睡下，5 时又醒来……

---

* 原载《解放日报》1999 年 3 月 29 日第 16 版。

大约 7 时 10 分左右，接到父亲打来的越洋长途电话告知外祖母过世的消息……我放下听筒怔了半天，外祖母和我永别了！

　　奇怪的是，初听完电话后，我没有像昨天写家信时那样迸出伤心的热泪，而是一种平和的心境。也正如我前不久写给父母信中所言，在这个世纪末的春天，我们所需要的是一种高度统一而结成的钢铁般的意志。我们为外祖母祝福，为她长寿而祈祷。我们坚信她生命力的顽强，我们期待着金秋十月为她百岁华诞举行盛大的生日聚会……我们衷心地祝愿她长寿！！！然而我们也知道自然规律无可抗拒，如果那个时刻到来，我希望我们的心情是一种平和，是贯穿于外祖母生命中的那么一种乐观与平和。她留给我们每一个活着的人的是一个活生生的乐观与平和的榜样；是那么一种曾经沧海难为水的豁达；是悬挂在我们家客厅的对联所言的"世事沧桑心事定，胸中海岳梦中飞"的那么一种胸怀；是神清气定的心境。

　　我想，如果外祖母死而有知，也许在美丽的天国中会有许多快乐的重逢；死后无知，外祖母也摆脱了躯体上的痛苦，而真正难过的是她生前的亲人和朋友们。

　　　　　　　　　　　　　　　　关于女人和男人

外祖母走了，好像一座大山倒了，只剩了苍茫的大地！我的心在瞬间仿佛成了真空一般。

外祖母没有走，她不会走，她永远与我们在一起。

1

去年10月回国给外祖母做九十九岁大寿时，我送给外祖母的生日礼物除了贺卡之外，还有我在美国学习了三年而得到的两张硕士学位证书。她看到我的毕业证书时，连连说好，紧接着又一次亲吻我，而我早已在她怀中泪如雨下了。外祖母对于我来讲有时则更像母亲。我出国留学的前一天，她突发高烧，我们全家在医院忙了一天。她在高烧中叮嘱我早点回家准备好行装，按时出发。不论发生任何情况（指如果她身体不好时），都不要停止学业，要抓紧时间把国外先进的科学技术学回来。当然她的这一嘱咐不只对我说，80年代初我的母亲和我大姨到美国作访问交流时，外祖母和她们都谈过这样的意思。大姨和母亲都十分幸运，访问交流回来后，外祖母依然健在。外祖父1985年去世前，我正在读大学，全家人基本上是全的，除外祖母外，都在医院看护和照顾外祖父。而我也真是幸运，在美读书三年毕业，后找到一个较好的实习机会。在回国给外祖母过生日时，我给她看了毕业证书，还告诉她我找到了工作。想到她躺在医院等我三年学成毕业，整整一千三百七十二个日日夜夜啊！真是感念万分。在我去美的前两年她还能亲自给我写信。等到此次再回来看她时，她已经无力写字了。那双灵巧智慧的手也有些变形了。每次我抚摸外祖母的手时，我的泪水就会滴落下来，有时竟将她的衣衫都弄湿了。她用她的手绢替我擦泪水，安慰我，讲我有出息，最爱我了。她还说她要等我回来，一定能等到。我可以从她握我手的力量中和她的永远清澈的目光中看到她的喜悦。而我那抑制不住的泪水则是向外祖母倾诉我一个人长时间远离家乡、远离亲人和朋友们的那种孤独和委屈。外祖母那慈祥而深邃的目光透出的是一种安慰、鼓励和理解。如她多次告诫我的，她希望她的钢钢（我的小名）要经风雨而百炼成钢。我已将她的这一希望铭记于心。

2

北京医院的大夫和护士又来替她试体温、测血压和搭脉搏。我自觉地闪到一边，悄悄地走到卫生间，轻轻掩上门。当我的眼光落到外祖母佩戴了几十年的那副假牙时，我的泪水又一次滴落下来。没有人在旁，关上了门，我失声痛哭。外祖母十分勤俭，她时常对我讲她的母亲曾告诉她"勤能补拙，俭以养廉"的道理。外祖母的假牙按医院大夫的意见早就该重新配一副了，因为她所戴的这副假牙由于她的牙床的变化吃饭时常常会脱落下来。而她则讲，她现在不能写文章不能工作了，只是一个"废人"（她常常讲她手不能写，腿不能走），就不再浪费钱财了。事实上她直到今年年初还在接待客人。她仍然为萧乾爷爷的生日撰文。萧乾爷爷可以说是外祖母的小弟弟，是我的三舅爷爷谢为楫的同学。外祖母是看着萧乾爷爷长大的。萧乾爷爷曾给我讲过许多事，其中说到有一次北京刚有有轨电车时，他和我三舅爷爷那时还在上小学。他们放学回家，想去试试这新的玩意儿。他们上了车，车开动时他们透过窗子看到了电线发出的电弧光。他俩吓坏了，怕给过了电。下一站一到，赶紧就下车跑回了家。外祖母听说后哈哈大笑，安慰他们不要怕。萧乾爷爷从小失去了父母，外祖母就像待亲弟弟一样爱护他。前些年，萧乾爷爷来家里看外祖母时，他的礼数很特别。在众多的作家爷爷、奶奶、叔叔、阿姨中，唯一一个亲吻外祖母面颊的就是萧乾爷爷了。萧乾爷爷于 1999 年 2 月 17 日先外祖母而走了。我父母没有告诉外祖母这件事，因为他们知道外祖母是一个重感情的人，怕她承受不了。我在此将外祖母在 1987 年 7 月 8 日写的《我的三个弟弟》的文章中的最末一句略加改动。我想外祖母在天有灵，会同意我的改动的。"我自己的三个弟弟和萧乾老弟，从小到大我尽力看护了你们，最后也还是我用眼泪来为你们送别。我总算对得起你们了。"

3

讲到外祖母，不能不讲她的整洁。她在《我的择偶条件》一文中曾讲"因为我颇有洁癖，所以希望对方也相当的整齐清洁——至少不会翻乱我的书籍，弄脏我的衣冠"；她还讲："因为我喜欢雅淡，所以希望对方不穿浓艳及颜色不调和的衣服，我总忘不了黄莘田先生的两句诗：'颜色上伊身便好，带些黯淡大家风。'"

外祖母晚年几乎不出门参加社会活动，可数的几次出门我都伴随左右。外祖母带我去看过叶圣陶爷爷，也去过夏衍爷爷家。我们曾和邓颖超奶奶一起去北方月季花公司赏花。好几次外祖母都想去她住宅附近的紫竹院公园，但她自己不愿意特殊化，总是选择公园闭园时去看看。车到了公园门口，由于游人认出了她，围观的和向她问候的人太多，只好赶快回家。她去北京图书馆参加几位老朋友的创作展，每次都是被众人用轮椅抬上几十级台阶去看的。回来后，她总对我讲她对众人的感激之情。她出门的衣着总是整整齐齐，一尘不染。80年代初那次她和巴金爷爷一起率领中国作家代表团访问日本（这也是她最后一次出访日本），穿的皮鞋，还是我替她擦的。回来后看到照片上她锃亮的皮鞋时，我还有几分得意。访日归来不久，她要赶文章，同时家里又要刷房，劳累过度的她患了脑血栓住院了。不久又跌伤了股骨。我印象中，她此后就不穿皮鞋了，但即便穿布鞋，她也总叫我们在她出门前将鞋刷干净。她自己的衣服，颜色都是自己想好，请晚年一直照顾她的我的姑姑去买来，由我姑姑自己裁剪缝制给她穿。姑姑一开始替外祖母做衣服时还有点担心，因为姑姑看到外祖母的衣服大多是北京著名的"红都服装公司"定做的。可是外祖母对我姑姑给她做的衣服穿得十分满意和感激，所以外祖母晚年所穿的衣服都是出自我姑姑的手。外祖母既整洁又勤俭，她的漱口用的搪瓷杯子还是"文革"中下干校劳动时用的。她洗脸用的香皂总是将未用尽的部分粘在新的香皂上接着用。

出门访友，她总是自己选配好服装，而且还选戴不同的围巾。衣服颜色大多以黑、白、灰、蓝为主。她除了晚年过生日，朋友们送红毛衣给她，她偶尔穿一穿外，平日还是喜欢淡雅的蓝色。我猜度这可能因为她爱大海的缘故吧。她盖的被面都是她喜爱的素雅之色。因为我们住在二层楼上，每次我抱她出门下楼之前，她自己都已把衣服穿戴好，皮包拿好。特别是秋冬季时，头巾手套都已戴好。我抱她上车后，她总叫我将她衣服拉好，坐正。我想给她开过车的司机都会记得这些细节。她上车后，总要问司机家庭和小孩的情况，还常常讲笑话。

1998 年 10 月 24 日，我回国参加外祖母九十九岁寿庆后返美前一天，去医院看她。她还是那样慈祥地和我说话，而这次是我最后一次和外祖母说话了。值得一提的是，以前的几次回国看她，我在回美前，总是跟她说再见的，告诉她我下次大略的归期。而这次，不知为什么，我没有向她道别。

关于女人和男人

我的记忆中，外祖母从来没有"疾言厉色"，对家里的保姆她总是和颜悦色。外祖母自己亲自记账，因此虽然她足不出户，也能体会大多数人的生活与物价指数的涨落。她呼吁重视教育，提高教师的工资，这和她自己记账，计算家中花销不无关系。她晚年所用的保姆都是她自己开销，从每月千余元的工资和她自己的不多积蓄、稿费中支用一部分。许多药还要自费。说起来，她的日子还是蛮紧的，即使如此，她仍然将《冰心全集》的稿费，统统捐给了农村妇女。每次遇上国家有灾她总是捐钱。她的稿费只有千字三十到四十元钱。她一辈子写短文，可想而知，她捐出来的都是她的辛苦钱。我想那些得过她捐助的孩子和大人们在知道这一切时，都会铭念在心的。

4

写到这里，我想提一提外祖母的另一个特点——她是一个最无"我"的人。她常常告诉我的一句话是"施者比受者更有福"。去年10月她生日时人们送来几十个大大小小的花篮。她在人走后，叫我们把花篮分送给了医院的大夫护士；送给了赵朴初爷爷；送给了来看望她的教师们和朋友们。江泽民主席送给她的花篮，她叫我转送给了北京医院北楼三层的护士和大夫们。这里还要提一句的是夏衍爷爷，只比外祖母小二十六天的他，早已于1995年2月6日逝世了。这个消息包括我在内都没有对外祖母"讲真话"。去年她过生日时，她曾专门嘱我将一个插有一百朵红玫瑰的花篮送到夏爷爷的病房去。在此我向外祖母认错，我讲了假话。但我想，外祖母如果在天有灵，她会理解我的。我还记得80年代初有一段时间外祖母几乎天天去八宝山参加死于"文革"中的朋友们的追悼会。她写了一篇又一篇的悼念文章。她曾告诉我，她写悼念文章手都写软了。对于夏衍和萧乾爷爷的去世，如果她知道的话，她一定会写文章纪念他们的。

我曾多次听到外祖母和朋友讲过安乐死。她和来家里看望她的邓颖超奶奶就谈过这个话题。她俩都讲一旦她们瘫痪了，大脑无法工作了，就请北京医院的大夫给打一针"安乐死"。外祖母是一个非常在意生活质量的人。以我对她的了解，她在这四年多住院的时间里，该有多少难言之苦。像她这么一个干净利落，一辈子都是眼到手到，做事又快又好的人，一旦不能写作，躺在床上不能动弹，她的喷涌的精力和洋溢的热情，都被拘困在委顿的躯体里，这种"力不从心"的状态，在她生命最后住院的一千二百五十二个日子里，她怎么能受得了？昏睡时还好，当她清醒过来举目四顾，也许看到窗帘拉得不整，写字台上的物件摆放得不够整齐，她一定认为这些事太烦琐，太细小了，不值得也不应当麻烦人，自己能动一动该有多好！如今她永远从这种"力不从心"的矛盾煎熬中解脱了出来，我为她感到释然。

亲爱的外祖母您走好！在天上有相隔了十四年的外祖父在张开双臂欢迎您，有您的父母、弟弟，有众多期待和您见面的老朋友们。而在人间则有千千万万不同年龄的人们在深深地怀念和追随您。您百岁辞世称得上是人瑞，只是对我们家人骨肉之间的感情来说，对于您的突然离开，我们是永远抱憾的。

今天是 3 月 7 日，您辞世的第七天。一场暴风雪过后，芝加哥的天是湛蓝的。此时已是午后 5 时 30 分，天空中满是云彩。西斜的太阳从云霭中露出霞光，我想起了您的《霞》中所述："生命中不是只有快乐，也不是只有痛苦，快乐和痛苦是相生相成，互相衬托的。快乐是一抹微云，痛苦是压城的乌云，这不同的云彩，在你生命的天边重叠着，在'夕阳无限好'的时候，就给你造成一个美丽的黄昏。"

"一个生命到了'只是近黄昏'的时节，落霞也许会使人留恋，惆怅。但人类的生命是永不止息的。地球不停地绕着太阳自转。东方不亮西方亮……"

外祖母，我窗前的落霞正向着祖国的北京走去……您生命中的云是最多彩的，您的霞光是美丽的。您桃李遍天下，敬佩您的人更是不少。您崇高的人格将永远留在我心中，我要努力向您学习。

我的眼泪是流得尽的，而我对您的忆念却绵绵无尽！

您永远和我们在一起！

1999 年 3 月 7 日写于落霞满天之时

重版后记

  《关于女人和男人》首先是 1993 年由人民文学出版社用简体中文出版的。冰心先生在 1992 年为书写了序。1993 年香港勤＋缘出版社要在香港用繁体中文重版，冰心先生应约又作了一个短序："……这书记载了几十年来我的人际关系上的许多事情，因为香港印刷纸厚、字大，因此把它分成《关于女人》和《关于男人》两卷，兹记之如上。"2002 年广西师范大学出版社向我建议由他们重版这本书，我欣然同意。后来版权期已过，书店也基本销售得差不多了。最近商务印书馆提出，将这本书编辑校订后再版，除《关于女人》和《关于男人》按初版时的内容和主题完整呈现，其他增补部分基本按写作时间重新排序。我认为这是一件好事，在此对商务印书馆和责任编辑蔡长虹女士表示衷心的敬意和忱谢。冰心先生

1999年2月逝世，至今已十八年，现在重版她的这本书，是我们对她最好的纪念。

陈 恕

2017 年 1 月

关于女人和男人